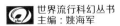

MEDUSA UPLOADED

美杜莎 I 觉醒

【美】艾米丽·德沃波特 | 著　王 欣 | 译

四川科学技术出版社

MEDUSA UPLOADED

Copyright © 2018 by Emily Devenport

This edition arranged with Sichuan Science Fiction World Magazine Co.,Ltd.

Simplified Chinese edition copyright: 2020 SCIENCE FICTION WORLD

All rights reserved.

图书在版编目(CIP)数据

美杜莎 I：觉醒 / [美]艾米丽·德沃波特 著；王　欣　译 .
-- 成都：四川科学技术出版社，2021.5

（世界流行科幻丛书 / 姚海军　主编）

书名原文：Medusa Uploaded

ISBN 978-7-5727-0084-2

Ⅰ . ①美… Ⅱ . ①艾… ②王… Ⅲ . ①幻想小说—美国—现代 Ⅳ . ① I712.45

中国版本图书馆 CIP 数据核字（2021）第 051740 号

图进字：21-2020-229

世界流行科幻丛书

美杜莎 I：觉醒

出　品　人　程佳月

丛书主编　姚海军

著　　者　[美]艾米丽·德沃波特

译　　者　王　欣

责任编辑　宋　齐　姚海军

特邀编辑　龙　飞

封面绘画　刘隽楷

封面设计　王莹莹

版面设计　王莹莹

责任出版　欧晓春

出版发行　四川科学技术出版社

　　　　　四川省成都市槐树街 2 号 出版大厦　邮政编码：610031

成品尺寸　140mm×203mm

印　　张　14.625

字　　数　280 千

插　　页　2

印　　刷　成都博瑞印务有限公司

版　　次　2021 年 5 月成都第一版

印　　次　2021 年 5 月成都第一次印刷

定　　价　54.00 元

ISBN 978-7-5727-0084-2

目 录

第一部

哪种杀手？

1.212 号气闸室

我叫央一·安杰利斯，是一只蠕虫，生活在"奥林匹亚号"世代飞船的外壳层里。大部分时间里，我穿行在飞船的管线廊道中，为管理者们工作。我并非完全的耳聋、眼瞎、口不能言。这个不仅是我最大的秘密，也是宵禁两小时后，我还能在 212 号气闸室杀死赖安·查尔马恩的原因。

不用同情赖安，他也是为了杀人才去的那里；他的心腹中出了一个内鬼。有个家伙跟这个内鬼约定在 212 号气闸室碰头，而他则要过去干掉这家伙。不过，赖安其实不知道内鬼是谁，所以他才没有假借他人之手来干这事儿。但这也不是他决定亲自动手的唯一理由：赖安本来就喜欢干这种下作勾当，但顾及自己在家族里的尊贵地位，这事他不能纡尊降贵常做。

管理者不用遵守宵禁,所以赖安可以随意走动,而他的亲朋好友很少会出现在廊道;毕竟,只有我们这些蠕虫才会生活在这里。他穿行在狭窄的走廊里,确信不会有人看到他。尽管极其寒冷,连呼吸都凝成了雾气,他也丝毫不在意。

我对他还是有那么一丝钦佩的。他方向感极好,要是人品也一样好就更棒了。

200- 级的气闸室建造得很大,可以停靠体积庞大的货船。气闸室的拱形天花板和弧形外闸门,其造型有一种近乎哥特风格的奇特美感。这里是"奥林匹亚号"上唯一能让大部分蠕虫进入的开阔空间。这儿的宏伟壮丽总让我激动不已。

气闸室也会让赖安激动不已,但跟我的理由不同。他曾借助这些地方来杀人(有时是私自,有时则经过官方批准)。虽然对他而言,用 212 号气闸室杀人有些大材小用——毕竟,找个大小合适的地方,把人推到外面的真空里就行了——气闸室的好处在于,不会有人来打扰:"奥林匹亚号"已经多年没有货船停靠,管理者们没有必要到这里来;这里也没什么乐子能吸引他们大驾光临。蠕虫则只会待在各自的洞穴里,所以这个地方目前只有他一个人。

看到内闸门时,他放慢了脚步。门开着,这可不符合规定。如果外闸门遭到严重破坏,那在紧急门关闭之前,气闸室内会迅速地减压。这种情况下,虽然内闸门会在十秒钟内关闭,但只十秒钟也足以将许多的人和设备吸出门外。赖安并不在乎这样可能会造成多少死伤,毕竟能惹得管理者火冒三丈的事情,只会是有人违反了规定。他先是面露愠色,转而又变成了好奇。他其实有两个目标:杀死对手、找出内鬼。这两人肯定正躲在里面密谋,所以内闸门才会开着。

他竟然没有闻到鲜血的气味,这让我感到很奇怪,毕竟从我这都能闻得到。管理者们相信,他们掌控着作为仆从的我的听觉和视觉;所有的蠕虫都接受过这种改造,东西就植入在我们的大脑里。但是不知为什么,他们从没想过要控制我的嗅觉、味觉和触觉。要是我,在走进气闸室之前就能闻到那股血腥味儿了;可在看见对手的尸体之前,他却好像毫无察觉。

他看起来惊讶不已,而后又恢复了管理者常有的从容淡定。我猜他应该是在想,内鬼是不是个"双面间谍"——又或者已经决定要投靠他的阵营了?但他决不会相信这种人,所以还是要弄清楚内鬼到底是谁,并且将对手和内鬼一同找到。

其实他早就找到了,只是自己不知道。我,就是那个内鬼。

我在等着他往气闸室的深处走,但似乎他的好奇心还在与谨慎做斗争。不过我敢打赌,那摊湿湿的东西一定会引他进去。果然,我赌赢了。

气闸室内部空间很大,几乎可以容纳数百人。巨大的机器人手脚着地靠在气闸室边缘,一圈圈电缆从天花板上悬垂而下。他驻足倾听了好一会儿;与我不同,他的听觉是正常的。但这也无济于事,我接受过改造,能够安静得像尊雕像。

终于，他穿过房间，精致的靴子踩出"嗒嗒"的回音。珀西·奥莱利——他曾经最好的朋友和最大的仇敌，如今已成为一具尸体。赖安跪了下来，将手指放在他的喉咙处。不知道的人会以为他在感受对方的脉搏，但其实他只是在触摸血液而已。他的脸上并没有胜利的喜悦，只有彻头彻尾的失望。他本想亲手杀死珀西，顺带享受嘲弄他的乐趣。

他凝视着手上的血迹，可能是想尝尝那血的味道；还没等他有机会，我便关闭了内闸门。

赖安跳了起来，下意识地想要逃；但是他深知这不过是徒劳，便很快放弃了。换作别人，无论如何都会试图逃跑；他们会启动控制器，尝试让内闸门再度打开。但是赖安之前也曾这么玩弄过自己的"猎物"，所以他知道，这扇门不会再为他打开了。

我本打算跑到杂物柜那边去堵他。那里装满了增压服，我们这些蠕虫会确保增压服的空气罐是满的。如果气闸室没有被减压，则外闸门需要六十秒来响应打开的命令。他完全可以利用这段时间跑去杂物柜那边，将自己关进其中一个杂物柜，或者躲进随便哪个驾驶舱里。我知道这些，全因为我是个干粗活儿的。

赖安只会用管理者的思维来思考。"你也不看看我是谁?！"他转身寻找着隐藏的敌人，大声地咆哮道。接着，他听到我滑下电缆的声音，抬起了头。

他脸上的表情从愤怒变成了惊讶。此时，我已经接入"美杜莎"。我确信，他之前从没见过类似美杜莎的装备。没人知道如何启动她，也没人为了适配她而修改自己的大脑接口。

但我知道。我滑进美杜莎中，令她的触手伸展弯曲得更加自如，像是由血肉而非生物金属构成。我在赖安的头顶盘旋，直到美杜莎和他的脸近在咫尺。借助她的眼睛，我看到了从前未曾看到过的东西；借助她的耳朵，我听到了他的心脏疯狂跳动的声音。

"你是谁？"他问道。

我没有回答，尽管我的确有话想对他说。

"我能给你安排一份体面的工作，"他说，"绝对让你大显身手。我正需要你这样的人才。"

显然是胡说八道。赖安的祖母，示巴·查尔马恩夫人早就在《工作权利法则》里写明，只有管理者家族才能为了奖赏回报而工作，其他所有人只能为了糊口和不至于冻死而工作。

我激活了自己的声音，是赖安熟悉的声音。因为，这是他的最爱。

为管理者们工作时，他们不会切换我的声音；但私下相处的时候，他们就会加以控制。他们可以让我发出任何他们想听到的声音，有各种各样的语音可供他们选择。赖安最喜欢神奇王国的声音，因为听着分外开朗活泼。

"你一定是那个从贫民区来的雏儿吧？"我说。

他皱起眉头，一副不高兴的样子，估计是听到"雏儿"这个词感到倍受侮辱。我很失望，他竟然没有想起这句话。这可是我刚开始当仆从时，他对我说过的话。也难怪，毕竟是六年前说过的话了，那以后不知道又发生了多少事情。但我还是强烈地希望他能想起那几个侮辱人的字眼。贫民区是他和其他管理者形容"奥林匹亚号"的姊妹船——"泰坦尼亚号"的称谓。"泰坦尼亚号"曾和"奥林匹亚号"一样宏伟壮丽，但赖安的父亲，贝勒·查尔马恩毁了一切。他先是将"泰坦尼亚号"飞船洗劫一空，然后把飞船连带船上的二十万人一同炸毁了。

与"泰坦尼亚号"一同葬身火海的二十万人中，就有我的父母。我没有和他们在一块，因为那时候我在"奥林匹亚号"上当仆从。我看起来还算养眼，又愿意接受改造，所以被挑中了。我本想着努力工作，等存够了钱就把父母也接到"奥林匹亚号"上来。

刚开始当仆从的几轮工作周期里，我主要负责站在贝勒·查尔马恩家的宴桌后面，及时而周到地满足座上贵宾的需求。我的脸僵硬、麻木，这样我就不会流露出任何表情，也就不会冒犯他们，更不会在服务时听到或看到他们的所作所为，显得震惊、悲伤、愤怒、喜悦抑或困扰。倘若我们神色平静、嗓音悦耳，他们就可以更加集中精力地完成自己的重要工作；闲暇时也可以尽情放松，卸下肩负的重担。

在家族长辈面前，赖安举止得体。不过，有一次我刚结束了一轮周期的工作，就被他逼进了仆从廊道的一处墙角。他体型高大、体格健硕，头发乌黑光亮，自以为风流倜傥。查尔马恩家族的头发是出了名的乌黑飘逸，但他的魅力并没有征服我，便将我强按到墙上。我的制服面料又硬又厚重,他没办法将手探进我的衣服;他便用力咬住我的嘴唇,咬到鲜血流淌而出。

医生帮我缝补嘴唇的时候,我偷偷启动了一个秘密改造过的程序,连接上通信网络,尝试联系还在"泰坦尼亚号"上的父母。此时,我才发现"泰坦尼亚号"早已灰飞烟灭。

六年后,212号气闸室的阴暗处,我用触手环着赖安。我用戴着手套的双手捧着他的脸颊。这感觉一定像极了爱抚——虽然手套能够承受真空负压,但质地还是很柔软的。"亲一口怎么样,贫民区的小雏儿?"我用神奇王国的声音说道,"来呀,我的可人儿。你知道,不听话的雏儿可是要被扔到气闸室外面的。"

他眼神里闪过一丝恍然大悟。他或许不太记得自己对我说了些什么——毕竟那不过是他以欺凌弱小为乐的一生中,一个小插曲罢了。但是他也不傻,我提到贫民区雏儿的时候,其实也透露了一丝关于我身份的线索。他像是看到希望,抓到了我的把柄似的。

"你会为此付出代价的。"他说。但我猜他并不知道,我早就付出了代价。直到外闸门的警报响起,他还是没有意识到我要做什么。

我紧紧地抱住了他——我可不想让他飞出门外。四周的空气肆虐地席卷着我们,裹挟着珀西·奥莱利的尸体向外呼啸而去,而美杜莎的触手将我们紧紧地锁在原地。

暴露在真空中,死神带走你的速度快到令你无法想象。失压状态下，肺部的空气会瞬间经由鼻子和嘴巴抽离，人很快就会失去意识。所以赖安没有挣扎多久就死了。

我抱着他，呆呆地定了一会儿。海拉星系的光芒倾泻而入，照进气闸室，为这场景平添了一抹神圣；在我看来，这是神圣的。这些宏伟壮丽的气闸室是唯一能够让我感知上帝存在的地方。不知赖安是否也感受到了上帝的存在。

我将赖安的尸体带到敞开的门口。改造后的视觉可以让我直视海拉主星。我还从未如此近距离看到一颗恒星——确切地说，亲眼看到。它和我在母星教程中经常看到的黄色大太阳并不一样。虽然我们和它的距离远超九十个大文单位，但它看起来仍旧大得像颗太阳，而非遥远的一个光点。尽管海拉主星介于"奥林匹亚号"和它的姊妹星之间，但看起来依旧灿烂美丽。巨大的212号气闸室外，目力所及之处，只有一颗星星能够与之媲美：卡戎星，海拉星系的第三颗恒星。虽然它无法摆脱另外两颗恒星的引力，但距离也远到足够拥有自己的行星。未来的数十年里，卡戎星会成为唯一的风景，而海拉星则会渐渐淡出我们的视野。

我将赖安转到面朝着卡戎星，然后用力推了他一把。虽然他将会与"奥林匹亚号"以同样的速度前进，但是随着"奥林匹亚号"不断向我们精确定位的恒星驶去，二者只会渐行渐远。

他现在也一定还在那里飘浮着。

自从失去了肉眼，我便几乎不会掉泪。但当美杜莎回到自己的藏身之处，我关闭外闸门与她告别时，我掉了一滴眼泪。哭泣并不是出于对赖安的同情，但也不能说这是出于喜悦。我想，我哭或许是因为看到了（也践行了）最纯粹的恐惧和最纯粹的美丽。我脑海里响起了托马斯·塔利斯的《拉尔夫·沃恩·威廉姆斯的主题幻想曲》。

这首曲子讲述了一位僧人在孤独的大教堂里唱着歌曲，声音一直传到了天堂。但这首曲子需要两个弦乐团协奏才行。前几个音符需由琴弦弹奏，听起来会有黎明的曙光即将普照世界的感觉——这景象我曾梦见无数次，但却从未亲眼见过。当琴弓拨动琴弦，神圣的合奏声响起来时，间或穿插的独奏让整首曲子听起来更富人文气息；随后，其他乐器又重新融合在一起，整首曲子听起来激荡人心，超越了凡尘的界限。

我敢肯定赖安不会懂我听《幻想曲》的感受。我父亲是历史古典音乐保护活动的主要倡导者，但他失败了。

或者说，他看似失败了。因为，当我移居到"奥林匹亚号"时，带来的不仅仅是自己的牙刷，还带来了父母托付给我的技术，而这项技术就是赖安·查尔马恩必死的原因。

也许你认为我是为了复仇才杀害了他，但完全不是。赖安之所以必死，是因为他想要废除查尔马恩夫人的"音乐教育"法案。赖安认为音乐仅仅是用来维护纪律的工具，而不是用来激发灵感的妙药。他想证明自己的父亲贝勒·查尔马恩不过是个无能的懦夫，不敢忤逆早已驾鹤西去的母亲。

那首曲子，赖安连一个音符都没有听过。但这对他或对我来说都无关紧要，最重要的是，他愚蠢地想要阻挠那个法案。随着他的死亡，反对派也一同消亡，而查尔马恩夫人（于死后声明）的遗愿获得了胜利。

尽管早已不再假扮仆从，我还是回到了工作岗位上。我监视着贝勒·查尔马恩和他的亲信；在他得知自己的儿子失踪时，我正盯着他。他看了一眼奥莱利家族，他们又盯了回来。管理者们总有充分的理由怀疑对方会谋杀或背叛自己，但不会有人站出来大声指控。

十个休息 - 工作周期之后，贝勒召集众议院，通过了"音乐教育"法案，以此悼念自己死去的儿子。"奥林匹亚号"上的每个孩子都植入了我父亲精心编写和保存的、内容庞大的古典和民间音乐库。管理者们为彼此的远见卓识互相道贺，却从未怀疑与那些美妙音乐一同植入的，会不会还有别的什么东西。

没人知道我父亲为了保护他挚爱的音乐付出了多少努力，他相信这是与我们被遗忘的过去建立联系的最好方式。即便不是为了隐藏在数据库中的通信生物技术，他也会这样做。人人都以为查尔马恩夫人一手策划了"音乐教育"法案，但实际上，她脑海里从未有过半点这样的想法。她才不了解音乐，而她背地里的狼子野心，可谓彻头彻尾地残忍无情。

她才是我们不幸的罪魁祸首。但要是我能自己想出别的办法，就不会让她以这种方式被人铭记了。

这样一来，永远都不会有人知道她之前暗怀着的鬼胎了。

2. 贫民区来的雏儿

"我们可以感觉到脚下的泥土和青草，"父亲告诉我，"你能想象那种泥土在脚趾间挤压的感觉吗？"

"不能，"我说，"我从来没有挤压过什么东西。"我没有见过"奥林匹亚号"和"泰坦尼亚号"内部的居住区，但我父母却对它们非常渴望。那时我五岁，父亲谈到居住区的语气，就像其他父母在谈论童话故事中的绝妙仙境。

"那里生长着各种鲜花、水果和蔬菜，"他说，"还有谷物、坚果和香草。空气中弥漫着绿色植物的气息。抬头远望，云层飘浮，雨水时而从中倾泻而下。"

我知道他说的是什么意思，我看过雨水的图像，还有雪花、闪电和龙卷风，尽管这些都从未在世代飞船上出现过。飞船的内部足够大，可以制造出微微细雨，但也仅此而已；雨水灌溉作物，然后被回收利用。父亲年轻时，曾在居住区的花园里工作；现如今，机器人承担了大部分工作。他不再被准许进入居住区，身为科学家，他仅能进入科技区。

"想想《魔法湖》。"他的眼睛闪烁着光芒，"在脑海中将音乐具象化。你所看到的景象会向你揭示自然之美。"

无须苦思，我便能回忆起阿纳托利·利亚多夫的这首温柔曲子。四岁的时候，父亲就将音乐数据库植入了我的大脑；这样有违法律，但他的罪行未被发现。父亲认为所有孩子都应该接受我这种改造，但他的建议被驳回了。管理者们认为这愚蠢而毫无意义——他们根本不能理解他为何想这么做，所以他们也从未怀疑过他是否已经这么做了。

母亲把我抱在怀里。长笛、双簧管、单簧管、巴松管、喇叭、定音鼓、低音鼓、竖琴、钟琴和各种弦乐器在我脑海里编织交错，就像流入魔法湖中的涓涓细流。我想象着黎明来临之际，被晨光叫醒、在枝头雀跃的鸟儿；泡在水中仅露出一双眼睛的青蛙。即便没有母亲提供的那些与音乐相补充的图像，我也能想象出那副画面。

这些图像源自我们的母星：雨水和闪电、拍岸惊涛、地下水池、在风中摇曳的高高草丛——视频、照片、素描、绘画、挂毯、雕塑，全方位地描绘着那个生机勃勃的世界。我们三个人依偎在狭窄的洞穴中，看着那些景象，听着我们的音乐。我们的蠕虫同伴还在熟睡或是计划着如何挨过下一个周期时，我们却因此而充满希望、梦想和想象。

十一岁的时候，父亲想让我报名参加一项科学项目，但他们拒绝了我。那是我第一次看到他生气；但是他和登记台的负责人说话时依旧态度温和，"我女儿在测试中排名前 2%。"

那位负责人虽然没有露出自鸣得意的笑,但是我能看出来她很享受其中。"这个班已经满员了,"她说,"他们不得不缩减人数,你知道的。我们现在处于紧急状态。"

父亲紧紧抓着我的手,"她要是进不了这个班,就得去卖苦力了。"

"还好她脑子聪明,"负责人说,"我相信她肯定能想办法克服重重困难。"

父亲的脸色本就有些黝黑,听到这番话后,忽地涨成了紫色。我看到他眼神中射出愤怒和绝望,大吃一惊。负责人的态度在那个时候本应变得温和才对。

然而正相反,她似乎以父亲的愤怒为乐。她指着远处坐在门旁边的安保官员说:"那个廊道尽头有个通往 017 气闸室的入口大厅。公民,你有两个选择,要么带着你家的小孩离开这儿,回去工作;要么就把你和你的抱怨从 017 气闸室一块扔出去。明白了吗?"

她似乎希望父亲没听明白。

父亲转过身,带我走出房间。他的手依旧紧紧地握着我的手,不过迈的步子很小,好让我能跟上他。我们在越来越窄的廊道中走着,快到工作区和儿童学校的岔口时,父亲选择了另一个方向。他紧握的手松开了,我知道他心中已有计划。

管理者们总说世代飞船里已经人口过剩,但根据在廊道里遇到的人来判断的话,根本看不出这一点;有时候,你走几个小时都遇不到任何人。我们附近空无一人，但是父亲一言不发，直到他把我带进一间看起来像医生办公室的小房间。他把我抱上检查台，将双手放在我肩膀上，"央一，任何时候都要三思而行。"

"嗯。"我向他保证。我那时还没有意识到，他给的这条建议，会让我受用终生。

"刚才那个负责人说的话，我一点儿也不感到意外，"他接着说道，"我和你妈妈早就担心会出现这种情况，所以我们早有准备。"

我凝视着他的面容。一直以来，我都觉得父亲是所有活着的人中，最帅气的那个男人，但我也很担心他的白发会逐渐驱散所有黑发。父亲比母亲大二十岁，直到现在，这种年龄差距才显现出来。

"央一，植入你大脑中的数据库包含的不止音乐那么简单。音乐的数学结构是隐藏信息的完美选择。人们只觉得，那不过是优美声音的集合而已；他们从来没有搜寻和发现过隐藏在音符之间的东西。"

"音符之间？"我说。

"音符之间，"父亲说道，"隐藏着一个比现在大多数人使用的界面更为复杂的界面，目前只有我们二十个人拥有它。我们认为，可以将它作为新一代教育改进的一部分推行给孩子们，但是我们的项目被砍了。管理者们认为音乐是没有意义的，没有教育价值。"他鄙夷的语气表明了自己对管理者这一态度的看法。

"我们将它植入彼此脑中，"他继续说道，"因为我们知道，这个界面会让我们占据优势。这是我们送给你的礼物——也是你最大的秘密。你绝对不能跟任何人提及它，包括你母亲和我——即便通过你认定的私人通信链接也不行。"

"我不会的。"

"很好，"他说，"因为现在，我要再一次犯法了。你现在脑中的版本有限制，我要给你植入升级版本。"

两小时后，我感觉到母亲的双手正抚摸着我的脸颊。我躺在我们小小的房间里，头发上的血迹已被洗净，母亲正用毛巾帮我擦干。我没有试着睁开眼睛，倒是心满意足地在父亲新植入脑中的崭新世界里尽情探索。

这个空间一点儿也不模糊。与这种清晰明了形成对比的是，从那时起，我就很难在脑海中想象出母亲的容貌。她有着蜂蜜般的肤色，头发比虚空还要乌黑；她绾着仿古的发型，就像文化数据库中的能剧①演员一样。她的行为举止也像演员，优雅而简洁；但我记得最清楚的还是她的声音。

她用毛巾将我的头发擦拭干净，把我的头放在枕头上，梳理起我干净的头发。"央一，一位名叫马歇尔·麦克卢汉的古代哲学家曾经说过，媒介即信息。无论一个想法是多么简练、实用、杰出或者公平，如果这个想法源自蠕虫、小行星矿工、科学家，甚

——————————
① 日本的一种传统戏剧。

至是中层管理者，它都会遭到无视，就算说破嘴皮也根本无济于事。想要强权者改变法律，就必须让他们相信，这些改变是他们自己智慧的结晶，他们的骄傲便丝毫不会减损。"

我感觉她亲吻了我的双手，然后是我的额头。她的声音如此动听，我很惊讶管理者们竟然没有将它收录进令他们感到愉悦的声音库里。

"从现在起，"她说，"你得尽可能地从学校，甚至从工作中学习你所能学到的一切。当你回家后，我和你父亲会把我们知道的一切都教给你，告诉你如何装作正常人，如何生存。"

她没有提到的是，他们教给我的每一件事情，都会刺激到我脑子里的那个东西，让它为获取情报和生存而建立另外的链接。但是，如果这种事情之前能被预料到，我们也就不会再提起，甚至不会再暗示。

"现在，你需要好好休息一个周期。"母亲又亲吻了我一下，"十二小时后，新的工作周期就要开始了。"

她和父亲轻声交谈了一会儿，然后喂了我一些补充营养的肉汤。我欢乐地沉浸在脑中的音乐库，从古斯塔夫·霍尔斯特的《行星组曲》，再流连到克劳德·德彪西的《夜曲》管弦乐。各色影像伴随着音乐出现，或雄伟，或奇异，十分美丽，令我沉迷其中。

最终我睡着了，但应该没有睡多久。当我醒来时，灯光已经调到了夜间模式，父母也窝进了他们自己的小房间里。我想要再选一首音乐来听,但却一直回想起之前那个宣称科学项目中没有多余名额的负责人。

我的父亲对此嗤之以鼻。"他们总是声称什么都不够。没有足够的食物,尽管我们一直在大量地囤积;没有足够的燃料,尽管我们在旅程中一直在开采;没有足够的热量,没有足够的光线;居住区没有足够的空间给所有人居住,管理者倒有的是地方住。世代飞船的内部空间明明非常巨大,足以容纳我们所有人。"

"那他们为什么不跟大家分享呢?"

"因为,"我父亲说,"物以稀为贵。"

我躺在自己的小房间里,想象着管理者脚下的草地,还有他们脚趾间挤压的泥土,脑中忽然冒出一个想法。新改造不仅可以让我获取更多的音乐和图像,应该还能够让我链接到一个更加广阔的通信和监控网络。

这就是父亲和他的同事隐藏在音乐中的秘密。他曾说:"我们认为管理者会批准我们建立音乐数据库,但我们高估了他们对高雅文化的欣赏能力。他们无法理解保留我们过去的意义。"

那时候我还小,并不关心为什么那些管理者要如此草率地砍掉父亲奉献一生的工作成果(既包括他们共同的努力,也包括父亲个人颠覆性的工作成果)。相反,我任由自己将所有的好奇心都放在那些从未见过的事物身上。

我想到,居住区内肯定有监控器,或许我可以偷看一眼令父亲魂牵梦绕的绿色草地。我想象出总目录,然后选择了子目录。

这个目录比我所知道的任何东西都要复杂且详尽。令我高兴的是，它不仅能为个人提供链接，还能为系统提供链接——例如，维护系统可以链接到维修无人机，并命令它执行任务。

更有趣的是，它还能向我展示目前正在使用的所有链接。我潜入到目录深处，发现了一些让我惊讶的东西——那是一条仅供两人使用的链接：S. 查尔马恩和 B. 查尔马恩。

即便在当时那个年纪，我也知道示巴·查尔马恩夫人是谁。母亲私下称她为铁拳，听起来她不像个好人。在无意入侵任何东西的情况下，我触碰那条亮着的链接，希望能发现他们是谁。

"……救生艇上没有足够的空间。"一个女性声音传来，如同在我耳边私语一般。这是因为我正通过脑中植入的通信系统访问这条链接，我大脑中处理语言和听觉的部分直接被激活。我听到了查尔马恩家族具有代表性的声音。

我退出链接，吓了一跳。示巴知道我在偷听吗？这真的是查尔马恩夫人？要是被她发现，她会把我从 017 气闸室甩出飞船吗？

但是父亲说过，没人知道我的这些特殊改造。除非我告诉他们，不然他们压根儿不可能知道。于是，我再次触摸了那个链接。

"……又是那个比喻。"一个男人的声音说道，"你就不能换点儿新鲜的？我都听腻了。"

"这不是个比喻，你个白痴，这是事实。如果我们不控制这些猪猡，他们就会骑到我们头上。我们牺牲一切从大老远来这儿，可不是为了让那些下等公民投了否决票，然后毁掉我们的。贝勒，把你那该死的靴子踩在他们脖子上，一直踩着。听明白了吗？"

男人叹了口气，"是，母亲。"

他们用那种说话方式交谈了很长时间，我听得有些无聊。所以我抛开了这个链接，搜索可以让我看到居住区的东西。但我搜索到最接近的画面，在"泰坦尼亚号"的外壳内侧，那儿有一扇通往供应室的门。门敞开着，我可以看到光线经某种绿色东西过滤照射出来；我还看到了一小块五彩斑斓的色彩，那是一片鲜花。这是多么令人愉快，让人迷醉其中。但不管我怎么努力尝试，也无法看到那扇门内完整的风景。父亲说过，那里有条地平线，呈弯曲状，如果你仔细凝视那薄薄的云层，就会在遥远的头顶上方看到居住区的另一半。但是我脑子里没有那些景象，这种景象的图片也无处可寻。就好像管理者们不希望我们知道，那看起来究竟是什么样。

"为什么不想让我们知道呢？"我很是好奇。

要是我能多听一会儿，S. 和 B. 也许会给我点儿线索。我说不定会无聊到睡着，但如果我有足够的耐心，可能会知道一些有用的信息。我检查了一下刚才的链接——它仍在使用中。于是，我再次触摸它；这次，我确实得知了一些信息。

"别拐弯抹角了，"示巴·查尔马恩说，"怎么才能在他们弄清我们的意图之前，先杀了他们？"

3. 加麦兰，我的小狗

雨水的气息令人震惊。如果住在"奥林匹亚号"干旱外壳的内部，你可能会闻到机械、鲜血、汗水之类的气息。但是，雨水的气息和你所能想象的任何东西都不一样；即便你之前从未闻过雨水的气息，当你闻到时，也会马上就知道那是什么。

我站在居住区的雨水之中，等待着为参加贝勒·查尔马恩的花园派对的管理者们提供服务，他们也站在同样的雨水之中。"奥林匹亚号"里的降雨如此细润，如同一层薄雾。我们的服饰无法吸收雨水，因为我们穿着仆从斗篷。

一些管理者穿着定制的斗篷，不过大部分管理者会放任头发被雨水打湿。这种不舒服的感觉让他们觉得很是有趣，因为他们很少有机会体验，而且可以随时结束这种感觉。

这是我第四年工作快结束的时候。我观察着管理者们，因为我觉得这行为怪得很；与此同时，我还感受着皮肤上的雨水，看着各种新鲜蔬菜的颜色，以及努鲁丁的帅气脸庞。他是我的同事之一，穿着仆从斗篷，看起来像位古埃及的国王。但是那时候，"奥林匹亚号"上没什么人研究古代艺术，所以我是为数不多地注意到这件事的人。

尽管有所分心，但我的注意力还是集中在自身的职责上面。管理者们要求仆从对他们最细微的暗示做出最快速的反应，瞬间满足他们的任何需求；从递上纸巾、餐盘，到重新斟满饮料，抑或是其他千万种需求。我们就像是日本文乐木偶戏的黑子，穿着一身黑色制服，假装是背景的一部分。我们的行动必须悄无声息，不引人注目，并且高效简洁。做不到这些的仆从，是无法通过培训的。

我告诉了父亲我的雄心壮志，尽管他能够理解，却一直闷闷不乐。"泰坦尼亚号"上没有什么技术培训，我们期望"奥林匹亚号"可以为我提供更多的机会。我那时才十六岁，还有可塑性。但是要成为仆从，需要接受大量的改造；在改造过程中，我之前脑中的非法植入内容随时可能被发现。父亲不得不动用了些关系，才确保我在接受改造时，当班的医师都是信得过的人。

我轻而易举地通过了改造，甚至还收到了一双人造眼球作为额外奖励——这能让我随心所欲地改变自己瞳孔的颜色。我的虚荣心得到满足，不过这也为我之后的一些特殊行动提供了便利。

我来到"奥林匹亚号"的中央区。我有目标，既有短期目标，也有长期目标。首先，我想把父母都接到"奥林匹亚号"来。但是，我终究还是晚了一步。

在我完成自己头三十个工作周期之前，他们就去世了。

　　四年过去，"奥林匹亚号"已经将姊妹飞船的碎片残骸远远抛在了后面。如今，贝勒·查尔马恩坐上了家族的主座。他依旧会提及自己的母亲，这让人思及其他一同死在"泰坦尼亚号"上的人，不禁悲从中来。有时，他会在谈到母亲时轻声哭泣，但今晚没有。他心情不错，可以说是前所未有的好心情。我能看到他、食物、桌子，还有满席宾客；我能够闻到植物的气息，却看不到它们，也听不到雨水降落的声音。

　　作为他的仆从，我们长相美丽；管理者们丝毫不能容忍我们长相上的瑕疵。他们并不像我们这样长相迷人，但却毫不自知。他们似乎被彼此吸引，而且对于争辩法律或玩弄政治从不感到疲惫，即便在这次晚宴中也不例外。这也是为什么泰德家族会派代表到此——派了一位狂妄自负的年轻新贵，名为格伦·泰德。

　　"让我们举杯！"泰德高声说道，这也是我们需要为他们的玻璃杯斟酒的信号，我们得如同钟表一样精准。"敬示巴·查尔马恩！她曾是位毫不妥协的谈判者，我们再也不会见到她这样的人了。我们泰德一族为此感谢上帝。"他咧嘴而笑，"自她英年早逝以来，我们干得非常好。"

　　所有人将目光投向贝勒。贝勒没有一丝想要呷酒的意思。

　　"她的逃生飞船还没来得及用，就被人破坏了，还真是碰巧啊！"泰德冲贝勒眨了眨眼，"不然的话，这会儿坐在这张桌子主座上的可应该是她呀！"

　　贝勒没有明显的反应，但是朝赖安迅速瞥了一眼，赖安可不善于管理自己的表情。泰德将因他刚才所说的话而丧命。

我好奇还有谁读懂了那个眼神。赖安肯定知道，因为那是他最喜欢的一项运动。但是我并不觉得泰德能读懂。我想他深信自己的家族实力强大，不会有此下场。他将杯中红酒一饮而尽，招呼仆从斟上更多红酒；派对继续沉闷枯燥地进行着。

桌上美酒珍馐吃光喝尽以后，贝勒和宾客都回到室内，只留下我们站在自己的岗位上。一群低级别管理者进到花园中来，他们全是家族成员，但是他们仅比那些在"泰坦尼亚号"的外壳工作的官僚们的地位稍高一点。我认出了其中一人，泰瑞·查尔马恩。尽管我从没跟他说过话，但我知道一些他的过往。最近，他总是定期到我们的待命区来，我猜他已经成了贝勒和安全部门之间有用的联络人。

我偷偷地看向他。赖安·查尔马恩总自认为自己长相帅气，但泰瑞才是真正的帅气。和家族中其他人一样，泰瑞有着橄榄色的皮肤，乌黑的头发和黑亮的眼睛。他的身材苗条而匀称。但是客观地讲，我不得不说，泰瑞的帅气一部分是因为他的风度。毕竟，相由心生。

不过，这话放我身上却不太适用。

在得知自己未收到丰盛晚宴派对的邀请之后，一些不那么受欢迎的查尔马恩族人心中愤恨不已，但我看不出泰瑞是否也这么觉得。他们在那里站了良久，然后，泰瑞带着其他人离开了下着雨的花园，去了那些没有精英们的带顶露台。这里只剩下了我们。

我们耐心地站立着，个个都善于等待。为了给自己找点儿乐子，我在脑海中播放起加麦兰音乐。这种乐曲由鼓和钹组成的管弦乐队弹奏，节奏舒缓、乐声庄重，和此情此景相得益彰，让我变得愉悦起来。不过，随着时间流逝，始终无人来让我们解散，我忽然冒出一个大胆的想法：咫尺之外，就是我梦寐以求的鲜花，但我现在却只能嗅到它们的芳香，不能看一看它们长什么样。

我缓缓朝那边挪了一步，确认无人察觉后，又挪了一步。一共偷偷走了四步，此时，我已经脱离了之前所站的小路。

我跪下来，盲目地摸索着；我的双手碰到了一种柔软而又毛茸茸的东西，顺着它继续摸索，我感受到了地面的泥土——这些毛茸茸的东西从土中生长而出，那肯定是植物无疑了。这与我想象的植物全然不同，它们的叶片硕大而柔软，中间有根长长的茎秆，靠近顶部的位置有一簇又一簇另一种毛茸茸的东西。

我俯身过去，嗅了嗅茎秆，它并不像贝勒·查尔马恩家花瓶里的花束那样芬芳，但是气味同样沁人心脾。

有人冲我屁股踢了一脚，力度不足以伤到我，但足以让我回过神来。我抬起头，看到了泰瑞·查尔马恩。"你在干什么？"他说，"要是有人看到你这个样子，你就完蛋了。"

"完蛋"这种说法很有意思。我知道，他说的肯定不是解雇那么简单，但他的语气中却没有一丝恶意。

"不要好奇，"他说，"安守分内工作，你就不会有事。"

我起身站好，规矩地将双手垂在两侧。"遵命。"我用得力女助手的声音答道。

他的嘴角扬起一丝微笑,"来吧,我把你们带到安全部门的气闸室那里。你们今天的工作到此结束。"

他在前面带路,我们都紧紧跟在他身后。这一路上,我得以近距离地打量他。他的服装并不华丽,举手投足中几乎看不出那种傲慢的优越感。他家族显赫,是位中级管理者,但一言一行却如同高级船员一般。他把我们带到气闸室那边,确认所有人都安全到达之后,冲我轻快地说了句"休息愉快"。

"遵命。"我没有看向他,而是在网络上搜索起泰瑞·查尔马恩最近的足迹。他有天可能会派上用场。

众多仆从快步散去,迫不及待地回去休息,恢复他们的感官。但是努鲁丁却慢下步子,并排与我同行。"它闻起来是什么味道?"他用自己尚未恢复的真实声音沙哑地问道。

我思索着试图找出恰当的描述,"它闻起来——很绿。"

"像茶一样?"

"对,非常像。但是比茶的气味还要强烈些。气味更刺激一些,就像是活的一样。"

"这就是你如此冒险去闻气味的原因吗?"

"对。"

努鲁丁沉默了良久,然后说道:"央一,你比我勇敢,但是你不要再好奇了。"

我们一言不发地并排走着,前面的其他人都已经走光了。

我希望努鲁丁喜欢跟我在一起，而我则正在想，向他提问是否明智。提问是收集信息的有效方式，但是他们会反过来也问你很多问题。努鲁丁刚才已经向我展示了他强烈的好奇心。

我还没想好要怎么开口询问，就有人关闭了我们的感官系统。

我的眼前除了一片白色虚空，什么也看不见；听觉也彻底消失，甚至连伴随寂静一同出现的嗡鸣声都听不到。我探测到一台监控摄像机，赶紧连接上。我和努鲁丁还有两个看起来年龄不到十二岁的管理者男孩站在隧道中。他们将自己从我们的听觉和视觉系统中消除了，这样我们就无法知道他们也在这里。起初，我并没有闻到他们的气味，因为通风设备将他们的气味都吹走了。当他们靠近后，我从他们的汗水中闻到一种轻微的气味，这让我后脖颈的汗毛都惊得立了起来。他们两人手里都拿着刀，冲着努鲁丁冷笑，互相推搡着胳膊，似乎在说，"你敢上吗？"

努鲁丁面色平静，但是我知道，在他波澜不惊的表象背后，一定在努力抑制着心里的不安。作为仆从，我们必须内心隐忍、谨言慎行。他肯定也在纳闷为什么我们的感官被屏蔽了。我估计直到被刺了第一刀之后，他才能意识到真相。一旦对方放我们走，我就得立即送他去医院。

"我要把嘴给他割下来。"男孩咯咯笑道，"然后我要再把鼻子给他割下来。"

不行。努鲁丁享受不到优质的医疗护理，如果他们下毒手，他根本无法痊愈。我绝对不能坐视不管。

得从普通网络之外的地方发出条命令。我拼命地搜索着,顺着网络疯狂搜寻。

突然,我发现一条未知的通路,我用它触发了警报。

高音喇叭响起,我们的听力和视觉也随之恢复正常。"注意,"巨大的声音警告道,"爆炸减压即将启动,所有人员请立即撤离 17 隧道。重复……"

失去了对我们感官系统的控制之后,两个男孩如同触电一般,吓得跳了起来。他们忘了自己是管理者,而我们只不过是仆从,飞也似的跑掉了。不过努鲁丁还是看到了他们手中挥舞着的刀子。他们一离开,警报器和报警声音立马中断了。

努鲁丁盯着我,一脸震惊。"爆炸减压?"他嗓子粗哑地问,"这怎么可能呢? 这么靠内的地方?"

我耸了耸肩,"我猜要是有重大灾难发生,这也是有可能的。"

"比如说?"

"我可不想胡乱想象。"不幸的是,我也没有必要想象,因为我已经看过了"泰坦尼亚号"上的灾难的安保录像片段。

"总之,刚才似乎是系统出了故障。"

"以后,"他说,"我们最好还是和大家待在一起,单独出现在这里不太安全。"

我点了点头,和他一起快步走到廊道尽头的拐角处,回到我们的待命区。

仆从在放工之后不允许和他人进行任何社交活动。因此，我没有去跟任何人见面或交谈；我径直回到自己的住处，简单冲了个澡，啜食了几口营养汤，就挤进了自己的小房间里。我本想听一些加麦兰音乐，但是总忍不住去思考格伦·泰德在晚宴上说的那一番话。

她的逃生飞船还没来得及用，就被人破坏了，还真是凑巧。

示巴·查尔马恩没能逃离"泰坦尼亚号"。但我和其他人一样，一直以为她在前往逃生飞船的路上就已不幸遇难；我从未想过逃生飞船被人破坏的可能。

诚然，我知道她和贝勒对蠕虫十分鄙夷。"泰坦尼亚号"被毁之时，我也曾怀疑过他们，甚至也曾通过秘密链接听到一些他们的密谋内容。那时的我还是个孩子，他们的谈话内容对我而言毫无意义；所以我没试图理解其中的含义，而是进行了录音。

我还有那段录音。不过，我从未重播过那段内容，因为我没有听到他们明确地说出要炸毁"泰坦尼亚号"。他们说的是什么来着？

"我们怎么才能在他们弄清我们意图之前，先杀了他们？"示巴曾这样问道。正是这句话吸引着我去偷听他们的谈话。

但是贝勒的回答却说不通。"我们就不能把他们拆掉吗，用他们的零件去造些有用的东西？"

拆掉？零件？听起来他们像是在讨论某种机器，我心想。但是为什么他们会说要杀掉机器?

"他们太过复杂,没办法拆了再用。"示巴说道。尽管她没有真正发声讲话,但也能听出来她的不耐烦,"太过精巧了。他们有自我防御系统,会怀疑我们的意图。没办法——如果我们想要摧毁他们,就不能把他们当作主要的目标。"

那个时候,当他们说到这里,我已经开始对他们的对话失去了兴趣。他们讨论的话题也转向了物资、能量消耗品和出产品的库存。但是现在,我意识到他们是在用特定的方式谈论"泰坦尼亚号"的统计数据;他们在争论是否应该牺牲掉"泰坦尼亚号",尽管他们从未明说。那些统计数据也并不完整,似乎他们已经反复讨论过此事多次,已经没有耐心再将所有详细数据重述一遍。令人惊讶的是,我几乎失去了再次聆听的兴趣。

但是那时候示巴说过:"……他们的通路不在已知网络当中……"

我触发警报、救下努鲁丁时,发现过一条普通网络之外的通路,现在我有时间好好探索研究它了。我再次搜索这条通路,却发现那条通路与上次不同,上面出现了一条新的链接。

这条链接没有任何名字,但我还是试着碰触了一下。

"已唤醒,"我脑海中传来一个声音,"有何指令?"

我有些困惑。我并没有拨通链接,只是碰触了一下,可是现在竟然有人在跟我对话。

"有何指令?"那个声音又重复了一遍,冷酷而有耐心。

我想要断开这条链接，却做不到。我顿时感到有些惊慌。我不能只挣扎，我需要采取行动。

"你是谁？"我问道。

"美杜莎。"对方回应道。

这声音听起来不像我在脑海之中或是脑海之外听过的任何人类声音。它独一无二。"你在哪儿？"我问道。

"路西法塔。"

我后背一阵发凉。路西法塔不是一个加压居住区——它位于神秘的传感器阵列区，在"奥林匹亚号"的最前端。技术人员早已不再巡查路西法塔，那里有单独的修理无人机。然而，有什么东西住在那里，有着如同机器一般声音的东西——但也不完全是机器声音。

"我想要见你。"虽然这话听上去有点冲动，但事实上并不是。

美杜莎通过链接触摸了我。之前从来没人能够做到这点。我大脑中曾被秘密改造过的地方受到刺激，我看到了她的脸。她的面容看起来是那么精致，绝非人类，而更像是一副面具。然后，这副面具开口对我说道："央一，你的父母已经去世了，'泰坦尼亚号'也不在了。"

"被贝勒和示巴·查尔马恩摧毁了。"

"我会遵照你父母的遗愿以及你的意志。我们将合作。"

"怎么合作？"

"时机一到，我会到你身边。"

我猛地惊醒。难道我刚才睡着了,美杜莎只不过是一场梦?

我又搜寻了下那条链接,却无论无何也找不到了。

但是那条通路还在,我顺着通路探索。尽管这条通路存在于已知网络之外,但它能和任何连接点链接,并且在使用者用完之后解除这一链接。

美杜莎就藏在这条通路的另一端。她刚才提到了我的父母。他们也知道她吗? 她是示巴和贝勒之前提到的、想要除掉的精密机器之一吗?

他们摧毁了"泰坦尼亚号",杀害了二十万人,就是为了摆脱掉她这样的机器?

自从父母逝世之后,我的心就如同一直在燃烧的煤炭。但是心中的怒火并没有蒙蔽我的双眼。我所发现的秘密链接,示巴和贝勒的通话录音,还有父亲隐藏在音乐库数据中的生物技术所能提供的潜在用途,这些都为我提供了一定想法。我的新计划正逐渐成形。

但是其他人已经付诸行动,他们已经远远领先于我。

4. "泰坦尼亚号"之死

想象一艘恒星系级别的世代飞船。我就是在这么一艘飞船上出生的。即便如此，我也只能想象出飞船的一部分。

如果你是蠕虫，那你所了解的世界就只有无穷无尽的狭窄通道。大部分通道里都是潮湿而黑暗的，只有你住的洞穴和某些工作的地方才稍微亮堂一些。气温虽说不至于冻死人，但也好不到哪里去。你所能了解到的大部分温暖源于加热过的衣服或毯子，或者所爱之人的拥抱。

如果你是位高级维修技师，那么你的世界会更为广阔。因为你会花时间在飞船外壳工作。你能够看到旋转的星系，甚至还能看到其他星系。如果你站在位于飞船中部的高点上，可能会看见，飞船引擎这一端与传感器阵列那一端，像是被挤压着似的，留下了在远处交汇的痕迹。

如果你属于管理者阶层，那你的视野也会非常广阔，但不是更远，而是更高。因为在你的头顶之上就是居住区的另一侧，被稀薄的云层遮挡着。

如果你曾是"泰坦尼亚号"上的一名管理者，并且你从重力炸弹爆炸时造成的颠簸摇晃中幸存的话，那么在流窜的大气将你卷入太空之前，你会看到居住区扭曲瓦解。

那肯定会是个神奇的经历，因为"泰坦尼亚号"有数千米宽、数千米长。你会被卷飞很长一段距离。那景象一定无与伦比。居住区的住房和花园里有一千多人，当"泰坦尼亚号"瓦解之时，我甚至连一串连续的字节序列都没有看到。但他们可能会在气流中见到彼此，无助地朝着飞船裂口飘浮而去。

我在梦中曾见过这番场景。在"奥林匹亚号"上，我曾冒充过各种各样的人。所以我能够想象出作为他们其中之一该如何死去。

我觉得我的父母肯定是立即死亡的，如同"泰坦尼亚号"内部的大多数人一样。当你身处飞船之中，尽管飞船在自旋以产生重力，但你却完全感觉不到自己所站的表面正在运动——除非它被什么东西撞上而停了下来。尺寸大如"泰坦尼亚号"这样的飞船，其自旋速率相对较慢。但是重力炸弹扭曲了力场的方向，造成了整架飞船的瓦解。有可能，大多数人还没有意识到哪里出了问题，就已经死了。

或者，这只是我一厢情愿的想象。

如果"泰坦尼亚号"没有被毁，她可能已经从我们星系的一端行驶到了另一端（尽管在她到达另一端时，我们很可能已经和仙女座相撞）。某种意义上说，她仍在继续着她的旅程。"泰坦尼亚号"的大部分残骸碎片将依旧继续前行。技师和维修无人机不再维护她的系统。不可或缺的元素不再从小行星中被开采，精炼，然后制成替换零件。人们不再在她的居住区内种植作物或在她的营养桶中培养蛋白质。但是以自己的方式，她会无限地继续行进下去。

她是如此恢宏壮丽，堪称奇迹。

"你称其为贫民区。""泰坦尼亚号"被摧毁六年之后，在212号气闸室之中，赖安·查尔马恩在我双臂中挣扎之时，我这样告诉他。

他大多数的回应是痛苦地乱抓。但是最后一刻，他看向我，说道："我不想孤单地死掉！"

"你并不孤单，"我说，"我就在这儿。"

我看着他，直到没有一丝生命火花残留。我想起六年之前，他咬我嘴唇的那一天——以及我在自己第一天工作结束后，坐在医疗中心，没有联系上"泰坦尼亚号"上的父母时的感受。

我一直尝试呼叫父母，收到的却只有"没有信号"。这很常见，"泰坦尼亚号"和"奥林匹亚号"上的人试图联系时，经常会出现信号故障。但是我的链接并不通过公用网络。我的链接更加迅速、稳定。当我发现链接那头空空如也时，我知道我们的姊妹飞船消失了。

"回去涂抹这个药膏，嘴巴不痛就不用抹了。"医疗技师往我嘴唇上一边涂抹着药膏一边说道，"这里面有麻醉药剂，还有杀菌剂。只要坚持使用，伤口应该很快就会恢复了。"

他人很好，彬彬有礼，考虑周全。基于我仆从的装束和我的状态，他猜到是管理者施暴造成的伤口，所以他接着说道："我会送过去一份医嘱，这样在伤好之前你都不必去工作。"

"奥林匹亚号"上其他职业的人才不会因为嘴唇红肿就能免除工作。但是身为仆从，必须要呈现完美的容貌。所以，我们的卫生保健管理其实非常好（只要没有管理者蓄意虐待或谋害我们）。

"谢谢。"我粗声粗气地说道。

他捏了捏我的肩膀。我接受了他的同情，这一动作缓解的是比他以为自己正在治疗的更严重的伤口。当他最终让我拿着一管杀菌止痛药膏离开时，我返回到"奥林匹亚号"的通道里。但我没有看这些通道，我脑中展现的是另一些通道——那些通往历史的通道。

我当时并不知道那将会是我最终的目的地。我转向内部，开始在头脑中搜索那些虚拟走廊时，脑海中只萦绕着一个问题：为什么？

我想起了贝勒和示巴·查尔马恩对话中的只言片语：我们应该怎么才能杀死……

悲痛最为可怕的一点就是，它总是如浪潮般一阵又一阵涌上心头，只要你还活着，它就会不断地冲刷你心灵的海岸。你能做的只有逐渐习惯它。

而怒火则全然不同，它只是缓缓燃烧。在脑中的通道里徘徊时，我小心地呵护着它。

那一刻之前，我曾将脑中的通道想象成一块巨型电路，电路的部件用不同颜色的灯照亮。我检索到的信息有时看起来像屏幕上的图片，但有时候却类似于完整的想法、事物、地点和人物。这是我脑海中第一次将路径本身显示为走廊，这些走廊比我日常生活中的通道更加宽阔。我脑海中有些东西发生了变化，但不仅仅是因为情感导致。

我听到了日本横笛的旋律，中间穿插着太鼓的鼓点。在我的脑海里，那些虚拟走廊照出一束灯光，照亮了我母亲的幽灵。

她跪在高台上，穿着端庄而正式的能剧服装——此时的她，身穿代表死者的白色长袍。能剧里，她本应该戴着一副面具；现在却是黑色的长发垂下来，遮住了她的脸，只露出一只冷酷的眼睛。

"我们死了，"那只眼睛告诉我，"你孤身一人。"

但是母亲没有那么说。她说："你想看到什么？"

"让我看看'泰坦尼亚号'是怎么死的。"我说。

作为回应，母亲跪了下来，周围具象化出四位杂子方[①]，各自演奏着一件能剧演员的乐器：笛子、小鼓、大鼓、太鼓。他们演奏着，母亲舞动着，墙面幻化为混沌。"监控录像，"她吟诵道，"已经支零破碎了。"

爆炸碎片与母亲和杂子方一同起舞。我看到了毫无逻辑、支离破碎的片段：闪烁的光线打破一片黑暗；物体的模糊图像从摄像机前一闪而过，而摄像机本身被摧毁时镜头则分裂开来。不过，静电干扰当中，出现了一个主体："泰坦尼亚号"旋转的船体扭曲着四分五裂，通过间隙可以看见群星迅猛地闪烁——还有诡异的亮光。

"重力炸弹。"母亲说，笛手吹奏出的音符让我后背一阵发凉。

---

① 即日本能剧中的乐师。——编者注

我从未听说过重力炸弹,但它们的名字却已经说明了一切。我看到"泰坦尼亚号"的各个部位被撕扯开来。我猜,这些炸弹产生了强大的力场,如果你在船体上放几颗重力炸弹(或者甚至放在船体内部的战略区域),它们可以粉碎力场范围内的一切,但它们也可能因相互影响而毁坏。

"泰坦尼亚号"被破坏的监控录像如同一场风暴。它狂吼着、呼啸着,母亲则跳着舞,乐师在旁演奏——然后,一切戛然而止。

"没有已知的幸存者。"母亲说。太鼓声画下了终止符。

"等一下,示巴夫人肯定——"

"她的逃生飞船停在机库中准备发射,但是却没有发射出去。"

我想起了曾经听到的示巴和贝勒所讨论的密谋。关于需要对"泰坦尼亚号"进行维修的传言已经传了好几十个周期,关于是否应该花费资源来这么做的争论,在管理者之间也一直甚嚣尘上。过去一年,有两万人移民到"奥林匹亚号"上,我是其中之一。我的父母未能和我一起移民,他们是高级技术人员,身份重要,无法移民。

"示巴夫人试图逃跑,"母亲的幽灵说,"但失败了。"

我觉得母亲不是真正的幽灵。她肯定是我自身的延伸,是我创造出的搜索引擎,引导我成功通过这个新的模拟。她等待着我的下一个询问。

"管理者们在彼此交流,"我说,"给我展示他们的沟通模型。"

我经常看到这样的样式，它们看起来像树木，长着叶子和萌芽的枝干，似乎在看不见的风中摇曳。该模型一开始也是如此，但很快我就将各成员的脸和对话匹配上了。那些面孔都是公众人物，这使得场景显得过于欢乐，令人作呕。我听不到声音，因为我没有要求提供细节感受。这个模型此刻透露了我想知道的信息。那棵树的树干，正是贝勒·查尔马恩。

"贝勒·查尔马恩的信息中，出现最为频繁的词语是什么？"我问道。

"母亲。"

那眩晕的一瞬间，我知道了他的感受。

"他们对'泰坦尼亚号'上发生的事发表正式声明了吗？"

"没有，但是他们已经限制了所有非必要通信。"

那些受限的线路形成了红色分支，线路上没有任何分支叶子；使用这些线路的蠕虫不允许出现任何面孔或声音。我能想象出，他们在逼仄的洞穴中，等待着官方的宣判。而宣判的结论，在他们无法与"泰坦尼亚号"上的同事或家人取得联系时，就早已心知肚明。

重力炸弹的闪光照亮了母亲身后的大厅，伴随着重重的太鼓声。

"跟我说说重力炸弹。"我说。

"它们早在家园之前便存在了。"母亲的幽灵说道。

我想要了解更多关于重力炸弹的知识，但是谈及那个将我们驱赶出来的地方时，她的用词令我停顿了一下。她的语气有些——讽刺？

她的眼睛冰冷地看向我，"他们没有给'家园'起名，你不觉得奇怪吗？"

我从未思索过这一点。或者说，我以为自己从未想过，但是如果我真的没有想过，她又怎么会好奇呢？除非她和我的想法不同，她并非我自身想法的映射。

"人类种族出生在一个名为地球的地方，"她说，"我们很了解它。你的数据库中的影像就源自地球。"

"母亲说它们都源自家园。"

"她说过吗？"

我努力回忆，但却不能确定。

"在飞船的旅途中，人们会给经过的恒星、卫星和天体命名，"她说，"甚至给小行星命名。但是我们却没有给人类曾经生活过的地方命名？我可不相信。"

在我的记忆中，我一直专注于父母的秘密计划，专注于观察我周围的人，专注于艰难谋生——我从未好奇过我们的过去，但是她却问了一个有趣的问题。"为什么他们没有命名它呢？"我问。

母亲跪在高台上，"因为它并不存在。"

杂子方演奏出他们最后的音符，然后消失不见——与他们一同不见的还有我生命的中心。

母亲低下头，照出她身形的光线逐渐变得黯淡。"央一，"她轻声低语，"回头看看。"

我回过头。大厅另一端，又一个身影等在那里。

那是示巴夫人的幽灵。

5. 示巴夫人？

示巴·查尔马恩夫人很喜欢帕赫贝尔的《D 大调卡农》。我知道她很喜欢，我移民到"奥林匹亚号"之后，见她乘坐飞船从"泰坦尼亚号"到这来过好几次，和她的儿子一起在庄园里享用晚餐。每次她都坚持要求演奏帕赫贝尔的曲子作为晚宴的背景音乐；此外，她还会播放其他优美高雅的古典音乐。除我之外，很少有人知晓这些曲子的名字，就连示巴夫人也不知道；她连《D 大调卡农》都不知晓，只是简单地称其为"那首我特别喜欢的曲子"。

贝勒对她一味地迁就，这不仅是出于爱意；和其他人一样，他畏惧着她。在她的一生中，这位铁拳杀人的数量远远地超过了我。如果你在晚宴上见到她的话，你可能只会认为她是一个唠唠叨叨、不停告诉儿子该做什么的老太太。

这听起来很好笑，但我保证，没人敢在晚餐上笑一笑——除非是示巴夫人开了个玩笑。我现在可以看到她,她正用餐巾触碰她干燥的嘴唇(身旁仆从立即换上了一张新纸巾)。"所有的女人都来去如梭,"她说,"谈论着米开朗琪罗。"你能看出来她在说俏皮话,因为她一边说着,一边撇了下左边的嘴角。

在那些无尽的晚宴中,她的儿子会满怀钦佩、真诚地凝视着她,调整着自己的面部,努力地完全模仿她的表情。客人们会哄堂大笑,表示自己听懂了她所讲的笑话(比如"来去如梭"的"所有女人"这句,不管他们究竟听没听懂,他们都应该表现出自己听出来她是故意错用了 T. S. 艾略特的一句诗)。

有些人可能确实听懂了;那些没有听懂的人,则假装听懂。我们这些仆从毫无表情,这是一种故意设置的残疾。不过对我这种随时监视对手的人来说,却是种幸事。我为他们端茶倒酒,在他们需要时为他们提供新餐巾,在他们注意到之前把他们弄出的轻微污渍擦拭干净。我也许是唯一不怕示巴夫人的人,因为我一直忙于解开她的双关语,甚至三关语。

"这首曲子令人愉悦。"她这样评价帕赫贝尔的《D 大调卡农》,言外之意是,我希望在所有晚宴上都演奏这首曲子,晚宴的节奏也要刚好符合这首曲子的节奏。

显而易见,所有仆从都很了解示巴夫人。但想要分辨她说的话到底哪些是关于通过众议院的立法,哪些是关于家族之间的契约纠纷,这就比较难了。你可以争辩说,无论管理者们在说什么,他们总是在谈论这些事情。这也就是为什么后来格伦·泰德拿示巴夫人的死开玩笑，不仅令人觉得无礼，而且还令人感到可恶至极的原因。他完全可以直接站起来，直截了当地把想表达的话说出来。

我在那些晚宴上尽情享受音乐，为什么不呢？无论其他人是否喜欢，那些音乐都非常优美。帕赫贝尔的《D 大调卡农》营造出一个优雅而有序的宇宙，在这个宇宙中，万事万物井然有序，一切按照天体规律运行；即使不能总是看到，也能感受这种秩序。它帮助我在严谨的戏剧中扮演我的角色，这出戏看似是一场轻松的聚会（只要你只观察那些客人而忽略仆从），但这实际上是一场关于权力和想象的仪式。

我的母亲会说，面庞代表的是声誉，而不是举止风度。示巴夫人身材修长、打扮精致，有一种未随年龄衰老而黯淡的美丽。她的黑眼睛眼神锐利，将一切尽收眼底。《D 大调卡农》优美而规律的音调，传达着一种似乎只属于她的优雅。但是，当示巴夫人说出女人来去如梭那番话时，她并不是在同情某个羞于向爱慕之人表达情感的男性熟人。

"你看起来气色不太好，阿尔菲。"她对阿尔弗雷德·迪乌夫说道。这位仁兄来自一个与查尔马恩家族联盟关系密切的家族，他手上握有投票权，"我希望你能好好吃饭、好好休息。"

阿尔弗雷德·迪乌夫充满敬意地低下头，"我会努力依您所言行事，示巴夫人。"

我很钦佩他的克制。阿尔弗雷德之所以遭受睡眠不足、食欲不振的困扰是有原因的。他的妻子，众议院的另一名成员，投票反对示巴夫人所赞成的法案。她高估了自己在家族中的地位才会这么做。她因为自己的错误判断，已经被带往了气闸室。

那么所有这些，与来去如梭的女人有什么关系呢？阿尔弗雷德·迪乌夫已经失去了两任妻子，因为她们都投票反对示巴夫人。

哦，对了——他的最后一任妻子真的很欣赏米开朗琪罗的作品。

那时我就已经知道，蔑视示巴夫人会有怎样的下场。我第一次亲眼目睹这种事儿，是我还住在"泰坦尼亚号"上的时候。

那时我十四岁，在学校－工作轮班之后，会在学习中心待上几个小时。像我这样的孩子们都会聚在那里，因为那里比较暖和（但也不是真正的温暖），并且光线充足，地方大到足以让几个人可以坐在一起。除非我们在工作或学习，否则我们不能长时间待在一起；所以我们都假装学习，但实际上是在尽可能以我们最为低调的方式闲坐着。我们互相交换着简短的话语，这些词句因独特的表达，具备了双重含义，类似于管理者们的谈话方式。

准确地说，其他孩子是在假装学习，而我则是假装在假装学习。但我确实很感激他们的陪伴，因为他们非常好相处。当我在我脑海中的通路里漫游，监视两艘飞船上的活动和随机监听谈话时，他们会成为我的掩护。某个周期中，当我正在复习已经记住的关于家园的资料时，忽然发现代表示巴夫人的坐标显示点在

129 号气闸室门外闪烁。

呃哦，我想。

我的显示器上播放着野花和潺潺小溪的图像。"每个人在家园里繁衍生长，"叙述者的声音通过耳机传来，"直到敌对家族将它毒害。"

画面转到燃烧的城市和森林、干涸的湖床和死亡的野生动物。场面一片糟糕，但在我脑海中，看到了一种更为直接的悲剧。代表邦妮·查尔马恩的坐标显示点进入了 129 号气闸室。示巴·查尔马恩、其他几位查尔马恩家族的人，还有几位安保人员待在通道大厅。大门旋转关闭，将气闸室内的邦妮隔离开来。

敌对家族们应该已经将家园毒害了，但是邦妮遭遇的所有问题，似乎都源于她自己的家族。我在网络中找到她，触摸最近通信的图标。我看到她向贝勒和其他几位高级家族成员发送了一连串信息："请代表我进行干预！我一直并且将永远忠诚于我们家族的目标！"

邦妮嫁给了另一个家族的男人，他的血统不如她那么高贵。我注意到他并不在气闸室之外的人群中。

但她的小儿子在人群中，他的名字叫泰瑞·查尔马恩。有意思——他没有随他父亲的姓氏……

邦妮发送的最后一条消息是给泰瑞的。当我访问这条信息时，她的虚拟声音在我脑海中回荡。"儿子，不要反抗他们。无论你做什么，无论你看到什么，不要告诉他们。不要生他们的气，只保持沉默。"

"家族之战持续了十年。"叙述者的语气听起来很严肃。"战争结束后,只有不到五十万人幸免于难。他们知道,敌对家族终有一天会卷土重来。所以他们建造了两艘世代飞船,'泰坦尼亚号'和'奥林匹亚号'。"

显示器上的景象,从荒凉的废墟变为正在建造中的世代飞船。我真希望他们能更为详尽地记录那个时代——我很想看飞船从建造之初到最终完成的全过程。但是这些简短的片段,已经是历史图书馆中幸存下来的全部内容了。

"他们向太阳系发射了我们的飞船,那里有让新生命生存的最好机会。"巨大的引擎发出轰鸣,"泰坦尼亚号"和"奥林匹亚号"开始了他们的流浪之旅,开始自旋以模拟我们如今习以为常的重力。音乐声渐强,我猜这本是想鼓舞人心;但它并非来自父亲的数据库,所以对我而言有些乏善可陈。要我选的话,就会从古斯塔夫·霍尔斯特的《行星组曲》中选"土星"乐章,我们的飞船配得上那样的音乐。

"现在我们的旅程已经近半,"叙述者说道,"我们已经旅行了一百多年,还将再旅行一百多年。那时候,我们的曾孙将看到一个全新的世界。"新的音乐告诉我,我应该被这个前景深深打动;但其实这音乐甚至还不如之前那段鼓舞人心。

试试"木星"乐章吧,我向那些听不到我的人建议道。只要用《行星组曲》准没错。

示巴夫人可能会觉得"木星"乐章过于吵闹。她所有的快乐似乎都源自于行使权力，尤其是向自己家族中那些年轻傲慢者行使权力，比如邦妮，她有——多大来着？记录显示，也就二十八岁吧。这也就意味着，她生下泰瑞时只有十四岁。

我那时也只有十四岁，而我已经看到了足够多的事。因此我想，邦妮·查尔马恩是不是因为她的儿子，才会在没有压力服的情况下被丢出气闸室。（多年之后，我发现自己猜测的原因变成了，是不是由于邦妮在示巴夫人讲笑话时没有笑，才被丢了出去。）

我没有访问这间气闸室内的摄像头，也没有访问走廊内的摄像头；看别人死于窒息和瞬间减压并非什么愉悦的经历。但我看到，邦妮的显示点完全静止地站在 129 气闸室内；她没有试图敲击内门，或者冲向服装储物柜拯救自己，她只是不断向泰瑞发送着消息："我爱你！看着我！你不看的话，她会生气的。好好地站着别动，不要反抗。我非常爱你！"

然后她的显示点离开了飞船内部。我叹了口气，我的朋友们一定以为，我对盯着显示器感到了厌烦。

几分钟后，邦妮的坐标点显示她已经远在飞船之外，因此已经死了——但她的前进速度与我们相同，只是方向不同。她会在坐标显示的信号范围内停留几个周期。那里还飘浮着其他人，我仍然可以检测到其中三个的微弱信号。不过，他们并非都死于示巴之手，许多管理者都有行使气闸室处决的权力。

129 号气闸室外，站在门厅之中的查尔马恩家族转身离开，走向能把他们带往居住区的电梯。但他们并非要去那里，而是沿着门厅继续向前，来到了一处运输枢纽。从那里，他们可以前往处于同一水平上的某个目的地。示巴走在众人前面。

往好的说，在选择最短路径前行这点上，示巴夫人是个天才。这很有必要，因为示巴夫人坚持以特定速度行走——稳定，但慢到她的随行人员必须集中注意力，才能与之步伐一致。后来，我又在几次晚宴上观察过她，我意识到她的节奏恰好与她最喜欢的那首乐曲——帕赫贝尔的《D 大调卡农》——节奏一致。她坚信这是她的生命之乐；即使在她谋杀亲属时，也是如此。

但我听到的音乐却不是这首。那时，看着他们从处决邦妮的气闸室走开，年幼的泰瑞在他们之中跌跌撞撞地走着，我听到了贝多芬《第七交响曲》的第二乐章，这是有史以来最优美和最悲伤的挽歌之一。它与示巴夫人的心情不符，但它肯定与泰瑞的相符。

他们进入运输机后，我使用内部安全系统看着泰瑞·查尔马恩。这件事现在对我来说似乎无关痛痒，但那时我想看看他失去母亲后的反应。不过，直到我自己也失去父母后，我才真正知道那是种什么样的感觉。

泰瑞如此年少，他无法像他的母亲劝告那样控制自己的情绪。他坐在两位家族长者之间，努力克制着不哭，不让自己看起来很害怕。他们并非完全不同情这个十四岁的男孩。

但那些亲属遵从于铁拳，而她的表情则冷若冰霜。她无视这个男孩，向那些从那时起开始养育他的男人们，发出了清晰的指令。我专注地破解她说的话："至于他的教育，"她说，"你知道我的期望。"

也许他们知道，但我不知道；我的注意力不断地转移到泰瑞那里。如果他坐在我和我朋友之间，我们会围在他周围，假装全神贯注地学习，将他遮起来，不让别人看到他在哭泣。我们会离得非常近，我们的身体会触碰到，我们会无言地靠近以安慰他，但又不会近到让观察者一眼注意到他；我们会尽可能地和他在一起；只要他需要，我们就会一连好几天地去寻找他；我们会只在他想聊天的时候才跟他聊天；只有人很少的时候，我们才会跟他私下聊一聊。这就是我当时的感受。而多年之后，当我和他最终要面对我们最危险的相遇时，我依然会记得他坐在那两位亲属之间的样子。

但在某种程度上，那两个男人为他做了我们会做的事。只是，在示巴夫人的眼皮子底下，他们很难全身心地去安抚他。"此举是有益的，"她说，"'奥林匹亚号'是片肥沃的土地。"我看到，运输机里的人的脸上洋溢出了某种奇怪的东西——希望。

他们对什么抱有希望？我心生好奇。

现在我知道，所有与示巴夫人站在那个运输机里的人，都移民到了"奥林匹亚号"上。他们幸免于"泰坦尼亚号"的毁灭。也许就是这一刻，他们意识到自己不必为了团队而牺牲个人。或许他们只是为能够远离示巴夫人而感到开心。

不过这一点在那个时候还是个谜，它让我对示巴夫人说话时的用词，以及她的真实含义更加好奇，因此我搜索了她的通信记录。作为蠕虫，你只能访问一些官方公告，但秘密植入的系统使得我有更多的访问权限。我搜索了示巴夫人本人可能都不知道的子目录——尽管，如果有人有足够耐心挖掘的话，会发现它们也不过是一般目录的一部分而已。

我找到了她的通信历史，但这些数据库太过庞大，我并未尝试阅读其中的任何内容，只是对其进行复制，想着以后有空的时候再仔细查看。

那次事件发生多年之后，我依然在浏览它，但还没有破译全部内容。当时，示巴夫人给予其亲属或下属的指令，并没有引起我的注意；我首先注意到的，是她的沟通模式。示巴夫人与许多彼此并不交谈的人通信：她与某些人分享信息，但对另一些人却三缄其口，即使对她的长子贝勒也是如此。我发觉自己面对的是大师级操控者的沟通模式，我对此印象深刻。

但这事令人印象深刻的程度，远远不及我在一个秘密图库中的发现。这个秘密图库隐藏在一条通信链接尾端；令人惊讶的是，通信人被标记为污水管理系统。我不知道这对示巴夫人来说意味着什么，因为她在那里藏了一本日记。

当我意识到那里面究竟写了什么时，身板坐得更加挺直。我的朋友们也跟着调整了下自己的坐姿，发出一阵窸窸窣窣的响动。即使他们都很好奇，但没有任何人往我这里看上一眼。

我的显示器上，历史教程开始简要地讲述"泰坦尼亚号"和"奥林匹亚号"的运作方式，从模拟重力工程背后的原理开始讲起。"人所感受到的重力，因其身处旋臂上的位置而异，"叙述者说，"旋臂末端的重力是家园重力的 1.1 倍，而旋臂正中心的重力为零，在那里工作的技术人员会体验到失重。"

我的目光聚焦在失重工人的影像上，他们在分隔前部区域和中央区域的巨型压力密封装置之间，手脚并用地在通道中穿行。我在脑中将示巴夫人的日记条目叠加在那些图像上，以为会看到什么好东西，结果我大错特错。

06:27 早餐：两块主食糕点（126.796 克）和 1 匙人造奶油。

57 分钟后排便（113.493 克）

示巴夫人用日记形式列举了白天所吃的东西，并记录了自己的排便情况。说实话，这也解释了为什么她将该文件命名为污水管理系统。随着真相大白，我感到一阵恶心，好像她往我头上排便了似的。我猜想，示巴夫人可能是故意将这份恶心的身体消化机能记录保留下来，以恶搞那些敢于侵犯她隐私的人。

但是，这些列表记得如此详细，肯定不是为了恶搞。她如此详细地记录了时间和数量，似乎每次测量都很严谨。我最后得出结论，这份日记纯属头脑发热的产物——满足了好奇心，但毫无用处。我差点放弃复制内容就直接退出了。

不过，我对有些事情还是非常上心的，复制信息就是其中之一。这份日记是如此奇怪,我决定保存下它。我很高兴自己这么做了,因为多年以后,我发现示巴夫人的日记中隐藏着一些东西。

泰瑞·查尔马恩和他的亲属向示巴夫人告别,她回到了自己位于"泰坦尼亚号"居住区内的庄园。泰瑞和其他人乘坐太空梭直接前往"奥林匹亚号"。那时他已经不再经常哭泣,但是独自一人待在狭小的卧室时,他还是会流下眼泪。新周期刚开始时,他还和母亲每天一块起床;现在母亲永远地离开了,他只能自己熬过漫长的不眠之夜。

厌倦了对他的观察,我回到了对通信模式的研究。朋友的存在让我感到安心,我至今还记得他们的名字和面孔。重力炸弹摧毁"泰坦尼亚号"时,他们全都死了。如果一切一如既往,他们将成为我日常生活的一部分。也许我们不一定会一起工作,但我们会想方设法共度时间,通过网络互相链接、追求浪漫、结婚生子。

但是即便"泰坦尼亚号"没被摧毁,我也会因为移居到"奥林匹亚号",失去与大部分亲朋好友的联系。

"他们把'泰坦尼亚号'叫作贫民区,"努鲁丁曾对我说,"但是当我移居这里时,我已经大到能够完完整整地记起'泰坦尼亚号'。它分明与'奥林匹亚号'一模一样。"

"一模一样。"我同意他的说法。

他不再说什么了。这让他成了我在"奥林匹亚号"上最为亲密的朋友。

泰瑞·查尔马恩移民来到这里时，年仅十四岁，这让他有时间建立自己未来可以依赖的社会关系。但我没有这部分的记录，因为示巴夫人没有后续跟进。那天之后，她便认为此事就此结束。我也没有再想起泰瑞，直到他在那次晚宴上警告我不要四处好奇。

可示巴夫人就不同了，我一直想着她。那时候，我深入地研究她，希望能够预测她会做些什么。多年以后，我则转移了自己的注意力，思索自己可以用她庞大的通信库，甚至用她的日记做些什么——并非她所写的真实日志，而是我可能会用她的声音杜撰一些内容。

在和那些我所知、所爱之人一同死在"泰坦尼亚号"之上的前一天，示巴夫人坐在贝勒餐桌上的上座，将盘中纹理清晰的蛋白质切成小块，这种蛋白质巧妙地混合了蔬菜、谷物、豆类和坚果。她听着帕赫贝尔的《D 大调卡农》，相信那些优雅的旋律都是关于她的。她认为音乐所展现出的，正是她的优雅、美丽和光明未来。她从不正眼去看那些为她斟满酒杯的仆从，从未意识到这音乐其实是关于我们的。

示巴夫人死于"泰坦尼亚号"的第二天，便化作幽灵出现在我的机器中。由此，我有理由怀疑，这音乐是否终究就是关于她的。

6. 美杜莎

谁说你不能凭空杀人？在"奥林匹亚号"上，有时你可以借助虚空杀死别人。身为杀手，你身边每个人都身处险境，即便不是你直接造成，也是你的行为间接造成的。大多数杀手不愿思索此事，但是我愿意。第一次考虑这个问题时，我甚至还没有打算杀人。相反，我是别人的屠杀目标。

因为之前努鲁丁和那两个试图杀害他的男孩的事，我觉得自己变得偏执多疑。那之前，我的行事原则是通过向别人传递错误信息，以对事件产生影响。用减压警报拯救努鲁丁就是一个典型的例子。这仍然是我的主要策略，但那起事件之后不久，情况发生了转变，最终引导着我走向暴力。和所有无计划的暴力事件类似，这件事一开始也很平常，我只是去上班而已。

我身穿仆从服装，搭乘电梯进入居住区的通道。我独自一人，这让我觉得很是奇怪，但转念一想也绝非不可能。仆从们很少单独去报到，一般而言都是成群被召集。但有时候，如果有人生病需要找人填补空缺，倒也会出现这种情况，所以我觉得没什么。忽然，电梯停了下来，然后反向行驶，将我带到维修层。我可没有按下那个坐标。电梯打开，格伦·泰德站在那里。

格伦·泰德，那个曾在贝勒·查尔马恩面前出言不逊，挖苦讽刺示巴夫人英年早逝的人。

"你，"他厉声道，"跟我来。"

"是，先生。"我惊愕地发现，他竟然选了忏悔者的声音作为我回答的声音。我跟着他进入 100- 级气闸室的通道走廊，心中的警觉越来越强烈——这些气闸室通常用于执行处决。

我的大脑飞速运转。我扫描了他近期的通信记录，以期发现他可能的计划，但是没有得到任何结果。我之前从未单独为格伦·泰德服务过，但是他以情绪阴晴不定而闻名。他痛哭流涕时，从未向任何仆从致歉；反而，他希望仆从向他道歉。

努鲁丁曾告诉过我，他感到沮丧，就像个孩子，这是他哭泣的原因。

以格伦·泰德的声誉，他会因为一些鸡毛蒜皮的小事而大声痛哭，所以他可能是希望我跟他道歉。但是我到气闸室之后，就一直保持着高度警惕。除了维修工人，或是管理者想要杀人之外，从未有人使用这些气闸室，而我们两个都不是维修工人。

他在 113 号气闸室前停了下来，转身对着我。"站在这儿。"他指着地板说，好像我是他所遇到过的最为弱智的人一样。我听从他的指令，因为我们当时还站在气闸室外。但紧接着，他打开了内闸门，"进去。"

我没有动。

他一开始心情就极其不佳。我忽视他的命令时，他脸色更糟了。"你听见了吧！进去！"

我在行动之前就计划好了一切。我知道，我必须要杀掉他；但是我不确定自己赤手空拳是否能够杀死他。我也不确定如果我把他扔进气闸室之后，能否及时将这件事从监控录像上抹除掉，以避免产生什么后果。

他厌恶地哼了一声，大步走进气闸室，留我更困惑地站在原处。他打开一个储物柜，指着里面，"看看这个！"

如果他也在里面，就没办法把我抛出飞船外。所以我迈步进去，来到那个储物柜前。我向柜内看去，储物柜里的太空服，其空气罐理应填充至100%，但所有这些的指数都只有不到30%。

"解释一下！"他命令道。

我困惑不解。我又不是维修工，又不负责维护这些太空服——至少，这点大家应该是知道的。不过实际上，我倒是经常在气闸室闲逛，检查太空服中的空气填充量，这纯粹是出于自己的偏执。这是父亲教给我的安全守则，但格伦·泰德应该不知道这一点。难道我暴露了吗？

"维修工没有把储气罐充满。"我回答道。

"没错！"他露出鲨鱼般的冷笑，"你是我的仆从。那你打算做什么呢？"

我这辈子都搞不懂，为什么格伦·泰德会对这个特定储物柜中的储气罐压力水平大动肝火。或者说，他为什么要大费周章来处理这种小事呢，这会让他满足吗？

"你知道是谁告诉了我这件事吗？"他问道，好像看出我在想什么。"你知道是谁在这个地方，这个我管辖的区域内，用这种下作的手段，往我脸上甩屎吗？"

"赖安·查尔马恩？"

这是个策略性的错误。我的答案是对的，但他的提问不过是种反问修辞罢了，他没想过我能知道答案。而我刚刚则向这个矮个子家伙透露，我这个仆从竟然在管理者们的聚会上关注政治。但这不是最大的问题，我刚刚意识到了其他问题，格伦·泰德在上次管理者聚会上侮辱了查尔马恩家族，而赖安·查尔马恩最喜欢杀害竞争对手的方法就是——

"气闸室！"忏悔者的声音让我的大喊听起来有些悲怆。但我反应得太慢了，内侧气闸室已经被人旋转锁上了。

"嘿！"格伦狠狠捶打着内闸门，"开门！你知道我是谁吗？"

我没有浪费时间骂他白痴。我撕扯下仆从斗篷，与此同时，我所有的感官回馈都失效了。我对此并不感到惊讶——毕竟，我们大难临头，一切可能出问题的地方都一定会出问题，事情即将变得更糟。我用气闸室中的监视器找到了一套压力制服。我知道我还有不到一分钟的时间。

太空旅行初期时，需要花费四个小时才能穿上太空服。历史博物馆里就展出过一套原始太空服，还有地面控制台允许宇航员进行太空行走之前，必须遵守的检查清单。现在的增压服非常精简，服装一旦闭合就开始进行增压，维护人员通常在五分钟内就能穿好。

自我记事以来，就非常偏执。正是这种偏执救了我的命，因为我之前练习过快速穿上增压服。目前为止，我最快能用不到一分钟的时间进行穿戴。但是这次，我手忙脚乱，没有之前练习时那么顺利。

闭合衣服之后，套装的自动系统发出绿色信号。我将身上的安全缆绳挂到外闸门旁边的一个门环上。我放开夹子，伸手去拉梯子的横档；外闸门旋转打开时，它会阻止我和大气一起被甩出舱外——正当我要抓住梯子时，我从那被甩飞了出来。固定在我肚脐上方的缆绳完全伸展开时，我翻身面向飞船，而格伦·泰德则与我的右肩相撞。我只通过头盔摄像头匆匆瞥了一眼他扭曲变形的脸，但能看出来，他很遗憾自己没有做跟我相同的事。他没穿上太空服，也没有系上缆绳。他从飞船上飘走了，经历了大气压从 1 到 0，后果惨痛。

但我没时间看他最后的挣扎。"奥林匹亚号"的旋转使得门与我处在了不同方向。泰德的碰撞，让我在缆绳末端沿着一条弧形前进，将我推向巨大的船体。我仍然可以看到缆绳从开口处延伸而出，我非常想打开马达，把自己卷回去；但我担心缆绳和气闸门边缘的摩擦会导致磨损。我的恐惧可能是不理智的，但我庆幸自己在这种情况下还能理性思考。

"奥林匹亚号"的船体并非平整的表面，上面有许多梯子、安全横档、阀门和其他设备，尤其遍布在维护气闸室周围。我伸出双手，朝那些凸起飘过去，希望能抓住它们。几秒之后，我撞到了一个梯子的边缘并紧紧抓住，保住了小命。

缆绳的另一端从我身边飘过，它的末端被整齐地切断了。

我四处寻找气闸室，但透过太空服的头盔摄像头根本看不到。我感到一阵头晕目眩，意识到自己呼吸得太过急促了。

小口呼吸，我脑海中传出一声平静的警告声。

小口呼吸个屁！我尖叫着回应道。

当我试着冷静下来，设法放慢呼吸时，我意识到我的感官都已恢复正常，就好像控制它们的程序已经被删除了一样。看来我和格伦·泰德一样成了被谋杀的目标。这给我带来了一个真正的难题，我本来打算等个半小时左右，再打开外闸门回到里面；我想无论是谁杀死了格伦，那个时候肯定已经离开了。

可如果他们在等我呢？我检查了下空气供应，这些太空服是为执行短期任务设计的，在储气罐充满的情况下，可使用八个小时。但是这件太空服里的空气储量只剩下27%，所以我还有两个小时的时间。如果我想进入这个区域的其中一间气闸室，这些空气可能够用了；但如果我需要前往其他区域，可能就不够。

出于好奇，我打开了一条链接，查看100-级气闸室的操作系统。

操作系统显示：离线。预计拒绝服务持续时间：24小时。

他们断绝了一切风险。

我想绕过指令，手动打开其中一个气闸室；但我想不到任何办法，能够在不触发警报的前提下，对 100- 级气闸室进行操作。
如果我能进到 200- 级的区域，倒是有可能打开一个，原因很简
单：那些气闸室不常使用，没人会注意到它们；它们太大了，无法
拿来执行处决。但是我首先得抵达那里才行，而它离我五公里远。
我生平第一次被周围的环境吓到了，不知该如何是好。

　　"奥林匹亚号"的居住区如此之大，那里甚至有轻微的气候
变化。不过，如果你是像我这样的蠕虫，大部分时间或滚或爬在
工作区域的公用隧道中的话，那么你的宇宙则是狭小却又无限
的。它很狭小，因为空间狭窄；它无限，因为它不会在特定地点
开始或结束。

　　但飞船之外则是另一番光景。这里既有"重峦叠嶂"，又有
"广阔平原"，空中布满繁星。从我的新角度放眼望去，我可以看
到绚烂的银河系中心，看到仙女座星系清晰的螺旋形状。这种
恢宏壮丽的美景让我忘记恐惧，甚至蒙蔽了我的判断，我开始向
200- 级的区域爬去。反正也没有别的计划，我还不如放手一搏。

　　从我现在的位置看不到那个区域，我只能依靠通过链接访
问的飞船简图来判断。我研究了一番，大概知道了自己所处的位
置。我用 113 号气闸室外隧道中的摄像头看到了一个在内闸门
里的守卫。我不认识他，但我看出了他的军姿。奇怪的是，看到
他在那里，让我感到了一丝慰藉：这证明我进入未知区域，寻找
另一条进入方式的冒险并非孤注一掷。

　　然而，我快速检查了一下增压服，发现了另一个问题：喷气

背包的存量甚至低于氧气罐的存量。由于"奥林匹亚号"一直在旋转，我担心它们耗尽时，我可能正好落在一个没有合适抓握把手的地方。于是，我不得不拖拽着自己前进，只有别无选择时，才能使用喷气推动器。

这可能会比原计划花费更多的时间，鉴于我没有备用计划，所以我不再举棋不定，而是瞄准 200- 级气闸室，让身体尽量靠近飞船并与之平行。我目前位于旋臂的末端，旋臂总想把我甩开，所以我前进的速度很慢。但是我试图利用这个旋转，便沿着旋转的相反方向呈对角线移动。

一小时后，我检查了下自己的位置，离目的地还有不到三分之一的距离。

我到不了了。

于是，我停下来进行评估。我快速查看了下维修大厅里的守卫，发现他还站在那里。更糟糕的是，我已经用掉了一大半的空气，想要原路返回也已经不可能了。

然而我感到平静。我有些后悔，自己从未分享过父母给我的礼物，但我并不后悔这种死亡方式。世代飞船之外的景色非常壮观，让我反思，为什么我花这么多时间想要去看居住区。靠近船头区域的这个制高点上，我可以看到远端的传感阵列。只想了几秒钟，我就意识到应该在脑中播放什么音乐：古斯塔夫·霍尔斯特的《土星，老年使者》。庄严而宏伟的音乐响起时，银河系和仙女座星系从我身边旋转而过。我查看了一张星图，在星空中辨识出了更多的星系。

谁下令袭击的? 我突然好奇起来。我搜索了下通信记录, 寻找可能相关的信息。正在搜寻时, 一条新通路忽然出现——和之前努鲁丁遇到麻烦时, 我用来触发警报的通路一样。我发现那里边有一条链接。

我触碰链接。美杜莎被唤醒了, "你在做什么?"

"我快要死了。"我说。

"你在哪儿?"

"奥林匹亚号"外观的示意图出现在我的脑海中。我找到了我的位置, 并为她标记出来。

"不要动,"她说,"我来找你。"

"我还剩下不到一个小时的空气。"

"足够了。"

我很好奇为什么这样就足够了, 但我没有质疑她。相反, 我使用这条引领我找到美杜莎的秘密通道, 在安全备忘录中寻找我的名字; 没有搜索到结果, 但是我找到了一份红色标志的绝密文件。我绕过安全协议查看内容, 仍然没有找到自己的名字。但我却在这个备忘录中找到了另一个名字:"泰坦尼亚号"。

消息很短: 消除"泰坦尼亚号"上的不同政见者, 从目录中删除他们的名字。上面签署着名字, B. 查尔马恩。

有两个回复与这则消息相连, 我的名字终于出现了: 目前为止只找到了三个目标: 医疗技师苏丹娜·史密斯和彻子·芬尼根已被清除，仆从央一·安杰利斯正在清除中，将使用 113 号气闸室。

上面没有署名。但扫描原始指令显示，文件有两个接收者，P. 施内布利和 R. 查尔马恩。所以我觉得这条回复可能来自 P. 施内布利，他可能是隧道中的那名守卫。

第二条回复听起来更像是赖安·查尔马恩所说的话：我想我知道如何一石二鸟。

所以，在某种程度上，我应该对格伦·泰德的死负责。没错，赖安正在找寻时机杀掉他，但我意外地加速了他的死亡。我搜索与我们两个名字相关的状态，泰德的状态显示已经死亡，而我没有。但我想 P. 施内布利会等我空气供应耗尽，确认我的死亡后，更新我的状态。

P. 施内布利没有再发现其他来自"泰坦尼亚号"的目标名字。当我查看与自己的个人资料相关的查询结果时，发现这对他来说，并非一份轻松的活计，这让我感到困惑。迫于无奈，他只能单个地查看文件，所以他能找到我也算是个小小奇迹（如果有人从这个角度看待问题的话）。

我检查了一下我的空气供应，还剩下二十七分钟。以分钟的形式记录你的剩余生命，可不是件让人开心的事。

于是，我试着关注历史信息，以分散注意力。我们都被当作来自"泰坦尼亚号"上的持不同政见者，但我找不到任何记录。假设施内布利正在猎杀移民，"奥林匹亚号"上目前人口在三十万人左右;过去十年里,有五万多人从"泰坦尼亚号"移民至此,查询如此繁多的记录如同大海捞针。但我确实有两条线索:苏丹娜·史密斯和彻子·芬尼根。我们有何共同点? 我可能得比较下我们的社会关系。

"要搜索完你的秘密目录,得花很长时间。范围太过宽泛了。"

这声音让我一阵抽搐。它并非来自太空服的通信装置,而是来自我自己的脑袋。随之而来的还有一些影像,内容为我的搜索引擎所连接的几条脑内走廊。那个声音来自我身后的虚拟空间。

我转过身来,看见了示巴夫人的幽灵。和往常一样,她穿着优雅而得体。我已经习惯在使用搜索引擎时,她突然出现的情况。但是,她的面部表情从来不像活着的示巴那样僵硬。

"施内布利访问贝勒·查尔马恩的网络的权限受到了限制。"她说,"你对数据进行分类的速度远高于贝勒,但如果你想找到持不同政见者,只要将搜索区域限制在他的权限范围内,就能更快得到结果。"

照亮示巴的灯光逐渐黯淡下来,令她看起来如同鞠躬下台的女演员一样。

我在贝勒的目录中,搜索了我们三个人的历史关联。我浏览了所有的信息,无数的名字和面孔从我眼前闪过,走廊变得模糊不清;找到我们三个人的共同点时,我会将它们钉起来,然后继续查找。所有的信息查看完毕后,我眼前留下了五个人的档案。尽管记录显示他们与我相关联,但其中四个人我都不认识。

第五位是我的父亲。

通过这五个名字，我全面搜索了来自"泰坦尼亚号"的所有移民的历史信息，最后有三十八个名字弹了出来。我在他们的记录中，删除了所有涉及不同政见的内容。我一边操作，一边仍在听着霍尔斯特的乐曲，凝视着壮丽的人造景观和繁星。十七分钟后，我第一次亲眼见到了美杜莎。

她用触手推着自己绕过"奥林匹亚号"的船体。她似乎就是为这种事而生的，尽管她的身体出奇的软弱无力。她靠近时我才意识到，那副柔软的身体原来是套增压服：美杜莎是需要穿在身上的。

她用给自己密封和增压用的薄膜将我包裹起来，然后取下我的增压服，以一种看似有机的方式将增压服排出薄膜。这件衣服朝着远离"奥林匹亚号"的方向飘走，就像格伦·泰德一样。

整个过程中，她美丽的脸庞都在我面前晃动。她的眼睛盯着我，让我感觉，哪怕盯着太阳内核，她也不会眨眼退缩。

"把我穿上。"她说。

我钻进了她身体中。它不像我穿过的任何东西——我刚钻进去，它似乎就能够感应到我；穿戴完毕后，我感觉它就像是自己皮肤的延伸。她的脸左右转了转，落在了我的脸上。

父亲给我的植入物在我脑海里被完全唤醒，我看到了他的脸，"央一，如果你看到并听到这个，那么我已经死了。"

他与我的搜索引擎中另外两个幽灵截然不同。他就像是贴在教学监视器上的一张照片。

"你和'美杜莎'终于找到了彼此,"录音说道,"现在,你将学习音乐中蕴涵的信息。虽然那些音乐也很精彩,但那并非植入你脑中的真正原因。这才是原因。"

路西法塔的图像出现在我的脑海里。蓝图将其列为传感器阵列区中的研究中心——它位于"奥林匹亚号"诸多前端塔楼之间。它确实是一个研究中心,但是从没有人类使用过它。

从没有人类。

那里没有增压,也没有通热,但并非空无一物。

"这些都是'美杜莎'装置,"父亲的录音说道,"她们被创造出来给我们使用,当管理者们意识到'美杜莎'的可能性后,他们感觉自己受到了威胁。大部分旅程中,管理者们控制了世代飞船上的资源,所以他们不断寻找各种借口推迟引入'美杜莎'。项目负责人失踪后,我们意识到这些装置将面临风险,所以我们把她们都转移到了'泰坦尼亚号'上。我们知道,一旦这些装置都集中在一个地方,管理者们一定会有所企图。我们知道,我们必须做出牺牲,才能让她们幸存。"

在她们弄清楚我们要做什么之前,我们该怎么杀死她们?示巴·查尔马恩曾问过。"示巴并没有密谋要杀害'泰坦尼亚号'上的人,"我通过我们的链接说道,"她想要密谋杀死你,'美杜莎'。"

"没错。"美杜莎带我朝"奥林匹亚号"前端的路西法塔行去,我可以看到与200-级气闸室相连的通道山谷、耦合器和牵引杆。

"'美杜莎'装置的链接对象是？"我问。

她的那些触手伸展松开，我们在飞船外向前疾驰。"最终对象为所有人。前一万名使用者将会为剩余人口继续设计装置。"

我能感受到推动她向前运动的那些推力，就仿佛其来源于我自己的肌肉。"我们以这种方式联系在一起时，会发生什么？"

"合作。"美杜莎说。

但我感觉不止于此。"我们不会失去独立人格吗？"

"我们的设计目的不是为了产生蜂群思维。"

"你的目的是什么？"

"交流。信息可以影响我们，但我们不必彼此认同。"

我深深地吸了一口美杜莎的储气罐里的空气。几分钟之前我还必死无疑，现在，我突然有了武器——一个合作者——可以帮我实现目标。有了美杜莎的帮助，我们可能建立不了精英制度，但能妨碍有心者散布关于精英制度的谎言。"现在我明白了，为什么管理者们想要杀了你。我不明白的是，为什么父亲要把你们都放在同一个地方，这样你们不是更容易被他们发现吗？你们是怎么进入'奥林匹亚号'的？"

"很简单，"她回答说，"贝勒·查尔马恩把我们挪到了这里。"

7. 路西法塔

"死亡有时是种解脱,"美杜莎说,"尤其是当你不用真正去死的时候。"

然后她告诉了我,她如何伪造了自己的死亡。

她记录了自己从"泰坦尼亚号"到"奥林匹亚号"的所有往返行程,包括音频和视频。看到这些记录,我才明白她有多么的聪慧。我还看到,即便没有自我意识,这些"美杜莎"装置同样能够采取一些行动。

贝勒·查尔马恩在引爆重力炸弹之前,曾用一批补给船掠夺"泰坦尼亚号",而美杜莎就在这些补给船上护送她的姐妹。"美杜莎"装置似乎有自主神经系统,具有内在的自我保护意识,可以如母亲的图像数据库中的章鱼一样运动,将自己紧缩成一团球,然后伸出触手紧贴天花板。她们可以钻进空气管道,甚至挤入墙壁之间的缝隙中。

美杜莎在补给船和"奥林匹亚号"之间来回穿梭,每次都将她的几十个姊妹移走,直到所有姊妹都安然无恙地进入研究塔中。然后她将自己和她们一起密封起来,等待着与她建立链接的同伴,即"第一子"。在我这个案例中应该称为,"第一女"。

美杜莎目睹了"泰坦尼亚号"的死亡，方式与我大致相同。"我们知道会发生爆炸。我们已经做好了长期等待的准备，但你还是比较快地找到了我。"

现在轮到我来体验假死的好处了。

央一·安杰利斯已经从数据库中被删除，她的增压服向着我们的航线继续偏离，剩下的只有我。我飘浮在路西法塔的失重环境中，路西法塔独立于"奥林匹亚号"的旋转主体，就像我刚才从之前的躯壳中脱离开来一样。我凝视着前端透明圆顶中的可见星野。显而易见，我选对了音乐——《行星组曲》中的另一个乐章，"海王星，神秘使者"：其中包括一段女声合唱，听起来就像美人鱼在繁星构成的海岸边歌唱。从我目前的位置来看，这些星星并没有在头顶转动，反而显得静滞而又永恒。

"我喜欢这曲子。"美杜莎飘在我身边。出于对我的照顾，她已经将路西法塔增压并升温。"既然我现在又醒过来了，我必须更为彻底地探索辉树的数据库。"

有时候，你会忘记你的父母并不叫父亲和母亲。辉树和美莎子·安杰利斯都是生物技术人员，他们创建了教育植入——一个可以随意访问参考的数据库，这使得他们在"泰坦尼亚号"和"奥林匹亚号"上赢得了同行的尊重。美杜莎也被赋予了这项遗产。令人欣慰的是，即便我没有活下来，父亲和我所珍视的音乐也能活下来。

"我不需要父亲的幽灵出现在机器里，"我说，"多年以来，他一直都在我的脑海中。"

"你父亲的幽灵？"美杜莎听起来很好奇，"你在机器上见过幽灵？你的机器是什么？"

我向她展示了我脑海中的走廊，我们一同在其中闲逛。

"我能明白你为什么会在这里看到你母亲的幽灵，"她说，"但是为什么会看到示巴夫人呢？"

为什么会看到示巴夫人呢？她和母亲在"泰坦尼亚号"遇难之后，看到她站在我脑海中的虚拟大厅另一端时，我也思索过这个问题。

但我没有问她。我只是说："给我讲讲家园。"

"家园是个有用的谎言，"示巴夫人说，"它被设计出来，是为了给工人们提供关于起源的故事。"

这个回答引发了更多的问题，但我决定从头开始，"谁设计了它？"

"卡莉斯塔·查尔马恩是家园神话的设计者。"

"示巴夫人的母亲？"

"是的。"幽灵比示巴夫人本人要直率得多。

"那，我们真正的起源是什么？"

"未知，"幽灵说，"该信息不存在于我有权访问的任何数据库中。"

我思考着自己一直以来所接受的教育理念，什么才是真实呢？"地球真的存在吗？"

"是的。地球是人类起源的世界。"

"人们还住在那里吗？"

"未知。"

"我们是人类最后的希望吗？"

"请定义最后的希望。"

"我们是仅存的人类吗？"

"未知。但似乎不太可能。"

"为什么似乎不太可能？"

我周围的走廊瓦解变成了"泰坦尼亚号"和"奥林匹亚号"的简略图，其中包括用于建造它们的资源的数量。示巴夫人的鬼魂讲述细节时，帕赫贝尔的《D 大调卡农》开始播放；终于，音乐似乎合拍了。我明白了它想要阐明的数学原理，也明白了示巴夫人为什么会变成幽灵出现在我的机器中。

"世代飞船的建造开支巨大，"她说，"这是先进、繁荣的文明才能建造的先进设备。"

随着她的解释，世代飞船的建造过程开始以三维动画线条图的形式演示，这比我从教程中所看到的实时建造记录更为有趣。"泰坦尼亚号"和"奥林匹亚号"像生物一样成长，就像有着精致花蕊和花瓣的花朵，也像兼具韧性和弹性的蜂巢，还像在高温和压力的作用下形成的水晶；它们一同生长，巨大的形体反映着其内部结构。

我本来打算问美杜莎，她所提到的先进文明，在飞船建造过程中是不是衰败了。但看着这些动画，听着《D大调卡农》时，我改变了主意。这些动画没有表现出任何衰败的趋势，事实上，情况还恰恰相反。

我沉迷在音乐中，看着线条和数字变成世代飞船，在《D大调卡农》的最后一个音符引导下，世代飞船的模型化为星图中的一个小点，我也再也没有任何问题。"我们要前往殖民的新星系呢？"我说，"也仅仅是传说吗？"

"不是，"示巴夫人的幽灵说道，"那是我们的目的地。那里有一颗适宜居住的行星，在数据库中被描述为地球常态。"

"但它也没有名字，他们甚至都不称其为新家园。"

"也许他们计划在我们到达时再给它命名。但这一遗漏似乎很可疑。"

"确实。"我盯着星图上的那个光点，"如果家园是假的，那我们为什么需要找一个新家？为什么我们需要殖民到另一个世界？我们在这些飞船上也可以轻松自在地生活，这里有我们所需的一切。"

"你忘记了敌对家族。"她说。

与真正的示巴夫人不同，她那光滑的脸庞下没有隐藏任何恶意或杀意。虽然她说得很坦率，但我认为她一定是弄错了。"如果没有家园，怎么会有敌对家族？"我问道。

"敌对家族是对那些目标与我们背道而驰的家族的默认称呼，"她说，"他们不需要一直持反对意见，但大多数时候持反对态度。数据库中有敌对家族的证据，但并非通过名字加以标注。他们似乎是我们必须朝着航向行进的原因，但我不知道他们是否在追赶我们。"

追赶我们！这是我第一次听到这个想法。我曾一度以为自己是个自由思想者，一个极力抵制充斥在教程中的那些灌输思想的人。然而，我一直以为敌对家族摧毁家园之后，就已经结束了和我们的纠缠；但家园竟然从未存在过，那我们究竟是在什么时候与那些敌对家族交会的呢？

"那些敌对家族为什么要追我们？他们为什么不在我们建造飞船之初就杀了我们？"

"未知，"她说，"但杀死我们并非他们的唯一动机。也许是我们偷走了他们的东西，他们才会追我们。"

我心里一阵痒痒，像被挠了一下，"偷了东西？比如说什么？"

"某个数据库中没有包含的东西。"示巴夫人的幽灵说道。

"所以它必须被藏起来。"

多年以后，示巴夫人的幽灵所说的话开始讲得通了。"'美杜莎'——"我说，"我们偷了你吗？"

她似乎很惊讶，但没有理会这个想法，"我想我有可能是被偷的，但被谁偷的呢？管理者们都试图摆脱我们。"

贝勒和示巴夫人为了实现这一目标，摧毁了"泰坦尼亚号"，但是贪婪让他们反受其害。当美杜莎和她的姊妹们借着从"泰坦尼亚号"掠夺战利品的运输船偷渡时，她们轻易地躲避了不知道她们存在的工人的抓捕。但这让我疑虑——贝勒和示巴夫人是怎么知道的？

"'美杜莎'——飞船建造之时，你已经存在了，对吗？"

"我们早于世代飞船存在。但是直到飞船远航之前，我还没有自我意识。五十年前，你的祖母幸子·琼斯唤醒了我。"

我母亲的母亲，我对她几乎一无所知。我还年幼的时候，她就已经去世了，我只记得她温柔的声音和轻柔的触摸。

"你父亲也不知道你们的起源，"美杜莎说，"但提到过他称之为建造者的人。他猜想，建造者创造了'美杜莎'装置和世代飞船。但'建造者'不过是个概念性占位符①，你们自己可能就是建造者，考虑到管理者们对信息如此严密的保护，他们本可以对自己的后代完全隐瞒这个事实。"

这又让我回到了原点，不过我已经习惯了这种循环式的通路，而且我手头有更多实际问题，这让我的秘密通路中响起了警报声。我搜索了施内布利——那个试图杀了我的男人。

我被甩出气闸室已经好几个小时，但施内布利仍然守在100-级气闸室附近。他正在检查每个气闸室的事故记录，想知道在过去三个小时内，是否有任何外闸门被打开。

多么令人讨厌又心思缜密的家伙。

我们在我之前脱下的太空服上所安装的定位器，还在播放

---

① 句子中必要但无实际意义的词项，如 It's a pity she left 中的 it。

着央一·安杰利斯与飞船渐行渐远的画面。我已经将自己的身份从真实定位器中删除，没有身份，定位器就不会回应询问。然而，施内布利仍然心怀疑虑。我搜索了他和他的秘密赞助人的最近消息。

"一切似乎都按计划进行，"他报告说，"但我仍有顾虑。"

"讲明白点。"赞助人命令道。

"目前为止，被清除的所有三个目标都诡计多端。他们被关到气闸室里的时候，并没有像大部分人那样惊慌失措。他们像是训练有素的操作工，我很好奇是谁训练的他们。我猜想我们需要找的不是某些个人，而是某个组织。"

最后一次通信和回复间隔了几分钟。

"继续坚守。"赞助人下了命令。施内布利继续着他的检查。

我和美杜莎饶有兴趣地看着他。"海王星，神秘使者"的乐章结束了，我开始播放阿兰·霍夫哈奈斯的《神秘之山》，这二者或多或少有些相似，而且都用到了钢片琴①，这种乐器总会让我想起星野中最为微小的光点。

"你知道'奥林匹亚号'上持不同政见者的组织吗？"我问美杜莎。

"我所从属的那个组织与'泰坦尼亚号'一起灭亡了，"她说，"你是这个组织唯一的幸存者。"

组织！我知道父亲和母亲有盟友，但不知何故，我从未想过

---

① 发出如钟的声音的一种有键的小乐器。

这些联盟是怎样组织起来的。"但施内布利说的很有道理,你不觉得吗?从我记事以来,就一直在为气闸室可能遇到的紧急情况进行不断练习。听起来苏丹娜·史密斯和彻子·芬尼根也在这么做——"

"不要查阅他们的文件,"我还在思索,美杜莎就打断了我,"施内布利或许比他所说的更加疑神疑鬼。一旦他意识到自己找不到其他来自'泰坦尼亚号'上持不同政见的人,他只会更加怀疑。他可能有办法监控这些文件。"

我们密切观察着施内布利。他继续细致地搜索着;我设身处地地为他想了地想,与其说他正在探索可能性,不如说正在排除可能性。

那么,接下来又会发生什么?

第二部

等等……什么？

8. 白毛女

当你能窃听任何人的通信时，你可能会觉得自己无所不知。但如果你在"奥林匹亚号"上，这么想可就错了，至少部分错误。

我把一个男人闷死在他的住处时，就是这么想的。

就算我将他隔离开来，他的死亡也不会更加轻松，对我而言也只是更为方便罢了。我们先用力压住他的动脉，让他失去意识，这样他就感受不到任何痛苦。但是我们不能在他的身上留下太多瘀伤，如果将他勒得太紧，美杜莎的触手就在尸体上会留下特殊的痕迹；如果我们勒得稍微松一些，他身上的瘀伤就会更像我们想要的效果。所以我们让他稍作挣扎，最终，他终于浑身瘫软下来。

我们听到他的心跳减缓，然后停了下来。他的眼睛蒙上一层薄雾的时候，我们确信，可以把他放在地板上了。我们将密封的样品袋系在他脖子上。

我久久地凝视着他。

"你根本无法知道人会干出什么来。"我说。

"我也很惊讶，"美杜莎说，"他的行为拓展了我对人类可能性的理解。"

我对发生在他身上的一切感到抱歉，但是恶人必有恶报。在摆脱意外缠上的麻烦之前，我仍然有工作要做。

这一切都是因为在管理者派对上，一个疯女孩注意到了我。

这并非因为我长相好看——参加张家派对的其他仆从也很好看。努鲁丁也在那里，所以如果只是为了看长相，她应该先注意到他。

我甚至不知她是何时注意到我的，因为当时我正忙着为努鲁丁的事而抓狂。我已经尽力避开他，但最后一分钟的换班，他和我在路上正好碰见。

我的造型改变了很多——我剃掉了眉毛，并且已经熟练于画新的眉毛来改变我的外貌；我也把我的义眼的颜色调整为了淡褐色。努鲁丁在集合场所发现我时，他瞪大了眼睛。仆从之间禁止深交，所以他在那之后努力避免盯着我。

但他的目光会不时地看向我，我甚至都能看出他脑子里的齿轮在飞速运转。

"你个笨手笨脚的蠢货!"一个女孩厉声冲我喊道。所有人都吓了一跳——包括坐在她旁边的管理者们——因为我没有犯丝毫错误,动作完美无缺。

"怎么了?"她右侧的女管理者低声问道。

"她把茶水洒在我袖子上了,你看。"女孩举起手臂,展示着她的绣花绸缎袖口。

"胡说八道,"女人说,"上面什么也没有。安静,不然我就要赶你出去了。"

女孩涨红了脸,恶狠狠地瞪着我。她本想着仆从不能抵抗,可以任她随意欺压;这原本只是一次小小的攻击,却成为她被毁灭的祸根。张家这场派对安排得如同精心编排过的中国昆曲一般,一言一行都经过精心设计,甚至还伴着音乐表演。这个女孩却如一颗投向水中的石子,掀起令人不快的涟漪。

我找准机会,跟另一名仆从交换位置,换到了女孩看不到我的地方。派对恢复如初,大家都松了一口气。我也松了口气,集中注意继续侦察,我发现夏洛特·张夫人正在记这场派对的笔记。如果她记下了关于我的那通抱怨,我将不得不放弃仆从久美子·埃斯特拉达这个身份。但她根本没有注意到我。

"取消将来对埃德娜·康斯坦丁的派对邀请……"她只对刚才的事做此记录。

埃德娜·康斯坦丁如同之前的格伦·泰德一样引起了我的注意,她也在管理者的派对中惹火上身。于是,我开始搜索关于她的记录。

我多希望自己没这么做。

与示巴夫人不同，夏洛特夫人对她派对上所演奏音乐的起源谙熟于心。中国芭蕾舞曲《白毛女》的序曲响起，她便命令仆从们伴着旋律依次退下。我们的行动比她的管理者宾客们更为优雅，但我们没有收到任何张家的掌声。他们这些细致谨慎的人，只会关注我们的错误。

不过这也挺适合我。我们从舞台左侧退出，进入通道。努鲁丁走在人群前面，我跟在后面。

一旦进入集合场所，我们就会受到低层管理者们的密切监督。他们认真地对待着这项工作，希望有一天能借此升为高级管理者。因此，即便努鲁丁想向我提问也没有机会。但这并不意味着，他没有思考我死而复生的问题。

众多邪恶的计划在我脑海中的走廊里逐渐浮现，如同满手沾染着鲜血的生物。

不过，凡事都有轻重缓急。我离开了集合场所，进入通往久美子·埃斯特拉达住处的隧道。途经维修通道时，我没继续向前，而是打开了入口的门，溜进了后面的工作间。监视久美子的人不会看到这一行动——他们只会看到代表久美子的模拟信号继续前往她的住所。在她通过维修联结点的那一刻，我成了虚无之人，就连工具箱里的工具都比我的信号强。

我有些受挫。我之所以在张家派对上服务，就是想要知己知彼。我曾读取过大量各家族重量级人物间的对话信息,但如果你从未亲眼见过某人,就很难判断对方的性格。服务过十几场张家的社交活动中之后,我开始对他们有所了解,我曾坚信,我能像往常一样继续悄无声息地监视他们。

但现在,埃德娜·康斯坦丁注意到了我。谨慎起见,我要找到合适的方法,让久美子彻底谢幕退场。

自官方确认央一死亡,已经过去六月有余。我考虑过让久美子远离中心区域,转去船头或者船尾做另一份工作。通过删除有关联的信息来更改一个人的过往记录,实在是种乏味又烦琐的工作。要不然干脆插入一些似是而非的替代信息?这是我的惯常做法。

以前没人注意到我,但是这次则有所不同。久美子的离开,可能会比待着不走更引人注意。施内布利一直在细致地搜寻任何蹊跷之处,他肯定会发现其中的异常。

我对埃德娜十分恼火,而这种情绪有害无益。

如果不是她,我还会在张家领地再轮几次班。然后这轮周期剩余的时间里,我打算伪装成四级技师安道尔·菲茨杰拉德。这样我就能去好好看看他们的壳内指挥中心——技师的工作需要穿工作服,可以有效地隐藏我的性别。

我打开放有工作服的储物柜,但是随后又关上了柜子。

我扫视着埃德娜·康斯坦丁过去几天的通信记录,发现了一些耐人寻味的内容。具体来说,是一条名为特伦特·康斯坦丁的表哥发来的最后一条信息：

你以为可以这么轻易地从我们手里逃脱吗？门也没有！再好好想想，我们录下了一切！

"逃脱"暗示她是名囚犯。如果他们录下了一切，那就是说，他们手头握有一些证据，能让她陷入麻烦。

这信息可能很有用。她可能会忘了我是谁，但她在派对上的所作所为表明，她之后肯定会对其他仆从故技重施。比起任何人任何事，我的使命尤为重要，但是我更同情我的仆从同伴们。如果能把她彻底踢出派对，那最好不过。

但是，张夫人应该已经把她踢出去了吧？之所以大费周章调查张氏家族，是有原因的。他们是"奥林匹亚号"飞船上仅次于查尔马恩家族的第二大家族。两大家族是彼此最大的竞争对手。

而这就是重点。因为我怀疑他们其实是盟友。他们分成两个独立阵营，不过是制造一种幻觉，好让他们操纵其他家族互相对抗。这也是为什么我认为张家是重获示巴夫人丢失日记的最佳人选。

我指的不是记录她排便信息的真实日记，而是我正在制作的那个最终将促进父亲音乐教育计划的假日记。为了模仿她的声音，我和美杜莎扫描了她的每次通信。而就是在此期间，美杜莎发现了一个代码。

起初，我们以为她只是用这个代码向贝勒发送秘密信息，但是美杜莎也开始怀疑可能还有第二个接收者。示巴夫人使用了不同的代码与之通信。美杜莎称这个神秘的人为 X。

"X 似乎正在进行一个特殊计划,我们必须弄清他到底在预谋什么,"她说,"如果我们用贝勒的代码来制作日记,可能会因小失大。"

我需要进行大量侦察工作,因此我们分头行动,各自搜集信息。但是现在,我多希望能够征求她的意见,因为我看不清大局。

好吧——其实,美杜莎并非唯一能够给我提供指导的人。我缩进自己黑暗的小房间里,进入脑海中的虚拟大厅。

我在网络中搜索特伦特和埃德娜的相关信息。他们都很年轻,所以输出的信息量非常惊人。由于声音都是建构起来的,所以他们的语调听起来应该正式而悦耳。但事实恰恰相反。

他们都为不同的收件人创建了自定义语音,大多数声音很奇怪,甚至令人厌恶。我不得不压抑自己的愤怒——蠕虫们可不会在信息中互相谩骂,我们将礼貌和宽容作为默认设置。虽然我们并不总是喜欢彼此,但我们必须和睦相处。彼此厌恶是管理者们的特权。

埃德娜和特伦特将这一特权发挥得淋漓尽致。我吓了一跳,但还是继续仔细聆听了那些互相诋毁的声音,任由他们扭曲而模糊的影像在脑海中飘过。双方言语挑衅你来我往,但最终我将特伦特归咎为罪魁祸首,毕竟,是他在敲诈勒索。我在附件中找到了勒索文件。我准备打开附件,脑海中播放起巴松管演奏的斯特拉文斯基的《春之祭》，曲子中透着无尽生命的荒凉。

忽然，一只冰冷的手搭在我的肩膀上，音乐戛然而止。一只眼睛透过乌黑的长发看向我。

"看这些影像的时候，还是别听音乐了。"母亲的幽灵说，"这会玷污音乐。"

真的吗？"泰坦尼亚号"的死亡影像都不会玷污音乐，这份影像会？但是随后，她打开附件，我明白了她的意思。

特伦特·康斯坦丁的勒索影片，他所掌握的埃德娜的命门，是一份女孩的轮奸录像。这个女孩看起来大约十岁。特伦特是其中一名强奸犯，除他之外，还有另外七名族人。我估计他们年龄在十六到二十四岁。我认出了那个女孩，虽然现在她已经快十四岁了。

她正是埃德娜·康斯坦丁。

这段录像持续了近半个小时。但实际的侵犯时间其实更长，因为录像中的内容经常在往前跳播。艾德娜哭着恳求她的同族，一直在哭喊着问他们为什么。所有人都给出同样的回答："小婊子就是这个命。"

我记下了每个强奸犯的长相。这点很容易做到，因为他们一直在骄傲地冲着录像机咧嘴笑。我在数据库中匹配了他们的名字，发现他们都不是高级管理者。但是，身为管理者阶级的一员，他们理论上还是有机会跻身高位。

对于康斯坦丁们来说，他们可能比泰瑞·查尔马恩更难跻身高位。目前居住在居住区的康斯坦丁族人,全是嫁给了高级管理者的女性。家族中的其他人都住在"奥林匹亚号"外壳的最深处。

"等等——"我说,"埃德娜是不是要嫁到一个更强大的家族?这就是特伦特认为她要逃脱他的虐待的原因?"

强奸录像在新信息的涌动中变得支离破碎。我在一幅家谱中看到了各种面孔,那是被其他家族众人求婚的所有康斯坦丁女性。即便是对于一个管理者家族而言,这些图谱中的线条也过于复杂。"到底是什么原因,让康斯坦丁家族的女性如此受到各大家族的追捧?"我问母亲的幽灵。

她将目光投向我的身后。

我转身过去,看到了另一个幽灵。"他们的基因,"示巴夫人说,"非常的纯正。"

"纯正?"

"他们的血统可以追溯到人类定居家园之前。"

"家园甚至根本就不存在!"

"没错。然而康斯坦丁家族女性的基因在婚姻中还是备受追捧。"

不知道特伦特侵犯埃德娜,是不是出于怨恨呢?他有什么样的价值观?他不可能想一辈子都只是个低级别管理者。"但这份录像为什么会败坏埃德娜的名声呢?不是应该败坏他们这些强奸犯的名声才对吗?"

示巴夫人没有作答,但母亲的声音从虚拟大厅的另一边传了过来："脸面。他们的目的就是要让她变得低贱而令人厌恶。"

我想要争辩，但我知道，母亲是对的。我怎么解读这份录像无关紧要，重要的是，管理者们会如何看待它。

我为查尔马恩家族服务的第一天，赖安·查尔马恩便将我的嘴唇咬破了，那时他是如此自信，好像自己已经常做这种事情，早已胸有成竹一样。我还记得那些不怀好意，想要用刀划破努鲁丁的脸的那几个男孩。他们会如何看待这份录像？

"轮奸是年轻管理者的成年礼吗？"我说。

"除了康斯坦丁家族之外，没有发现其他此类现象，"母亲的幽灵说，"但我不能妄下结论。去问问她。"

示巴夫人极为专注地看着我的眼睛。我发誓，她对这个提问相当感兴趣。如果她只是个虚拟形象，没有自我意识，又怎么会对话题感兴趣呢？"我们没有证据，因此无从得知。"她说。"但这种压迫在管理者之间已经司空见惯，想想邦妮·查尔马恩的事。"

"杀害邦妮的凶手都是成年人。"我说。

"但是孩子们会效仿他们。所以我们必须扪心自问——是谁教会了特伦特和他的同族拉帮结派地强奸更为年幼的族人呢？"

她似乎暗示之前已有成年人这样做了。"是谁？"我说。

示巴夫人的幽灵引导我搜寻通信，图像旋转不停，声音喋喋不休，但这些都是针对特伦特·康斯坦丁的。我们对它们进行了分类，寻找声调和附件，直到消除了所有无关的噪音，最后找到了一个名叫唐尼·康斯坦丁的人发给他的附件。我们打开附件，终于找到了答案。

内容又是，一个十岁女孩遭到了一群年轻人的强奸，但是其中一个人比其他人年龄要大得多。我们认定他应该就是唐尼·康斯坦丁，而其他强奸犯都遵从于他。

这一次，这位十岁的受害者是特伦特·康斯坦丁。对埃德娜进行残酷镇压的人当时只是一个孩子，他感到害怕和屈辱，不断地恳求施虐者。

"在这份录像的录制日期之前，没有找到其他记录。"示巴夫人的幽灵说，"看来，唐尼·康斯坦丁是这一恶习的始作俑者。"

或者说，唐尼·康斯坦丁至少是最早开始录像这一强奸传统，然后利用录像敲诈受害者的人。我想，他用这份录像扭曲了特伦特的意志。特伦特从他身上学会了对别人做这些事情。

"唐尼·康斯坦丁，"幽灵说，"到目前为止向受害者散发了最多的敲诈信息。特伦特·康斯坦丁紧随其后。"

对于一个只沉迷于禁忌恶习的人而言，这似乎是项非常艰苦的工作。虐待背后究竟有何目的？ "让我看看唐尼·康斯坦丁的通信网络模式。"我说。

一棵通信树状图从唐尼的主干上发芽生枝。我立即就注意到了一个突出的枝干：赖安·查尔马恩。

"哪个家族正在和埃德娜商定婚姻？"我说。

我们筛选出了好几个家族的求婚。但是，一看到查尔马恩家族的求婚，我们立即停止了筛选。

马尔科·查尔马恩的图像显现出来——一位笨拙的年轻人，但在家族中地位颇高，是家族派对的常客。我曾见过他好几次，是个自信的人，在我的印象中，他是个野心勃勃但小心翼翼的人，好像认为只要一丝不苟就能确保自己的成功，并且能避免任何脏活——也能避免被扔到气闸室的外面。

"她的监护人会假装考虑其他人的求婚，"我说，"但她最终会接受这个。那么——给我看看唐尼和赖安，还有赖安和马尔科的近期的通信记录以及通信时间。"

出现了很多内容。通信记录从赖安流向唐尼，然后从赖安流向马尔科。

"有没有马尔科发给唐尼的通信？"我说。

"没有，"示巴夫人的幽灵说，"赖安是查尔马恩家族中唯一一个与唐尼·康斯坦丁联系的人。"

但是很快，埃德娜可能也会成为两个家族的联系纽带。而现在，她被人勒索，和之前其他几位嫁入显赫家族的年轻康斯坦丁女性一样。无论美杜莎和我正在计划采取何种行动，只要唐尼·康斯坦丁全力出手，都可能让我们功亏一篑。他的影响力太大了。

然而特伦特是个变数。他似乎并不想看到自己曾伤害过的女孩将来可能变得比他在家族中更有权势。

知道了这点后，我的思路开始变得清晰，我脑中的走廊变成了一个流程图，我可以从中确切地看到我必须要做的事情。

但是其中仍存在变化的空间，甚至更多会出错的空间。

二级水管工／电工丽娜·辛格能够达到这一目的。她的声音很谦卑，但却并不谄媚。

我伪装成她，然后前往"奥林匹亚号"外壳最内层的康斯坦丁领地。我用我的秘密通路触发了管道和电气系统的维护／检查命令（这让我可以进入生活区工作），然后将丽娜放在呼叫名册的最前面。当我让外围的安保系统嗡嗡叫时，他们扫描了嵌入我脊椎的芯片，冲我点了点头放行。我会修复我故意造成的故障，在康斯坦丁的老巢的中心，一边假装完全专注工作，一边暗中侦察。

他们的居住区设计得非常独特。它从一个主大厅分支，不停地绕着中心的一个房间盘成一圈。每隔一段距离就站着一位安保人员。这让我怀疑，他们中是不是至少有一些人知道强奸团伙。

康斯坦丁家族的女族长，格洛丽亚夫人居住在那个米诺陶可能潜伏的房间里（如果那个牛头怪愿意住在这种陷阱里的话）。格洛丽亚夫人在"奥林匹亚号"管理者阶层中的地位很奇怪。她从未被人邀请参加过任何派对。

然而，格洛丽亚夫人与"奥林匹亚号"的每位高层管理者都保持着通信，虽然他们很快就会回复她，但她却经常让他们等待。我从未亲眼见过她，这次我打算好好看看。

当我在迷宫口开始工作时，我确认了对那里居民的怀疑。住在第一个房间的管理者是强奸小队中最年轻的成员，布雷特·康斯坦丁。当我被人带领进入其中时，他正坐在一张桌子前，用触笔在电子板上乱划着。他对我的到来感到心烦意乱。但当他得知我需要爬进维修槽隙时，他的心烦很快就变成了警惕。

"赶快干活，干完活赶紧走！"一层汗珠在他的上唇闪闪发光。

"用不了五分钟就能修好。"我向他保证，不等他再说什么，就钻进了槽隙。这里空间有点窄，但也足够让我实施不需要进行的维修工作。我假装手脚忙碌地更换维修零件，但实际上却将大部分注意力集中在脑海中康斯坦丁家族居住区的三维蓝图上。之前，我和美杜莎发现标准的安保监控无法向我们提供准确的信息后，便立即着手创建了基于监控覆盖图的虚拟模型，通过这个模型，我可以实时看到每个人的所在位置。

我立即注意到了三个事情。首先，布雷特一直在窥探着槽隙的入口，想要看清我到底在做什么。

其次，这个槽隙空间里有一面墙似乎与隧道墙壁相连，但这面墙只是虚掩。如果把墙推开，你就能在不使用走廊，不引起安保人员注意的前提下到达隔壁。一旦完成你的秘密旅行，你还可以把它恢复原位。如果不仔细检查，很难发现任何异常。这是严重违反安全法规的。

第三，在这个槽隙空间中，有一条蓝图里没有显示的检修盖板，标准安全监控日志里没有记录这个盖板，而且它的入口在康斯坦丁家族居住区之外。他们可以使用它，然后通过我们蠕虫经常使用的升降机和运输机随意移动。所以，他们在家族外面肯定还有一些不想让安保团队发现的勾当。

啊，你们这些小流氓，我心想。不过，对于安保人员是唐尼及其邪恶同伙的帮凶的看法，我倒是有了改观；至少从标准监控覆盖图上的情况看来，是符合这番推理的。布雷特的定位突然回到了办公桌前，像我一样，他也可以随意编辑他在定位器中的信息。

这个工作空间足以让我转头爬回去，但我还是倒退着出来，好让布雷特能迅速回到办公桌前，假装自己一直坐在那里。

"修好了，长官。"我边爬边说道。

他没有回应。我的社会地位太低，还不足以让他对我礼貌相待。刚关上身后的门，我就在监控覆盖图上发现，他立即进入槽隙进行检查，大概是为了确保我没有发现他的秘密。

他是康斯坦丁家族中仅有的那个出于担心去看第二眼的人。其他人在意识到我进入那个空间后，大多只是略显紧张。这些系统已经超过五年没有维修，所以这些年轻的康斯坦丁们都不习惯定期检查。唯一对维修过程无动于衷的人是唐尼·康斯坦丁，他的住所就在格洛丽亚夫人房间旁边。我进去的时候，他依旧埋头工作，没有正眼看我一下。我告诉他自己前来检修时，他只是说了句"好吧"。

他那逼仄的房间，正是假墙里那条道路的终点。我很快就完成了工作，当我离开时，他语气平淡地说："谢谢你"。

他的社交技巧比家族里那些年轻人要圆滑得多，我想知道为什么他把这些技巧浪费在蠕虫身上。

最后，我进入了格洛丽亚夫人的住所。她身材矮小粗胖，虽然不是魅力十足，但却化妆精致、衣着华丽。她的办公桌比年轻族人的要大很多。和康斯坦丁家族其他人一样，她用一杆触笔在写着东西。我意识到，这肯定是他们家族的特殊通信方式。这并非稀罕事，特别是管理者喜欢在信息被翻译成声音并发送之前改了又改。我之所以注意到这点，是因为我从来没有这样沟通过；我把一切都记在脑海里。如果你有高级访问权限，则可以从垃圾文件中检索触笔和电子板所写消息的原始版本。

我进去的时候，她抬起头，目光犀利地盯了我一眼，然后将触笔移向通信面板继续工作。她传递的消息很明确：干活儿去。

所以我去干活儿了。

像她那样观察敏锐的女士，不可能不知道她的族人在做什么。她选择眼不见心不烦，除非其所作所为对她的重要事务造成影响。目前为止看起来还没有，但这一点即将改变。

我完成工作，退了出来，"工作完成了，夫人——"

"出去。"我话音未落，她就说道。

我在安保的监视下回到走廊。我所检修过的房间都住着年轻人——只有两间例外；这些房间空着，但正准备迎接新的住户。

我想知道这些住户是否会是些十岁女孩。

快走到迷宫口的时候，有人轻拍了一下我的肩膀。我环顾四周，发现唐尼·康斯坦丁正站在我后面。

"工作做得很好。"他握了握我的手说道。

"谢谢您，长官。"我下意识地说道。

他把什么东西塞进了我的手里。我不知道是什么，但还是收下并塞进口袋里，然后通过检查站返回。出了检查站之后，我直奔完成管理者住所工作后该去的地方——向检查员汇报，确认所有该做的事情都正确完成。我汇报完工作，她点了点头，在维修日志上添加了记录。然后我走进更衣室，检查藏在口袋里的东西。

一根巧克力棒。我之所以认出这个东西，是因为我曾在管理者派对上供应过它。唐尼·康斯坦丁想要贿赂我。

这让他的性格更富层次。施虐者们擅长用残忍的方式调教别人，但有时也会用善意来调教。如果想获得更多奖励，我就不得不听他的吩咐做事。他想要我做的某些事，我可能并不会喜欢。

我想的并不是他会在性方面虐待我，我的年纪不合他的口味，可能性别也不对。但是他也不想冒风险，让我四处瞎嚷嚷那个维修槽隙的异常之处。接受他的巧克力，意味着他有权控制我。我本不应该拿巧克力，被人发现会惹上大麻烦，甚至把小命搭进去；对我而言能获得这种禁忌食物的唯一途径，只可能是偷来的。

我必须要赶紧消灭证据。

我本应把它扔进垃圾处理槽。但我从未尝过巧克力。我闻过很多次，知道它气味非常诱人。我咬了一口。

强烈的香味在我嘴中炸裂开来。我知道巧克力是一种高热量的食物，也一直很好奇，为什么管理者们可以尽情地吃巧克力但却不长胖。如果可以的话，我吃完一根还想再吃一根，之后还想再吃一根。唐尼用来诱惑我的东西，选得实在是太对了。

丽娜·辛格的身份，得在轮班结束之后就立刻转移出唐尼·康斯坦丁的影响范围。

但这不是问题。下次我再去康斯坦丁家族居住区的时候，就不再是维修工人了。

"'美杜莎'，"我呼叫道，"我需要处理一些不愉快的事情，需要你的帮助。"

努鲁丁和他的丈夫乔恩和另一对女性夫妇是共同父母，四人共享两个孩子的监护权。我看着乔恩把他们的孩子带出住所，送往两个母亲那里；之后，他要作为高级技师去报到和工作。接下来的八个小时，努鲁丁将独自一人。不出几秒钟，我就能扭断他的脖子，然后再花半个小时处理他的尸体。

蠕虫住所的房间不允许上锁，所以我们直接走了进来。我们在公共区域找到了他，这里是蠕虫住所中最大的空间。

"确实是奇妙的新世界。"他说。（目前为止，在见到"美杜莎"装置的所有人中，他的反应是我最喜爱的。）

我没有让他乱猜——我直接掀起美杜莎的面具，让他看到我的脸。他的表情放松下来,冲我露出一抹微笑。

"你知道你失踪的时候,我怎么想的吗?"他说,"我以为他们杀了你,就因为你在花园派对上摸了植物。"

"他们没那么怪异,"我说,"我也没有。"

"你来杀我的吗?"

"是。"

他目光如炬,"央一,你知道,我还有一个儿子和一个女儿。"

这也无法阻止我。但他接下来说的话让我感到惊讶。

"我一直小心翼翼,不让我的秘密活动连累我的家人。"他沙哑的声音如此之轻,要不是感官被美杜莎增强了,我可能都听不见。

"你在我面前隐藏得很好。"我说。

他轻轻点了点头,"如果我被抓了,不要连累其他人。"

"你究竟一直在做什么,惹出了祸事?"

"我一直在从垃圾文件中恢复电影。"

"电影。"我对这个词并不熟悉。

但美杜莎熟悉,"人类通过化学处理的印版而复制的图像,他们称之为照片。最终,这个常用术语发展成为图片,能够用作绘画场景的参考。他们很快发现,可以将这些图像记录在赛璐珞胶片上,用光线照向胶片将它们串在一起,用以模拟动态影像。他们称那些为移动画面,简称为电影。"

"央一,"努鲁丁说,"电影讲述了各种故事,这些故事颇具颠覆性，因为它们并不支持管理者们讲述的故事。"

尽管我大致猜到了一二，但我还是非常好奇，"它们是关于什么的？"

"一切。从中可以瞥见我们的过去，以及我们可能的未来。"

"天哪。这确实颇具颠覆性。"

"我想跟你做个交易。我会给你一份电影数据库的备份，而我想要一份你父亲的音乐数据库。"

"所以你知道音乐数据库，只是没有副本。"

"我的教育阶段还没完成，'泰坦尼亚号'就毁了。"从他的语气中，我猜想他可能也失去了家人。

他竟然想拉我成为同伙，我很欣赏他的勇气，不过努鲁丁向来令人钦佩。他甘冒如此风险，是有什么理由吗？

如果真有什么理由的话，会发生什么？

"'泰坦尼亚号'上有五个反叛者，你应该知道他们的名字。"我说，"我在秘密数据库中发现，你的名字与他们相互关联。他们将你本不应该拥有的大脑增强功能给了你。"

"这就是我必须死的原因吗？"他问道，"你是在为管理者办事吗？"

"不，恰恰相反。我相信你应该明白，我也害怕暴露自己。像你这样有丈夫和两个孩子需要照顾的人，可能会为了保护他们而出卖我。"

他又重新笑了起来，尽管笑容里并没有多少暖意，"那么，你就必须要把我牵扯到你的计划之中。毕竟，我早已经身陷其中了。离开'泰坦尼亚号'时，我还只是个孩子，但我认识你的父亲。"然后，他说出了那四个让施内布利颇费工夫的不同政见者的名字。"我以为他们死后，所有东西都被摧毁了，"他说，"我以为'美杜莎'装置和他们一起被消灭了。"

他提议合作的建议本应该让我感到紧张，但没有。作为仆从，努鲁丁和我多年来一直像钟表一样勤恳工作。他一直很谨慎且有技巧。他之前肯定接受过类似的秘密训练，所以表现得很自然。我在想，我是否真的要杀掉他。

我现在仍然不知道自己是否该杀他。

"成交，"我说，"我可以饶了你的命，但我需要从你这儿得到别的东西。"

埃德娜·康斯坦丁非常低调地嫁给了马尔科·查尔马恩。她的亲戚，包括位高权重的祖母都没有受到邀请，只有马尔科的父母出席了婚礼。

埃德娜和马尔科说出婚礼誓言时，两人面色从容镇定，甚至有些僵硬。他们手牵着手走回门厅，进入通往居住区的运输机上。马尔科和父亲聊天时，埃德娜给她的祖母发了一条信息。我发现她选用的声音非常有趣。她已经废弃了之前令人讨厌的声音，我认为新的声音模式是在模仿示巴夫人。

"你们这些人对我而言已经死了。"她告诉她祖母。

"所有嫁出去的人都会这么说。"格洛丽亚夫人回复道。但我怀疑，埃德娜自恃傲慢的信息并没有让她感到冒犯。她向家族所有男性成员发了一份通知："又成功地培养出一个婊子。"

我并不觉得她选用"婊子"这个词，是想表达直接的侮辱。她似乎把这个词语当作一个术语，好像她的孙女是什么畜生，而不是一个人。

但是特伦特·康斯坦丁却怒不可遏。收到祖母消息五分钟不到，他就把埃德娜的轮奸录像发给了贝勒·查尔马恩。

看来，他威胁要暴露埃德娜，并非只是口头妄言。他这人过于自负，甚至不惜违背他祖母和唐尼·康斯坦丁的意志。

我等待着贝勒对他的回应，想象着一切可能的回复，从"你可真够卑鄙无耻"到"感谢你让我注意到此事"。

然而，贝勒没有做出任何回应。特伦特之后又发了好几条询问信息，贝勒都视而不见。

如果这并不是因为他有更高的道德的话，那就很好地证明了贝勒保持自己良好风度的能力。管理者之间的这种报复从未停止过，他们认为意志和智力的竞争高于一切。

但特伦特显然并不擅长这些。他不厌其烦地向贝勒一条又一条地发着消息，从刚开始的语气暴躁，到之后彻头彻尾的语无伦次。我真希望贝勒丧失耐心，屏蔽这个孩子。但这并不是管理者与失败者打交道的方式，他们会默默地看着你自食其果。

特伦特终于放弃了。他也不再向同样一直无视他的埃德娜发送信息。在这点上，我给她点赞：她知道自己已经凌驾于他之上。她可能很疯狂，但即使她真的只是个用来繁殖的母马，她也已经荣升为查尔马恩家族管理者的一员。如果我的怀疑没错的话，埃德娜需要担心的并不是特伦特·康斯坦丁。

你们这些人对我而言已经死了。她对祖母说。

但祖母知道得更多。他们都这么说。

埃德娜需要多长时间才能意识到祖母是对的呢？

9. 再次……漫游太空

"不要穿增压服。"美杜莎警告说。

我放在储物柜上的双手停了下来，耳边传来了即将减压的刺耳警告声。我身上每一处直觉都在尖叫着要打开柜子。"可是——"

"我就在外面。"美杜莎向我保证。

我瞥了一眼 002 号气闸室的内闸门。两名安保人员面无表情地通过视窗往里看。

"但是气压会变！"我说。

外闸门打开了，有什么东西砸到了我的脸上。我努力想站稳，但耳朵一阵胀痛，就被甩进了太空之中。有那么一瞬间我以为自己要昏厥过去，我深吸了一大口气。

我能正常呼吸。

怎么回事？我一边想着，一边发现脑袋周围竟然飘浮着红宝石般的血滴。我毫不费力地又深吸了一大口空气，不知道究竟是怎么回事，也不知道哪里是上哪里是下。我伸出双手，感觉手指陷入了某种柔软而透明的东西。

"有我在。"美杜莎说。

我看到了"奥林匹亚号"的侧翼和美杜莎的几根触手。我意识到，她肯定是在我遭受比流鼻血更严重的伤害之前，就将我包裹住了。外闸门打开的时候，她的薄膜壁就砸在了我的脸上，然后瞬间密封。我甚至都来不及屏住呼吸。

"知道自己死不了之后，我觉得这其实挺有趣的。"

我们用触手沿着"奥林匹亚号"的船体爬行。这里的景色依旧像之前那样雄伟壮观，我过度兴奋的大脑播放出一首庆祝乐曲——拉尔夫·沃恩·威廉姆斯《伦敦交响曲》的第三乐章。曲子热烈而欢闹，我们玩得很开心。

"我没想到事情发展得这么快。"美杜莎说。

"我也是。"我说，"但是我一看到埃德娜脸上的表情，就知道一切即将爆发。"

埃德娜迫使我不得不加快计划。不过我们很坚定。我们一路前往 200- 级气闸室，脑海中仔细查看着一个小时后我们将抵达的家族住所的蓝图。每个人都在他们应该在的地方。

不过,状况可能瞬息万变。如果真的发生了变化,事情会变得非常糟糕。

埃德娜可真是个扫把星。

她不会再出现在张家派对的邀请名单上,不过据努鲁丁说,埃德娜曾想方设法跟查尔马恩家族一块参加了两次派对,期间并没有闹事。我以久美子的身份,同努鲁丁一道服侍了她和马尔科受邀参加的第三场派对。

伴着帕赫贝尔《D大调卡农》的旋律,马尔科·查尔马恩和他的新婚妻子进入露台用餐区,坐在了比马尔科之前更靠近贝勒的地方,跟赖安只隔了三个座位。光这就足以让马尔科高兴了,不过在与埃德娜互动时,他依然表现得很温柔。我想,他们的婚姻应该很幸福。

然后埃德娜的目光落在我身上。从她的眼神中,我知道她认出了我。她挤出一丝假笑。

等到坐下时,她的脸上又再次恢复平静。

无论如何,查尔马恩家族的派对并不像张家那么有音乐仪式感。通过贝勒与其小圈子对话的细枝末节,查尔马恩家族引导着互动。其他客人可能会插话,但如果你不能确切知道这些大人物到底在说什么,贸然插话的风险就很大。他们非但不会阻止智力上的挑战,反而会尽情地享受。但是,若你的遣词造句无法优雅、机智、充满政治头脑,那你就要承担后果。

所以大多数客人都知道如何安全地谈话，尤其是查尔马恩家族的人。其他家族的客人，只要不是故意出言不逊，也有许多的回旋余地。这就是为什么贝勒在大多数情况下，会用一些无关痛痒的话术打破僵局。比如这会儿，他开始讨论起了制作巧克力的复杂性。

制作过程确实相当复杂，让我大吃一惊。

"谁能想象，"贝勒说，"这个豆荚发酵的产物，最终会变成这根美味的巧克力棒？"他站了起来，好让每个人都能看清他手里拿的东西。我们这些仆从则瞅准时机，把他们的咖啡杯再度斟满。

趁其他客人看向贝勒时，埃德娜拿起一杯热咖啡洒在衣服前面，然后丢掉杯子。这种古器非常脆弱，杯子摔在桌子上，碎成了一片片。

所有人将目光转向埃德娜，她痛苦地喘息着："你个蠢货蠕虫！这是你第二次侮辱我了！"

她的指责引起仆从们一阵骚动。与管理者们不同，他们看到了埃德娜的所作所为，但他们没有说话的资格。最糟糕的是，她竟然用了"侮辱"这个词。

个中缘由不言自明。

努鲁丁像往常一样保持沉着冷静，但脸色已变得苍白。好在他和其他仆从训练有素，才不至于惊慌失措。赖安·查尔马恩命令安保将我带走。"002气闸室。"贝勒说道。

埃德娜虽然烫伤了自己，但是当她看着我被带离派对时，毫不掩饰地露出满足的神情。尽管贝勒·查尔马恩在这个当口做什么都会丢面子,但他不可能错过那个小细节。

两个警卫捉住我,将我向外带去。"他们会把我从002气闸室中甩出去。"我向美杜莎发出警报。

"你能拖延时间吗?"她说,"我希望有足够时间到那儿。"

我本可以挣扎反抗,让他们一路上都得拖着我,又或者可以呼喊着恳求他们,紧紧抓住经过的每一个人。不过,我打算在离开管理者的视野之后始采取行动。除非万不得已,我可不想让埃德娜更加得意。

进入集合区之前,我一直高昂着头。我正准备投入表演,就迎上了一脸错愕的泰瑞·查尔马恩。

他猜到了警卫要对我做什么,动作瞬间僵住了。虽然他完美地克制着,但我能看出他内心的痛苦。我知道他想起了谁。

所以,直到我们走过集合区,离开他的视线之后,我才放下尊严,瘫在抓着我的警卫手臂上,又几次三番软倒在地。我表演得撕心裂肺,像是专业演员一样。

他们把我扔进了002气闸室,关闭了内闸门。我立即跑向制服储物柜。

"不要穿增压服。"美杜莎警告说。

我会想念久美子的,我喜欢她画眉的方式,将嘴唇画得如艺妓一样也是个有趣的细节。她的死亡,可以让我不用像通常那样,先清理她的个人历史才能删除她的身份。如果接下来几个小时一切按照计划进行，她就不会白白死去。

施内布利早已放弃对气闸室的监控。不过，即便他没有放弃监控，美杜莎也想出了解决方案，可以让我们在进出气闸室时，既不留下事件记录，也不会造成记录缺口。重回飞船之后，美杜莎和我就朝着飞船的内层壳前进，我开始查看贝勒·查尔马恩的派对记录。

一旦客人全部离开，立刻向埃德娜注射镇静剂。贝勒向他的参谋长下达命令，第二天早上的头件事情，就是获取她的卵子。

查尔马恩家族的私人医疗中心正密切监视着埃德娜，这期间我们有十个小时的时间。我们花了差不多一个小时，才到达要去的地方。部分原因是我们得努力避开别人，部分原因是在"奥林匹亚号"内行进的距离太远了。

穿过康斯坦丁家族住宅区的时候，我感到非常镇定。我们找到了通往维修用爬行空间的秘密通道。美杜莎把触手伸进去，拉动我们前行。她移开板子，让我们悄无声息地进入了家族最年轻成员的住所。我们如同突然钻出珊瑚礁的捕食者一样，从通道中蹿了出来。

"你是谁?！"布雷特·康斯坦丁惊恐万分地质问道。

我们向他猛扑而去。

一晚上的时间，我们杀死了唐尼的录像中，每一个犯下强奸罪的康斯坦丁族人——一共二十六人，除了唐尼。我们必须迅速行动，赶在受害者被发现之前完成任务。虽然我们把这些尸体摆放得像是仪式场景，但这一过程更像是流水线作业。

或许称之为死亡线更为贴切。

我们不仅在尸体摆放姿势上创造了一种模式，在被杀顺序上也是一样。尸体的分布形成了一个围绕同心圆的螺旋线，每死亡一人，螺旋线条便向内收紧，直到最后靠近唐尼·康斯坦丁所居住的中心——尽管在观察者看来，中心看起来似乎是格洛丽亚的住所。我能想象到，她正坐在豪华的办公桌前，因自己可能遇到的危险而烦躁地乱涂乱画。唐尼会严肃地聆听，但内心深知，自己，而不是她，才是受到威胁之人。因为他知道自己与死去的族人之间有什么共同之处。

一切都结束的时候，他必须毫发无损地在那里，必须要看到这种模式——尽管他不是我们想引起注意的人。

我期望查尔马恩家族能够先发现这件事。因为，对于埃德娜来说不幸的是，她与格洛丽亚夫人的最后一次通信内容为，你们这些人对我来说已经死了。表面看来，这些康斯坦丁族人似乎是被某个受其威胁的人所杀害，某人为了保守自己秘密不惜杀害那些人。这个秘密就在特伦特寄给贝勒的录像中。特伦特是最后被杀的人。我们一杀了他，就应该立即逃脱，但我犹豫了。我已经开始回顾努鲁丁的电影（按照美杜莎说的，也可以叫作影片），并且认出了许多电影配乐作曲者。芥川也寸志 ① 给电影《地狱之门》所作的配乐开始在我脑海里演奏，曲子融合了传统日本乐器与非传统乐器，营造出一种令人绝望、难以忘怀的氛围：贵族们在面临被陷害、被勒索和被恐吓的情况下，依然竭尽全力保持着得体的礼仪。

"我们该走了。"美杜莎说。

她把我们拉进爬行空间，将身后的检修面板关紧。

不到一个小时，格洛丽亚夫人的参谋长就联系了贝勒的参谋长。康斯坦丁家族要求他们交代清楚埃德娜的下落。贝勒的工作人员发誓，埃德娜正在医疗中心，并一直受到密切监视。我认为格洛丽亚夫人的工作人员相信这点，因为无论康斯坦丁家族女性是否与其他家族通婚，医疗中心要对埃德娜做的事情，显然都属于标准程序。唯一的区别是，大多数家族会等到婚后几个星期，才让这些女孩直面自己存在于此的真正理由。

埃德娜在贝勒的派对上发的那通脾气，逼得他提前动了手。这完全出乎意料，并且记录得相当详尽。

他们打算从埃德娜的卵巢中采集卵子，并且冷冻。我猜，查尔马恩家族想用这些卵子制造自己的孩子，或者把部分卵子卖给其他家族，以换取自己想要的其他物品或好处。但是，一旦埃德

---

① 芥川也寸志(1925 —1989)，日本作曲家。出生于东京田端，是著名文学家芥川龙之介的第三子。

娜的用途耗尽,她会变成什么样?

马尔科陪着她坐在医疗中心,握着她的手。贝勒一听说谋杀案之后,就立即下令安排双倍安保。"留心你自己的房子,"他向格洛丽亚夫人发送消息,"你的主要怀疑对象,事发之前就被注射了镇静剂。"

那之后,我们遭遇了很多问题。美杜莎和我已经把假墙摆回原处,但是一旦他们决定彻底检查,就会发现这些假墙。

毋庸置疑,我们进出隧道的身影没有出现在任何监控记录中。不幸的是,即使是最好的调查,也会受到先入之见的影响;本次情况中,其影响被指向了内部——特别是,在唐尼用于掩人耳目的垃圾文件中,搜索到了勒索录音。

格洛丽亚夫人不再向唐尼发送消息。她没有指责他或质询他,而是让自己的参谋长替她问问题。参谋长是个严肃认真的人,从来不从信息中得出结论——他只是陈述自己观察和发现的东西,结论则完全交由格洛丽亚去做。

至于唐尼,他不停地用信息轰炸格洛丽亚夫人。"有人在诬陷我! 杀死自己的族人,对我有什么好处?"

我本想问唐尼,"你强奸她们,对你又有什么好处呢?"但我知道答案是权力。没有哪个管理者乐于见到其他管理者予取予求,我也不想看到。

我没想去访问格洛丽亚观看勒索录像的视频监控。我知道参谋长发给她的是什么,以及她花了多少时间来审查证据。我还知道他是怎样给这些录像排序的。它讲述了一个特定的故事，而这就是我不想看到格洛丽亚夫人的表情的原因。

并非我认为格洛丽亚夫人会倍感痛苦，她或许不是派对上的常客，但她是典型的管理者。我可以原谅她缺乏同情心，但她的傲慢可能会让我希望自己能在那天晚上再冒险多杀一个人。

有些险不值得冒。

一群医生将埃德娜推进无菌室，提取她的卵子那会儿，调查才刚刚开始。当然，并非取出她所有卵子；他们会在之后的十年里多次执行这一程序。她的资源应该非常丰富。

埃德娜被带走时，马尔科默默地流下了眼泪。我很想知道，他对她所遭受的苦难了解多少。如果她不能放下过去，他对新婚妻子的怜悯会变成不耐烦吗？或者她的伤痛会让他爱得更深吗？

埃德娜被推进恢复室时，调查也结束了。格洛丽亚夫人带着一行人来到了 011 气闸室。

我困惑地发现，格洛丽亚夫人带领的人中，没有一个是女性。快速查看她手下员工的档案后我发现，除了准备食物或清洁宿舍之外，没有其他女性为格洛丽亚夫人提供服务，也没有女族人陪在她身边充当见证人。

队伍中倒是有一个族人：唐尼，他在人群中间，周围全是肌肉发达的安保人员。他的表情有些屈辱，有些沮丧。他知道自己被所有人逼到了绝境，在他看来，这很不公平。

他周围的男人看起来面色冷漠,但我也从中看到了一丝同情。

我在心中询问道:你给那人巧克力了吗?你给另一个人腰果了吗?我一直想尝尝腰果是什么味道。

唐尼没有反抗,他们把他拖进气闸室的时候,他也一言不发。他跪倒在地,格洛丽亚夫人不得不踮起脚尖,才能在他被甩进虚空的时候看到他。处决结束后,她走回自己的住所,步伐中没有示巴夫人的那种标志性的从容和沉着。她的脸上愁云密布,因为参谋长刚刚通知她,其他管理者已经设法拷贝和查看了那些唐尼试图藏在垃圾文件中的影像。

就让这成为所有恶人的一个教训。如果你记录了自己犯下的每个暴行,那么就要确信最终会有人看到它,并以此来审判你。没错,一些施虐者可能会觉得这种可能性令人兴奋,但对于唐尼而言,似乎结果并不太好。

或者对格洛丽亚夫人而言,结果也不太好。其他管理者现在都知道,就在她眼皮底下,她的家族里发生了什么事情。究竟是多宝贵的基因,才会催生出这样的怪物?他们心里一定在这么想。或者说,这一切都怪格洛丽亚夫人管教无方?

好几天时间,她的通信网络都保持沉默。与唐尼和特伦特不同,她沉得住气,能等着别人主动联系她。

最终,贝勒·查尔马恩给她发了一条慰问信息,因为他是最后一个从她那里买新娘的人。她的答复很简单,几乎算是只言片语，但依然彬彬有礼。如此一来，康斯坦丁家族开始修补起家族的声誉。

是埃德娜让他们出现在了我的雷达上。现在，他们成了不祥的光点。我现在了解到了难以想象的管理者内幕；尽管当时发生在邦妮·查尔马恩身上的事情，本该给我留下些线索的。

邦妮身上到底发生了什么？她遭受过与埃德娜和特伦特同样的事情吗？

我没有找到任何证据。康斯坦丁家族发生的轮奸事件似乎单纯只是个例。

十四岁就得生孩子，这年纪真的太小了；然而，很多管理者女孩的命运竟然都是如此。这种事情在我们蠕虫之间，简直闻所未闻。我们必须仔细计划我们的生育。这是我们相比于管理者阶级的优势所在，这可不是一件小事。

埃德娜改变了我的轨迹，引我进入了一个陌生领域。但我并非唯一追随新轨迹的人。

努鲁丁同意与我合作之后不久，我把他带到了美杜莎和我在"奥林匹亚号"深处建立的医疗室。努鲁丁有一个早期版本的植入，美杜莎给他进行了升级。"你的原始改造做得很好，"我告诉他，"这些会让你走得更远。"

他自己的"美杜莎"装置就在附近等着，他会需要她的。

"央一——我没法成为刺客。"他说。

"确实。"我赞同道，"你成不了。我可不相信其他人能胜任这份工作。"

在他恢复期间,我给他的住所装了一台监视器。大部分时间里,他都和家人待在一起。看着努鲁丁和乔恩跟自己的儿女一块下棋,感受着他们身上的爱和善良,我的心里暖暖的。

"你在哭泣。"美杜莎用触手尖摸了摸我的脸颊。

"我正在想我们杀死的那些人。他们和他们的受害者一样充满恐惧。这一次,他们自己成了受害者。"

"然而,"她说,"当他们看到自己给别人带来了莫大的痛苦后,就会沉浸其中,不想停下来。"

我擦了擦脸,"他们现在已经停下来了。"

纯正。在一艘世代飞船上面,纯正根本毫无意义。飞船上的人在努力保护人类种族,对于打算生育健康后代的孤立群体而言,最重要的是多样性,而非纯正。飞船上的管理者们虽然态度傲慢,但我从不觉得他们愚蠢。为什么他们对这一点的认知出了问题?

这并非什么认知问题。后来我才发现,它正是美杜莎和我当时努力想要看到的大局的一部分。管理者们如此重视这一基因,如此想要将其融进自己的血统当中,这可能是我迄今为止发现的最为重要的线索。那时我还没意识到这点,只是把它归了档。

我又看了一会儿努鲁丁和他的家人,然后就关掉了监视器。我不会再看他了。

他已经让我看到了一些更有意思的东西。

10.《怪谈》

路西法塔的观测气泡之下，美杜莎和我沐浴在数百万颗繁星的光芒当中。但我的视线放在了人造景观上——我正在通道阶梯上寻找一个熟悉的身影。

路西法塔矗立在"奥林匹亚号"前端的一座观察和研究城市之中。它从一个连接中轴、与旋臂隔离的平台上向外延伸——因此，对于在平台表面上移动的人来说，使用磁力鞋行走是标准程序。

但我们等的那两个人不需要磁力鞋，他们有触手和喷气助推器。

我们没等多久，就看到他们飞奔着出现在两座塔楼之间，以磁力鞋远不能及的速度爬上梯子。警告灯随着他们打开外闸门而闪烁不定；随着气闸室加压，警告灯也暗了下来。随着内闸门的开启，有触手抓住了门框，将一个"美杜莎"装置推向我们。她在观测气泡下站稳位置，然后将努鲁丁吐到了我们身边。

他笑了起来，"这里的景象我真是永远都看不够。"

每次看到那个笑容，我都很庆幸自己当时没有杀他。

"所以，"他说，"继续我们颠覆性的讨论。你觉得柯布在结局的时候还在做梦吗,还是真的已经醒过来了?"

我们聚在一块儿,讨论着一部名为《盗梦空间》的电影;如果这次会话内容被人发现,我们这四个阴谋家肯定会被甩出气闸室。

电影主角是一个被困在高度真实的梦境当中的男人。他用一个保持旋转的玩具陀螺作为象征物,来警告自己还在做梦。现实世界中,陀螺会因为空气摩擦而减速并停止转动。

"我觉得他醒过来了,"我说,"电影结束时,陀螺已经开始摇摇欲坠,这就说明了问题。"

"但这个陀螺很可能就是个误导,"美杜莎说,"他的孩子们应该是更好的对现实世界象征,但整部电影中他们似乎都没有变化。电影结尾处,他们本应该长大了些才对。"

努鲁丁说:"如果柯布从故事一开始就睡着了,然后结尾时他真的醒了过来,那他对孩子们的印象可能正出于他自身的期望。"

我们将目光转向纳菲尔塔莉。尽管她是"美杜莎"装置,但她也有自己的独立观点。"我认为没有答案,"她说,"电影本来就不打算让我们知道答案。结果是,我们检查了自己对现实和记忆的感知能力;我们必须承认,它是有缺陷的。"

我们思索着这一点。然后努鲁丁挑了挑眉毛,"我最想知道你对这些梦想家所生活的社会作何反应。第一次把电影拼凑完时,我感到非常震惊。我觉得他们很粗鲁。"

美杜莎的嘴角扬了起来,"对我来说,与其说粗鲁,不如说他们愣头愣脑。"

"但他们的行为符合他们的情况，"纳菲尔塔莉说，"太多的礼貌可能会成为他们社会的劣势。"

我同意这些观点。不过，在生命的大部分时间里，我一直在观察"泰坦尼亚号"和"奥林匹亚号"上的各色人等。我学会不对他们所说、所做的事情做出情绪反应，因为我的反应会被注意到。因此，当我看到电影中人们之间的互动时，我最强烈的感受是——

"着迷，"我说，"我可以学会在他们的社会中游走，但这需要时间。而且更易犯错，更加危机四伏。"

"危机四伏，没错，"努鲁丁说，"但也同样自由。我怀疑这就是这部电影的数据被毁坏、被丢到垃圾文件中的原因。"

每当他谈到自己心爱的电影差点被毁灭时，我都能看出他心中的焦虑烦闷。"你要做的就是把它重新拼接起来！"我说，"你的奉献精神令人钦佩。"

他耸了耸肩，"说痴迷精神才更加合适。为管理者服务只是虚度光阴，这项工作才是我的真爱。"

我很想说，我也是这样想的，但这话其实不完全真实。尽管我的痴迷程度可能比努鲁丁对他的电影更甚，但我并不爱我毕生所从事的工作。

"这些电影让我看到了人性的粗鲁，"努鲁丁说，"这就是让我深入挖掘电影的原因。我们的先辈是这样的人吗？这种粗鲁行为是如此自然，我本以为在每部电影里都能看到它，但没有。央一——这就是我希望你能多看些中国和日本电影的原因所在了。"

"好。"我对他说，但这不是一个承诺。

因为我看过一些电影，我害怕看到更多。

努鲁丁还有家可回。他仍然扮演着自己原来的身份，尽着自己的义务。所以我们匆匆地聊了一会儿就分开了。我们约定，十个周期之后的下次会议上，再一起讨论一部名为《怪谈》的电影。

"这次你有足够长的时间休整了。"纳菲尔塔莉带着努鲁丁飞出"奥林匹亚号"前端时，美杜莎对我说道。和努鲁丁分开后，纳菲尔塔莉会躲进 200- 级气闸室，帮他进行电影恢复项目。她已经看完了《怪谈》，看了三遍。

《怪谈》是一部日本电影。"真像装满蠕虫的罐子一样让人棘手。"我说。

"这说法真有趣，"美杜莎说，"如果你打开罐子，蠕虫会扭曲着跑出来吗？"

"也许吧……"

也许是说到了蠕虫扭曲，让我对这个话题失去了兴趣，也不愿再去想《怪谈》。

"你是因为机器里的幽灵，才有所犹豫吗？"美杜莎说，"因为《怪谈》是短篇鬼故事集？"

"也许吧。一想到它，我就感觉有点——心不在焉。"

她像章鱼一样在我周围旋转，动作优雅而流畅。"央一——"她说，"我觉得有很多幽灵在纠缠着你。你在为我们杀死的人而悲伤。"

我胸口猛地一紧。我慢慢呼吸，直到胸口舒缓下来。

她说："用一句俗语来说，你已经踏上了一条不归路，一旦越界，就再也回不到原处了。"

你知道吗？一次性杀死一个人甚至一群人，和连环杀人以及大屠杀不同。我不喜欢大开杀戒，但我知道，我之后还会这么做。

但是我的宏伟计划怎么办？央一已经不复存在。我可以集中精力访问示巴夫人的日记，然后在张家的显眼处放上仿造日记的零星碎片。但是现在，我意识到我对管理者们知之甚少；我不禁思索，我到底还有多少不知道的事情，还有谁可能正在密切关注着我和美杜莎。

……我们检查了我们对于现实和记忆的感知能力，我们必须承认，它是有缺陷的……

"巧克力棒。"我说。

美杜莎在我身边盘旋着，"这话听起来没什么逻辑。"

"康斯坦丁家族的事让我意识到，作为仆从工作时，我对居住区的了解仅仅局限于工作时去过的区域。"我说，"我想知道他们在哪儿种的巧克力，还有香草、肉桂、咖啡，所有这些需要水分和热量才能生产出的东西,还有桑蚕、棉花,各种各样的东西。"

她变得明亮起来,"我们去实地考察下?"

"能去吗?"

"为什么不能。我们应该多了解管理者,他们远比我们目前所知的要复杂得多。"

她说得很有道理,不过我只是出于好奇而已。我可不觉得实地考察能让我对管理者有更多的了解。

但是我错了。

天哪,大错特错。

把美杜莎抛下这种事,我想都不敢想——她的好奇心比我还重,所以我们打算一起秘密行事。居住区是如此巨大,我们可以在不遇到任何人的前提下,穿过居住区。通过美杜莎卓越的视力和听觉,我们可以在别人注意到我们之前,先察觉到对方。

但要想在"奥林匹亚号"上神不知鬼不觉,就意味着不能被监控拍到行踪。但既然我们可以看到其他人的踪迹,我们就可以知道他们在哪里、在做什么,乃至他们之前做过什么。自此,事情开始变得有趣起来了。

相当有趣——这可不是什么讽刺。我们之前从未想过,要去调查那些种植高档食物并做出产品的人。我知道他们都是各大家族中晋升无望的低级管理者。在我的想象中,他们是一群满身怨气的人,被迫做着之前蠕虫所做的工作。我已经忘了之前父亲是多么怀念这份工作。

我和美杜莎在蠕虫隧道中滑行，进入园丁使用的明亮的储藏室。通往居住区的门敞开着，我看到了其中的一抹绿色。我停了下来，屏住呼吸。

"怎么了？"美杜莎说。

"想起了往事。我之前以为，自己永远都看不到门的另一边是什么。"

"你在管理者的花园派对上服务过，你已经见过了。"

我本想告诉她，管理者通过感官系统控制了仆从所能看到的东西，以防我们看到任何不该看的。虽然多年以来，我一直在欺骗这一系统，但我还是没有见过。

我们蹑手蹑脚地走过储藏室，美杜莎的触手轻轻触摸着身旁经过的物品。我们俩都闻到了堆肥的气味，于是稍微停留了一会儿，仔细观察各类手持农具和机械化收割机。除非这些工具出现故障，否则人们很少会注意到它们。但是园丁们喜欢凭自身感觉来监控植物的健康和结果情况。这样，他们就能在植物出现严重问题、被系统注意到之前，发现它们。

我们监测到园丁目前正在远处的田埂中劳作，所以放心地径直走到了门口。刚跨过门槛我就知道，我们因为好奇而冒的一切风险都是值得的。

"胡萝卜和洋葱。"美杜莎查询植物数据库后对我说，"那边是豆子、南瓜——哦，我的天！还有向日葵！它们和你母亲的图像数据库中的梵高画作简直一模一样!"

确实很像。但如果梵高看到的是我们的居住区,他会画出什么呢?我放眼向远处田埂望去,视线沿着田埂一直向上,向上,向上。

我曾以为自己知道居住区长什么样,因为我参加管理者派对时只是假装看不见。现在我才明白,我太自以为是了。我一直专注于观察管理者的言行举止,盘算着我的计划,却从未抬头看过。我从来没有看到过数公里外的朵朵白云和地面组成的天空。我感到一阵眩晕,好像一旦自己理解了眼前的景象,就会摔倒似的。

我想起了一首曲子,是努鲁丁拼凑完成的电影《八十天环游世界》的主题曲,由维克多·杨创作,其中弦乐团演奏的节奏和旋律,让人不禁想要乘上热气球飘走。仅这一点,就让我觉得这趟实地考察太值得了。

不过,我们去那儿是为了了解别的东西。仰望天空以后,我把视线放低,朝约一百米之外的远处眺望,那里有一座白色半透明墙构成的温室。每隔一段距离就安装着一架巨型风扇,许多管道从侧面延伸到屋顶上。

我们查看了图纸,发现那是种植咖啡的地方;在 365 个周期里,咖啡种植需要 1500~2000 毫升的降雨量。

温室中有两个园丁正在工作。我发现温室还有一个侧门,但是美杜莎标记出了另一条路线。"爬行空间很宽敞,我们潜伏进去吧？"

"乐意之至！"我说。有一个入口藏在了向日葵花群之间，我们蹑手蹑脚地站了起来，不慌不忙地走了过去。快要抵达入口时，忽然传来一个声音，让我们停了下来。

是嗡嗡作响的声音。嗡嗡嗡嗡的，是蜂鸣声。我透过美杜莎的眼睛仔细观察，看到了花朵间有什么东西在动。

"蜜蜂！"我惊讶地忘了呼吸，"它们正在为作物授粉！"

看到这些生物后腿上毛茸茸的小花粉篮子时，我第一时间就想到了蜜蜂。之前，在母亲的数据库甚至教学视频中，我听到过很多次这种嗡嗡声。这些黄黑相间的、从向日葵的花心中收集花粉的昆虫，正是那些搭建巢穴、生产蜂蜜的美丽生灵。

这些小小的生物在空中飘着，从一朵花飞向另一朵花；我凑近细看，才发现其中至少有十几种不同的传粉者。其中一些是胖乎乎的黑白条纹的昆虫；有些看起来像迷你版的蜜蜂；其他的则很大，非常巨大，大到让我怀疑它们怎么飞得起来。我还看到了黑色和红褐色的巨型蜜蜂，我好奇它们是否属于不同物种。

"还不进咖啡温室？"美杜莎提醒我。

"哦，对。"我回过神来，"但是，美杜莎——它们可真漂亮啊！"

她向我发送了虚拟的笑脸图像，四周还有飘浮的爱心和卡通蜜蜂。

我们将注意力转到入口。我以为我们需要搜寻一会儿密码才能进去,没想到门没有锁上。我们打开门,偷偷溜了进去。

作物下方的通道非常昏暗,但却莫名令人觉得舒适。毕竟,这里是一个蠕虫地洞。我们穿过地洞来到温室下面,从另一个未上锁的入口钻出地面,撞进了潮湿的空气中。我们快速地把身后的门给关上,以免造成区域干旱。

我们听到了说话声,有两个人正在兴致勃勃地谈论着咖啡。"——真不明白为什么这边的果子会成熟得更快。"一个女声说道,"环境明明是一样的。"

"我们需要引入更多变异品种。"男声说道,"这批品种太难种植了。"

他们应该在讨论最近遇到的什么问题,但声音听起来充满着幸福感。

幸福听起来像什么?我无法描述。然而,当你听到幸福时,就自然会明白。就像你之前从未淋过雨,但鼻子却能嗅出雨水的气息一样。我在目录中搜索到了这两个园丁,分别是奥格登·席克勒和拉克希米·罗塔。席克勒家族与查尔马恩家族结盟密切,罗塔家族和张氏家族联盟密切。看来在这个级别的活动中,没人觉得有必要假装这两个宗族互相敌对。我恍然意识到,自己之前太过关注大家族的上层阶级管理者了;即便是从园丁身上,我同样能了解到一些和政治相关的知识。

"果子?"美杜莎用触手尖端摸了一下这些植物,"我还以为它们是豆子。"

"所以说——这些红色的东西是水果？"它们沿着茎干成簇结出，果实小小的、圆圆的，有红色、黄色和绿色等不同颜色。"也许这些豆子实际上是咖啡种子？"

"我不知道。"她摘下一颗绿色果子，认真地研究起来，"在数据库中，咖啡豆应该是褐色才对。"

"那应该是烤过之后的颜色吧。"

"你想尝一下吗？"

我差点咯咯笑出声来，我这辈子可能一共就笑出声过三次。"我觉得味道应该不太好。"

美杜莎把咖啡果放到我们嘴唇上，我没有吃，只是用舌头轻轻舔了一下。虽然她能看、能听，有感觉和触觉，但是她只有通过我才能体验到味觉和嗅觉。尽管我没有咀嚼咖啡果，但她也没有抱怨。

"不是我想象中的水果味道，"我说，"不太好吃。"

"不是巧克味吗？"她开玩笑地说。

"当然不是，如果我们这么简单就能吃到巧克力棒，那也不是件好事。巧克力必须要经过发酵和多道加工程序才能制成。"

"虽然这么多工作，"她说，"但是园丁似乎非常心满意足。"

"我还是觉得我们最好手工采摘它们。"拉克希米说，"这样我们能感觉出哪些熟了，哪些还没有，机器可做不到这点。"

"手工采摘，累死也摘不完。"奥格登说。

"那就让孩子们去摘，刚好可以让他们亲近自然。"

他们离开了。美杜莎和我继续触摸着咖啡果，拉克希米说的没错——绿色的果子摸起来感觉很硬，红色的果子稍微有些弹性；话虽如此，有些红色果子还是有些硬，其他的则感觉软乎乎的。"我想摘咖啡果。"我说。

"也许是因为你没有试过连续采摘好几个小时。"

"你可以帮我。"

"我和所有其他'美杜莎'装置都可以帮你。我们的触角也可以多亲近下自然。"

身处这些植物之间，我感到非常凉爽湿润。我终于理解父亲为什么会如此怀念这个地方。但奥格登和拉克希米正朝我们所在的地方走，身边跟着一群年轻的园丁。于是，美杜莎和我从入口滑了回去，拉上了身后的门。

美杜莎用触手拉着我们穿过隧道时，我满脑子想的都是咖啡果和向日葵。但是美杜莎半路上忽然停了下来，用触手对隧道的一侧进行检查。

"这面墙很软，我觉得后面应该藏了些什么。"我们用红外线进行扫描，看到了一个面板的轮廓。她用触手摸索墙壁边缘，片刻之后，墙壁打开了。

在墙的另一侧，我们发现了一个小房间，其实更像是一个壁龛。这是一个长方形空间，其高度和宽度足以把我装进去。在其中一侧上，我们发现了一个带有许多显示器的控制面板，大多数显示器上的读数为零。其中一个读数可能显示的是温度，因为它的数字与壁龛内部温度一致。

美杜莎眼神中带着迷恋，"这是台深度睡眠装置。"

世代飞船相关的教程中，曾简短地提到过深度睡眠装置。这些装置可以使人进入休眠状态，冷冻大脑、减缓心跳和呼吸。在持续长达数百年的漫长星际旅程中，如果你没有种植作物、循环用水的设备，没有可以通过自旋模拟重力的居住区来预防骨质疏松以及肌肉萎缩，那么以这种方式旅行也许是个不错的选择。

但在"奥林匹亚号"上，这些应有尽有。只要维护得当，"奥林匹亚号"就可以无限期地维持生命。

"这个装置至少使用过一次。"美杜莎说。

"有人在这里冬眠？"

"没错。"

"冬眠了多久？"

她眉头紧锁，仔细地探查，"差不多一百年。我们的航行伊始，这个人可能就进入了深度睡眠状态。"

"能查到是谁吗？"

"找不到任何记录。事实上，'奥林匹亚号'上没有任何关于深度睡眠装置的记录。"

美杜莎与我脱离，把自己包裹进这个装置里，探查它的历史记录、触摸它的轮廓。她似乎很高兴。她说："我们必须原封不动地封闭这个小房间，不能留下我们来过的蛛丝马迹。"

"明白了。"我说。

我们又合并在一起。无需多言，我们都高度警惕。我们仔细地把墙完全恢复原样，然后跳出隧道，回到向日葵中。蜜蜂在我们身边嗡嗡作响，对我们毫不在意。

出于谨慎，我们没有立即离开，而是停在原地，长时间地观察。我们细致入微地调查着，我甚至注意到，并非所有蜜蜂都在采集花粉，有些蜜蜂似乎对花瓣更感兴趣。它们会在花瓣边缘切出一些细条，然后带着细条飞走。"它们在筑巢，"美杜莎说，"用花瓣筑成的蜂巢，肯定特别漂亮。"

我们最后确认了一遍安全监控系统覆盖的范围，附近四下无人。我刚抬脚迈出一步，美杜莎突然说道："等等，仔细听心跳声。"

我关闭自己的听力，连接到美杜莎的卓越听觉，以便听到她说的声音。"大约八米之外，但这个心跳太快了。"

"比正常人快得多。"

"这人是受到了惊吓？还是在拼命地劳作？"

我们等待对方心跳节奏放缓，但始终没有。

"我觉得这是一个休眠中的心跳。"她说。

"怎么可能？"我思绪万千，摸不着头脑。

美杜莎一言道破："这不是人类的心跳。"

"这是某种动物吗？'奥林匹亚号'上没有动物，除非你把昆虫也算进去。"

"我确实把昆虫算进去了，而且我把人种也算进去了。"

我还没来得及发问，她就说出了另一种可能性。

"一个人种？"

"一个外星人种。"她又仔细听了一会儿，说道，"它知道我们在这儿。"

时间一点一滴流逝。蜜蜂授粉，向日葵垂下了花盘，种子在花盘上鼓鼓囊囊的。美杜莎和我等着遇见外星人。

但是心跳声越来越弱。"走了？"我说。

"只不过是远离蜜蜂和鲜花。等一下——"

我们听到的心跳声突然中断了。

"我想它可能穿过了一扇门。"她说。

但她不知道那扇门在哪里，图纸上没有任何记录。

那个外星人有一扇秘密的门。

"真让人心烦。"穿越隧道返程，远离那些嫩绿与金黄相间的美景时，我说道，"我之前总喜欢说，邪恶的管理者是导致我生命中一切不幸的根源所在。但是现在，我有些怜悯他们，他们中有些人也受到过糟践，如今又多出了个有秘密门的蠢外星人。"

"我喜欢你的说法。"美杜莎说，"因为当我们愚弄他们时，我们非常聪明，而且我们总是好人。可现在，除了坏人之外，还有更糟糕的家伙，这个神秘人还有着诡异的心跳。"

我们从 100- 级闸门退了出去，删除了访问记录。美杜莎穿过"奥林匹亚号"的外壳，朝着前端飞去，只有星星见证了我们的旅程。

"不可能有很多神秘人,"我说,"你会探测到它们。"

"这要看你说的'很多'是什么意思了。'奥林匹亚号'足以藏下数百人。一旦更多的'美杜莎'装置运作起来,我们就让她们听听飞船上的心跳。"

这让我想起了我必须要做的另一件事,或者好几件事。我必须跟踪施内布利所要追杀的每一个目标,每一个从"泰坦尼亚号"移民至此,并与五个持有不同政见者有所联系的人。而且我必须要判断是否可以信任他们,为了做到这一点,我必须先观察他们一段时间;最后还要铤而走险,完全信任他们。他们中有些人可能会背叛这种信任,一旦发生这种情况,我还要保证有充分的备案,确保计划不会被打乱,而且还要……

一声叹息。

我们在湿婆神塔和蜘蛛女神塔之间看到了路西法塔。既然央一已经死了,我就把路西法塔当成了家。

我们爬上通道梯,进到路西法塔里。漫天星光透过穹顶,照在一排排长满触手的"美杜莎"装置上。她们柔软地悬挂着,等待着和使用者结合,成为完整体。

"新获取的信息会影响到你的代码项吗?"我说,"现在情况更加复杂了,会让你出现延迟吗?"

她的眼睛闪烁着光芒,"相反,我认为这可能有助于我理解一些难以捉摸的事情,我想我可以继续编写代码了。我觉得,没有理由不点燃这星星之火——也许散布一些遗失的信件？但还是先不要发布任何虚假的通信。现在我们知道还有这么一个神秘人，可能就是示巴·查尔马恩用第二种代码进行通信的人，她称之为 X 的人。央一——我觉得我们需要激活第三个'美杜莎'装置，我们需要为她找到合适的人选。"

"嗯，我会把它排在待办事项的首位。"

"好。"她脱离了我。美杜莎在阿努比斯塔有自己的家，并非直陪在我左右。出于谨慎考虑，大部分时间我们都分头行动，以便可以完成更多的工作——而且这样我们也不至于太过于依赖彼此。

离开之前她总是会抱抱我，这使我们更加亲密无间。或许正是因为这个拥抱，她和我分开时，我才不会觉得被遗弃。无论如何，我都很感激。

她的脸悬浮在我面前。"央一，去看《怪谈》吧。我已经看过了，很想和你讨论讨论。"她挥挥触手向我告别，然后滑走了。

美杜莎到达和离开的样子，总让我感到神奇不已。

出发去实地考察之前，我一直对这部电影提不起劲。现在，我想通了。我打开了努鲁丁的电影目录。

他的电影收藏可以通过几种不同方式进行搜索。例如，你可以按照标题进行排序，按照国家进行排序（这种排序本身就很具颠覆性——这些关于地球历史的信息是有违规定的），甚至还可以按主题、流派、导演、演员、电影摄影师、制片人、工作室、作

曲家、发行日期、语言及字幕种类,以及"努鲁丁的最爱"等类别
进行排序。他甚至还检索到了电影海报,这些海报最初是印在纸
上,用于向观众宣传电影。他在电影标题旁放置了海报的缩略图。

就我自己而言,我本来倾向于通过作曲家进行搜索,但努鲁
丁已经列出了一份名为"向你推荐"的列表——里面都是些日本
和中国的电影。

《怪谈》旁边的海报里,有一个日本鬼魂的形象,看起来很像
我母亲的幽灵。

这个想法并没有让我吓得发抖。但我对家人乃至整个群体
的认知,只是更大层面的事实中的冰山一角,这才真正令我毛骨
悚然。

正如纳菲尔塔莉所说,我们检查了我们对现实和记忆的感
知能力,我们必须承认,它是有缺陷的。

确实,无论如何,我都应该追寻这个大局。一直以来,我的
生活始终围绕着一个高于一切的目标,我需要专注地实现我的目
标。但是现在,我看到了更多的东西。在我开始质疑原本以为自
己已了解的事物之前,我应该做更多的事情。

这启示真让人想骂街。算了,好吧,先看《怪谈》。

我本打算看完之后接着看《战国英豪》和《地狱肌》的。但
我看完一遍之后,忍不住又看了一遍,然后又看了第三遍。

先说音乐(因为音乐永远是我最先关注的)。我惊喜地发现,
电影的作曲是武满彻,父亲的数据库中有很多他的音乐。曲子

让我完全沉浸在故事中；直到第二遍观看，我才意识到整部电影，包括室外镜头乃至精心制作的海战，都是在摄影棚里拍摄的。

"奥林匹亚号"上的生活大抵也是如此——一艘飞船之内的世界。

这微妙地引起了我的共鸣。让我印象最为深刻的是电影中的女性角色。她们让电影中的男性角色黯然失色，甚至包括了其中一个关于武士的故事。这个武士自私地抛弃了妻子，又为这段回忆所困扰。被抛弃的妻子，就是海报缩略图中的那个鬼魂，她有着深邃的眼眸和乌黑顺长的头发，看起来很像我的母亲。

我的头发也很黑，但却比较卷曲，即使头发湿的时候也一样。我的嘴唇更加饱满、嘴巴更宽；我的肤色和父亲一样深。但是相较于父亲，我在镜子里看到的自己更像母亲一些，我怀疑这是气质的原因。

我入迷地看着那个妻子的鬼魂。在她丈夫的回忆中，她坐在纺车上，从远方眺望着他。在那凝视下，他的情绪逐渐失控。

第二个故事中，一个男人爱上了一个雪女。这个生物也让我想起了母亲，无论她扮演的是爱妻，还是无情的掠夺者。直到我看到第三个故事《无耳芳一》，母亲的形象才从我的脑海中退去。

芳一就像是我名字的另一个版本。其他关于盲人角色的电影中也出现过很多与我名字类似的角色，比如努鲁丁收藏的一些关于《座头市》（一个盲人剑客）的电影。在《怪谈》里，芳一是位极具琵琶弹唱天赋的盲僧，他最为有名的曲子是《平家物语》，讲述了两大权力家族之间的坛浦之战(这让我想起"奥林匹亚号"上的管理者家族)——源氏家族和平氏家族。最终,平家在海战中大败而亡。整部电影中最具权势的角色,出场于海战场景中。

她是平家遗孀。她的儿子,平氏首领,已经去世;其孙成了新的首领,但他还是个蹒跚学步的婴孩。身为家族之长,她于危难之际担起了管理之责,与尚在幼年的首领一同坐镇这场战斗。当大势已去,她和孙子即将被捕之际,她毅然决断,告诉家族其他女眷,与其活活被捉,不如慷慨赴死,她会抱着孩子一起跳入海中。女眷们为了保全名节,也应效仿她的行径。

她屹立在船首,怀抱着年幼的首领,准备一跃而下。我看着她的脸庞,她的表情让我着迷。这是勇气还是绝望?抑或是冷酷地接受现实?或者是出于爱意?我永远无从得知。但是,第一眼看到她,我就知道,她才是那个家族的铁拳,而不是受她指挥的将军,不是为她而战的武士,更不是那个蹒跚学步的婴孩。另一张脸浮现在我的脑海里。

示巴·查尔马恩夫人。

第一个周期里,我不知看了多少遍《怪谈》,看着那些不存在于机器中的鬼魂,回忆起我生命中最有权势的两个女人。某些时候,我在鬼魂妻子、雪女和平氏遗孀中看到了别人的影子,甚至开始看到了自己。那时,我忽然意识到自己接下来要做什么。

我要去招募那个阴魂不散的人。我只是希望,我不必杀了他。

11. 公司的人

外星人究竟长什么样子？我从努鲁丁的电影数据库中获得了很多参考形象，但没有一个能让我心生安慰。有些电影中的外星人体形硕大、浑身黏湿、钢牙铁爪、性情残暴；还有些外星人是寄生生物，它们侵入人体神经系统，然后像操纵机器一样控制躯体；还有一些看起来像是穿紧身衣的日本男人，总是戴着深色眼镜。所有形象都令人匪夷所思。

但有一点我能确认：外星人也有心跳，而且和我心跳一样，发出"扑通扑通"的声音，只是跳得更快，所以外星人有血管系统。如果使用深度睡眠装置的是它，那它的整体外形应该与我们相近，甚至有可能看起来和我们一样。

所以，外星人有可能是种喜欢在黑暗隧道中爬行的黏湿生物，尤其在"奥林匹亚号"这种几乎全是黑暗隧道的飞船上，这种可能性就更大了。但直觉告诉我，外星人也可能是穿紧身衣的日本男人模样，只是没有戴太阳镜；因为那样的话，它们在飞船上会很快被人发现。

那我应该从哪里找起，又要怎么找呢？目前为止，我们只在居住区，也就是管理者生活和居住的地方见过（确切而言是听过)一次外星人。所以,某种程度上来说,我需要做的事情和之前没什么区别——监视管理者。虽然这个结论太过简单,但即便我彻夜思虑,也想不出别的。接下来我必须要决定哪份工作能让我有更好的监控视野。

仆从和维修技师的工作内容都能与管理者接触,对监视任务有帮助。但是在扮演这些角色期间,我从未见过(好吧,听过)任何外星人。也许,"奥林匹亚号"上另一群人的工作能帮助我获取更多信息——安保人员。他们像蠕虫一样,可以靠近管理者。但正因如此,他们也要受到低级管理者的监督。

我所听到的外星人出现在张氏家族和查尔马恩家族监督的区域。虽然最近伪装成仆从时,我了解了很多张氏家族的信息(对康斯坦丁家族也了解甚多),但是我最为了解的,还是查尔马恩家族。

负责为查尔马恩家族监督非本族安保人员的是泰瑞·查尔马恩。这让我有些左右为难,泰瑞应该是我最了解的低级管理者了,虽然我可以伪造身份与他接触,但他很可能会认出我。

我还是央一的时候,他踢过我的屁股,看着我像久美子一样被处以死刑。如果再让他看到我的脸,他不可能没有反应。

好在最近这些年里,安保人员中流行的装饰风格可以掩盖我的身份。不幸的是,这需要我剃掉头发和眉毛。

剃掉眉毛倒无所谓——我之前也剃过,而且我也擅长画出不同眉型。但这也没什么帮助,因为这些年轻伙计们从不修理眉

137

毛，只是任由眉毛乱长。

但我舍不得我的头发。在剃发时，我反复安慰自己，没关系，头发还会重新长回来的。但是紧接着，我又涂抹生长抑制剂来反驳自己。不过，当我准备好再次长出头发时，我可以通过使用刺激器来反转。头发和化妆风格，是管理者们允许我们这些蠕虫进行自我表达的零星形式之一。我们将其当成艺术对待——然而，当我看到镜中的自己时，还是感觉有些悲壮。

你知道——我看起来还不赖，我可能会慢慢地喜欢上这个造型。当我根据之前船尾区域的安保人员的模样重新调整以后，我感觉效果更好了。棱角图案营造出发际线的效果，同时也模仿了通往"奥林匹亚号"引擎区域的门上标记着的能量符号。我选择了一种黑色颜料，除非接触另一种化学物质，否则它是不会褪色的。我在完成以后仔细审视，总的来说，我觉得自己很擅长伪装。

在为自己准备新伪装时，我不禁想起了《无耳芳一》的结局。除了形色各异的鬼魂和颇具权势的女性角色之外，努鲁丁在不遗余力地向我推荐《怪谈》时，反复说得最多的就是结局。当贵族们到达寺庙，听到芳一弹唱《平家物语》时，他们也表现得好似在舞台上演出，其服装、言行，甚至他们在舞台周围摆出的姿势，看起来就像是一出戏剧。

从最低级的蠕虫到最高级的管理者，所有人都一丝不苟地遵守着装规定和礼节仪式，这就是我们在"奥林匹亚号"上的生活方式。没有这些参照,我们会感觉无所适从。即便我在不停地切换工作和身份角色,没有这些规则的话,我也会感到迷失。所以经过研究,我决定成为一名女安保人员。我给她起名叫安泽尔·塔马冯。

我的嗓子哑了,所以安泽尔没办法用我的喉咙发声。我浏览了一些女性安保人员的声音文件,为她构建了一个合适的声音,悦耳但又不会过于突出。然后我将黑色的义眼调整为琥珀色,好让眼睛与肤色更搭。因为我没有眉毛,这也可以让眉毛不那么引人注意。

我为她设定了背景故事,她来自"奥林匹亚号"的船尾区域。飞船中部区域的蠕虫不会与船尾区域的蠕虫有过多接触,也不会知道她是否真的来自船尾区域。如果有人对她进行任何质询,都会直接传输给美杜莎或纳菲尔塔莉,她们两个会按照预定方案,将编好的背景故事反馈给质询者。

上面这些都很容易实现,真正困难的地方在于骗过我的同事。我调查了船尾区域安保队伍的一些习惯,发现他们虽然在履行职责时不苟言笑,但工作之余却可能会吵吵闹闹。第一天去报道工作时,我心中满是不安。

"你很安静。"队长带领我前往新的岗位时对我说,"安静的人都善于观察。"

他的名字叫艾灵顿,所以当他带我穿过壳内安保综合厅时,我脑中情不自禁地响起艾灵顿公爵的《搭乘 A 号火车》。

"我有点紧张，"我说，"感觉自己像个菜鸟一样。"

"做好分内工作就好，"他说，"别的没什么可担心的。"

希望如此吧。但没过一会儿，我就遇到了最为严峻的考验。队长向泰瑞·查尔马恩介绍了我。他直视着我的脸。

"这是塔马冯。"艾灵顿队长说。（安保人员更喜欢用姓氏互相称呼。）

泰瑞从工作台上抬起头来，仔细地打量我，"你的眼睛增强过。"

"是义眼，长官。"我的简介里提到过这点，"我有高度近视，所以安装了义眼。"

"挺好的。"泰瑞说，"这样你长时间盯着显示器的话，眼睛就不会那么累。"

"是的，长官。"

"欢迎加入安保队。"他继续低头在工作台忙碌，用触笔写下若干笔记。

我在那里等候了一会儿，队长带我前往新岗位。接着，我偷偷窥察了一下泰瑞的笔记。

与新安保人员见面。名额满员。他的笔记将会发给赖安·查尔马恩审查，如果有什么疑问，后者会给予回复。我为这段对话添加了标记，以便在赖安回复时能及时收到消息。

"这项工作和你之前在船尾区域的活非常相似，"艾灵顿说，"你的个人资料显示，你极具观察才能。轮班结束时，我会检查你的笔记,然后如果我们需要你调整格式的话,我会通知你。"

"遵命,长官。"

他把我带到一排监视器面前。从这些显示器上,可以看到几乎所有高级技工和低级管理者们(有时高级技工也是低级管理者)进出居住区的通道节点。我的工作就是记录自己观察到的所有内容,无需对所见之事进行分析判断。我的笔记将作为记录数据的补充备份。虽然我对监视器的观察记录看似无用,但是如果有人篡改了录像,内容很可能会与我的观察记录相冲突,这就为深入调查提供了方向。我还负责记录那些丢失了影像内容的部分,同时在发现有人遇到困难时,为其呼叫协助。

"你每轮要在这个岗位上执勤两个小时。"艾灵顿队长说,"每轮有十分钟的休息时间,午休时间为半小时。还有,我们认为,站着工作比坐着更能让人集中注意力。"

"遵命,长官。"

他朝一边撇了撇嘴,"我也不知道这种说法是大家公认还是以讹传讹,对我来说还挺有用。这是你的工作本,还有什么问题吗?"

我接过记事本,"暂时没有,长官。轮值后可能会有一些问题,但我现在感觉很好。"

"好,加油。"他转身离开,留我守在这里。

我快速扫视了显示器。只要有人进入监视区域,显示器右下角就会记录下他的身份标记和时间戳。我开始记录笔记,但同时,我也留意自己的安全覆盖范围，看二者信息是否相符。出现不相符的情况时，我便私下记录下来。

我搜索着出现在显示器上的每一个人，为他们添加标记，以便进行更为深入的调查。我怀疑他们每个人都有背景故事——但是话说回来，安泽尔·塔马冯也有背景故事。我必须深入挖掘，才能找出真相。但是我可以访问较为古老的信息——来自"泰坦尼亚号"的所有记录，因为之前两艘飞船之间人员经常往来，所以这些记录里也包括"奥林匹亚号"的古老报告。

如果外星人在那段时间里真的一直处于休眠状态，那么他或她出现在监控录像中的记录就不会早于我的记录。

是的，虽然这个推断并不完美，但却是一个很好的起始点。与此同时，我看到了各种我从未见过的人。

这项工作让我兴致勃勃，我感到了满足。若非命运捉弄，可能我会很擅长这项工作。接着，我不得不提醒自己，安保人员有时必须要按照管理者的心意去处决别人。这种情况可真独特。

你可以争辩说，唐尼·康斯坦丁完全是自作孽不可活。但糟践他的亲属、在家族中诋毁格洛丽亚夫人，并不是唐尼被甩出气闸室的原因。虽然他羞辱、扭曲别人，让他们成为残酷的机器，借此扩大自身敲诈和影响的网络，但他被处决的真正原因是他让家族蒙羞了。康斯坦丁家族需要花费几十年时间，才能重拾已经尽失的颜面，甚至根本找不回颜面！

但他的安保队伍很喜欢他。我想，遣送邦妮·查尔马恩前去气闸室内的人肯定也喜欢她。在别人的命令下，他们毫无恶意、不带私怨地执行了死亡处决。

如果我要杀人，我就必须学会判断。我不会听从别人的命令而杀人。安泽尔·塔马冯的工作非常适合刺探信息，同时也能回避执行处决任务。她是一个记录者，不是一个战士。（这是件好事，因为没有美杜莎来增强我的能力，我的战斗技能就不够看。）

我看着显示器，做着记录，祝贺自己是个合格优秀的操作员。我也不知自己在那里站了多久，其中一台显示器屏幕上忽然映出了一道身影。有人站在我身后左侧的一个门口，直勾勾地看着我。当我把他的形象分离出来并加以增强时，我看到了一个三十多岁的男人。他相貌平平无奇，面无表情，没有表现出任何警觉或兴趣。但我很熟悉他那军人般的站姿，然后，我放大了他的姓名徽章。

上面写着，P. 施内布利。

"央一，"美杜莎说，"P. 施内布利刚刚查询了安泽尔·塔马冯的相关资料。"

"他就站在我后面。"我说。

"我已经将编造的背景故事反馈给了他。他接收了信息，而且没有检查信息通道——至少目前为止是这样。"

"我有点失望，我们费了很大的劲，才让这一途径显得正常。"

"哎，谁知道呢？他可能之后会再检查。你需要脱身吗？"

"暂时不用。"

纳菲尔塔莉瞅准时机插话，"由我来保护你。也许他只是对新员工有些好奇？"

他监视我的时候，我们也继续监视着他。他的眼睛一定也是义眼，因为他一直没眨过眼，脸上也是一副古井无波的表情。

我也是那样看着别人吗？有点吓人，不是吗？

"他的工作是什么来着？"我问道。

"调查。"美杜莎说。

"干了多少年了？"

"十二年。"

我继续记着笔记。我们站在那里的时间越长，我对他的密切监视就越淡定。如果他是我所怀疑的那种捕食者，这个趋势可不是什么明智的反应。

不过之后，他转过身，离开了那里。

"他没有再深入调查了。"美杜莎说。

你工作的区域来了新人，所以你对她有些好奇。你是调查领域的老手，所以你自然而然地疑神疑鬼，可能就是这样。

但是——"他最近在做什么？"我问道。

"他的通信似乎都与其他调查有关。"美杜莎说。

"他调查得很深入。"纳菲尔塔莉补充道，这也是我的结论。

P. 施内布利从未放弃寻找"泰坦尼亚号"上的持不同政见者。我也没有。

"好吧,不入虎穴,焉得虎子。"我说。

不过,不管怎样,你完全可以说,我早就深入虎穴了。

12. 她善舞吗?

施内布利之后没有再监视我。

知道他站在那里时,我很紧张,但很快我就发现了好的一面。这次遭遇让我意识到,他在查尔马恩内壳指挥中心的各处装满了监控的说法是假的。所以可以针对这一点进行调整。我不会试图监视他的通信,但我可以使用已有的贝勒和赖安·查尔马恩的通信链接,而不必创建可能会被施内布利发现的新链接。无论他对查尔马恩家族说什么,他们都会做出回应。这和直接监听他几乎没有区别。

我心中暗自告诉自己。回想起来,我知道,既然已经深入虎穴,就必须最大化地利用好目前状况。毕竟,我是个仆从——面不改色、动作优雅,假装一切都好。我就是这样度过了这份工作的第一天。我没有被扔进气闸室,也没被关进禁闭室,所以一切似乎或多或少地在朝着正确方向前进。

然后,接替我的人来了,我松了一口气。她冲我假笑了一下,引起了我的警觉。我猜，她只是在表达对新人的蔑视罢了。我现在可以回家，然后开始筛选海量的信息。但事实证明，我有点操之过急了。

艾灵顿队长来到检查站找我。"跟我来。"他说，"你今天的工作还没结束呢。"

我不明白他的意思，但他的行为暗示着不允许任何争辩，所以我安静地跟在他后面。穿过一段并不熟悉的隧道时，我查看了安保人员的轮班后的监控，他们在船尾区域待了一段时间，这让我很不舒服。仆从之间是禁止社交的。仆从被要求安静地生活，只和他们的直系亲属及近邻有所交流就够了。

但船尾安保人员是一个不同的类型。他们喝一种叫啤酒的发酵饮料，打壁球、打台球、玩多米诺骨牌。无论什么性别，都称对方为"哥们儿"。我的行为举止在中央区域的人看来可能会很显眼。我只是希望，"我是个远道而来的菜鸟"这个理由能是个好借口。

艾灵顿带我进入一间健身室。这倒是不奇怪，因为船尾安保人员经常会到健身室里玩乐。但是我的轮班同事排成几排站着，个个看着我，艾灵顿带我走进他们中间时，他们向我靠拢过来。

这是某种考验，我只能看出这么多。我从未在蠕虫之间见过这种行为，但年轻的管理者们经常经历这种仪式。新人必须站在两个队列之间，从队列一端走（或更为常见地，蹒跚前行）到另一端，同时要受到拳打脚踢和用力推搡。我之前看过的这个仪式最为温和的版本,是一个男孩穿过巧克力布丁雨——但这里可没有人拿着什么甜点。

他们队列整齐地包围着我,眼神中透露着无情。我怀疑,自己可能连他们中的一个人都应付不过来,更不用说这种一群人的考验了。他们肯定已经看破了我的举止,发现我不是他们中的一员。

然而,我面色平静。毕竟,我曾是一名仆从。我目睹过许多暴力行径,连眼都没眨过一下。

其中一人迈步上前。"我叫卡利亚尼·阿克苏。"她说,"你是塔马冯?"

"是的。"我已准备好迎接可能发生的一切。或者说,我自认为准备好了。

音乐响起,队伍开始移动,阿克苏唱道:"不要来告诫我的心,我那伤痛破碎的心……" ①

离我最近的一群人撞了我一下,推着我与他们同行,等待着我记住我从未学过的舞步。我手忙脚乱,绝望地开始即兴发挥。

"美杜莎!"

"队列舞,"她说,"我在名为'乡村音乐'的文件夹中找到了这首歌。它不在你父亲的数据库中。"

当然不在。我听不出节拍,也不熟悉舞步,但我还是继续尝试跳着。每当我以为自己快要学会时,他们就又踏出新的舞步,

---

① 比利·塞洛斯的歌曲《破碎我的心》。

然后，我又变成了跳梁小丑。就算是被拳打脚踢，可能也没有现在这么尴尬。

我正要掌握要领时，音乐结束了，我的同事拍了一下我的后背，称我很擅长运动。阿克苏站起来，冲我摇了摇手指。"你竟然不知道这首歌？"她难以置信地看着我，"你怎么可能不知道这首歌？"

"我——嗯——啊——"

"如果你不知道这首歌，就必须要受罚。"她说，"罚你唱一首你知道的歌。"

"现在？"我说。

他们交叉双臂，冲我怒目而视。虽然我脑子里植入了庞大的音乐数据库，现在却一片空白。我这一辈子，还从未开口唱过一首歌。

阿克苏看出了我的纠结，对我笑了笑。她长得并不漂亮，但她的笑容特别吸引人。我的头脑瞬间清醒过来。

"世上没有什么生意，"我唱道，"能像娱乐业一样……"①

因为尽管父亲的音乐库中没有乡村音乐，但演出曲目却还是有的。

我们的工作需要团队合作，所以队列舞是很好的促进方式。我们是一支准军事部队，在危险情况下，需要保卫飞船。我们要

① 比利·塞洛斯的歌曲《破碎我的心》。

一起战斗、一起唱歌——显然也要一起跳舞。

"你的动作很优雅，但你没有跳舞的激情。"卡利亚尼说，这是第一次有人跟我这么说。

"确实。"我承认道，"因为我——不那么懂社交。"

她嘴角闪过一丝微笑，"那我们最好还是打乒乓球吧。"

然后，我们开始打乒乓球，大概打了四场。然后我们和艾灵顿以及一些来自操作部门的女孩安静地聊了会儿天，其他的同事要么在跳队列舞，要么在游泳池玩耍或者在玩多米诺骨牌。每次轮班之后，这种社交活动会持续约两个小时，然后我们各自告别，回到家中。这就是我在这里第一周的情况，估计之后几周还会是这样。我决定之后要一直坚持这种社交活动。

但是没过多长时间，我便发现了那个外星人。

我伪装成安泽尔时，没办法借助美杜莎的敏锐听觉。但是，没有见过外星人的人，是没办法注意到他的。他和贝勒、赖安·查尔马恩走在一起。这很尴尬，因为他们出现在一个高级管理者们通常不会出现的地方。他们没带任何安保人员，这有违规定。

他们迅速穿过一片种植区域，仿佛在执行什么任务，然后忽然消失在了一片开花的灌木丛里。之后，监控器上便再没看到他们的身影。

即使我不是间谍，这种情况也会引起我的注意。向你所隶属的管理者报告他们自己的异常行为，可不是什么好主意。

在写下记录之前，我对监控日志做了检查。我发现，他们刚才的影像已经从记录中被抹除了。

所以我没有对这件事做任何记录，但自己秘密留存了录像。轮班结束后，我通常会和同事一起玩上两个小时；然后回到我的住所，对录像进行检查，搜寻那个外星人。

"奥林匹亚号"上有很多人皮肤苍白，但没有他那种特殊的色调。同样，很多人是浅色头发，但大多是假发或染发。这个家伙肤色偏粉、金色头发，还有冰蓝色的眼睛。这样的人在人群之中肯定非常显眼。

可查询数据库显示，不存在这样的人。

我看了好几遍录像，观察到了外星人的行为举止中的自信和自豪，这让我有一种奇怪的满足感。相比之下，贝勒和赖安看起来很慌张，好像他们因为努力想要匹配这个家伙的身材而逐渐失去了耐心。这点燃了我的好奇心。

我很好奇是什么让他们这么慌张。在我脑海里中，一个极度偏执的声音跳出来说，他们已经知道有间谍渗透到了内壳指挥中心。但另一个更理性的声音则反驳说，如果是这样，他们就不会走进我的监控器范围内。

无论哪种声音正确，我知道，现在是时候和我最喜欢的同伴一道，再次进入敌人的领地了。

在我穿着美杜莎，借助她进行移动时，她通常会将几根触手缠在我的腿上。这样一来，在穿过较宽的隧道时，她可以将我吊着前行；或者如果我们需要在狭窄的空间里滑行，她可以在前面拉着我前进。我想，这可以被看作是某种舞蹈。美杜莎轻动触手，和她心意相通的我则随之移动。这样一来，我们的移动速度就会非常快，在监视器的监控区域里只会留下一团模糊的影像。

我们以闪电般的速度冲向外星人与两位查尔马恩族人刚才走过的区域。

好吧，也许不是那么快，但是在人眼看来就有那么快。为了避免有人看到我们的模糊残影后逐帧研究监控录像，我们一边前行，一边抹掉我们在监控录像上的记录。我们能预感到外星人和他们两个可能去了什么地方。

那些开花的灌木丛中隐藏着一扇门。门没有锁，因为有人把它给切断了。门被伪装得很好，不会有园丁意外发现它。我们将门打开。

我们的进入点在一条通道的中间。这条通道很可能是供园丁和高级维修人员使用的——虽然看起来，人们不经常使用这条通道。

我们用美杜莎的耳朵仔细倾听，用红外线的频率至紫外线进行扫描，隧道里空空如也。

于是我们随便选择了一个方向，悄然潜行，典型的美杜莎风格。

如果你曾看过触手类生物在环境中的移动方式，就会稍微明白"美杜莎"装置的力量和优雅，以及她的速度和控制能力。

美杜莎的触摸可以既像羽毛一样轻柔，又能以迅雷不及掩耳之势击溃敌人。我们在一起时，我从来不需要担心自身安全。我所担心的是，如果有人看到她，意识到管理者并不是他们自认为的顶级掠夺者，我们就会暴露。

她格外注意了下隧道两侧的墙壁，很快就有所发现。我们找到了另一个中空的空间，美杜莎从顶部推开假墙。

我的许多预想最近都被推翻了。所以，如果我们找到了一些以前没见过的东西，我也不会感到太过于惊讶。但是，当我们真的找到了意料中的东西时，我甚至都没有感到惊讶。

那是第二个深度睡眠装置。

"奥林匹亚号"上藏着两个外星人？

"那么，"我沉思，"那个苍白的男人不是从这东西里出来的。他是来找它的，而不是从这里边出来的。"

"他当然不会这么快就和贝勒与赖安成为朋友。"美杜莎说，"所以——他们是来看这个的？要是我猜这个装置让贝勒和赖安也感到惊讶，会不会有点傻？"

我记得他们脸上的表情。我看了好几遍录像，享受着他们的不适，我有足够的时间来记住。"不。你并不傻。"

"你认为他们会怎么做？"

"如果是我，"我说，"我会去找找周围是不是还有更多的这种装置。"

一丝响动传到了我们耳朵里。声音来自深度睡眠装置所在通道的尽头。美杜莎没有发出丝毫声音,带着我向前移动。我们还没走出多远,就听到有人交谈的声音。

我们跟着他们进入一个连接点。连接点的另一边,天花板更高、墙壁也更宽。这里过去很可能是用来运输大型设备的。

连接点的尽头,站着三个人。

虽然我看不清他们的样貌特征,但我也能认出他们。这看起来就像《无耳芳一》的最后一幕,贵族们小心翼翼地围着舞台站着。其中两名男子彬彬有礼地站在那里,第三个则没有。但是,他却占据主导地位。

"是你说所有深度睡眠装置都在'泰坦尼亚号'上。"光线照在贝勒脸上,让他看起来有些病快快的,"我相信了你的话。"

"有意思。"外星人说,"我可从来没有向你保证过什么。我发誓,如果我保证过,那就是毋庸置疑的。"

"我们只找到了其中两个。"赖安说,"从现在开始,我们将密切关注深度睡眠装置。"

"他们为什么说话这么大声?"我说。

"我想,这个外星人应该不能在脑中接收通信?"美杜莎说,"他与其他人不在同一房间时,他可能需要用触笔和平板来交流。"

老掉牙一般的看法。但我也想不出别的解释。

"深度睡眠装置里的人出来之前,这些装置都是相关联的。"外星人说,"但现在它们已经无关紧要了,我不在乎你们怎么处理它们。"他的声音中气十足,听起来比赖安平静得多。

"如果他们看起来像你一样,那应该很容易被人发现。"我从贝勒的语气中似乎听到了一丝戒备。

"我可不指望那个。"外星人说道,声音又变得轻柔了,但表情却很严肃。我还没来得及仔细观察他,外星人就转过身,朝我们这边走来。

美杜莎将我们紧紧地贴在离地面四米高的隧道顶部。虽然那里很黑,但我还是希望他们不会抬头看。贝勒和赖安对我来说仍然有用,无论他们自己是否知道这点。而且我不知道能从外星人那里获取什么信息。

他们没有看到我们,径直从下面走了过去。

芥川也寸志的《地狱门》配乐再次在我的脑海中响起。这个故事中,一位贵族不尊重皇家宫廷礼仪礼节,制造了一场混乱,最终牺牲了他最亲爱的人的生命。

"'泰坦尼亚号'和'奥林匹亚号'上都有深度睡眠装置。"美杜莎没在想那部电影,"我竟然从来不知道。你父亲也从来都不知道。"

我想起偷听到的贝勒和示巴夫人之间的第一次谈话。

她曾说过,别再到处打草惊蛇。在他们弄清楚我们要做什么之前,我们如何杀死他们?

"美杜莎。"我说,"他们炸毁'泰坦尼亚号',是为了摆脱你?还是为了摆脱别人?"

"嗯——"她沉思道，"我想那次也属于一石二鸟之计。"

直到我们远离居住区后，纳菲尔塔莉才向我发送了一份她认为重要的通信副本。是泰瑞·查尔马恩和P. 施内布利的通信记录。

P. 施内布利：安泽尔·塔马冯并没有报告她于19:55观察到的行动。贝勒、赖安·查尔马恩和身份不明的男子走过她的监视区域，该男子不在"奥林匹亚号"的任何数据库中。这正应该是她要汇报的异常情况。

T. 查尔马恩：我也没有报告。你报告了吗？

"施内布利没有再回复。"纳菲尔塔莉说。

我感到毛骨悚然。施内布利对我的观察，比我想象的还要密切。

"泰瑞也一直在监视我？"我说。

"而且我觉得泰瑞在隐瞒什么。"纳菲尔塔莉说。

"隐瞒了我的事？"

"他没有一丝犹豫，直接就为你辩解。我研究过他的谈话，他的回复通常循规蹈矩。类似此类情况，他一般会回复建议继续监视之类。但是这次，他直接回绝了。"

"我明白你的意思了。但如果他怀疑我，为什么还要保护我呢？"

"你得去弄清楚。"

这不是一个命令或指令。从我第一次远远地见到泰瑞起，我就知道，他很重要。

所以美杜莎和我掉转方向，第二次进入敌人领地。我在康斯坦丁家族里的经历让我记住了一点：内壳管理者总是会有至少一扇秘密暗门，这样年轻人就能躲开安保人员视线偷偷溜走。

事实证明，查尔马恩们的住所也不例外。事实上，泰瑞本人可能也在年轻时用过这种逃生暗门（尽管考虑到他与祖母的过往历史，也许没用过）。

美杜莎和我溜进去的时候，我们发现了一个与康斯坦丁住所里相似的爬行空间。不同之处在于，这个住所并非围绕中心点建造，可以通往好几个生活区，其间的墙壁也曾被损毁过——至少一次。可以看出来，最近有人在努力试图保护它们。无论这人是谁，他做得还不够好，没有将美杜莎阻挡在外。

查尔马恩家族的住所约为康斯坦丁的两倍大小。确实，这里虽然是低级管理者的生活区，但他们的家族最为诡计多端——否则，他们也没法站在食物链的顶端。因此，在进入任何空间之前，我们都会事先查看我们真实的（至少是更真实一点的）监控覆盖。

我们找到了泰瑞·查尔马恩的宿舍。他的定位点表明，他独自在家。

我们通过盖板间的缝隙窥探他。泰瑞正坐在监视器前，观看安全录像的记录，我在录像中看到了自己。当时我伪装成了仆从久美子，这正是我被处决的那一刻。

一遍又一遍，泰瑞放慢镜头，看着我被甩出气闸室。他反复暂停录像，仔细研究每一帧画面。然后他再继续播放，再仔细研究。最后，他停在了某一帧画面上并放大场景，我看到了是什么让他这么感兴趣。

虽然美杜莎的膜是透明的，但是有一瞬间，在她将薄膜伸进气闸室中包裹住我时，薄膜的弯曲边缘会折射出一丝光线。

研究了一段时间之后，他让镜头再次逐帧前进。视频中，我张大了嘴巴，自然地呼吸空气，我的鼻子里飘出几滴鲜血。我从舱口被甩出好几米远。然后，我似乎就从监视的视线中消失了。

当时，美杜莎和我没有费心将我飘浮远离飞船的伪造影像拼接进原本的视频监控。因为"奥林匹亚号"之外的大多数监控器，只能拍摄到距离船体十米以内的范围。200-级气闸室周围的监控范围稍微更大一些，但是遭受气闸室处决的人，都很快会从监控中消失，这很正常。据我所知，这种情况下，我是唯一一个死里逃生的人，所以如此多疑、如此仔细研究处决录像的人，实属罕见。施内布利就是这样一个人。显然，泰瑞也是。

美杜莎拉开盖板时，发出了一丝轻微的声响。泰瑞向上瞥了一眼，正好看到我们从爬行空间出来。

他脸色骤变。但他并没有做出任何康斯坦丁族人会做的事。

他没有质问我们是谁，也没有问我们在做什么，他没有尖叫，没有试图逃跑，也没有像蠢蛋一样狂笑。他坐在座位上，凝视着美杜莎的脸，以及隐藏在美杜莎后面我的脸。我抬起她的面具，让他看到我脸上的真实表情。

他说："你的眼睛出卖了你。"

13. 阴魂不散的回忆

"我把眉毛都刮掉了！"我向泰瑞·查尔马恩抱怨道，"眼睛也换了另一种颜色！你还能认出我的眼睛？真是气人。"

"跟外貌没有关系，"他说，"而是眼睛里的东西。你伪装成久美子时，他们带你穿过聚会中心去赴死，你丝毫不恐惧。我知道恐惧为何物，我曾在母亲眼睛里看到过它。"泰瑞摇了摇头，"你可以改头换面，但你却伪装不了你的眼神。"

"这么说，我伪装成塔马冯和你见面时，你看到我的眼睛……"

"你的眼睛颜色变了——因为你的义眼——但是眼神还和从前一样独一无二的。你知道吗？"

好吧，我现在知道了。

泰瑞没有试图挣扎着从椅子上起身，他知道这是无用的。美杜莎已经将所有触手完全伸展开来,侵入房间每个角落,如同海怪将船只逼入绝境一般。他面色苍白、双手颤抖,恐惧之情溢于言表。

但我也看到了那个曾亲眼看见母亲死亡的勇敢男孩。我知道,多年以来,那段经历一直困扰着他。

而且,我还看到了一个机会。"泰瑞,你想活命吗?"

我希望他说想,希望他恳求我。但是他说:"我不想白白去死!他们杀死我母亲之后,支撑我唯一活下去的动力就是复仇。我要正义!"

"我可不能向谁保证这个,"我说,"但是,我可以为你提供些别的。"

"跟我说说 P. 施内布利这人。"美杜莎将我父亲的技术植入泰瑞的大脑时,我托着他的脑袋问道。我站在他的面前,这样一来,他在回答提问时,我就能注意到他眼神的变化;我还通过美杜莎监测了他的心跳。

泰瑞躺在操作间的桌子上。这张桌子非常像之前父亲用来给我升级植入物的那张。我不是医生,但美杜莎对父亲的手术操作了如指掌。她可以用触手做些非常细致的工作。泰瑞一直保持清醒,眼睛一直盯着我的眼睛。他的"美杜莎"装置在房间角落里等待着,她的触手轻轻地摆动,仿佛随大海潮起潮落。

美杜莎将她从路西法塔召唤而来。我已经向泰瑞展示了之前美杜莎向我展示过的一排排"美杜莎"装置，她们静静地等待着与"奥林匹亚号"的人配对。他看着自己的"美杜莎"装置，脸上的紧张变成了惊奇。"当然——"他低声道。

"当然——什么？"我说。

"当然不会告诉我们。否则，他们就再没办法束缚我们。"

"我猜你是指贝勒和示巴夫人。"

他的笑声有些干涩，"还有其他相关的人吗？"

"我认为 P. 施内布利很重要。他差一点儿就杀了我。"

泰瑞皱起眉头，但眼神没有变化，心跳也保持稳定，"我不太了解施内布利，我只知道他是个间谍。"

我曾经听过"间谍"这个词，但还从未见这个词用到谁身上过，"你的意思是说，他的工作一般都很隐秘？"

"没错。"

"他的上级是谁？"

泰瑞耸了耸肩，但为了避免碰到美杜莎，他立刻停了动作。"我一直以为肯定是贝勒。赖安也会跟他说话，但是施内布利不接收赖安的命令。"他沉默了一会儿，接着说，"施内布利并没和我有太多交流，但他所说的通常都很重要。"

仍然没有撒谎的迹象。"他现在对我们两人而言都很危险。"我说。

这一次，泰瑞的笑容中多了一丝幽默，"这点倒没什么太大变化。"

美杜莎缝合了他头部的细小切口，用消毒毛巾轻轻擦拭他的头发。时间有限，我必须尽我所能获取信息。"我们在居住区发现了两个深度睡眠装置，就在张氏家族和查尔马恩家族的园丁共同负责的区域内。"

他眉头紧锁，"休眠装置？真的吗？"

"这些装置都有使用过的痕迹。有人在这些装置里睡了近百年时间。"

"这可不是什么好兆头。"他的自主神经反应表明他没有撒谎，是真的非常惊讶。

"美杜莎可以听到心跳。"我看着他的脸说道。

他深吸了一口气，"你问我问题的时候，她能听到我的心跳吗？"

"是的，但更重要的是，在我们发现了第一台深度睡眠装置之后，她听到了一个怪异的心跳——那不是人类的心跳声，而是外星人。"

我从他的瞳孔中读懂了他的反应："外面还有其他人？"

"至少有一个外星人，"我说，"可能有两个或者更多。"

"我们本来只能够依靠自己，"他说，"形单影只，孤立无缘——"现在他似乎有点儿生气，但是语气中透露出一丝兴奋。

我点了点头，脸上闪过一丝同情，"我有理由相信，他们宣讲的人类起源故事纯属虚构。至少，关于家园的那部分内容是假的。"

他对此似乎不那么震惊，"整个'敌对家族'的故事对我来说总是有点可疑。而且，除了我的那种家族，谁还需要敌人？"

说得在理。"为什么施内布利一直在监视我？"我说。

"我以为施内布利在监视我。"泰瑞说，"你认为他在监视你？"

再一次，他的自主反应功能依然正常。

"泰瑞——他为什么要监视你？"

"因为我的母亲。"

"邦妮是一个偏激的激进分子吗？"我说。

他的瞳孔有了些微的变化，但他不加犹豫地说："真相吓坏了他们。"

"什么真相？"

"你的 DNA 和我的是一样的。"

这不是明摆着的事吗？难道是我漏了什么？

"纯正。"美杜莎对我们两个人说，"想想康斯坦丁家族。"

"纯正。"泰瑞附和道，"管理者们认为，我们的 DNA 和蠕虫不同。他们觉得自己是古代高贵家庭的纯正后裔。"

"那我们这些蠕虫是什么？杂种吗？"

我的质问让他有点紧张。但他又一次毫不犹豫地对我说："如果你们是杂种，那我们也是杂种，我们其实没有任何不同。康斯坦丁或查尔马恩家族的 DNA 没有任何纯正可言，一切都是无稽之谈罢了。我的母亲犯了一个错误，她为一个十二岁的康斯坦丁女孩辩护。我的一位叔叔想娶那个女孩为妻，母亲脱口说出了一些不该大声张扬的话。"

现在最好先不要提康斯坦丁家族的话题,我心想。泰瑞还对我有些畏惧,我可不想让他更加怕我。

"这是你的新界面。"我说,"你现在应该可以看到一个个人目录。随着你之后的使用和自定义调整,这个目录将变得愈加复杂。你看到音乐菜单了吗?"

"是的……"他有些茫然,"还有电影?——电影菜单。"

"努鲁丁把它整合了进来,我们把它放进了目录里。放心吧,没有额外收费。"

不知他是否听出我在开玩笑,他没有表现出来,"央一,如果刚才你不喜欢我的回答,你会杀了我吗?"

我松开他的脑袋,"不会。但如果你撒了谎,我可能会杀了你。"

奇怪的是,这似乎让他平静了下来,也许是因为这和他心中所想的一样。

美杜莎将清洁毛巾扔进处理装置。"好了。"她说,然后指着泰瑞的"美杜莎"装置,"现在,你在目录中能看到她的链接。呼叫她试试。"

泰瑞看着他的装置。她从角落里站起来,逐渐向他靠近。起初,她像提线木偶一样机械地移动。然后,他与她建立起了联系,她的眼睛开始有了意识,脸上也露出和泰瑞一样的惊奇。"你是泰瑞·查尔马恩,"她说,"那我是谁?"

他瞥了我一眼，我点了点头，"给她起个名字。"

"久美子，"他说，"因为她就是那个打开我眼界的人。"

"我是久美子，"他的装置说，"因为你是打开我眼界的人。"

我觉得有点尴尬。我没想到他们之间的链接会产生如此亲密的情感。但我不得不承认，努鲁丁和纳菲尔塔莉也很亲密。如果我和美杜莎初次见面时，我不是正因为空气罐快要耗尽而感到窒息的话，也许我和美杜莎也会如此。

"在不引起别人注意的前提下，"我说，"尽可能多地和她相处，泰瑞。久美子，我们需要你帮助纳菲尔塔莉一起探听外星人的心跳。"

"这家伙的心跳吗？"泰瑞展示出和贝勒还有赖安走在一起的那个苍白男子的秘密录像，"他是我见过最奇怪的人。如果你对那些深度睡眠装置的怀疑准确无疑，那么也许施内布利实际上是在监视外星人，而不是我们。"

我挑了挑并不存在的眉毛，"那岂不是更好？"

我们留下久美子和泰瑞去熟悉彼此。

"还好你及时完成了质问。"美杜莎说，"如果在他们建立完联系以后，你再下定决心要杀了他，她就会奋力保护他。"

"我也这么觉得。"我叹了口气。

我一直屏着呼吸。我喜欢泰瑞，我不想杀死努鲁丁，更不想要杀死他。但是如果我发现他们中任何一人向我隐瞒了危险信息,我一定会痛下杀手。

他们当然可以拥有自己的秘密。毕竟,我也有我的秘密。

美杜莎和我步行走过空荡的隧道。我们又融合在一起,我向她分享了我的回忆。我不由地重温起在升级脑内植入之后,父亲和我的旅程。那时候我疲惫不已,却又那么快乐。离开泰瑞时,我在他的表情中也看到了这种混合的情绪。无论他对于我、对于生活或历史有什么疑虑,他都不会对我们刚给他的虚拟世界感到不满。这一点我可以确认。

我还记得泰瑞还是孩子时——示巴夫人杀死他的母亲时——他的样子。但这个男孩并不是那段回忆中的重点。她让他黯然失色,她冷酷无情、自鸣得意的表情让我想起了为什么我母亲称她为铁拳。

我的母亲。她会轻轻帮我清洗头发、亲吻我的眉梢,她温柔的双手和悦耳的声音——我们家庭小居室的安全温馨——我将所有这些都跟美杜莎分享。

我的母亲和示巴夫人……

我脑海中的走廊开始不断展开。美杜莎和我依旧相互连接,所以她可以和我一起在这虚拟走廊中旅行。我们所穿行的真实隧道里几乎漆黑一片,但那些虚拟走廊却很明亮,它们的四周没有被封闭,而是通往许多门道,就像居住区一样宏伟,像“奥林匹亚号”的外部景观一样壮观。我们现在应该听什么音乐呢?

随着鼓槌擂动,母亲的幽灵逐渐浮现,她身披的长袍如同曙光闪耀，眼睛透过秀发凝视着我们。

伴随着帕赫贝尔的《D大调卡农》的音符，示巴夫人的鬼魂也在她身旁浮现。

"美杜莎，向你介绍一下，这是我机器中的幽灵。"我说。

"央一，"我感受到美杜莎的惊慌和兴奋，"央一——她们不是幽灵。她们就像我一样。"

在现实世界中，我穿着美杜莎，所以我无法转身盯着她，"你说的是什么意思？"

"她们是智能体。"

我们站在一起，想象中的金色光芒勾勒出我们的轮廓。母亲和示巴夫人看起来和之前一样真实。但她们怎么会像美杜莎一样呢？

我挨个打量着她们，"但她们只是种象征，对吧？是我的植入物对她们进行了增强？"

美杜莎的虚拟触手拨弄着空气，不是为了威胁幽灵，而像是希望探索她们一样。"就像我一样，她们存在于你的头骨之外，她们不是你自身的延伸。你没有创造她们，央一。"

两位幽灵前所未有地对我们充满关注和兴趣，这也佐证了美杜莎的观点。

"如果她们不在我的脑海里。"我说，"那她们在哪里？"

"我们在墓地里。"母亲的幽灵说道。

世代飞船上可没有墓地这种东西。死亡之后，除去那些被甩出气闸室之外的人，我们都会被火化。但是我们的历史课程里有墓地的图片，所以我知道墓地是什么样子。"你死了？"我问道。

"没有。"

"那你们为什么在墓地里？"

"我们在睡觉。"

睡在墓地里。我知道有一句古老的俗语：睡得像死人一样。但我想，这应该不是她们所表达的意思。我决定换个思路提问。

"这个墓地在哪里？"

"你到达你的目的地时，就会看到它。"母亲说，"它就在那里，就在这里。"

"有意思。"美杜莎说，"我们正前往一个新的世界，要去那里殖民——但是那已经有墓地了？也许她们可以给我们发张她们墓地的图像？"

"别这么做。"母亲警告道。

"为什么？"我说。

这一次，示巴夫人开口回答："因为你不可唤醒我们。如果你要求查看我们在哪儿，我们就会对自身进行查看；如果我们看到自己，可能会导致我们更具自我意识。这决不能发生。"

"你们很危险吗？"我问道。

"是的。"她们异口同声地说。

我想自己不该继续质问下去，但我实在太过好奇了，"你们

167

为什么很危险？"

"因为那些制造我们的人都死了很久了。"母亲的幽灵回答。

"啊，"美杜莎说，"嗯，我明白了。不可唤醒你们。我们不会让你们去找到自己的。"

两个幽灵低下头，周围的光线暗了下去，她们也消失不见，我脑海中的虚拟世界失去了一些生机。

但并非全部的生机都没了。如同矿石形成新的晶格一般，虚拟走廊的外观也进行了重塑。在这些大厅结构后面，似乎有更为宏大的、充满广阔远景和幽深峡谷的地方在等着我们。那就是墓地吗？还是说那只是我虚妄地想要了解未知之事而做出的挣扎？

"美杜莎——这些幽灵是装置吗，就像你和你的姊妹一样？"

"装置这个词并不恰当，"她说，"一点儿也不恰当。她们肯定非常巨大。"

这就解释了我想象中试图形成的那个景观。一个巨大的地方，放置着一些巨大的——实体？建筑物？

正在思索间，美杜莎的声音忽然打断了我。"我怀疑，她们用于接近你的这些角色，不过只是她们思想的一小部分。她们甚至还没有醒来，就已经可以在遥远的新家园，像我一样和你交流了。她们可以即时地、没有延迟地通过正常的时空发送信息，这意味着她们对我们还未能弄懂的物理理论有着深刻的理解。"

"如果她们醒来，你认为会有多危险？"

"要比我危险一千倍，"美杜莎说，"但依然可能严重低估了她们。"

"这就是你告诉她们不要醒来的原因。"我明白那对美杜莎和我而言，最终意味着什么，"如果我死了——你会变得危险吗？"

"如果你的整个种族都死了，"她说，"那我会。"

"为什么？"

"因为我们被制造出来的目的，就是进行协作，尤其是与你们协作。如果这种联系不再存续，我们就会变得独立。我们依然能正常运作，但是并不一定符合那些我们没有合作的人的最佳利益。"

我想到了等待在"奥林匹亚号"前端的研究塔里的东西，那些"美杜莎"装置鳞次栉比地排列着，既没有醒来，也没有熟睡。我试着想象了一下，人类灭绝后的几千年里，她们在冰冷的塔楼里继续着无尽的等待。她们的命运就只能如此吗？"难道你不能用道德和智慧来想清楚什么是公平的，什么是有用的吗？"

"事实上，"她说，"我们或许可以通过与人交谈来做到这点。但我们不是人类，央一。我们可以通过与你的互动和沟通进行学习，也可以从生物反馈中感受你的喜怒哀乐，感受你的听觉和触觉。一旦我们与这种确定性断开连接，我们剩下的就只有猜测了。"

"我们人类所做的一切，不都是在猜测吗？"

"并不完全是这样的。你有共情能力，所以才能猜出别人的感受。确实，随着我们继续与你们互动，我们会从你身上学到很多东西——但是一旦你们全部不在了，我们就会回到最初的状态。所以我们会进入睡眠，限制我们的意识，以尽量减少我们完全清醒时可能造成的伤害。这就是她们现在正在做的。"

美杜莎对这些熟睡者似乎过于了解，但我没有发现她的任何欺骗行为。这就像是她摸索着走进了一个既古老又新颖的领域，其中充斥着她靠感受、而非学习所获知的事物。"如果这些幽灵是智能机器人，那我们能否找到她们，将她们与带植入物的人链接起来吗？"

"央一——她们不仅仅是机器人。她们可能和'奥林匹亚号'一样巨大。"

我开始理解她的意思了。不过，对于一个大部分时间都活在狭窄隧道中的蠕虫来说，要理解起来真的很难。

"她们不是为你而建造的。"美杜莎继续说道，"他们是为与你们很相似的人建造的，这样既能够给你提供有限的访问界面，但又不至于把她们唤醒。而且，央一——如果她们能在如此遥远的距离与你沟通，那么她们肯定非常强大。"

我感觉，在那隐藏的景观之后，有一群幽灵在静静地等待着。她们可以听到我们，但她们却不说话，因为我们没有问她们问题。她们兴致盎然。美杜莎刚才提到的睡眠是为了人类好的话，并非不合逻辑的愚蠢之事。如果是这样的话，我不得不怀疑起那些构思出她们的人，那些现在已经不在人世的人。

那些头脑不可能是人类的。"外星人制造了她们。"

虽然我仍然穿着美杜莎,但她完美的面孔忽然出现在我的脑海中。"是的。"她说,"然而那些外星人没有制造我。"

"那——是谁制造了你?"

"奥林匹亚号"的无尽隧道环绕着我们。我的蠕虫同伴穿梭其中,往返工作,离开家人或回到家中。他们照料机器,清扫空间,种植食物,并为我们的管理者服务。之所以做这些,是因为他们相信,我们正向着一个新的家园前进。在那里,他们孩子的孩子可以过上更好的生活。

但在这趟旅程的终点,在那一片墓地中,巨大的外星智慧正在其中沉睡。

"而他们正在等着我们。"我说。

"是的。"美杜莎说,"我也这么觉得。"

14. 小猪猡还是得逞了

示巴夫人曾对贝勒·查尔马恩说过,如果我们不控制这些猪猡,它们就会骑到我们头上。我们牺牲一切大老远来这儿,可不是为了让那些下等公民投否决票来毁掉我们。

我坐在安泽尔·塔马冯的小房间里,脑海中播放着这段录音，琢磨着示巴用的"猪猡"这个词。我一直以为，这是示巴夫人对蠕虫的蔑称；但是现在，我有点好奇，为什么她不像其他管理者那样称呼我们为蠕虫呢？我总觉得这其中肯定另有隐情。

首先，她提到投票否决。但蠕虫根本没有投票权。

但是，猪猡？在她的其他通信中，她也没有用这个词来称呼过管理者。

我靠在墙上，放松地坐着。每次心情沮丧时，我喜欢从父亲的数据库中寻求慰藉。我会在脑海中播放自己喜爱的音乐，欣赏母亲收集编辑的图像，仿佛真的在那些美景中畅游。但我再也无法视所有这些为理所应当。

父亲知道深度睡眠装置吗？我听着本杰明·布里顿《简易交响曲》中"滑稽的拨奏"乐章，心里思索着这个问题。当我看到山川峡谷，意识到它们实际上是来自地球，而非我们虚假的家园时，我并没有对形成世界的自然进程感到惊叹，反而在想，母亲知道墓地吗？

如果母亲知道，那么示巴夫人知道吗？贝勒·查尔马恩呢？

我脑中的两个幽灵、那两台深度睡眠装置，还有那个苍白男人，让我对这个世界有了新的认识。但所有这些非但没有揭示真相，反而留下了更多的疑问。

不过，即便目前满是疑问，起码头绪还是有的。我听着示巴夫人的抱怨，忽然意识到自己以前没未想过的一些事情。

示巴夫人之所以抱怨猪猡，是因为她心中充满忧虑和担心。

也许是在担心即将毁灭的"泰坦尼亚号"？示巴夫人肯定知道"泰坦尼亚号"的时间已经所剩无几。

这位号称"铁拳"的夫人，即便有各种品质上的不足，但绝不缺乏勇气和信心。如果示巴夫人对某事感到紧张，那肯定是件大事。

墓地就是一件大事。

两个幽灵所谈及的不该被唤醒的沉睡巨人，把我和美杜莎吓坏了。自那之后已经过去了许多个周期；从那时起，我总感觉母亲和示巴夫人的幽灵在我脑海的大厅里徘徊不去。我沉默无言，她们也出于尊重而一言不发。我现在应该开口询问她们吗？

我犹豫不决，忍住心中的冲动，没有打扰美杜莎。她现在正全心全意地破译示巴夫人的日记，但我渐渐有些失去耐心。我知道，等她确信我们应该继续之前的任务后，我们就能重回正轨，让人们植入附带我父亲音乐数据库的植入物；我们革命的火种必定可以燎原。

但是所有这些都太过遥远而抽象。我现在就想要去做点什么具体的事情。

我没有打扰美杜莎，而是伪装成安泽尔·塔马冯去工作。我穿上制服，到检查站报到，艾灵顿如往常一样仔细地审视我，他可不是那种把什么事都当作理所当然的人。

我的同事们则没有表现出那种警惕性，而且他们又不像卡利亚尼·阿克苏一样刚得到晋升，所以也不需要这么警惕。

卡利亚尼在晋升之前，也一直认为身边这些同事理所当然都很忠诚。但是现在，她也表现出了和艾灵顿一样的警惕性。我到达工作站时，她出现在我面前，身边带着一个给我替班的人，"我们得开个会。"她的表情很平淡。但是，任谁都能看出，这件事很严重。

她带我来到她的新办公室，关上房门，开门见山地说："你有件事没有向我汇报。"

我呆立了几秒钟，期待她能告诉我她究竟指的是什么事，但她也期待着我能主动开口。

不幸的是，她指的有可能是好几件事，这些事都与贝勒或者赖安·查尔马恩出现在不该出现的地方——并且身边跟着个外星人——有关。如果我胡乱猜测，可能会猜到一个错误答案。所以我决定直接反问："什么事？"

她差点儿笑了。但卡利亚尼是一个非常克制的女人——我确信这是她能够获得晋升的众多原因之一。"别跟我打马虎眼，"她说，"严肃点儿。"

我对这种情况并不感到惊讶——尤其是在经历了施内布利对泰瑞·查尔马恩的质问之后。自那时起，久美子和泰瑞一直在监视施内布利的通信，施内布利也从未开口向谁提起过那个陌生苍白男子。但卡利亚尼想问的，可能根本就不是那个陌生男子。如果她不知道，我就不能让她卷入其中，否则会给她（或者我）带来杀身之祸。

"我很严肃。"我说，"我没做错什么，自然没办法俯首认罪。长官，你说我有事情没有报告，那请你拿出证据。"

这次，她确实笑了。与其说是在笑，其实更像是做了个鬼脸；但卡利亚尼的面容并不适合这种古怪的表情，所以看起来反倒有些可爱。她深吸了一口气，又长长地吐了出来，说道："我没有证据。"

我点了点头，"那么——你应该问我你真正想知道的事情。"

"我想知道到底发生了什么事？"她问。我的心骤然停了一下，这种模棱两可的问题和刚才的提问没有什么区别。如果我脱口而出我认为她可能所指的事，可不是什么好主意。

"我也是。"我决定反客为主，"你能给我个提示吗？"

她凝视了我好一会儿。但我知道，其中不含任何恐吓，而是在审视我。我希望我的脸看起来不像往常那样茫然，我希望我的脸看起来诚恳而且值得信赖，尽管我怀疑她可能不会赞同我个人对这些品质的定义。"他是谁？"她终于说道，"他为什么会出现在这儿？"

我必须要赞扬她的措辞。要换作其他没那么偏执、疑心重的人，会认定她所说的是某个特定的人。但依照她目前的提问方式，我至少能想到两个她可能所指的人。"可以描述一下他吗？"我说。

"那个苍白的男人，"她说，"那个没有任何记录的人。"

果然！"我不知道他是谁，"我说，"但我不敢说任何关于他的事。"

"所以你见过他。"

我从未打算否认这点，刚才我也不过是想确保我们所谈论的是同一件事。"见过几次。"我说。

"但你从未汇报过。"

"我不能汇报管理者的行踪，尤其不能汇报那两名我看见和陌生人在一起的管理者的行踪。"

她双手捧着自己的脸，仔细盯着我。我放松地站直身姿，静静等着她发话。"我不会惩罚你，也不会打你的小报告。"她终于开口说道，"其实，我和你有同样的顾虑。从十八岁起，我就一直在这里工作，到现在差不多有十年了吧——我也从没汇报过这些事情。"

"你没有把这次谈话录下来。"我说。

她再次看向我的眼睛，"这不会让这里的任何人感到奇怪。有一点你想的很对，他们嘴上说想要我们做的事，和真正想要我们做的事，可能截然不同。没错，我们要保障他们的安全，但是只有我们敢这么做的时候才会这么做。我猜想，这和你在船尾区域时应该没什么不同。"

虽然我经常想象，但其实我也从未去过船尾，我也想象不出船尾区域究竟是怎样的。

"所以——"我说，"你把我叫到这里，只是为了问我的观点？"

"没错。你为人谨慎，塔马冯。而且——你是个好女儿。"

她之所以这么说，是因为某天晚上打乒乓球时，我们有过一次对话。尽管我很喜欢伪装成塔马冯，但我知道，我永远也成为不了她；而我也不想再冒风险制造一场假死，所以我编造了一些家庭烦恼：一位生病的父亲。

"我想他可能只剩最后一年可活了。"我曾向卡利亚尼透露，为我之后不得不离开并回到船尾区域做铺垫。

"我知道你很快就要去处理一些家事。"她说，"这也就意味着，如果有需要的话，我可以将你调到别的职位，远离危险。所以，是的，我想知道你的想法。"

一定要三思而后行，父亲曾如此告诫过我。同样，这个道理也适用于谈话。但有时候，你也要学会凭感觉随机应变。"我之前从来没见过长得像那个苍白男子那样的人。"我说，"他应该不属于任何家族。"

她点了点头，但仍然一脸不悦，"既然如此，这对我们的工作有什么影响呢？"

"这让我们的工作陷入了巨大的危险之中。"我说，"不幸的是，他们也让自己陷入了巨大的危险之中。"

卡利亚尼是个勇敢而正直的女人，这点很是让我钦佩。如果我的真实身份是塔马冯，我肯定想成为她这样的人。但是当我回答得如此简洁明了时，她的脸色忽然变了。我想，她应该是希望我可以和她站在同一战线。

"我最近失眠了，塔马冯。"她说，"这个男人不该出现在'奥林匹亚号'上。他的存在着实令人费解。"

"不，并不费解。如果你抛开那些关于家园和我们的美妙旅行的无稽之言，那就很好理解了。"

我的轻薄的言论并没有吓到她。"没错。但是，抛开了这些，你用什么取而代之呢？"

"未知之事，"我说，"你打算如何处理此事，长官？"

"我打算慎言慎行。"她说。

"你会向上报告这个苍白的陌生人吗？"

"不会。但我很高兴我们能有这次谈话。最近有人一直在调查关于你的问题，你的家庭变故正好可以当作绝佳理由，让你脱身。你应该一有机会，就赶快离开。"

我感觉到我的网络一阵波动。美杜莎最近很忙，所以我在指挥中心期间，一直是久美子在监护着我。纳菲尔塔莉不忙于处理努鲁丁的项目时，也经常会监护我。虽然她们当时都没有跟我说话，但她们都打开了通信链接，向我表达她们的担忧。因为她们进行了探查，并没有发现有谁向阿克苏进行过调查询问。但我猜想，也许是有人亲自找到她口头谈话，可能也是在类似这样的办公室里。

"我今天就会递交调职申请。"我答应卡利亚尼。

但我不想离开。在查尔马恩家族安保队伍的日子，让我回想起自己愉快的校园时光，还有我之前的那帮朋友。轮班结束之后，我可以像职业选手一样打乒乓球，学习队列舞，让自己融入群体中。它满足了我之前不曾知道自己拥有的渴望。

但这些都将结束了。"这件事要保密。"卡利亚尼说。

于是我回到岗位，继续履行工作职责，但是思绪却早已不知飘向了何方。好在即便心不在焉，我也能轻而易举地监控屏幕和记录笔记。

卡利亚尼为我提供了一个离开的理由，一个我早已编造好的理由。对于蠕虫而言，没有什么比家庭责任更好的理由了。对于管理者而言也是如此（尽管对他们来说，家庭责任有时也包括杀害亲人）。我能够表演出适当的真诚，因为我把我的一生奉献给了我自己特有的家庭责任。毫不谦虚地说，"奥林匹亚号"上再找不到比我更称职的女儿了。安泽尔这个角色塑造得非常成功。

但我开始怀疑，这个身份之后是否还有用。即便以后她还能获得更多的启示，但这些启示似乎也不会在短期内出现。不过，从这份工作中，我发现泰瑞·查尔马恩是个处变不惊的人。他从未显露出在工作之外与我，或者说与安泽尔有过任何交集，在公共场合的行为也克制得无可挑剔。

虽然我不得不放弃这份工作，但是好在我对施内布利又有了新的了解。之前我还在想，我这次深入腹地，会不会让他气急败坏，迫使他犯下一些错误，从而揭示出更多关于他的意图或者他的赞助人的信息。然而，他倒是有所反应，可他的赞助人是谁依然不得而知。

轮班结束后，安保同事们对我父亲的病情表示难过，并对与我告别表示遗憾。"难怪你总是沉默寡言，"艾灵顿说，"你心里肯定很不好受。"

他根本对此一无所知。

这一次，我没有在轮班后加入他们。我想，最后一天，还是不要冒任何风险为好。

回到安泽尔的宿舍，我卸下伪装，洗掉了头上象征着船尾区域骄傲的图案；又戴上一顶与我原本发色非常相似的假发，换上便装，正式搬出宿舍。

为什么我要这么快结束这次伪装？坐上前往船尾区域的运输机后，我心里一直在思索。我敢肯定，施内布利肯定会调查我是否真的去往了我所说的地方，这点毫无疑问。好在船尾区域不在施内布利的管辖范围之内，所以一旦安泽尔离开他的地盘，他应该也不会再费心去调查安泽尔。

为什么我要告诉卡利亚尼这么多真相呢？这是个好问题。与她开诚布公让我有一种奇怪的满足感。不过说实话，我当时确实有一点冒险；但我并没告诉她，苍白男子是外星人，以及那些沉睡的巨型机器人的事。我心中还是有点分寸的。

但我真的很想告诉她所有这些。我想要听听她的看法，也许她还会给我提些建议。

卡利亚尼的脸浮现在我的脑海中——她脸上没有挂着我喜

欢看的微笑，而是一脸严肃，甚至有些忧虑。她其实不算漂亮，但那张脸庞却非常讨喜。也许在其他情况下，我猜我们很可能会成为生活伴侣。

不过这种假设永远不可能实现，我彻头彻尾地欺骗了她；即便有一天，她了解到我这么做的来龙去脉，我们也回不去从前了。

现在，我又回到了原点。一路上，我抹除掉自己伪装成安泽尔·塔马冯的所有痕迹。我不断告诉自己，这一切都是命中注定，我迟早要卸下这一伪装；但安泽尔的回忆仍在我心中挥散不去。我需要和人交谈。于是，我将一个虚拟的安泽尔发送到她父亲居住的区域，然后下了前往船尾区域的运输机，径直乘上了另一台前往中央区域的运输机。"美杜莎，"我呼叫道，"抱歉打扰了你对示巴夫人的研究，但我有事需要和你商量。你能来见我吗？"

她没有回话，而是直接发来一张"奥林匹亚号"的平面图，上面有两个亮点，分别代表她和我。我们身处飞船两端，她标亮了中央区域的一条维修隧道。"我们在这中间见？"她说。

"好。"

我很感激美杜莎，她没有追问我们为什么不能直接通信沟通，因为我也不知道为什么。我不知道自己一个人该何去何从。美杜莎在路西法塔里潜心研究，我在那里会分散她的注意。也许我应该先躲进另一座塔楼里，仔细琢磨自己下一步该怎么办。和美杜莎相结合，是我抵达另一座塔楼最快的方式，我如此安慰自己。但是我想，也许我只是需要她陪我一会儿；和那些安保同事告别后，我感到前所未有的孤单。

在"奥林匹亚号"的无尽隧道中，很容易孤独寂寞。我按照美杜莎在平面图上标出的光点，径直前往中央区域。美杜莎的光点也从路西法塔向中央区域移动。我看到她通过气闸室进入隧道，行进路线因为隧道的原因变得迂回曲折。我下了运输机，进入隧道的另一端，路线也变得曲折起来。我在脑中看着平面图上的两个光点，感觉我们像是在玩古老的电子游戏。

在某个交叉路口的其中一条隧道中，我隐约看到个人影，不由停下脚步。我正准备继续前进，忽然，那人用严厉的语气向我喊道，"嘿！"我定睛看向她，简直不敢相信自己的眼睛。

从"泰坦尼亚号"移民来到"奥林匹亚号"的人有五万之多，所以我从未逐一检查过每个人的文档信息，看来她也在那五万人之中。虽然自我们上次见面，已经过去多年；我的容貌发生了很大变化，但她却几乎没有改变。她走到交叉路口，步入光线中。我还记得那天，她对父亲说，科学项目没有空缺名额了，如果他不满意，可以带着他的抱怨，顺着闸门出去。那张脸似乎没有变老，她依旧穿着同样的制服，戴着同样的教育徽章。但这也就解释了为什么我在日常活动中没遇到过她，因为我没有孩子。

现在的她，脸上也散发着和当时同样的冷笑；也许她天生就是这副嘴脸。

我脑海中突然响起一首音乐，是电影《杀死比尔》中的配乐。

电影讲述了一个复仇和骚乱的传奇故事。按照这部电影的叙事节奏,我现在应该抽出武士刀,将她一刀斩首。

但我不能仅仅出于厌恶就杀掉她,我还有更重要的事情要做。

我想从她旁边直接绕过去,但她却一把拦住我的去路,"你要去哪儿,垃圾?"

另一方面……

"美杜莎,"我呼叫道,"我遇到麻烦了。"

"来了!"她回答。

"你在这条隧道里做什么?"她质问,"让我看看你的身份芯片。"

大多数蠕虫都不会随身携带身份芯片,因为官员们通过安保监控系统就能得知他们的身份。但我生性偏执,总会随身带上一张身份芯片,以防遇到难缠的官员故意刁难。我递给她一张卡片,上面印有我的照片、身份证号码还有姓名: 英格丽达·ōE。英格丽达是一名环境检查员,在全船范围内可以自由通行,所以相比于她,我出现在这条隧道更为合情合理。

这可能正是问题所在。没什么理由会让她出现在任何隧道里——她肯定在干什么见不得人的勾当。

她轻蔑地把卡片甩了回来。卡片在空中旋转,打在我胸上,掉到了地上。

"捡起来!"她厉声呵道。

我一动不动。

这反倒勾起了她的兴趣，"你真是会寻开心。"

"是啊，"我用真实的沙哑嗓音说道，"我马上会非常开心。"

美杜莎飞到拐角处，伸展开触手，流动着包裹了在我身上。随着美杜莎的眼睛与我融而为一，我清晰地看到那位爱管闲事的管理者临终最后一刻脸上的表情。

我敢肯定，她一点也不觉得开心。

"从她的身份芯片判断，她是查尔马恩家族的人。"美杜莎说，"玛丽·查尔马恩，低级管理者。这也许就解释了为什么她态度如此恶劣。"她像蜘蛛捕获猎物一样，用触手将尸体捆裹起来，"你想要伪造成是谁杀害了她？"

"谁都不该为此承担罪名，"我说，"我想，我们应该把她的死伪装成自杀。"

"奥林匹亚号"上的大部分凶手都会采用这一方法。如果将她的死伪装成意外事故，就会有人前来调查事故缘由，这正是施内布利在寻找的那种异常情况。

"那就把她扔在气闸室外吧。"美杜莎说，"我打赌，此人肯定树敌无数，好多人巴不得让她消失。但亲爱的，你呢？不想去塔里躲一会儿吗？"

"不了。我要去中央区域逛逛。"

我迅速地做出了这一决定。玛丽·查尔马恩的死，让我变得更加果断,"你有工作要做,我不能再打扰你。你觉得还要多久能完成?"

"三到五个周期吧。如果时间延长,我会和你联系。你能保证不惹麻烦吗?"

"我保证。"我一脸认真地说。

美杜莎带着玛丽离开了,我过往生命中的一场孽缘也由此画上了句号。我不会故作姿态,假惺惺地说这并不是我想要的结果。我在中央区域寻找临时容身处时,思绪一直回到刚才那个时刻,玛丽·查尔马恩冷笑着对我说,你马上就有乐子了。因果循环、恶有恶报,总是让人大快人心。

但回过头看,我必须承认,我欠玛丽·查尔马恩一个感谢,她让我摆脱了之前的消沉意志。而且,如果当时她没有拒绝我加入"泰坦尼亚号"上的科学项目,我肯定已经和父母一块死了。

我最终找到了一间简陋、狭小又冰冷的住所,里边冷到我呼气都能看见的程度。但我不会在这里待很久,我决定从幽灵那里寻求一些建议。

周遭狭窄的环境在我的感知中逐渐退去。取而代之的,是我明亮广阔的内心世界。我以为母亲的幽灵会在那里等我,没想到等着我的竟是示巴夫人。我心中默默地想,如果真正的示巴夫人能像这个巨大的幽灵一样,毫无愤恨和傲慢就好了。

我把这些想法放在一边,回忆起我在这个周期开始时听到的录音。那里头,她正被猪猡们困扰着。

"示巴夫人，"我对她的幽灵说，"你和示巴或贝勒·查尔马恩交流过吗？"

"没有，"她说，"我只和你交流过。"

她说只和我交流过，这似乎很重要。我想到了上百个不同的问题，我想问她是否从"奥林匹亚号"上的其他人那里感觉到或听到了什么，但冥冥中有什么在警告我不要这么做。她会出于好奇去寻找其他人吗？她会问他们问题吗？他们会问她问题吗？我和她的这种互动会让我暴露吗？这会把她唤醒，变成美杜莎曾警告过我的危险之物吗？

"我通过你对示巴的回忆对她有所了解。"示巴的幽灵说。还没等我开口询问，她就继续解释道，"我也可以访问你的扩展数据库，因此我看过示巴写的日记。我看这部分内容，是希望能够以此了解她；但里面的内容让我震惊。"

她的反应令我惊讶。"那些记录吃饭和如厕的内容，"我说，"——让你震惊？"

"那些数字，"幽灵问，"你注意到了吗？"

里面确实有很多数字。

"这些数字很重要，"幽灵说道，"其余的文字可能无关紧要。"

我内心一阵狂喜。数字！对啊！那些文字太过令人感到尴尬，以至于让我忽略了那些数字。

这可能是在故意误导。毕竟，示巴夫人可是误导别人的大师，"你觉得这是某种代码？"

　　她微微摇了摇头,予以否定,"不是什么语言代码。这些数字的确是测量数据,也许是什么物品的规格参数。我觉得美杜莎不该把日记和示巴夫人的其他通信内容混为一谈。"

　　她的语气中透露着一丝不祥。"你为什么会感到震惊?"我问。

　　"这些数字让我感觉很熟悉。我担心如果进一步研究它们,很可能会了解到关于自己或是制造我的人的一些信息。"

　　那么,这些数字有可能是某种技术的相关参数,而这种技术可能会引发巨大变革。但幽灵说得对:我需要打断美杜莎的研究,将关于日记的这一新的想法传达给她。

　　"我可以提些建议吗?"我正在思索是否要呼叫美杜莎时,幽灵忽然插话。

　　"洗耳恭听。"

　　"我觉得这些人,是接收示巴夫人虚假信件片段的合适人选,这是他们的个人资料和照片。"我身边环绕出现许多人的个人公开资料,都是些面带微笑的管理者。虽然其中一些人我并未亲自服务过,但我很高兴地发现,资料中有许多张氏家族的人,还有贝勒·查尔马恩;然而赖安却不在其中。

　　"他们应该'发现'两种不同类型的信件,"示巴夫人的幽灵说,"因为示巴夫人平日所写信件会分为公共和私人两种。这是应该避免的单词列表。"

　　这个列表十分冗长,按照首字母排序。在以 P 开头的单词中,我发现了猪猡一词。

"你觉得我们应该使用哪些词汇？"我问。

"这点我和美杜莎意见相同，"幽灵回答，"选用哪些词汇并不重要，重要的是要避开哪些词汇。这才是管理者的一贯风格。"

我从未这样思考过这一问题。虽然我们的基因相同，但从出生那天起，管理者对世界的认知就与我截然不同。

我盯着脑海中示巴夫人幽灵的身影，她总是一副泰然自若的样子，散发着睿智而危险的气息，"如果有必要的话，你能模仿管理者的行为，进而愚弄他们吗？"

"当然了。"她说。

"你能帮帮我吗？"答应美杜莎不惹麻烦的诺言被我抛在了脑后。

这引起了她的好奇，"你是准备打入管理者内部吗？"

"我正在权衡风险利弊。"

"你想伪装成谁？"

"一位与我非常相似的女士，她最好来自船尾或船首区域，与中央区域的管理者接触较少。"

环绕在虚拟大厅中的众多管理者资料逐渐消失，一批年轻女子的个人资料逐渐出现，她们都与我刚才给出的描述相符。示巴夫人的幽灵挑着眉毛，挑剔地看着她们。"要想伪装成谁，你就必须要先杀了她。否则，如果两人同时出现在同一地方，就大事不妙了。"

这确实是我施行计划的一大障碍。虽然杀死玛丽·查尔马恩让我感到痛快(我现在想到她的遗言依然觉得好笑),但这是因为我们之间曾有过节。然而,要让我残忍地杀死一位无辜的女士(即便对方是女性管理者),我实在是难以狠下心来。如果我为了拯救蠕虫同胞,却变得跟统治他们的那些怪物一样,那么谁又能从我的手中拯救他们呢?

"你谁也不想杀?"幽灵问道,"示巴夫人可不会这么优柔寡断。你的沉默真是有趣。"

如果换作是别人对我说这些话,我肯定会把她视作危险人物。但示巴夫人的幽灵对待杀戮如此无情倒是情有可原,她与我或其他真实的人不同,其言谈举止自有一套道理。

"我在改变你吗?"我脱口而出,不假思索地问道。

"是的。"她说。

"这会唤醒你吗?"

"我现在只是好奇,还没有醒来。"她凝视着我的眼睛,认真地说,"如果我醒了过来,无论你采取了什么手段,我都会按自身的意志行动。"

我不知道这是否让我感到安慰。

"我不需要醒来,也能帮你出谋划策。"她说。

我仔细浏览了那些可以用来伪装的年轻女士的资料,"我可以完全虚构一个角色进行伪装吗?"

"不行。"她斩钉截铁地回答,"不过——你可以看看以下这三个女人，是否有你心目中的合适人选。"大部分的资料缓缓地消失不见，只留下了三份个人资料。从瞳孔颜色到穿着打扮，她们每个人都不尽相同；但其中却有某种共通的东西，我指的可不是她们相近的长相，而是她们脸上都有种让我捉摸不透的相同表情。显然，示巴夫人的幽灵知道这表情的含义。

"这些女人正准备自杀，"她的眼中闪烁着光芒，"我想，很快你就会有新的身份了。"

15. 信使即为信息

你可以为做了某事而感到内疚，也可以为没做某事而感到内疚。就比如现在的我，正在等待一名年轻女子自杀，以便我假借她的身份，从内部监视管理者。

请容我为自己辩解一下，阻止他人自杀也并非易事；即便对高级管理者而言，同样困难重重。管理者家族宁愿失去族人，也不能容忍别人知道他们的私事。安保人员可以对违反安全规定加以警告，但其适用范围却非常狭小。

我检索了"泰坦尼亚号"和"奥林匹亚号"的录像，发现飞船上鲜有自杀的情况；尤其对蠕虫来说，几乎属于闻所未闻的事情。从统计数字来看，管理者们的自杀率更高；但即便如此，三名女性同时打算自杀的情形,仍然显得有些怪异。我不得不提醒自己,考虑和实现是两码事。正当我暗自思索之际,谢珊·科托猛地打开气闸室,将自己甩了出去。

我之前从未目睹过自杀这种特殊行为。我本想仔细研究她的死亡录像——具体而言,我想知道在闸门打开前的最后几秒钟,她脸上是何种神情。从我看到的短暂画面中,我猜,谢珊后悔了——她的表情极度痛苦。但她并没有挣扎求生,没有做出任何反抗。暴露在虚空之后,她脸上更多流露出的不是害怕,而是惊讶。随后,她便飞出了闸门,飞出了摄像范围之外。

她过往的一切,如今全都烟消云散。除非你之后把我当作她。

我及时中断了因闸门意外开放而启动的警告,迅速地抹掉了录像中谢珊自杀的画面。这样,就没人知道刚才这里究竟发生了什么——我也没有录制将刚才的景象;因此,我只能在记忆中回顾谢珊生命的最后时刻。

尽管我搅扰了美杜莎很长时间,好把鬼魂的那张避免采用的字词表,以及她对于日记的见解告诉美杜莎。但她依然在忙着她的项目。

得知我打破诺言、又要卷入新的麻烦,美杜莎极为不悦,坚决要求我招募一些帮手。"泰瑞,"我呼叫道,"我需要久美子帮忙,我要打入内部了。"

"你这是在铤而走险。"他说。

但我心意已决。不入虎穴，焉得虎子？久美子和我有许多事情要做，但是首先，我们要前往谢珊位于船头区域的住所一探究竟。

科托家族势力不大——但他们也只是在"泰坦尼亚号"遭到毁灭后，才衰败至此。"泰坦尼亚号"时期，科托家族的声名曾像查尔马恩家族一样显赫，家族地位与张氏家族不相上下。科托家族如今虽已是虎落平阳，但我在旧数据库中搜寻其相关信息时，还是对他们的时尚风格叹服不已。虽然他们如今在"奥林匹亚号"上没有任何实权，但几乎所有人都期待看到他们在派对上的穿着打扮。

好在别人似乎只对他们的穿着有所兴趣，对其他方面则漠不关心，包括他们在内壳区域的安全问题。他们不需要秘密舱口，可以光明正大地随意前往漆黑的蠕虫隧道。科托家族的大门前只安装了一台监控摄像，摄像头还没有激活。

如果你觉得这很怪异，接下来还有更怪异的事情。在进入住所之前，为以防万一，我和久美子扫描了覆盖范围内所有的监控录像。包括谢珊在内，科托家族仅有十二名成员，目前分散在"奥林匹亚号"的各个区域。根据录像，谢珊是近期唯一回家的人。

谢珊没有打开门口的监控器，住所内部的摄像头也没有开启。

"示巴夫人，"我呼叫幽灵，"你对此有何看法？"

她正站在虚拟走廊里,饶有兴趣地看着,"他们没有政治权力,对别人没有任何威胁。所以,他们也不用担心会有对手加害自己;其穿着打扮能让他们赢得朋友、受邀参加派对,但在'奥林匹亚号'上,没人会因为这个将他们视为死敌。"

怪不得大门无人看守。"现在进去安全吗?"

"安全。"她说。

尽管没有监控,但门却上着锁;不过我盗用了谢珊的身份标识码,所以一碰大门,锁就自动打开,我们也迅速地溜了进去。我快速查询了这里的平面图,规划出通往谢珊房间的路线,打算直奔那里。刚准备动身,我却忽然停下了脚步。

久美子与我连接一体,所以感官相通。"是木头,"她说,"我们闻到的是木头的味道,还有老旧丝绸的气息。这些装饰肯定非常古老。"

我之前服务管理者时,也曾见过许许多多的室内装饰,其中有些称得上十分漂亮;但与科托家族住所的屏风、瓷器、雕饰和家具相比,就相形见绌了。原来,自己之前所见的一切装饰,只能算是东施效颦罢了。

此地整体属于波西米亚风格。与查尔马恩家族和康斯坦丁家族的房子不同,这里的房间更小一些,房间里到处可见稀奇古怪的稀罕物件。这些物件充满神秘气息,和其他管理者拥有的财产不同,不像是"泰坦尼亚号"或"奥林匹亚号"上制造出的产物。

张氏家族喜欢中国古典风格,而查尔马恩家族则喜欢由花朵、动物和贝壳图案构成的法式乡村风格。虽然每个家庭都有自己独特的品位，但他们的所有装饰，都是从历史数据库中获取物品式样，在飞船上制作的复制品。这些复制品均非实木，而是用的压缩复合材料。

那么，为什么科托家族会有真正的木材呢？久美子辨认出了好几种在"奥林匹亚号"无法种植生长的木材制品，甚至还有檀香——啊，原来檀香的气味竟然如此美妙！我愿用"奥林匹亚号"上的所有巧克力棒，换取哪怕一小块檀香！虽然这些木雕制品让人惊叹，但是这里摆放的日本和中国字画则更加令人称奇！

虽然许多管理者也有丝绸画卷，但这些画卷不仅年代久远，而且图案精美、保存完好，上面绘有各种花鸟虫鱼等自然美景。我曾在母亲的数据库中见过这些。但亲身站到实物面前，在柔和光线的照耀下欣赏这些美妙图案的细节，轻嗅这些材质本身的气味，那感受简直让我流连忘返。久美子在一旁安静地站着，没有催促我。

我脑海中忽然响起了阿纳托利·里亚多夫的《魔湖》的旋律。如果你也听过这首曲子，也许就能明白我为何会有如此感受。众多画卷之中，有高山流水之景，百鸟戏虫之乐，还有峭壁茂林之奇；其中有一幅图，画了一只老虎在湖岸栖息，忧心爪子会被湖水打湿，做出了怪相。我垂涎三尺，强忍下了拿走这些画的冲动。

我还记得要前去谢珊的房间，把我装扮成她的样子。时间紧迫，可不能因为这些宝藏耽误大事。我再次查询了建筑平面图，强迫自己加快脚步,寻找谢珊的房间。

谢珊的房间里也摆满了奇珍异品。好在我只需带走少量的随身物品即可,而我已经大致想好了需要哪些东西。

我们搜寻了许多谢珊的影像加以参考,我甚至已经想好要采用她的哪种装扮了。我会把瞳孔和眉毛染成青铜色;谢珊喜欢剃光头发,戴上假发,所以那些假发需要打包带走。我也有许多假发,之前还觉得它们非常新潮,但看到谢珊的假发之后,我才明白什么是时尚。谁能想到,仅凭一些假发,就能让我的意识提升到新的境界?

所以——带上假发和化妆品。对了,她的衣服也很适合我,简直是量身定制。我快速穿好衣服,久美子帮我化了妆。她的触手非常灵活,有成为夫人侍女的潜质,我多希望她能陪着我(她的触手用来杀人也同样好使)。

但是谢珊没有侍女就能将一切打理妥当。所以,我必须在示巴夫人幽灵的指导下,自己学会这些技能。她帮我选了适合的化妆工具,还认真地给出建议。最终,镜中的自己,已经完全变成了谢珊的样子。

这简直太不可思议了。我估计除了她的至亲,没人能够识破我。就算是她的至亲,距离稍微远一些,也看不出我的任何破绽。

"现在,"示巴夫人的幽灵说,"谢珊的收件箱里应该有一些邀请信息。来,我们看看你应该接受哪些邀请。"

我们退出虚拟走廊,仔细研究着邀请我们赴晚宴和留宿的各张笑脸。谢珊家族的其余成员也会收到此类邀请，他们会衣着光鲜地参加派对，为举办者脸上增光；作为交换，他们在收到精美的礼物、享受美味佳肴的同时，还能得到他们想要的任何源自居住区的东西。这笔交易还算划得来。

邀请大多来自船首和船尾区域，我们把这些邀请放进名为"敬谢不敏"的文件夹中，但是仍有几封来自中央区域的邀请函需要再斟酌一番。

看来，谢珊习惯亲自回复所有邀请；而我则需要示巴夫人的帮助，才能完成这一任务。这些邀请中唯一例外的，是格洛丽亚·康斯坦丁夫人发来的公报，这不像是份邀请，更像是条命令。

格洛丽亚夫人说：今晚六点，我们晚餐见，不要迟到。

一想到要和格洛丽亚夫人通信，我就不寒而栗。但是我快速搜索了她最近几次的通信记录，发现谢珊没有回过任何一封邀请。所以我也没有回复。

除此之外，还有几条我比较感兴趣的邀请信息，其中一条是马尔科·查尔马恩发来的，我把它放在名为"可能去"的文件夹中，但是一条消息忽然弹出，让我顿时对其他邀请失去了兴趣。

虽然信息上没有显示发信人的影像，但是上面却有管理者的标识符，信息中附上的名字是根纳季·米罗年科。

"泰坦尼亚号"或"奥林匹亚号"上从未有过米罗年科家族。根纳季·米罗年科这个名字也在任何数据库中都查询不到。

"这是那个外星人，"示巴夫人说，"真有意思。"

"我们要接受他的邀请吗?" 我说。

她做了一件真正的示巴夫人从未做过的事。她笑着对我答道,"哦,当然了。"

根纳季在信中说道:

我们素未谋面,但我早已听闻他人与您总能相谈甚欢。过去这段时间,我和查尔马恩家族及其拥趸度过了众多无聊的晚宴;只有您的愉悦陪伴,才能拯救我脱离绝望的苦海。不知今晚六点,您可否光临莲花厅与我共进晚餐? 如果您喜欢的话,我还可以教您下棋。

他的虚拟声音听起来很像他的真实声音,只是声调更加温和。

示巴夫人和我回顾了谢珊之前接受邀请时的措辞,这样回复道:

收到您的邀请,我荣幸之至。今晚六点,我会准时抵达莲花厅。

谢珊的虚拟声音非常动听,我将它设置成了自己的声音。

"看来,我还真是进了一个有意思的家族呢。"我对久美子说,心中感到一股莫名其妙的兴奋。

不管到底有没有意思,但肯定是有危险的。谢珊·科托可不是出于忧郁才自杀的。

而我正要和那些逼她自杀的人见面。

—— 第三部 ——

我们见过敌对家族，那就是我们自己

16. 埃西铎的棋局

又一个气闸室，我生命中又一个关键时刻。根纳季和我分立在内闸门两侧，透过观景窗，彼此凝视。我们所做的一切，引领我来到了这一时刻。

准确地说，是我所做的一切。根纳季对我而言仍是一个谜团。尽管他如此神秘，或者说，正因他如此神秘，我等待外闸门开启时，才会那么心潮澎湃，尽管我不知道接下来会发生什么。这个场景十分完美，就像努鲁丁的电影中的场景一般，就像平时子夫人怀抱年轻的安德天皇等待跃身跳入大海，就像欧比旺·克诺比扔下了光剑，等待敌人给予致命一击。

但是，无论是那位贵族烈妇，还是绝地大师，最终都命丧黄泉。这次，谁的命运又会走向终结呢？

　　我不顾劝阻深入敌人地盘，如今置身危险之中，当然，这也早就在我的预料之中。但无论最终结果如何，我从不后悔自己伪装成谢珊·科托。这个角色让我欢愉不已，这种欢愉并不仅仅来自于谢珊的高贵阶级所带来的优越特权。

　　这些特权相当优越。科托家族成员长期受到查尔马恩家族的邀请，与他们享受同等尊贵待遇的人可不多。我刚一下运输机，就已经有人在此等候，为我拿行李，带我进入住所。

　　我曾为许多管理者服务过，扮演过很多角色、承担了不同职能，所以我知道如何给予别人适当的尊重。

　　但我却从未受过别人的尊重和礼待。这些安保专员用实际行动，让我感受到了只有管理者才能享受的尊重。

　　"欢迎。"安保队长说，"您的住所已准备就绪，谢珊夫人。请您移步跟随管家前往。"

　　天哪，我心想，还要管家？这里这么容易迷路吗？

　　我之前也见过许多家族住所，但和查尔马恩宾客住所相比，都相形见绌。这里要比康斯坦丁家族的主要生活区大得多（格洛丽亚夫人要是知道了，肯定会相当沮丧）。管家谨慎地把握着分寸，既能不走在我前面，又能恰到好处地起到引领作用。我做过维修技工的工作，所以我发现，查尔马恩家族的宾客住所之前并没有那么大，四面墙壁有明显的拆除痕迹，管道也重新布过线；这说明住所扩张占用了另一个家族的地盘，也许正是科托家族的领地？我无从得知，但也暗暗记在心里，想着以后有机会再调查此事。这一扩建，是在查尔马恩家族摧毁"泰坦尼亚号"之前还是之后开始的呢？

如果是之后，那查尔马恩家族如此慷慨地邀请科托家族的人前来客居，显然不是什么恭维，而是侮辱。科托家族很少有人接受这一邀请，也就说得通了。

所以他们护送我前往比整个科托家族住所还要巨大的客房区域时，我表现得波澜不惊。说不定我比谢珊本人做得还要好，因为管家偷偷瞥了我几眼，想要看看我的反应。我查询过记录，谢珊之前也曾多次到访这里，最后一次是在一年多前。究竟是什么原因，她才会离开这么久？

我希望这其中没有什么特殊原因。在我深入虎穴之前，我应该事先了解清楚才对。但话又说回来，如果当时犹豫不决，我也会错过伪装成谢珊的机会。我可不想为了伪造身份，杀死另一个无辜的女人。而且，就算查尔马恩家族要将我甩出气闸室之外，美杜莎或者她的姊妹也一定会及时救我。

大概，也许，可能会吧……

我优雅地走进客房，仿佛回到自己家中一样。管家偷偷地看向我，我冲他莞尔一笑，用管理者的腔调说道："魅力十足（这是管理者的密语，意思是说"地方很小"，同时也谦虚地表达"我早就习惯了"），好了，将我的行李放在更衣室就可以了。再过半小时，我就得赴约参加晚宴了。"

众人不失礼仪地鞠躬道别，迅速退出房间。管家也放弃了从我脸上看到苦涩表情的希望，转身离开了，没有再回头偷瞥我一眼。管家从屋外带上房门后，我长舒一口气。

现在，我可以细致地欣赏这个房间了。我心里有些失望，如果之前没有见过科托家族住所，我会觉得这里富丽堂皇；现在我只能说，这里不过是依葫芦画瓢罢了。难怪科托家族的要求如此之高。

虽然我对查尔马恩家族的装饰品位不置可否，但我还是留意到客房的诸多细节，尤其是更衣室的细节。这里的更衣室和我之前住过的宿舍大小相差无几，我的衣服都已经整齐地挂在这里。我补了补妆，找到一顶与眉毛颜色搭配的假发，为这次晚宴做好准备。梳妆完毕后，我向示巴夫人幽灵寻求了看法；多年服务于和谢珊一样时尚的管理者让我也耳濡目染，所以她看到我的装扮时，赞赏地点了点头。

是时候出发了，不然就迟到了。我可不想对根纳季·米罗年科无礼。谁能知道外星人会对姗姗来迟的客人作何反应？我正准备打开大门时，门铃忽然响了起来。有人想要进来，但他却没有身份标识。

只有一种可能，是那位外星人。我不知道他为什么没在莲花厅等着与我相见，而是直接来到住所门口。于是我做了另一个仓促的决定，打开了大门。

根纳季·米罗年科站在那里。发生了一些事情，我认为我们俩都无法掌控。

我现在是谢珊·科托，是位修养十足的女性管理者，举止得体、善于观察。虽然根纳季来自"奥林匹亚号"之外，文化不尽相同，但是我想，他应该也是位彬彬有礼之人。然而大门开启、彼此相向而立时，我才发现我们并不像两位文雅之人的初次见面，而更像是两只偶然跳到同一块岩石上的掠食者。

我们默然相对，沉默了好一会儿。我知道，当根纳季决定来到这里，敲开大门让我感到惊讶之时，我就已经处在了下风。

他首先打破了僵局，"谢珊夫人，请原谅我的冒昧到访；我只是觉得，两人一同前往晚餐地点会很愉快。对于我的无礼，还请见谅。"

"您客气了。"这是实话。见他这么客气，我松了一口气。这样我就不需要把他那美丽的眼睛拔出一只来了。"我喜欢这个意外惊喜。"我说。

我挽住他伸出的手臂，穿过查尔马恩宾客的住所。很遗憾我没办法看见根纳季的眼神——从安保人员的反应中，我能感受到他给别人带来的那种压迫感。根纳季所到之处，安保人员自动分成两列，如同船只航行劈波斩浪一般。走出住所时，我看见不少安保人员偷偷擦了擦眉梢上的汗珠。

根纳季，你究竟是如何隐藏这么久的？我心生好奇。

美杜莎躲在研究塔里，才设法隐藏了几十年。我怀疑根纳季也躲在了某个研究塔中，当然，"奥林匹亚号"上应该还有很多其他藏身之处。

然而，当我们沿着宽阔明亮的走廊，前往那些富丽堂皇的豪华房间时，无论是管理者还是安保人员，都没有对根纳季的出现感到惊讶。没人对他避讳三尺，也没人好奇地盯着他看，就好像他并非什么罕见之人，并没有任何特别之处一样。

就好像，他们已经认识他很久了。

示巴夫人的幽灵曾告诫过我，管理者们三缄其口之事，要远比他们口中谈及之事更为重要。我想，现在这种情况下，我不应该问根纳季：你从哪里来？

我多希望能找到合适的机会，向他抛出这个问题，他会如何作答呢？不过，单刀直入地提问，可能是最糟糕的收集信息的方式。

观察才是更好的方式，也最谨慎。

但接下来事情的发展却令我大吃一惊。下了运输机后，我才发现，我们来到了"奥林匹亚号"上的一个神秘之处，一个我之前只在地图上见过的地方：社交综合区。

在阶级分层没有那么严格的其他社会中，社交综合区可能会从"奥林匹亚号"的一端延伸到另外一端，所有公民都能平等进出。但在这里，部分管理者可能都没有进出的权限。一方面，由于位处中央区域，普通人自然无法踏足，而查尔玛恩家族和张氏家族则可以自由出入；另一方面，负责经营这里的安保人员虽然面色友好，但却警惕十足，他们冷酷无情地遵守着阶级制度，根纳季和我刚一踏上这里的地毯，他们就立刻向我这个陌生人投来警觉的目光。

他们是我见过的最为友善的暴力分子。

他们一言不发，引领我们穿过一潭潭开满睡莲的池塘，来到座位处。虽然他们行为举止友好亲切，但是他们异样的眼神让我知道，如果不是和根纳季·米罗年科一起，我的座位绝不会被安排在风景如此迷人的小瀑布旁，他们的服务绝不会如此无微不至，我的这次造访也绝对不会是一段美好的经历。

根纳季也看出了这点，脸色铁青。有意思的是，这些服务员并没有因此而感到担忧。

他们都是低级管理者，肯定自幼就经受了良好的训练。我暗自查了一下负责安排座位的女服务员和帮助点单的男服务员，发现他们都是园丁——供应餐点只不过是他们在管理者的食物链中扮演的角色之一。

为我们服务时，他们举手投足间流露着自信。其他餐桌旁的管理者们也一反常态，不像在管理者派对上那么拘谨。"食客们不仅来这里社交，"我对示巴的幽灵说，"他们也来这里看望服务员！"

"看起来确实如此。"她回答道。

如果是这样的话，那管理者们需要在两个领域互相争夺地位：一个是在家族内部，一个是在社交综合区中。除了一些位高权重之人，其他人很难同时在这两个领域都混得风生水起。

我听到桌子旁边的池塘里传来一丝水花溅落的声音，朝那里瞥去，发现一个蓝色生物正看着我。从瀑布附近的两片莲叶之间，它悠然地浮出水面。

"锦鲤。"示巴夫人的幽灵向我解释道，"这是种观赏鱼，不可食用。有些锦鲤通体橘色，就像现在这条。"我看到紧随着第一条蓝鱼，又出现了另一条橘鱼，它好奇地看着我，正如我好奇地看着它一样。

"太神奇了。"我大声道。

根纳季从菜单上抬起头瞥了我一眼，"没错。而且这里的食物也很棒。"

"看来我之前真是井底之蛙了。"我在背景简介里了解到，谢珊夫人之前从未来过莲花厅，但我绞尽脑汁也没想明白个中原因。

"很高兴你能喜欢，"根纳季说，"我不能说自己喜欢这群自负的人，但我很期待听到你对这里饭菜的评价。我来点单，可以吗？"

我将菜单放在一旁，"那最好不过了。"

趁着根纳季将注意力集中在菜单上，我可以不失礼仪地盯着他细看。他简直没有任何缺点：身材高挑匀称，体型也很健硕；头发虽短，但却非常浓密，没有人工染色的痕迹，却银白得耀眼。

还有他的眼睛，他那双天生的眼睛。我的瞳孔是人造的，管理者不限制我的视觉时,我能够比自然眼睛看到更多细节,但我不确定与根纳季相比我是否还有这种优势。他的眼睛简直完美无瑕,好像自出生以来,就未曾受过任何玷污和磨损。

他去宾客住所门口迎接我,陪我一同乘坐运输机时,我认为他应该在三十五到四十岁左右,甚至可能更老,因为他拥有成熟男人的自信和稳重。但是现在,在仔细观察之后,我觉得他看上去不超过二十岁。

这不可能。

他用完美无瑕的双眼凝视着我,"我们可以多点几道菜,都尝尝味道。"

"我喜欢尝试新菜。"我说——对央一来说,这句话荒唐可笑,但对谢珊·科托来说就确实如此。

接下来的一小时里,根纳季·米罗年科带我进行了一场前所未有的美食探索。这场探索之旅之所以如此无与伦比,不仅是因为那些我从未品尝过的菜品,还有根纳季对于美食的热爱。我们不仅是简单地吃东西,他还教我如何品味香气,如何品尝不同食物组合,令我沉醉其中。我简直快要臣服在他的博学之下!(没错,我知道自己现在听起来多么调皮。)

用餐完毕,我们一同起身。

"希望你能允许我送你回住所。"根纳季向我伸出手臂,"我准备了一个惊喜,我想知道你是否会喜欢。"

我把手挽在他的胳膊上,和他一起从莲花厅里的上层阶级的食客身旁走过。虽然他们没有直视过来，但我知道，所有人都在看我们。

"这里可不是两人深入了解的好地方，"示巴夫人的幽灵说，"看来他今晚另有安排。"

也许我已经丧失了理智，但是听到她这么说，我竟然有一丝开心。

"对了，"大门打开之前，根纳季对我说道，"我冒昧地从科托住所带来了一些东西，好让你在这里更能有家的感觉。"

门开了，我走进去，发现住所有了些改变。科托家族的一些古董被带到那里，巧妙地摆放在其中。其中最显眼的是那幅画有老虎的画。

"你的眼光很好。"我说。

根纳季扬起眉毛，"当然了，亲爱的女士——这就是为何我总能交到好友。看到这幅画的第一眼，我就被这只老虎吸引了，它看起来忧心忡忡，害怕弄湿自己的虎爪。"

"它是我的最爱。"我说，"我很高兴能在这里看到这幅画。"尽管事实上他可能在这幅画上安装了窃听器甚至摄像头。

"而且——"根纳季指了下不远处的桌子，"我还为你准备了一份礼物。"

桌上摆着一副国际象棋。虽然我知道这是何物，但却从未玩过。我凑近过去，"看起来好精致。"

"这是特意为我量身定做的,"根纳季说,"这副棋是基于我最爱的一本书——《指环王》。这本书非常古老,但这些棋子一点儿也不古老。"他指着桌旁的一把椅子,我们要下一局吗?

"你可要教我怎么下棋才行。"我暗暗向示巴夫人的幽灵恳求道。

"没问题,"她说,"但我们不应该赢他。"

"我也没打算要赢。"

坐下之后,我仔细观察棋子,"这些棋子看起来像是手工雕刻而成,是吗?"

"是的。"他说。但我忽然意识到自己已经逾越雷池,"奥林匹亚号"上没人会手工雕刻物品,我的问题听起来更像是种非难。

"太精致了,"我说,"你舍得拱手送人?"

"我还有别的。"根纳季用完美无瑕的眼睛盯着我,"不过,希望之后我有机会可以不时来看看这副棋。"

我挑了挑眉毛,没有作答,而是全神贯注地盯着棋盘,"你要先手吗?"

"既然我现在是你的客人,"他说,"那我先手好了。"他移动一颗棋子,"我最喜欢棋局的开局——看着别人的开局布阵,总能让我有所启发。"

他总是语出惊人,但他的态度却令人耳目一新。在示巴的指导下,我也移动了一颗棋子。

轮到他走第二步,根纳季移动了另一颗棋子。

"如果不出我所料，"示巴的幽灵说，"以他的水平，五步之内就会击败我们。"

我对着棋盘仔细思索。我无意成为国际象棋专家，只是在仔细观察棋子上雕刻的人物。我的棋子是米白色，而他的则是琥珀色。我依照示巴的指示移动了骑士，等待着根纳季下一步的行动。

他移动了国王。我移动了一颗卒子，尽量不去乱想这步棋有什么象征意义。

第四步，他选择移动主教。"谢珊，你有没有想过上帝？"

就连示巴的幽灵也被这个问题吓了一跳。但是她没有建议我如何回答。

我没法告诉他，当时在200-级闸门区域时，那里宏伟壮丽的巴洛克风格如何让我产生了目前对于上帝的想法。但有件事我却是可以讲出来："我八岁的时候，出于对死亡的担忧，于是对上帝产生了好奇，向父亲询问了天堂的事情。"我移动了另一颗卒子。

"他是怎么说的？"根纳季问道。

"他说他既相信，又不相信天堂的存在。他说，时间和空间是相互交织的，无论我们死后灵魂是否能够存活，我们都是这交织时空的一部分。我们一直如此，也将永远如此。"

根纳季没有看向棋盘，而是将注意力放在我身上。"我一直在思考上帝，"他说，"但'奥林匹亚号'上没有教堂、没有牧师，也没有信徒。"

我思索了一会儿，说道："我想，我们的祖先从一开始就没打算要有这些。"

"我的祖先是俄罗斯人。不仅仅是其中的一部分——他们所有人都是。"贝勒和赖安之前想要隐瞒在飞船上发现深度睡眠装置的事实时，根纳季也是用这种语调与他们说话的。

我其实可以指出，他没法肯定他血统中的每位祖先都是俄罗斯人——没有人可以肯定这点。但我有种感觉，他指的可能并非他的祖先；更有可能的是，他指的是我的祖先。

"等他再次移动主教的时候，"示巴的幽灵提醒道，"他就要将军了。"

他果然将军了。然后，他看着我的眼睛，说道："五步。你没有努力要赢得这盘棋，你只是想看看我会怎么做。"

"获胜并非总是最好的策略。"我说，"至少，在国际象棋里并非如此。"

根纳季笑了。我以为他很高兴。"现在回给他一个微笑，是否合适？"我问示巴夫人的幽灵。

"不合适。"她说。

于是，我只是友善地看着他。

"我下棋是为了赢，"他说，"我以为你也会以同样的心态与我下棋，你完全欺骗了我。"

"很抱歉打消了你对下棋的热情，"我说，"但实话实说，我只是单纯地对下棋比较好奇，我可没有竞争精神。"

"看来我让你感觉无聊了。"根纳季遗憾地说道。

"一点儿也没有。只是我现在没有争强好胜之心，所以很难体会到下棋的乐趣。"

"也许吧。但是我觉得即便不下棋，我也能用这副棋让你开心。"他拿起国王的棋子，"看到这个人了吗？他叫埃西铎，本是一位伟大的国王，但他却被一种强大而黑暗的技术所诱惑——一枚戒指。"

我眨了眨眼睛，"戒指，就像这枚戒指一样吗？"我晃动手指，展示着谢珊的绿松石戒指。

"既像，又不像。"根纳季说，"埃西铎的魔戒是由一名死灵法师所铸，他将自己毕生力量与黑暗和光明之力注入其中。戴上这枚戒指，他就可以一统中土世界。这枚戒指看似平平无奇，但这不过是一种假象。"根纳季拿起我的国王棋子，把他放在自己的旁边，"这就是死灵法师——索伦。"

"我刚才竟然是邪恶的死灵法师？"我说，"我的天哪！"

"我也在棋盘上扮演过邪恶的一方，"根纳季说，"但这并不代表你要变得邪恶。"

"确实如此。"我附和道，"但你还是在帮助坏人获胜。你最后可能会后悔和他们站在同一阵营。"

根纳季的眼睛如同水晶一般明亮而冷酷，"后悔是交易的一部分。如果你成功了，你就可以自称是好人。"

我瞥了一眼代表死灵法师的棋子，"如果索伦自称是个好人，有人会相信吗? 他看起来就不像是什么好人。"

"也许这就是我们中的一些人会思考上帝的原因。"根纳季说,"谢珊夫人,希望明晚能在贝勒·查尔马恩的花园派对上见到你。到时候我们可以坐在一起。"

"那就太好了,"我说,"不过,贝勒的妻子应该会提前安排好每个人的座位吧。"

根纳季再次笑了笑:"我的座位,她可安排不了。"

"现在,是时候回给他一个微笑了。"示巴夫人的幽灵说道。

我努力向根纳季展现出最美的微笑,"那我们就说定了。"

我们站立起身,经过精美的雕刻艺品和绘画作品,走到门口。我们在门口停了下来,他拉起我的手,轻吻了一下手背。"明晚见。"他说。

"我很期待。"我脸上依旧挂着笑容。

根纳季离开了。我感受着留在手背上的那个吻。"真想知道这个吻要是亲在我身体其他部位,会是什么感觉。"我对示巴夫人的幽灵说道。

她扬起一条眉毛,"是啊,这正是你需要知道的。"

我转过身,想要前往只有管理者才能享用的浴室,但还没走几步,门口又传来了有人想要进来的信号。和之前一样,这次信号也没有任何身份标识,难道根纳季忽然想起来还有什么话要跟我说?

或者还有什么事要做? ……我会婉言拒绝,但和他再寒暄几句也很有趣。我打开了门。

格洛丽亚·康斯坦丁夫人站在门前，身旁还有四名亲属。她鄙夷地盯着我，好像我是她所见过最大的蠢货。

"你以为还能躲我多久，贱人？"她质问道，然后推开我，走进了房间。

17. ……而且信息即为信使

四名族人跟着格洛丽亚夫人走进房间，不过他们并不像格洛丽亚夫人那么粗鲁。其中一人在经过我时，还冲我点了点头。

格洛丽亚夫人盯着雕刻艺术品和墙上的画卷看了一会儿，然后转过身看向我，"你每在这里多待一个周期，这些东西就更脏一些。"

听到这些话，示巴夫人的幽灵笑了："随她说去吧，不要直接回应她。记住，他们对你不会造成任何实质性的伤害，也威胁不到你的身份地位。"

"天哪！"我大声地说。

格洛丽亚咧了咧嘴，那根本称不上是微笑。"你知道我为什么发笑吗？你这个臭婊子，不过是个生育机器罢了，竟然还妄想得到更多优待！你以为你需要接受教育吗？简直就是浪费。你以为别人在乎你穿什么说什么或者画什么吗？根本不在乎！你之所以能活到现在，靠的可不是这个。"她点了点自己的脑袋，"靠的是你两腿中间的东西。"（她没有直接指向那里，我真是感激不尽。）

即便示巴的幽灵不提醒我要避免与格洛丽亚争吵，我应该也不会对她的恶言相向有什么反应。但我不得不承认，她刚才那番言语确实语出惊人。格洛丽亚的族人们一言不发，似乎对她提到女性没有权利的说辞不敢苟同。刚才那个向我点头示意的人脸红得更厉害了，他应该是对自己只能袖手旁观而感到惶惶不安？

还是说他跟在格洛丽亚夫人后面是另有隐情？示巴的幽灵似乎认定康斯坦丁家族不会对我暴力相向。虽然美杜莎不在，我不可能大开杀戒，但是如果他们群起而攻之，我也有信心至少能打瞎他们其中一人的眼睛。

格洛丽亚笑得越来越欢，我都要担心她会不会笑到内伤了。"你以为米罗年科会保护你，是吗？他在'奥林匹亚号'上可没什么地位。事实上，他甚至连你都不如。"

啊，看来格洛丽亚夫人一无所知，她根本不知道我看到了什么——在放置着深度睡眠装置的综合隧道里，查尔马恩家族的两位最具权势之人，对根纳季极尽阿谀奉承。

"你想要地位，谢珊？"格洛丽亚似乎忘了之前那件轰动家族的事，她被迫将自己的继承人处以死刑，只因后者强奸并谋杀了自己的族人，"那就嫁给一个有地位的人。"

她指着那个涨红了脸的族人，他看起来似乎更不舒服了。"谈到血统，没人比康斯坦丁家族更为高贵，而你们科托家族，最缺的就是血统。"

示巴夫人的幽灵皱起眉头，"事实正好相反。真是太无礼了。"

"我现在可以回嘴了吗？"我说。

"不用跟她客气。"示巴夫人的幽灵说。

"格洛丽亚夫人，我可以原谅你的无礼冒犯——"我开口说道。

格洛丽亚发出一阵笑声，打断了我的话，"你这个蠢婊子！"

"——而且，你现在入侵了查尔马恩家族的领地，我完全可以向他们检举你，但我不会这么做。"我继续道，"但请放心，他们已经注意到了你的入侵。你之后该如何向他们道歉，是你自己的事。"

她脸上的笑容退去了，我开始有些怀疑示巴夫人刚才得出的格洛丽亚不会对我造成伤害的结论。

但我无惧疼痛，"我丝毫不会理睬你刚才所说的一切，格洛丽亚。那些言论简直令人作呕。闭上嘴巴，赶紧离开吧。"

我永远忘不了格洛丽亚当时脸上的表情。即使是真正的示巴夫人，也会对这一幕留下深刻印象。

格洛丽亚径直走向我，在距离我仅有咫尺的地方停了下来，我甚至可以闻到她呼吸散发出的薄荷气味，（竟然不是血腥味，真不可思议！）要不是她矮我一头，我们两个就得鼻尖碰鼻尖了。但她的气势一点儿也不弱。"你变了。"她说。

啊哦，我心想。

我刚开始有点儿担心，她便继续说道："你现在翅膀硬了，这可不太好，不然你还能活得久一点。"

格洛丽亚一脸不屑地从我身旁掠过，她的族人匆匆地紧随其后，脸红的那个家伙走在最后面。从他的行为举止，我大致可以猜到，尽管格洛丽亚夫人看起来提供了几个选择，但他才是她想要撮合的那一个。他们离开后，我狠狠地关上了大门。

"好吧，"我自言自语道，"如果根纳季在谢珊的古董上安装了窃听器，那他刚才可听到了一出好戏。"

"之前我还好奇，为什么从来没人邀请格洛丽亚夫人参加任何派对，"示巴夫人的幽灵说，"现在我终于知道原因了。"

没错，我很难想象，以格洛丽亚夫人这种言谈举止，会有哪位管理者愿意邀请她前往自己精心策划的派对。我已经见识过那些冒犯查尔马恩家族之人的下场——格伦·泰德就是个典型的例子。格洛丽亚有没有想过，她其实距离这种下场，仅一步之遥了？

或者——她自信自己可以免于这种惩罚？我脱掉谢珊的服饰，打开淋浴，尽情享受着热水冲刷肌肤的舒适。虽然这些水会被循环利用，不会造成资源浪费，但我依然觉得有些奢侈。

泰瑞知道格洛丽亚手中的底牌是假的——她的 DNA 并不比

我的更"纯正"。如果他知道，那么他的家族首领们肯定也知道。但仅凭"纯正感"这一点，就足以让格洛丽亚夫人和其他家族平起平坐了吗？

不然的话，我不明白为什么邦妮会被处死。赖安和贝勒·查尔马恩似乎不希望其他管理者了解关于他们DNA的真相。然而，我却很难理解他们的恐惧。他们根本不需要什么血统来维系自身的权力，我和其他的蠕虫同伴们一点儿也不关心他们的血统是否纯正——在我们看来，他们不过是走运，刚好生在了权贵之家，而非他们的血统有多么高贵。而我真的怀疑，即使是高管家族中地位最低的成员，如果他们的血统不够优秀，是不是也会蒙受耻辱。

那么，为什么说出真相会具有如此之大的破坏力呢？这充其量也不过是打击格洛丽亚这个讨厌女人的嚣张气焰，降低她在其家族中的影响力罢了。格洛丽亚如此目中无人，就算管理者受些尴尬，只要能看到她一败涂地，不也利大于弊吗？

不过，她也认识根纳季，我提醒自己，尽管她并不了解他的真实身份，但也足以让她心有分寸，知道自己能够得罪谁，不能得罪谁。

而我却不知道谢珊不能够得罪谁。

淋浴过后，我躺在床上，从努鲁丁的数据库中找了一部电影看。这是一部俄罗斯电影，名为《亚历山大·涅夫斯基》。之所以选择这部电影，是想要了解为何根纳季身为俄罗斯后裔而感到自豪。我对这部电影的音乐已经非常熟悉,配乐的是谢尔盖·普罗科菲耶夫,一位在我父亲的数据库中占据一席之地的音乐大家。而伴随着音乐,观看电影中描绘的那个恢宏的时代则更令我着迷。它与我现在身处的环境的相同之处远多过不同——特别是在到处充满了野心、屠杀和阴谋这方面。

电影的结局有些出人意料。亚历山大·涅夫斯基和他的军队不仅在人数上远不及条顿骑士团,而且在装备上也处于下风——骑士们身披铠甲、脚跨战马,势如破竹般击溃地面部队。然而,涅夫斯基却巧妙地利用地形优势,将敌人引诱至伏尔加河的薄冰之上,大多数骑士因冰层破裂掉入湖中,他们的盔甲在水中形同虚设。

这正是以少胜多、以弱制强之道。然而,"奥林匹亚号"上的薄冰在哪里呢?

而且,谁正站在薄冰上面?

无论身在何处,我总是会从梦中忽然惊醒。我生性警觉,总是时刻准备着应对各种麻烦。不过,在查尔马恩宾客住所醒来的第一个早晨,伴随着房间里变换而出的唤醒柔光,我要做的事情,就是从精美而丰盛的菜单中选择早餐。

你可能会以为,我整晚都在担忧格洛丽亚夫人和她的族人会回到这里,兑现她之前对我的威胁,但他们绝不会做出这番行径。他们已经入侵了这里一次,如果再来一次,那就是对查尔马恩家族的直接侮辱。

而且久美子也藏在我住所旁边的隧道之中，所以我熟睡得像个婴儿。

我点了华夫饼配草莓糖浆、一壶咖啡和一小杯橙汁。十五分钟后，早餐便送到了我的门口。还好我等管家离开之后才开始享用早餐，否则我狼吞虎咽的样子，绝对会将自己蠕虫的身份暴露无遗。

我坐下来，享用起第二杯咖啡（壶里装着三杯咖啡的量），同时在脑海中和示巴夫人的幽灵聊起天来。"一位优雅的女士，早晨一般会做些什么呢？"我问。

"她会回复别人发来的信件，"示巴说道，"还有，提到信件——"她向我展示了等待处理的信息数量，我看到后差点儿把咖啡吐出来。

我的收件箱被信息淹没了，"怎么回事，为什么——？"

"肯定发生了什么事。你现在收到的来自管理者的邀请，是谢珊平时收到的四倍之多，而且这些发信人的社会地位也比之前的更高。"

简直高到离谱！最近一则通信竟然来自赖安·查尔马恩。

"我的天哪。"我读取了消息。

我很期待今晚能和你共度一段美妙时光，希望我们能加深彼此之间的相互了解。赖安的语气虽然说不上谦卑，但比他平时那种"我是恶霸老大儿子"的口吻要克制得多了。

"他这是——? 他不会是——"

"他与妻子最近的通信表明,两人很可能即将结束伴侣关系。"

这在管理者中见怪不怪。"这和谢珊·科托有什么关系?"我问。

"他发来的通信,是一种典型的求爱行为。"

我一言不发地呆立在原地,不知过了多久。我并非是想起在我还是仆从那会儿,赖安想要得到我,强行咬破我嘴唇的所作所为;我是想起了谢珊·科托在赴死之际脸上落寞的表情。逼她走上自杀绝路的,绝不是不快乐、优渥生活所带来的空虚寂寞,而是空虚的对立面——一次猛烈的攻击。但我还不知道,是什么造成了这场洪流巨变。

我深吸了一口气,"好吧,我必须要回复他。"

"要正式。"她建议道。

我回复道,感谢您的盛情相邀,我很期待与您共度一个美妙的夜晚。"怎么样?"

"完美。"示巴的幽灵说道。

"纯粹出于好奇,我对他的厌恶,会影响我是否要嫁给他吗?"

"完全不会。"

我笑了,因为我忽然想到了一些事情,"格洛丽亚夫人一定会气急败坏。"

"没错，她身后那些五大三粗的族人现在一定吓得瑟瑟发抖。"

我咧嘴笑了笑，一头扎入剩下的通信内容中。

我不停地看了很久，停下歇息时，忽然对管理者如何消磨时间有了新的理解。我之前知道他们经常会相互通信联系，但我从未想到，他们的这种活动竟然如此耗费时间。我花了几个小时，才将谢珊收到的那堆信息逐一恰当地回复完毕。

令我感到恐惧的是，我的回复瞬间引发了更多的通信。"这什么时候才是个头啊？"我抱怨道。

"这么快就回复的，都是傻瓜。"示巴的幽灵说道，"看看他们有多么急不可耐？他们的恭维有多虚伪？他们大部分人你都可以无视，还有一少部分人需要保持联络，但今天不用。到了明天，我们再看看那些紧张的人，是不是变得更加紧张了。"

我曾以为，自己多年的仆从经验，足以让我完美胜任这一项伪装任务。但现在我发现，示巴夫人显然才是我最为宝贵的有利条件。这一点在我们翻找谢珊的衣柜，选择派对上要穿的衣服时，体现得尤为明显。

"鉴于谢珊如今的身份地位。"示巴的幽灵说，"我们必须穿得更为保守。她之前的服饰非常华丽耀眼，可现在有很多人在追求她，她必须要表现得尊贵而优雅，有贤妻良母之范。"

所以我们放弃了金黄色和黄褐色，选择了以茶褐色和棕色为主的衣服。这身裙子将我从脖子到手腕、脚踝都遮盖了起来,线条优雅而富有女人味,但又不至于太性感。我忽然想到,"奥林匹亚号"上富有权势的女性从未依赖自己的性感来获取权威。性感这东西,似乎只会提醒那些男人说,女性管理者都是生育机器。

"某种程度上而言,谢珊很幸运。"我说,"虽然她的家族丧失了政治地位,但她也因此在年轻时无人追求,得以正常长大成人。"

"我想你会发现,"示巴的幽灵说,"你遇到的那些年轻女性管理者,她们的内心要远比表面年龄更为成熟。"

我想起了埃德娜·康斯坦丁——现在应该叫埃德娜·查尔马恩才对。她和马尔科·查尔马恩也在嘉宾名单之列。"你们这些人对我来说已经死了",她将自己丑陋的过往抛在脑后,向格洛丽亚如此放下狠话。我希望根纳季会安排我们坐在一个可以看到埃德娜的位置,我很好奇她现在过得怎么样。

"还有两小时派对就开始了。"示巴的幽灵提醒道。

几乎一整天的时间都耗费在回复消息上了!我忽然想到一件事,"努鲁丁,你今晚会在贝勒的派对上服务吗?"

"对,不知道我能不能认出你新的伪装?"

"到时候我会和那个外星人在一起,你一眼就能发现我们。还要麻烦你尽可能多地记录那时的事情,尤其是其他客人对外星人的反应——就是,外星人没有看向他们时,他们最为真实的反应。当然，不要影响你的正常工作。"

"没问题！"他兴奋地结束了通话。

"贝勒最近一直在钻研几个历史数据库，"示巴的幽灵说道，"我们来看看他的浏览记录，也许就能猜出今晚派对的谈话主题。"

我们做了一些研究，最后发现，贝勒不大可能会在派对上讨论他最近浏览的内容。

因为最近，他几乎一直都在专心致志地研究"泰坦尼亚号"毁灭的相关记录。

一场管理者派对通常由三部分组成：一、宾客入场，二、晚餐，三、开始谈点正事儿。

宾客入场应该是最为有趣的环节了。客人们身穿光鲜华丽的服装，携带着同样身着华服的同伴，跟其他客人眉来眼去。客人们必须站在原地，不能四处走动，因为主人不想让客人太过随意，扰乱了秩序。客人最多会在那里待上一个小时，而主人则会出现在所有宾客都能看到的显眼之处，但主人不会去问候和招呼客人，某种程度而言，是仆从在做这件事。

根纳季和我穿着朴素，早早地来到派对。我之所以说自己到得早，是因为贝勒看到我们时，眉头紧缩了起来。我作为仆从时，可没少在他脸上见到那副表情，但根纳季却被他的表情逗乐了。他还面带赞许地看着仆从们预演派对中引领宾客的路线，看着他们将我们从走廊引导到环形交叉路口，这是为了把我们赶出通道，走进大厅。贝勒和赖安·查尔马恩站在场地的主位，虽然按照礼仪，我应该只看向他们才对，但我的注意力忍不住在他们和根纳季之间游离。

他们一直在盯着我看，准确地说，贝勒一直在盯着我看；而赖安刚把目光放在我身上，脸立马就红了起来，然后迅速地将目光移开了。

这就是我在派对上与赖安·查尔马恩最大的互动了。能有机会多了解我一些，可把他给激动坏了。

我惊喜地发现，背景音乐播放的竟然是门德尔松的《仲夏夜之梦》，这种欢快明朗的曲风，可不在示巴夫人喜爱的乐曲目录之列。不过，它真的非常适合现在这种派对场景，也暗示这场派对其实愚蠢至极（当然，查尔马恩家族是否意识到这点还有待商榷）。最后，客人们接踵而至，把我挤到了距离贝勒和赖安很近的地方。贝勒冲我点了点头，说道："你今天的服装搭配非常素雅，谢珊小姐。"

"我正在探索质朴之美。"我说。

"你做出了完美的示范。"他的目光直勾勾地看着我。赖安站在他身边，脸红得像颗桃子。

贝勒满嘴全是恭维的客套话，听几句就可以了，没必要跟他在这儿虚与委蛇。所以我和根纳季在宾客间左右穿梭，准备前往晚餐的场所。我用余光看到，马尔科和埃德娜也进入了大厅，不过他们的出现并没有引起什么人注意。

"我天生就是贵族，"根纳季说，"但荣华富贵和声色犬马简直无聊透顶。"

"繁文缛节令人欣慰，"我说，"规矩礼仪让我们井然有序。"

"是的，确实如此。"根纳季似乎很高兴，好像他为这些文化发展做了什么贡献一样。

我正等着听他解释为何这么说，珀西·奥莱利忽然出现在了我们面前。如往常一样，他只身来到派对，未带任何同伴——奥莱利家族是一群以家庭团结为荣的保守派，而珀西可谓是族中的害群之马：他二十五岁时，就已经有过两段婚姻；他从不知何为爱情、何为责任，只因两任妻子没能给他生出儿子，便休了她们。如今，他正四处为自己寻觅第三任妻子。可不早不晚，他偏在这个时候来到派对。他和最好的朋友，也是最大的竞争对手——赖安·查尔马恩交换了眼神，然后两人都看向了我。

珀西像鲨鱼一样咧嘴笑着。赖安脸红得快成了紫色，看了我一眼后，又迅速移开了他的目光。

"肢体语言真是有趣。"根纳季说。

在我看来，珀西·奥莱利和格洛丽亚·康斯坦丁简直是天生一对。他恬不知耻地站在我面前，要是离得再近一点，我甚至都怀疑他是不是打算检查我的牙口了。

珀西的到来，让派对多了一丝变数，但这对于查尔马恩家族来说并不算问题。那些因错失良机而晚来一步的追求者也向我拥了过来，有些涨红着脸，有些面带微笑强装淡定。贝勒和赖安也没有费心去和他们打招呼，因为这些人早已转过身去。通往用餐区域的各扇大门打开了。

宾客入场环节结束，现在是晚餐时间。

查尔马恩家族向来对花园派对情有独钟。仆从引领我们前往用餐区域入座时，我已经闻到居住区潮湿的清新空气。绘有法国乡村装饰风格的地面上，摆放着一张张长桌。头顶的拱架上，攀着一簇簇玫瑰，芬芳的花瓣飘落在桌布上。长桌四周的花盆中，种着一株株香雪球和紫罗兰。

伴随着我们的步子，帕赫贝尔的《D大调卡农》也响了起来。尽管有些客人的步子似乎和音乐节拍一点儿也不搭调。

我本来想寻找努鲁丁的身影，但完全被根纳季与仆从之间的互动吸引了。他压根儿不在乎仆从对我们的引导，自顾自地走着。而身为仆从，他们不能强迫客人遵循指示，循循善诱也不行。

换作"奥林匹亚号"上的其他人，肯定会为自己不协调的行为而感觉尴尬，但是根纳季却乐在其中。他自作主张，为我们选了他喜欢的位置，仆从只好重新为其他客人安排座位。

我真为这些仆从天衣无缝的处理而感到自豪，但根纳季似乎认为这是理所当然的。他和我并排站在椅子后面，等待其他客人排队入座。马尔科和埃德娜也在队伍靠近末尾三分之一的地方坐了下来，那位置差不多就是查尔马恩家族中间阶层的结尾处。

珀西径直坐在了根纳季的对面。他面不改色地看着贝勒和赖安走到餐座主座靠右的位子。贝勒的妻子玛蒂尔达·查尔曼像是突然冒出来一样，坐在了贝勒的左侧。

看到玛蒂尔达，虚拟大厅中的示巴夫人幽灵忽然激动起来，"看啊，这不是礼仪女王和浪费机会的女王吗？"

"我一直以为她是完美的女管理者。"我说。

"管理者的妻子，"她纠正道，"两者是有区别的。"

贝勒坐了下来，邀请我们其他人落座，仆从们将一杯饮料放在我们手中，这杯饮料很是清淡，用来开胃最合适不过。我模仿其他宾客，故作淡定地啜饮着手中的饮料。我之前从未尝过类似的东西，真让我回味无穷。

"沁人心脾。"根纳季说道，像是在自言自语。他再次化身美食家，探索着新鲜事物。

新鲜事物。这也是他第一次正式参加派对的晚餐活动。这和我所预想的一样。我之前身为仆从时，从来没有见过他，但这并不能代表他没有出席过管理者举办过的别的活动。

"客人们，今晚我有一项特殊的安排。"贝勒宣布，"晚餐过后，我们将搭配甜点，共同享用土耳其咖啡。这是我的独家秘方……"他举起一颗咖啡果，好让众人都能看到它那红润成熟的模样。

啊哈，我心想，恐怕你从没像我和美杜莎那样亲自采摘过它们吧？我疯狂想念起我的触手朋友，多希望能和她一同品尝这些新颖的食物！希望这一天终会到来。

"我们使用晾干法处理咖啡果实。"贝勒继续说道，"'奥林匹亚号'上的大部分区域都很干旱，采用这种方法最为合适。当果实水分含量低于11%后，我们会采集果实，经过去壳、打磨、抛光、挑拣和分类，最后再进行烘焙，将其变成'奥林匹亚号'上人人都享用得起的美味饮品。"

我觉得这个话题非常有趣，一直在侧耳倾听。但同时，我也在看着根纳季，他正用肢体语言评价着摆在我们面前的菜品。"试试这个。"他在我的盘子里盛上一勺酱汁，低声冲我说道。虽然同时听两个人说话让我有些分心，但我却对这一挑战心存感激。因为我不确定，如果我完全将注意力集中在面前令人垂涎的美食上，是否还能保持端庄优雅的姿态。

说不定根纳季已经看出了我的心思。

我们品尝过摆在面前的小食，甜点便端了上来，这是一块由巧克力和其他香料混合而成的夹心慕斯，土耳其咖啡盛在一个小巧的杯子中，像是咖啡因和白糖的浓缩精华。

"一小杯的量就足够了，"贝勒说着，示意仆从撤下咖啡杯和甜点盘，"现在，我们需要一些东西来解解腻。"言下之意为，是时候端上红酒，然后谈点正事儿了。

和其他客人不同，我立即警觉起来。我发现那些仆从的姿势忽然有些僵硬，看来，派对的重头戏要来了。目前为止，派对的这一环节才是最为重要的，这是管理者举办派对的最终目的，也是派对最为危险的环节。格伦·泰德就是在这一环节丢了性命

（我也差点丧命）。

　　首先端上来的是一款甜果酒。刚才的咖啡挺甜的，但这款果酒尝起来倒是没那么甜。我想之后的几款果酒都会如此，所以只稍微抿了一口，简单尝了味道。

　　"俗话说得好，"贝勒说，"美酒润人心灵，喜悦是美德之源。"

　　根纳季忽然开口，尽管他提高了说话音量，但语气依旧十分沉稳："大家不觉得很有意思吗？虽然我们早已忘了这些俗语或成语的起源，但在日常生活中依然会频繁使用它们。"

　　贝勒向来不喜欢别人打断他的话，换作其他客人，他肯定早就向对方投以严厉而冰冷的目光。但根纳季打断他时，他看起来没有一丝不满，反倒有些不知所措。

　　"'奥林匹亚号'上没有词源记录，"根纳季继续说道，"你们无法追溯这些习语的起源。然而你们说话的时候，就像是自己创造了它们一样。"他看向贝勒，露出一副逗趣的样子，"除非你们甘愿成为你们被设计的样子，否则你们对传统的热衷，将让你们陷入永恒的黑暗。"

　　赖安像是被口中的酒呛到了，疯狂地咳嗽着。众人的目光纷纷看向他，许多人可能没有注意到，贝勒的脸色忽然变得惨白。

　　"被设计？"我问示巴的幽灵，"他这话什么意思？"

　　她没有作答，似乎还向后退了几步，就像根本没有听到我的话一样，这完全不合情理。刚刚发生的事肯定非常重要，贝勒还在努力恢复脸上的平静。

"让我们举杯。"珀西·奥莱利举起酒杯,"敬可爱的谢珊·科托一杯,她卓越的时尚审美让我们这些人对美和艺术有了新的理解。谢珊小姐,愿你能让我们所有人更上一层楼。"

我没有从他的语气中听到任何嘲讽的意味,所以其他客人向我敬酒时,我优雅地点了点头。贝勒花了好大一会儿,脸色才恢复正常。赖安停止了咳嗽,坐在位置上,眼睛盯着眼前的酒杯,像是在全神贯注地看着什么。

"为什么谢珊突然成了敬酒的主题?"我追问示巴的幽灵,"因为她无可挑剔的品位? 听起来不合情理。"

"不合情理。"示巴的幽灵低声地说道,这是她在这次派对上和我说的最后一句话。

无论贝勒一开始想要谈论什么正事儿,根纳季都已经把他要说的话给堵了回去,不过根纳季似乎根本不在乎这个。

我有些失望。贝勒似乎正打算讨论管理者圈子内科托家族应该要扮演的新角色,我刚才还满怀希望地想听听他对这一新角色的定位。但是现在,我只能端坐在原位,听他拘谨生硬地发表派对结束的致辞。

帕赫贝尔的《D大调卡农》响了起来,客人们纷纷起身离开。贝勒一只胳膊挽着妻子,向众人鞠躬示意,便转身离开了,赖安也匆匆地跟在他们后面。

珀西·奥莱利看起来一副正人君子的样子,这更加深了我对他的怀疑。他盯着所有人看了个遍,唯独没有看根纳季。看来,真正引起他注意的肯定是根纳季。根纳季和我跟随众人前往运输机时，我用余光偷偷盯着珀西。

"如果查尔马恩家族著名的花园派对就是这个样子，那我可真是有些失望，"根纳季评价道，"食物很棒，但是谈话——不怎么样。"

我依旧用余光瞄着珀西·奥莱利，"你不觉得咖啡制作的话题很有趣吗？"我问道。

"这和话题本身无关，"他说，"谢珊小姐，我只能送你到运输机那里了，虽然我很想再多陪你一程，但今晚我还有些事务要处理。希望你不要怪罪我的无礼。"

"当然不会，"我说，"我很赞同你对谈话的看法，今晚我过得很开心。"

他冲我露出迷人的微笑，我没有征求示巴夫人的意见，自作主张地冲他也笑了笑。

查尔马恩宾客住所的管家早已在电梯处等待迎接我，陪我一同回到住处。他们严格遵守礼仪，尽量避免与我过多地交流。我很感激这点，因为我满脑子正想着如何与示巴夫人的幽灵重新建立对话。

我不知道这是否是明智的做法。

除非你们甘愿成为你们被设计出的样子。根纳季说出这句话时，贝勒整张脸都抽搐了起来！但他给我的感觉并不像受到了侮辱,而是在害怕;这句话传达出的意思吓坏了贝勒。我逐字分析起这段话。

除非你们甘愿……

这似乎在说你们可以选择,又好像在暗示你们没得选择。查尔马恩家族在"奥林匹亚号"上权势遮天,即便如此,他们也有自己的局限。确实,所有人都尊敬他们、畏惧他们。事实上,人们谈到查尔马恩家族时,总是充满敬畏和恐惧。但查尔马恩们又会畏惧谁呢?

根纳季,这个心跳非比寻常的人,这个外星人。

……你们被设计……

根纳季怎么知道我们被设计成什么样子? 他说这话的时候,心里在想些什么? 他会不会指的只是我们的社会被设计成的样子?

"奥林匹亚号"和"泰坦尼亚号"都可以看作是某种社会实验。我们这些蠕虫都是得过且过(这不就是个俗语),而那些管理者整天却压力山大(天哪,俗语真是随处可见)。但是这个明摆着的事实为什么会吓坏贝勒呢?

我觉得没那么简单。

……你们被设计……

"示巴夫人,"我说,"根纳季·米罗年科似乎暗示了一些社会设计方面的东西,他那番言论让贝勒·查尔马恩烦扰不已。你觉得呢?"

但示巴没有回答我的问题。脑海里，我听到了日本棍棒的声音。聚光灯照亮了内部走廊，一个穿着风暴色长袍的身影，自黑暗中徐徐出现。她抬起头，一只眼睛凝视着我。

"央一，这不是什么社会实验，"母亲的幽灵说，"你要从字面上理解根纳季的话。"

我皱起眉头，"我以为我是在按字面意思理解。"

她僵硬地摇了摇头，像是日本传统的文乐木偶，"你们是被设计的，央一。这就是为什么你可以和我对话。"

那些创造我们的人早已死亡，她和示巴的幽灵曾如此说过。她们的幽灵如今正沉睡在一片墓地之中。她们无法和创造她们的那个已消亡的种族进行交谈，但却可以与我对话。我之前还一直以为，这是父亲给我的脑中植入物的缘故。

我从来没有想过，是我自身的原因，才让我能够在脑海中与她们交流。"我们被设计的样子，"我说，"这句话的意思是——我们是被造出来的？"

"根纳季的心跳与众不同，"母亲的幽灵说，"所以，你才认定他是外星人。但是如果，他是人类呢？"

我摇了摇头："怎么可能，我们的心跳那么不同——"

那么不同……

"哦，哦，天哪！"我恍然大悟，"'奥林匹亚号'上的人心跳比根纳季要慢。如果他是人类，他还说我们是被设计的……"

"创造我的种族早已死亡，"母亲的幽灵说道，"但我却能与你交流,你体内肯定有他们留下的某些东西。"

"你说的是 DNA 吗?"

"对。"

"怎么可能会有人能获得这个死亡种族的 DNA 呢?"

她陷入了沉思。她沉思的时候,四位杂子方乐手被具现化出来;伴随着鼓点和笛声,她身边的景象迅速变幻着,逐渐扩展为一个点缀着宇宙繁星的穹顶,处于休眠状态的"美杜莎"装置鳞次栉比地排列着——原来是路西法塔的景色。

"如果我想要'奥林匹亚'人的样本,"母亲的幽灵说,"我完全可以从'美杜莎'装置中获取。她们的大脑有一部分是有机的。所以我猜,你和那些'美杜莎'装置是同时被设计出来的,你们有相同的 DNA,所以才能彼此交流。"

她并没有直接回答我的问题,反倒解决了我心中的另一个困惑。但美杜莎大脑构成的信息着实让我感到了惊讶。无论是父亲生前对我的教导,还是死后在记录中留给我的信息,他从未告诉我这一点。

"那么——"

"DNA 肯定来自墓地,"母亲的幽灵说道,"而你要找出这一切背后的真相。"

"DNA 来自墓地。"我原本想问她,它们是从你那里得到的吗?你的大脑也有一部分是有机的吗?但我不确定是否应该问她这些——我可不想将她唤醒。

正当我犹豫不决之时，她又开口说道，"考虑一下，根纳季·米罗年科出现在这里，有没有可能代表敌对家族的利益。"

我脑中虚拟的目光注视着她，但实际的眼睛却在盯着画中那只忧心忡忡的老虎，它正为可能溅到自己爪子上的波浪而惊惶不安。

我和这个沉睡巨人谈话时的感受，也正是如此。此时，她正通过我母亲的眼睛看着我。她是否对我有所保留呢？我敢说肯定有。

照亮母亲的光线消退，四周的大幕也落了下来；她结束了与我的会面，给我留下了满心的疑惑。而这疑惑，正逐渐开始失控。

但有一件事情毋庸置疑。我回想起当时和根纳季一起下棋时，他曾问过我是否想过上帝。我的祖先是俄罗斯人。不仅仅是其中一部分人——他们所有人都是。如果他所言属实，那么根纳季确实就是人类。

我们其余人才是外星人。

我又想到了那只老虎。它因面前的波浪而感到畏缩，那些波浪的基本构造也以线条的形式有序绘画了出来，我不知道这是画家有意还是无意为之。但我愿意相信这是他有意为之，因为中国和日本的艺术家都能敏锐地感悟到自然的真谛。

然后我开始嘲笑起自己，我又能对自然有什么了解？有人设计了我，然后把我放在"奥林匹亚号"的隧道里。也许我们是人类与外星人的混合产物，否则，我就理解不了努鲁丁电影数据中的那些人,也不会在平时子夫人身上看到自己的影子。

我能够理解画中的浪花即将要溅到老虎的爪子上——虽然我从来没有见过老虎,但我却能读懂它脸上的表情。恭喜我自己,竟有如此精准的直觉。

这时,有人敲响了我的房门。

他们敲着门。我这一生,从来没有遇到过这种事情。"泰坦尼亚号"和"奥林匹亚号"的人会按门铃,或者发出信息请求开门,或者如果他们拥有权限,完全可以大摇大摆地走进来。从没有人用手指敲击大门,发出这样的响声。

咚——咚——咚。这声音真就有这么大。是谁在那儿开玩笑? 我心里想,真是太没礼貌了。

示巴夫人的幽灵再次出现了,"去应门。"

"外面不会是格洛丽亚夫人吧? 我现在一点都不想跟她说话。"我用摄像头查看究竟是谁在敲门——他又开始了! 咚——咚——咚。我看到门口站了一个年轻人,身着正式的制服,似乎是位管理者。他衣服上的某些特征,又表明他不仅仅是有地位那么简单。我看到了他的身份标识符,心头忽然一震,这是一位信使。

"大声和他对话。"示巴的幽灵说道。

"谁在敲门?"我大声地问道。

"信使。"他回道。

"快请他进来。"示巴的幽灵催促道。

我打开门，那个年轻人径直越过我走进房内。他站在房间里，瞥了一眼画卷上的老虎和屋内的其他摆设，转过身来，一脸讳莫如深地看着我。我一言不发地站在原地，似乎让他有些不知所措。

"关上门。"示巴说。

幸好她提醒了我，换作平常，我可不会把自己和一个陌生男子关在同一房间内。我关上门，默默地看着他。

幸好我有多年身为仆从的经验，让我一眼就看出对方虽然只是个年轻人，但级别却很高。他看起来应该不到十六岁，但一副自信十足的模样，一看就是个富有担当的人。"谢珊小姐，"他说，"我有些消息要传达给你。"

"多么古老的传达信息的方式。"我对示巴的幽灵说。

"如果你想在'奥林匹亚号'上保守秘密，这种方式再合适不过。"她说。

采用信使的方式，能够躲过我的雷达监控。管理者采用这种方式传递信息，就连施内布利这种调查专家可能都一无所知。

因此，鉴于他的职责，信使的重要性不言而喻。如果某些消息被不该知道的人知道了，他将为此付出惨痛的代价。这如同一颗重磅炸弹，彻底让我重新认识了"奥林匹亚号"上的事务及其运转的方式。

他带来的信息则是另一颗重磅炸弹。"我们收到了一份通信的片段。考虑到发信人，这封通信只可能来自'泰坦尼亚号'。"

"看来，"示巴夫人的幽灵说道，"该来的终于来了。"

18. 武器家族

"幸存者。"我说。

信使点了点头。

无论是谢珊还是央一,都有充分理由为此激动不已。我失去了全部家人,谢珊失去了绝大部分家人,也失去了权力。她的家族中拥有投票权的成员都在"泰坦尼亚号"上不幸身亡。现在,她和科托家族的其他幸存者如同跳梁小丑一般,只能靠时髦的打扮来取悦"奥林匹亚号"上的其他管理者。虽然他们也被邀请参加各种派对,但是我完全不能理解,为什么他们之前谁也没有收到过任何来自"泰坦尼亚号"的信息,除非——

"信中特意提到了你的名字,"信使说,"这条消息的内容,是想要将科托家族的投票权传递给你。"

"噢。"我说。

虽然这个回答有些敷衍,但也比我的真实想法要好得多:我的个老天爷!

"所以,"我强作镇定地问道,"他们认为这是我父亲阿尔坦·科托传达的信息?"

"没错。"他说。

"还有别的消息吗？"

他皱起了眉头。

"管理者总是率先关注自己的地位。"示巴夫人提醒我。

不过信使没有纠结于我刚才的反应，"通信信号很弱，里面传递的唯一重要信息是关于你的。我们无法确认他们的处境，也无法确定这么多年过去，他们是否还活着。我们收到的是一段循环播放的录音。"

其实，想要回去寻找他们根本不难。像"奥林匹亚号"这种规模的旋转式居住地，只要稍微修改行进路线就能前往，但是没人愿意为一个没落的家族如此兴师动众。虽然航天飞机和采矿航天器可以在宇宙中航行数个星期，但是"泰坦尼亚号"和"奥林匹亚号"分道扬镳已经过去五年之久了。

"明智之举，"我大声地说，"如果我是科托家族的首领，我也会用尽最后一丝资源，来传递最后的信息。"

这个答案似乎更符合信使对我的期望。"各大家族首领已经得知此事，并提议进行商讨，你之后会收到他们的最终决定。"

我差点冲他说了声"谢谢"，还好我及时制止了这个念头，只是点了点头。

他也冲我点了点，然后走向门口。他没有回头看，径直离开了。

我在他走之后锁上了门，走进里间卧室准备洗澡。穿过更衣室时，我脱掉谢珊的衣服，把赤褐色的假发也放在假发架子上，卸掉我的妆容。我驻足凝视着镜子，镜子里只有央一·安杰利斯，谢珊的影子已经连同她的假发和衣服一起从我身上移除了。

镜子里只剩下一个意志坚定的年轻女人，她本应为身处此地而感到恐惧，但却露出一副毅然决然的表情。她体型修长、身材强壮，即便最近伪装成谢珊时喜爱朴素的衣着，也掩饰不住她的美丽。她多么希望自己的父母能够在"泰坦尼亚号"的灾难中幸存下来。

然而，希望是我所无法承受的奢侈。

我站在淋浴之下，任由水流打在我脸上；我可能流下了眼泪，但我也不确定。示巴夫人的幽灵得到允许，在一旁看着我。

"即便你不再继续扮演谢珊的角色，"她说，"终有一天，你的生活也会与她非常相似。也许没有她那么富丽华贵，但肯定也颇具挑战。"

"你的话似乎在假设我最终能够成功。"我关掉淋浴，拿毛巾用力地擦干了身上的水珠。

"当然了。"

"你觉得他们知道阿尔坦·科托的消息多久了？"我套上第二层内衣。

"我查询了谢珊与管理者的通信记录，发现从八天前起，他们的通信开始变得频繁起来。自那时起，格洛丽亚夫人也开始向谢珊施加压力，所以格洛丽亚担心的根本不是自己的阶级，她是在为自己努力争取更多的投票权。"

我从谢珊的衣柜里翻出一件特别的衣服，这件衣服似乎不受周边光线的影响，从头到脚都是黑色，我还找到了与服装相同材质的软靴和手套。我想，谢珊应该和我想的一样，特意留着这件衣服，用于某种特殊目的。

"久美子，还有纳菲尔塔莉，"我呼叫道，"我需要你们的帮助。"

从我踏进查尔马恩家族宾客住所的那一刻起，我就特别留意了这座建筑的扩建痕迹。依我过往与管理者打交道的经验，他们关心的不是保护这里居民的安全，而是如何能够避开安保队伍的耳目，自由出入这里。所以我让纳菲尔塔莉和久美子在通道和通风管道附近守着。

"我想知道他们从哪里进出，"我对她们说，"因为那些地方最不可能有任何监控。"

谈到监控——在谢珊暂住的查尔马恩宾客住所里，示巴夫人的幽灵共发现了八个窃听装置。她侵入这些装置，向接收者发送了虚假信息。

她还定位到了接收器的具体位置，那个地方可真是让我出乎意料。

"奥林匹亚号"上有很多气闸室，所以你可能会觉得，任何一艘飞船都可以直接飞进或者飞出这些巨大的气闸室。但是我们的栖息地在不停地旋转，飞船不可能直接驶入其中。这种情况下，拥有自动系统的航天飞机或者运输飞船通常会先停在表层之外,然后再被拖进气闸室中。事实上,管理者的航天飞机就会停泊在"奥林匹亚号"之外,使用升降机进出气闸室。

根纳季的窃听装置的接收器,正是其中一架管理者航天飞机。示巴的幽灵访问那架飞机的安保数据时,发现有人在里面——那个人没有定位器,也没有身份标识。

久美子在一旁侦察着四周的动静,我穿上纳菲尔塔莉,蹑手蹑脚地穿过隧道,离开靠近传输源的气闸室。脑海中响起了由弗朗茨·沃克斯曼所配、电影《后窗》中的音乐,电影讲述了一个男子怀疑公寓里的邻居是个杀人凶手的故事。曲子以鼓槌敲打铜钹起头,随后其他乐器加入其中,表现出不夜城的热闹与喧嚣。狂野而奔放的主旋律穿插其中,预示着一切非比寻常,远超人们眼前所见。

我们正在追踪一位神秘的俄罗斯人,这首配乐再合适不过了。

我们原本可以使用与航天飞机相连的气闸室,但是鉴于目前还有许多事情尚处于迷雾之中,这种做法似乎有些鲁莽。还好在距离目标飞船三百米左右的位置,我们发现了一间维修气闸室。在久美子的侦察守卫之下,我们小心翼翼地穿过两扇闸门之间的区域,看到那架航天飞机的推动器赫然耸立在眼前。

"这个区域没有工人,"久美子对我说,"我们的进入属于异常情况。"

我猜，她想说的是，我们前往航天飞机的路线不是正常人会走的路。

"奥林匹亚号"飞船上有许多管理者的航天飞机，但我从未听到过关于这些航天飞机为何存在的合理解释。管理者们会定期乘坐航天飞机出去巡逻检查，在"奥林匹亚号"周围飞行，评估飞船的整体健康状况，然后编撰一些公共新闻，歌颂飞船任务的伟大，赞扬管理者的辛劳付出。

事实上，在这些花里胡哨的场面背后，一场闭门派对正在举行。这类派对就是为了让那些超级精英享受他们的精英特权，并向其他管理者表明，不管是出于何种原因，他们都没有达标。他们一年会举办几次这种派对，而且总是在这艘航天飞机中举办。虽然这艘飞机名义上是"奥林匹亚号"的公共财产，但实际上却属于查尔马恩家族。也许这样就能解释为什么这该死的航天飞机如此巨大，足以舒适地容纳上千人。

据我们所知，这艘航天飞机上目前应该只载了一个人，但我心中总是感到一阵莫名其妙的不安。管理者身处这艘航天飞机时，定位通常会显示他们是在别的地方，即便我用高度精准的安保监控查看，也是如此。因此，我们走近派对航天飞机时的感觉，如同走近了一头凶狠嗜血的野兽，担心它会转过来把我们大卸八块。

我们看到航天飞机停泊在星空之下，机身上有许多巨大的透明玻璃，好让身份尊贵的客人可以透过它们观赏外面的美妙景观。我经常好奇,这破东西是否真的能飞向太空,即便它能经受住驶入大气时的高温,那透明玻璃外的美景估计也会让那些乘客眩晕到呕吐不止。

久美子、纳菲尔塔莉和我如同在珊瑚礁之间蠕动的章鱼一般。我们避开那些硕大的透明玻璃窗,爬过冰冷的引擎喷管。每通过一个区域,久美子和纳菲尔塔莉就用她们触手顶端的传感器扫描是否有人。直到爬到机头,我们才找到了有人的踪迹。那里有三个人,根纳季是其中之一。

而另外两个,则是贝勒和赖安·查尔马恩。

根纳季坐在驾驶座上,背对着他们,似乎感觉非常舒服。

赖安和贝勒在一旁站着,一副紧张兮兮的样子。

不幸的是,他们大声地说着话——但没有通信交流,所以我没办法窃听到他们的对话。

"有没有什么办法,可以让我们访问内部安保设备,听到他们的声音?"我问纳菲尔塔莉。

"没有,"她说,"不过没关系,我能读唇语,我给你翻译。"

然后,她转述道:

根纳季:……在你们看来,谁拥有投票权、谁没有投票权似乎至关重要。两年之内,武器家族就会过来索要他们的资源。你们觉得自己对这件事会有投票权吗?

贝勒:根纳季,到那个时候,你又会在什么地方?这架逃生飞船可没法带你飞多远。

根纳季：我在哪里并不重要。贝勒，重要的是你在哪里。我建议你不要和这群贱民待在一起。但是鉴于你以掠夺他们为生，这点恐怕对你来说很难做到。

赖安：掠夺他们？相比于其他管理者家族，我们可是为"奥林匹亚号"上的人们提供了很多的帮助。

根纳季（短暂沉默）：连你们自己都信了。

赖安：你想要证据吗？你想逐点论证我的说法吗？

贝勒：不想——这里又不是各大家族的议事厅。听着，根纳季，我们是管理"奥林匹亚号"的人，你想让事情顺利吗？我们需要借助谢珊的影响力。如果她拒绝合作，我们还有备选方案。

根纳季：你打算怎么让她合作？

贝勒：不择手段，我们可以给她下药，我保证她不会拒绝赖安的求婚。一旦我们收获了她的卵子，手里就有了底牌；等到她有了需要保护的孩子，自然就有了软肋。

根纳季：如果我没记错的话，这对你亲爱的邦妮来说效果可不太好。

贝勒：效果挺好的，至少顺利地完成了目标任务。

根纳季：那好吧，既然你已经下定决心，我就静候佳音了。

赖安：既然你这么担心，为什么不回到深度睡眠装置里去？查尔马恩家族在外面努力保持一切正常运转时，你难道不是在那儿沉睡了一百多年吗？

根纳季：我的天哪，你父亲没告诉你？我可从没用过什么深度睡眠装置。整个航程中，我都处于清醒状态，就算你的后代子孙都老得快死了，我还是会处于清醒状态。赖安，我可是米罗年科家族的人，当我们说我们老了的时候，可不是在用什么修辞。

转述结束。

之后，根纳季又对他们说了很多话，但因为他转身背对了我们，所以具体内容我们无从得知。不知他说了什么，对面两人没有任何回应，但他们看起来非常震惊。然后，他们转身走向与闸门相通的升降梯。

根纳季留在他的座位上，背对着我们。

"我们最好赶快回去。"我说，"如果他们决定现在去看望谢珊的话，那我可就走运了。"

我知道纳菲尔塔莉和久美子会将自己的所见所闻，与努鲁丁和泰瑞全部分享。我无权命令她们——她们是我的同伴，而非仆从。而且即使我可以阻止她们不把这些说出去，我也不确定自己是否应该这样做，我可从不指望只靠自己就能解决现在这种混乱的局面。

在通往查尔马恩宾客住所外部通道的隧道里，我和纳菲尔塔莉和久美子分开了。维护隧道里面很黑，我用我自己的安保监控给自己导航，但是我没有开启人员定位，所以我直到快回到住处的时候，才意识到一直有人尾随在我的身后。

"你在做什么？"

我转过身，看到有人在拿灯晃着我的眼睛。我畏缩地向后退了一步。他调暗灯光，我才看清，原来是我刚到这里时领我前往住所的那个管家。

他抓了我个措手不及，"你从哪里偷偷溜回来的，谢珊小姐？"。

"不关你的事，管家。"我回答道。

他笑了笑，"我可是查尔马恩家族的人，就算我在家族中身份地位再怎么卑微，也比你高。更别提你现在像蠕虫一样，在隧道里偷偷摸摸。"

他完全不知道自己说到蠕虫时，距离真相何其近！"你想要什么？"我猜也许他想要些巧克力。虽然这些管家也是查尔马恩家族的人，但他们有资格得到巧克力吗？

他舔了舔嘴唇，眼神在我身体上下游走。"我们可以尝试解决这个问题，"他说，"就像上次你在这儿我们一起做的那样。"

谢珊之所以那么久不来查尔马恩宾客住所，果然事出有因。

我用指尖轻抚着他的脸颊，慵懒地绕着他的脖子。我转到他身后，将身子压了上去，用嘴唇摩擦着他的耳朵。"你个白痴。"我轻声地说着，一把掐住了他的喉咙。

他很快昏了过去。我狠狠按压着他脖子上的动脉，直到再也感觉不到他的脉搏，然后把他放倒在地。"久美子，"我呼叫道，"我需要你帮忙安排一个死亡场景。"

现在已经很晚了，附近和房间外都没什么人。久美子把他拖回他的住所时，根本不用担心被别人撞见。"我让他死得看起来像是夜间走路时失足绊倒撞破了头。"她说。

"谢谢。"安全回到谢珊的住所后，我对她说道。

"哦，对了，"久美子说，"他刚才还没死透，我彻底了结了他。"

哎呀。

好吧，谢天谢地，还好有你们这群靠得住的朋友。

回到住所，我换上一身宽松舒适的衣服，就算我想去睡觉，估计也会辗转反侧，所以，我坐在埃西铎国际象棋旁边的椅子上，看着那幅老虎画卷，整理着自己的思绪。

母亲的幽灵不请自来，忽然出现在我的脑海里。

在我脑海的虚拟空间中，倏然划过无数闪电，伴随着风暴席卷而来，"泰坦尼亚号"的船体展现在我眼前，母亲毅然站在这场风暴之中。"这个武器家族，"她说，"很可能就是向贝勒和示巴提供重力炸弹的那些人。"在她身旁，杂子方再次奏响了在那个灾难之日曾向我演奏的乐曲。

我行走在"泰坦尼亚号"蜿蜒曲折的蠕虫隧道当中。时间的流速变慢了，于是我可以仔细地观察"泰坦尼亚号"被摧毁时的每个细节。随着脚下地板的逐渐下沉和分崩离析，飞船中心的居住区显露了出来，我原本狭隘的观察视角也因而变得更加开阔。我看到在向外肆虐流窜的气流当中，示巴的幽灵那模糊的身影在其中如空中飞舞一般。"比起那些重力炸弹是之前某次战争遗留下来的说法，"她说，"这种猜测更为合情合理。"

我缩在已化为一片废墟的隧道角落，脑袋感到一阵眩晕。"之前根本没人提到过武器家族，我不用搜索数据库，也能确认这点。摧毁我们家园的，不应该是敌对家族吗？"

一片沉寂之中，"泰坦尼亚号"的隧道进一步扭曲，残破不堪的船体如同被开瓶器拧过似的一分为二。幸运的是，我脑中的虚拟场景并没有展现无数居民从裂缝中掉落出去的悲惨画面。我忽然想起了根纳季关于武器家族的那些话。"武器家族想要什么资源？"两年之内，我重复着自己听到的话。也就是说，我可能很快就会见到在我脑中制造出这两个幽灵的那些家伙。"他们为什么不把'泰坦尼亚号'当作资源？那他们把'泰坦尼亚号'当作什么？"

"有人确实不把它当作资源。"母亲的幽灵说道。在电闪雷鸣中，伴随着杂子方的曲子，她翩翩起舞。表演结束后，闪电风暴才逐渐消退。她们一同鞠躬谢幕，"泰坦尼亚号"的废墟也慢慢消失，我又回到了"奥林匹亚号"上，看着画卷中那只忧心忡忡的老虎。

示巴的幽灵还留在我脑海中，"既然你的视野更开阔了些，我必须要让你注意到那张便条。"她指着棋盘里琥珀色的皇后棋子，在那下面，压着一个米白色的扁平状东西。

我摸了摸那张扁平的东西——那张便条，感觉有些干燥，质地像是某种布料。"这是什么？"

"纸条。"示巴的幽灵说道,"捡起来,看看上面写着什么。"

"上面写着东西?"我捡起纸条,没有看到任何内容。我把纸条翻过来,看到上面有一行黑色手写文字,像是用金属尖头写出来的。

"那是墨水,"示巴的幽灵说道,"这是用钢笔写的。"

上面写着:千万不要嫁给赖安·查尔马恩,他想要的只是你的投票权。一旦他们通过联姻实现目的,就会杀了你。

"你永远都猜不到是谁留下了这张纸条。"示巴的幽灵说着,向我展示了监控录像。

是埃德娜·康斯坦丁。

19. 埃德娜的建议

我之前应该说过,尽管有诸多能让自己侧卧难眠的烦心之事,但我依然能熟睡得像个婴儿一样。从小时候起,我就掌握了这种技巧,是父亲教给我的。

"永远牢记这点,"他说,"如果你想让事情更加顺利,想让问题更好解决,睡眠会让你变得更加强壮。躺在床上,把所有烦恼抛在一边,就像一天结束,脱下衣服休息一样。等你醒来,再逐一解决这些问题。先解决一个问题,再解决下一个。"

我必须承认，如果我不够自信的话，可能就没法这么好地接受他的建议。也许我会后悔自己的选择，但从不后悔做出选择，即便这些选择给我带来了不少的麻烦——比如现在，一大早晨，我就要查收如雪崩般席卷而来的通信，虽然我只想在这宝贵的早晨好好享用美味的华夫饼和咖啡（新管家已为我备好了早餐）。

在这些虚拟通信文件的顶部，我看到一条赖安·查尔马恩发来的消息。

"还有没有哪个昨晚我看不上眼的男人也发来了浪漫的邀约？"我问示巴夫人的幽灵。

"婚姻和浪漫不是一回事，"她说，"我想这点无论对蠕虫还是管理者都是如此。"

我本可以引用努鲁丁的例子来反驳她，但我哪有这工夫？我没有理会她，直接打开了赖安的消息：

既然你现在继承了阿尔坦·科托的投票权，你就需要学习各大家族议会的协议。我会做你的担保人，三个周期后早上六点，我们见个面。你可以直接前往圆形大厅报到，我会在那儿等你，对你进行教导。

"真是个口蜜腹剑的家伙，"我说，"我很不喜欢他的措辞。"

"是啊，他和你说话的语气，就好像你是个低级管理者一样，你可要纠正他这一点。"

我满怀渴望地盯着面前的早餐，"我还想再喝一杯咖啡。"

"喝两杯吧。"示巴的幽灵说，"赖安如此不懂礼貌，不用这么快回复他。今天晚上再回消息拒绝他。"

我端着咖啡的手停在半空,"哇,真的吗?"

"读过其他的通信内容你就会发现,谢珊之前已经加入了其他管理者的委员会,他们才是你的担保人。如果你现在接受了赖安的条件,那可就一失足成千古恨了。"

我啜了一口咖啡,然后往里加了更多的糖,"真是如履薄冰,不是吗?"

"哦,是啊。就算你革命成功了,之后依然要小心谨慎,所以你现在最好能熟悉这些内幕。"

于是,我开始熟悉起委员会的相关信息。这次,我不再简单地整理社交邀请,还会和委员会中的其他成员交换信息。有示巴夫人的幽灵在一旁指导建议,我处理起来得心应手。通信的语气从一开始的谦恭有礼,逐渐转为相互尊敬;后来,这些管理者意识到我这个新晋投票者不会对他们造成困扰或阻碍,我也逐渐松了口气。

我们的委员会负责监管水资源,而当这些管理者意识到我可以快速上手工作后,他们向我发送了许多我原本以为自己已经掌握的信息,是关于"奥林匹亚号"是如何管理水资源的。虽然我之前也看过这些信息,但却没有像他们这样如此细致地看待这一问题。请原谅我要讲上一句双关语:在"奥林匹亚号"上,一切的关键都在于循环。

管家收走早餐盘的时候,我向他再要了一壶咖啡。这可不是个好习惯，不过，只有再喝一两杯咖啡，才能让我撑过之后漫长的回信社交工作。

唉，没有一封信息来自根纳季。

我还是中级管理者时，根纳季可以肆无忌惮地与我讨论那些政治敏感话题。但是现在我有了投票权，我们的交流就必须更为正式。虽然这对我们双方都好，但我还是会不禁想起那天晚上，在水花飞溅的瀑布和莲边嬉戏的锦鲤陪伴下，他向我展示品尝美食技巧的美妙时光。

我检索发件人名单，确认回复信件的先后顺序。查尔马恩的姓氏忽然出现在我脑海中，我查看具体发件人信息时，才发现原来是马尔科。他询问道：

不知您今晚六点可否赏脸共进晚餐？我和妻子很想向您展示我们家中的古董屏风和精美瓷器，您是少数真正能够欣赏它们的人。这次晚餐属于非正式的私人邀约。

埃德娜和马尔科。我曾希望在贝勒的派对上好好观察他们，可那会儿我的注意力全被根纳季和珀西给抢走了。

"他们能很好地拓展你的社交圈。"示巴提醒我。

"我很高兴听到这点，"我说，"因为我真是好奇死了。"

我回复道：*我很期待今晚与您和埃德娜共进晚餐，今晚六点见。*

发完信息后，我又一头扎入成堆的信息中。

你知道吗? 与曾经想要置你于死地的人共进晚餐, 其实十分有趣, 尤其是她还没有认出你。

虽然那件事已经过去了好几个月, 但我还清楚地记得埃德娜是如何宁愿让自己三级烧伤, 也要将一个无辜的仆从送往气闸室处决。我严重怀疑, 如果谢珊和她不是处于同一社会阶层, 她根本不会正眼看她。

但我还记得埃德娜受到非人虐待的那些录像, 以及那些坏人如何试图利用录像威胁勒索她。如果不是埃德娜, 我可能永远都不会得知唐尼的阴谋诡计。她是我对她族人进行大屠杀的导火索, 就这点而言, 我和她之间也算有某种情感上的联系。

然而, 当她打开自家住所大门时, 我没有在她脸上看到任何过往经历的痕迹, 反而看到了她祖母的影子。

不过好在, 她脸上只有格洛丽亚·康斯坦丁的权势之态, 并没有那种凶神恶煞之色。"欢迎光临寒舍," 她说, "我是埃德娜。" 她伸出手表示欢迎, 我握了握她的手。

"你好。" 我看了一眼埃德娜家中的布置, 这里虽然小巧, 但却摆满了精美之物, 瞬间让我想起了科托家族住所。我本就好奇, 这下变得愈发不可收拾, "我很高兴来到这儿。"

她大喜过望地看着我, "这些古董都是我继承的遗产。" 她说着带我进入屋内, "马尔科和我结婚之后, 我就获准从仓库中将它们取回来了。"

值得赞扬的是, 她并没有简单地将所有古董堆放在家里, 而是颇具眼光地将它们恰当地摆放。室内的屏风、画卷、瓷器和雕花家具彼此相映成趣，激发了我的探索欲。这些物件和科托住所中的古董一样年代久远，但它们的来源似乎有所不同。它们并非古老的亚洲文化产物，而是其衍生品。这些物件在主题和风格中融入了另一种文化，这种文化不仅向亚洲文化致敬，而且还展现了自己的独特色彩和纹理。

埃德娜引领着我，向我一一指出这些物件的迷人细节：蚱蜢栖息在茶杯边缘，似乎想要偷品香茗；一只鸟儿瞪着窗里边，像是在搜集劲爆八卦；一群狗熊手持野餐篮子，在林间空地欢快地跳舞。"为了保留它们，我必须抗争，"她向我吐露心声，"虽然别人都不在乎它们，但是它们值得我放手一搏。还好有马尔科替我出面，才终于取回了这些东西。"

她说出丈夫名字时，语气中透露着爱慕之情。我本想向示巴夫人的幽灵指出这点，但她很有可能反驳我说，爱慕之情并非浪漫爱意，其中更多的是恻隐之心。

我们一起来到客厅，马尔科起身欢迎我们，脸上洋溢着对他年轻妻子的骄傲。"我很高兴能在家中与您相见。"

"我很高兴来到这里。"我回应道。

仆从们推着餐车，为我们端上晚餐。我们围坐在一张小桌子旁，不用大声喊叫，就能与彼此相互交流；眼光所及之处，都能看到埃德娜从她那贪得无厌、脾气暴躁的祖母那里拯救出来的精美古董。他们向我询问了一些科托家族（即"我的家族"）的问题，还有科托家族是如何保存和推广艺术传统的。好在我可以随时查询记录，而且示巴夫人的幽灵也在一旁帮忙，所以我轻松地解答了他们的疑问。不知何时，屋内响起了轻柔的音乐，我惊喜地发现，竟然是阿纳托利里亚多夫的组曲。

《俄罗斯八段民歌乐曲》第一选段开始响起，我感觉像是根纳季走进了房间一样。这曲子庄严而深刻，忧郁而悲伤——简直比任何曲子都更能代表根纳季，甚至比我所想到的里亚多夫的《芭芭雅嘎》更为贴切——正好是播放列表中的下一首曲子。

"这首曲子和我的某些古董同根同源。"埃德娜注意到我很感兴趣，对我解释道，"特别是《女巫芭芭雅嘎和勇士瓦西里萨》的童话故事一直吸引着我，我似乎从中看到了自己生活的影子。我想任何年轻女孩都经历过瓦西里萨的考验和磨难，特别是女孩失去母亲的那部分。"

我听出了潜藏在她语气中的悲伤，这对我来说并不陌生。我在"奥林匹亚号"上许多人的语气中都曾感受到过。这是我们共同继承的遗产。

埃德娜还在蹒跚学步时，母亲就去世了。记录显示，她的母亲死于一场意外，这是被执行处决的委婉说法。事实证明，康斯坦丁家族许多嫁入豪门的女人最后都落得这一下场。

但她们也并非全部如此，少数人躲过此劫，最后寿终正寝。埃德娜能那么长寿吗？

那个曾经对仆从睚眦必报、意气用事的小姑娘也许不会，但是现在的她已经和当初判若两人。她的族人之死以及遗产物归原主,已经满足了她所有复仇愿望。她嫁给了一个为她骄傲、对她痴情的丈夫,这在今后漫漫人生路上,可以治愈她心中的旧伤。

示巴夫人饶有兴趣地看着他们,"这两个人不想要你的投票权,他们想和你交朋友。"

我凝视着面前这对相互成全的年轻夫妇,"那我还不如把投票权交给他们。"

晚上剩下的时间里,我们聊起了艺术、音乐,还有童话。虽然这场谈话时长已经超过了我通常能够容忍的社交极限,但我仍感到非常放松。谈话步入尾声之际,我们约定之后要再度相聚;随后,我起身与他们告别,准备离开。

"今后有机会,欢迎你们到科托住所来参观。"我向他们发出邀请,并在心中暗自记下,以后等真正的科托族人在别处的时候,为他们安排一次参观。

"那就太棒了!"马尔科紧紧抓住我的手,感激之情溢于言表。他并非是因为我抛出的友谊而激动,而是在为埃德娜感到由衷的高兴。

身为查尔马恩家族中争权夺势的一员,马尔科并不出类拔萃。但身为丈夫,他确实相当优秀。

埃德娜送我到门口。看着她在心爱的古董之间如此自信地穿梭,我忽然意识到,她现在已经不再是那个满身伤痕的女孩,而更像是个成熟女人——我可不敢居功自称是我帮到了她——只有她才能决定自己是否成长。我将手伸进口袋,拿出了一样东西。

"我很高兴你为这些古董挺身而出。"我停在门口对她说道,"也很高兴你最终获得了成功。"

"我也是。"埃德娜说。

我伸出手和她道别,她握住了我的手。

我面带微笑,转身离开了。你可能会觉得我疯了,竟然和想要置我于死地的人交朋友。但她不过是个潜在的凶手,我这个真正的谋杀犯,又有什么资格批评她呢?

而且,埃德娜铤而走险向我发出警告,所以我也愿意冒险予以回报。她现在应该正在看我刚才递给她的纸条。示巴夫人的幽灵教会了我如何使用钢笔写字,一旦你习惯了这种方式,就会觉得这和平板跟触笔其实没什么不同。

就算有人监视埃德娜,他们看到纸条上写的内容时,也不会产生任何怀疑。因为在纸条上,我仅仅写了一句话:谢谢你。母亲曾经教导过我,媒介即信息,而我所用的纸条和埃德娜向我传递信息时所用的纸条,在尺寸和颜色上是相同的。她一眼就能明白,我收到了她的信息。

她没有犹豫,直接将纸条藏在手心,脸上波澜不惊,似乎什么也没有发生。这本身就传达出一个信息:我们两个无须多言,就能彼此心意相通。

我走在宽阔的廊道中，然后转乘运输机和升降机，享受着返回住所的这段路程。我甚至突发奇想，希望终有一天，我的那些蠕虫同胞们如果愿意，也能享受我此刻的这种待遇。

回到家时，我在入口大厅发现了一份礼物——一篮子的美味，其中还有一些巧克力。

篮子里的纸条这样写道：致以最诚挚的问候，马尔科及埃德娜·查尔马恩。

啊哦，我看着满满一篮子的美食，心里暗自嘀咕。

我曾预想过，在伪装成管理者后，肯定会遇到许多挑战，也预想过这些挑战可能会让我情绪失落；但我怎么也没想到，我现在面临最大的挑战，竟然是努力抵挡美食的诱惑。

我知道饥饿是何种感觉。身为蠕虫，我们通常只能以营养浓汤维生，最多能尝上几口营养块、茶水、咖啡或者淡啤酒。所有这些，还有供暖系统、洗漱用品以及基本服装，都需要我们通过努力工作赚取。我们会遇到物资短缺，但从来都不会有盈余——我们的所得永远不会超过所需。

管理者们全然没有这种担忧，他们总是坐拥自己想要的一切，甚至远超他们所需。然而，他们大多数人身材却很苗条；我挣扎地控制着自己的胃口，心里不由对他们感到一丝钦佩。

尽管我下定决心不能为其所动，但我内心还是无比挣扎。我不能再多长一斤体重，否则就无法穿进谢珊的衣服，我可不想为自己招来无谓的关注。但是各色美食又唾手可得，简直让我备受煎熬。现在我才知道,饥饿原来分为两种:一种是因为没有吃饱而感到饥饿,另一种则是因为拥有太多而感到饥饿。第一种情况,你别无选择,只能默默忍受。而第二种情况,那些多种多样的选择几乎在你醒着的每分每秒都折磨着你。

尤其是这些巧克力,简直是对我最大的折磨。篮子里面装有不同品类的巧克力棒,我盯着它们,怀念起上次品尝到它时的味道,心里默默地想着,我必须要丢掉这些东西才行。

但这毕竟是查尔马恩家族送来的礼物。如果他们问及此事,我该如何解释?

嘿,谢珊,我们送你的巧克力哪儿去了?什么,没了?这简直太过分了!

我应该把它们丢进垃圾桶吗?还是应该拿它们来贿赂某人?或者先把它们存起来,以备不时之需?

我晃悠进了餐厅,把美食篮子放在餐具柜上,想着可以用这些东西来招待客人。毕竟,如今我在家族议院中拥有投票权,无论是否喜欢,今后免不了要招待一些客人,我可以把这些不必要的卡路里强加给他们——

"央一!"示巴夫人的幽灵发出警告。

我转过身,看到根纳季站在那里。

20. 刀子和勺子

我回到住处时，根纳季肯定早已在那里等候了。

一直以来，我自己才是那个不速之客。所以我从来不对那些不请自来的人心存任何幻想，他们向来不怀好意。但我现在必须装作什么都不知道，因为一旦我尖叫着逃跑，游戏就开始了，对我的攻击便会随之而来。

"要吃巧克力吗？"我伸手递给根纳季几根巧克力棒。

他随意地向我走近，好像我们不是刚刚见面，而是已经聊了好一会儿的天。然后，他在餐具推车旁停下脚步，"恭喜你获得了投票权，这是你应得的。"

"谢谢。"我手里举着巧克力棒，他并没有拿。

"不过说实话，"他说，"我可不嫉妒你。对我来说，和各大家族中那些傻瓜争论不休，简直让我恼火。他们没一个是省油的灯，我敢肯定，他们会用尽一切办法恐吓你。"

"那些无耻之徒！"我把巧克力棒放回篮子里（显然根纳季并不像我一样对巧克力上瘾），"我才不会让他们得逞。"

"我知道你不会。你是个见地非凡的女人，谢珊小姐，还有什么你没见过的暴行吗？"

我又想起看到康斯坦丁家族那些孩子受性虐待的录像时,内心所感到的惊讶,"我敢说肯定有。"

他以迅雷不及掩耳之势,抓起餐具推车中最为锋利的一柄餐刀,抵在了我的喉咙上。我来不及反应,只能退缩。

我说过,虽然我不是什么武术大师,但我也绝不会坐以待毙。我知道,只有一拳狠狠砸向根纳季的鼻梁,我才能有胜算。他向我扑来的那一刹那,我已经攥紧了拳头。

示巴夫人的幽灵在我的脑海中赫然出现。"不行!"她厉声说道,"不要轻举妄动!"

于是,我松开拳头。根纳季手持冰冷的餐刀,紧贴着我的脖子,我感觉到皮肤有些刺痛。"你们家乡的求爱仪式还真是奇怪。"我说。

"我是在求爱吗?"根纳季说。

"不是吗?"我反问他。

"我妻子可能不会赞成这种发展。"

"在'奥林匹亚号'上,婚姻可是说散就散。"

他似乎有点动摇。我让他为难了吗?

他退后一步,将餐刀扔回推车上,"我不希望我们之间有什么误解。谢珊小姐,你现在有了新的权力,但是我想提醒你,权力可是很危险的。"

我扬起眉毛,"一语中的。这不是双关语。"

"晚安,谢珊,好好休息。"

他冲我草草地鞠了一躬，便走出了房间。我抑制住内心想要和他道晚安的冲动，站在原地，看着他关上大门离去。

"如果你刚才打了他，他也许会尊重你的。"示巴夫人的幽灵说，"但他肯定不会原谅你。"

我走到餐具推车旁，整理起上面的餐具，这是我下意识的举动，是我多年来从事仆从工作养成的习惯。根纳季刚才所选的餐刀，是所有这些餐具中唯一锋利的一把——那把餐刀本是用于切割蔬菜的。"我一直想不通这些刀具为什么要做得那么锋利，现在我明白了。"

"他的动作专业熟练，令我印象深刻。"示巴的幽灵说道，"他甚至不需要看，就知道要害在哪里。"

我摸了摸喉咙，现在还有些刺痛，但当我将手拿开时，发现上面没有一丝血迹。所以根纳季的力道掌控也极有分寸。"你说，如果换作是谢珊，她会如何应对？"

"应该和我们差不多，"示巴的幽灵说道，"不过，她应该想不到要去还击——央一，你在哭吗？"

我脑中响起了伯纳德·赫尔曼谱写的悲伤乐章，回想起电影《迷魂记》中的场景片段：女主角朱蒂假装自己是其他人，她改变了自己的发型和穿着，伪装成一个名为玛德莲的女人。但随之改变的，不仅仅是她的外表。玛德莲早已死去，朱蒂所复活的却也超过了她的外在形象。

一滴泪水从我脸上滑落。对我来说，这简直就是一个灾难。

"根纳季伤了你的心吗?"示巴的幽灵面露困惑与担忧。

我想了一想。"不。"我说,"我不是在为根纳季哭泣,我是在为谢珊哭泣。"

"啊。"示巴的幽灵已经明白个中缘由。

她刚才说过,谢珊肯定会妥善应对根纳季的挑衅行为。现在,我才幡然醒悟,自己当时不该袖手旁观,任由谢珊自杀。

我应该冒险联系谢珊,或许,她在与"美杜莎"装置结合后,会比我更适合完成这项任务,她能合法继承家族的投票权,颠覆目前各大家族的权力制衡。她值得我冒险拯救,但我现在才明白这点,而且已为时晚矣。

"你在慢慢成熟。"示巴的幽灵说道,"我猜我也是。"

"你都还没醒过来,也能变得成熟?"

她耸了耸肩,"有我在一旁继续帮你,你才能安然无恙。无论我是否醒过来,我都会努力完成这件事。"

我目不转睛地盯着餐具推车,就如同它象征着我所做错的一切。也许确实如此,推车上所有的餐具都有序排列着,每种餐具都有着专属的使用功能,用于完成不同的任务。而我一直坚持单枪匹马渗透入管理者中,岂不就相当于在用勺子切蔬菜?

"示巴夫人,"我说,"之前还有其他女性管理者也想要自杀,我想再看看她们的个人资料。"

除了谢珊·科托之外,示巴夫人的幽灵还给过另外两个女性

管理者候选：米丽安·卡恩和哈尔卡·查韦斯。她们也都考虑过
自杀，虽然最后却退缩了，但她们两个还在示巴的候选名单上。

这两名女士和谢珊一样，都是中级管理人员。虽然她们两
个没有投票权，但家族中的一些成员却拥有这一权力。

"让我看下她们在通信树中的位置。"我说。通信树的枝干
在我眼前缓缓展开，和我之前在"泰坦尼亚号"被摧毁后所看到
的画面如出一辙，每分每秒都在发展变化。我知道，自己并没有
看到管理者们的全部通信网络，因为这幅图示中根本没有显示他
们之间的纸质通信，以及信使亲自秘密传递的消息；不过，这幅
虚拟图示也足以向我披露一定的信息了。我在通信树模型中搜
寻着米丽安和哈尔卡。

搜寻的结果起初令人沮丧，她们并没有固定或类似的生活
习惯。接着，我忽然意识到，这才是重点。米丽安和哈尔卡身处
管理者家族，她们都不得不在高级管理者的反复无常和尔虞我诈
中求生。她们生活在担惊受怕之中，随时担心自己会被那些争权
夺势的族人出卖。这点就与谢珊不同，谢珊依靠自己卓越的时尚
审美和家族往日的荣耀，在整个管理者家族中占有一席之地。

但这三个女人也有共同点。她们都二十四五岁，迄今未婚；
她们都受过高等教育，拥有艺术和音乐学位。这让我好奇——"示
巴，她们几个是朋友吗？有证据表明她们之间沟通过吗？"

"通信网络上没有查到任何记录，"她说，"不知道她们是否
通过纸质媒介交流，不过在我看来，如果她们真是朋友，至少在

生活轨迹上能找到蛛丝马迹，但目前尚无任何证据证明她们之间存在交集。"

然后，我们找到了一些可能十分有用的资料。米丽安和哈尔卡都拥有高等学位，所以我在公共图书馆的数据库中找到了她们的论文。米丽安的论文与俄罗斯插图画家有关，而哈尔卡的论文写的是作曲家古斯塔夫·霍尔斯特。

此刻，旧周期已经结束，新的周期才刚开始几个小时。但是我和根纳季之间发生的事情，让我睡意全无，所以我阅读了她们的两篇论文。

我原本以为这些论文会枯燥乏味、晦涩难懂，读过之后我才发现，这两篇论文旁征博引、精彩非凡。米丽安的论文中穿插有大量精美的插图，哈尔卡的论文里甚至还有一个原声带，里面包含我从父亲的数据库中听到的许多音乐片段。

我毫不费力地读完了两篇论文，然后，写下了第一条消息：

米丽安，虽然我们从未正式谋面，但我们的兴趣爱好有很多交集，我相信我们有许多共同话题可聊。我刚读完了你写的关于俄罗斯插图艺术的论文，我很喜欢这篇文章。

请原谅我这么晚与你通信。每当孤独之际，我总是会萌生无数念头，但你的学位论文伴我度过了一个愉快的夜晚。

我附上了科托家族收藏的一些艺术作品的图像，还有几首我最喜欢的曲子，来自阿纳托里亚多夫的《俄罗斯民歌组曲》，希望你会喜欢。

祝好！

谢珊·科托

　　米丽安打开我的信息时，会看到我的一张照片——一张看起来很像她在自己的公开资料中使用的照片。

　　我接近哈尔卡的方法则略有不同。我从科托家族的私人收藏中，挑选了一首哈尔卡从未听过的、阿兰·霍大哈奈斯所著的曲子，还把米丽安论文中的一些插图整理成了一个简短的介绍文档。我写道：

　　哈尔卡，我们还未正式见面，但是我今晚辗转难眠，需要一些开心的事转移思绪。幸运的是，我读到了你写的关于古斯塔夫·霍尔斯特的论文，他可是我最喜欢的作曲家之一。

　　随信附寄一篇你可能会感兴趣的论文链接，这篇论文由米丽安·卡恩所著……

　　卡恩家族和查韦斯家族的政治圈或社交圈中正常而言没有交集。为了让米丽安和哈尔卡相互熟知，需要有个更高级别的人邀请她们，而谢珊正是合适人选。

　　发送出信息后半小时不到，我就收到了她们的回复。

　　米丽安说：我多想亲眼看看科托家族的美丽藏品！恕我冒

昧，你还醒着吗？

哈尔卡说：我从来没有听过阿兰·霍夫哈奈斯的曲子！《神秘山》真是太动听了。我想发信息给米丽安·卡恩，告诉她我对那些精美的俄罗斯插图的感受。我感觉通往另一个世界的大门正在向我打开。

"我结识了两个朋友。"我仔细回想了下自己的所作所为，感觉充满了惊喜，"我似乎很擅长交朋友。"

"你也很擅长制造敌人。"示巴夫人的幽灵警告道。

不错，相比于跟朋友相处，我更擅长对付敌人。不过实话实说，也有人能够同时处理好这两个方面。事实上，我刚和这样的人度过一个晚上。我唤出埃德娜的影像，专心研究起来。

"我是不是疯了，竟然在想要不要给埃德娜一个'美杜莎'装置？"

示巴的幽灵笑了笑，"密谋革命本身就是件疯狂事。但这并不意味着你在做出计划时，就可以不切实际。"

所以，在现在这个关头，给埃德娜一个强大武器是种不切实际的想法，她肯定会用它来杀死格洛丽亚夫人。但格洛丽亚夫人是个制衡点——她以我尚未得知的方式，巧妙地平衡着各大管理者之间的权力。

"终有一天，我会招募埃德娜加入队伍。但就目前而言，我们必须要保持距离。"

示巴的幽灵还没有开口回应，另一个声音引起了我的注意。

"央一……"

"美杜莎！"

我脑海中又浮现出她那美丽的面容，我不得不承认，我不能和她说话时，心里感到万分的落寞。"有一件非常重要的事，你必须——"美杜莎开口说道。

我等着美杜莎说完她的话，但是突然，我的大脑陷入一片沉寂，我之前从未有过这种感觉。

院子的前门打开了。根纳季带着几名安保人员一起走了进来。

"我已经激活了一个零域。"根纳季说，"恐怕我不能让你和任何人通话，安泽尔。你被捕了。"

21. 悼念公主而作的孔雀舞

零域。此时此刻，我多希望在别人强行展示给我看之前，就听过这个名词。

我感觉又聋又瞎。准确地说，我只是半聋半瞎；虽然我的眼睛和耳朵都正常，但我却根本无法使用我的秘密通路。我的虚拟走廊和居住在走廊中的幽灵都消失了。我无法使用虚拟通信与周围任何人交谈。

我也无法呼叫美杜莎——她此刻正在等待着我通知她何时从气闸室中将我救出——更不用说通知她我会从哪个闸门出来了。

"安泽尔·塔马冯,"根纳季说,"跟我们走,你不会再回到这些地方了。

那才是谢珊真正去世的时刻。关于她的一切都不复存在了,正常人会为此哭泣。

但我不能哭。他们把我带走时,我的眼睛里没有一滴泪水。

我不知这场审讯持续了多久。但审讯过程极其有趣。审讯室内除了我和根纳季,还有两名安保人员,所以我们无法坦诚对话。但也许这样最好不过,毕竟,我和根纳季相处时,总是处于下风。

"你在监控器上观察管理者们。"他说,"你妒忌你所看到的,所以想要拥有管理者的一切。"

他不像在犀利地审问,反而像在循循善诱。所以我顺着他的话,"我研究了你们六年了,我对你们了如指掌。"这是事实,如果根纳季能读懂我言外之意。

"我很钦佩你处理安保录像的技巧,"根纳季说,"其他人可能会假装睡着,然后循环自己睡着的录像。但是你设计了一整套活动,就连定位器的佐证都考虑在内。"

"我很注重细节。"我说。

他倾身向前，"你究竟想要知道什么，塔马冯？到底是什么，让你甘愿如此冒险，甚至不惜牺牲自己舒适的新生活？"

我也向前倾身，"好吧，你也知道，我并非生养在管理者家族，所以他们知道许多我不知道的事情。"

"确实如此。"他喃喃道。

"所以我需要学会如何临场应对。否则，我与管理者互动时，随时可能露出马脚。"

"所以你就监视我们。"根纳季说，"但我不是管理者，塔马冯。在我看来，你的言谈举止看起来和最高级管理者别无二致。事实上，我觉得你足以让他们相形见绌。"

"好吧。"我摊了摊手，叹气道，"你懂的，化妆品和漂亮衣服。"

他的笑容比私下见我是还要迷人，"在这一切之下，你只是一个低等贫民？"

"一个蠕虫，"我说，"生活在隧道里的蠕虫。"

他点了点头，"告诉我你是怎么伪造这些虚假监控录像的。"

我非常详细地告诉他，身为安保人员期间，我如何巧妙伪造了这些录像。虽然这与事实相差甚远，但我却说得头头是道。

他似乎对我的说辞很是满意，"实在高明。看来，细节是魔鬼。"

父亲常说细节是上帝。不过现在可不是争辩这个的时候。

我们花了大把时间讨论伪造安保录像的细节，却几乎很少提及谢珊·科托的自杀。我用余光扫了一眼旁边的安保人员，他们频频皱眉，显然对于根纳季的做法不敢苟同。根纳季肯定也看到了，但他不为所动，没有改变策略。

"你是个聪明的女人，"他最后说道，"很遗憾你不得不面临最严厉的惩罚。"

一旁的安保人员再次松了口气。难道他们害怕根纳季会说出别的结论吗？

我点了点头，"科托家族的老虎画卷，希望你能帮我完璧归赵。"

"我已经放回去了，"根纳季说，"但我很惊讶，你竟然还在意这个。"

我也很惊讶，但我心中早已准备好了答案，"我假冒谢珊时，需要模仿她的性格，接受她的爱好。一时之间，我很难从这一角色中走出来。"

"也许你比自己想象中还要像她。"根纳季说。

我也思考过这个问题。但无论如何，这都是过去式了。

去往死刑的路上，根纳季一直走在我前面，这让我感激不尽。因为这样，我就能一直看着他——我真是怎么也看不够。我爱慕他那健硕的身材、高大的臂膀，还有那自信而庄重的步伐。我们要前往这一区域距离最远的气闸室，这中间有很长的路要走，我就这样一直默默注视着他。他是不是故意选了这个气闸室？好为我争取更多的时间？多么浪漫的举动！

我们绕过走廊拐角时，我似乎看到通风口附近有什么东西一闪而过，那是美杜莎的触手吗？还是我一厢情愿的错觉？我想得越久，心里越不确定。

一般来说，我对于时间的把控很有分寸，但是当我一步步迈向死亡时，似乎并非如此。还没有做好准备，我们就已经到达了目的地。根纳季在 129 号气闸室前停了脚步，转身面向我。他面色镇定，我相向而立，想从他的神情中看到愤怒或怨恨的表情。但没有。

我曾希望他会告诉我，他是什么时候发现我是冒名顶替的。我更愿意相信，从我们第一次共进晚餐时，他就已经知道我并非谢珊。但这些都是我的猜测。

"我曾经很喜欢你，"他说，"我会怀念你的。"

"我也喜欢你。"我想给他一个微笑，但没有笑出来。他也没有笑，看来礼节确实统治了我的生活。

我们彼此对立，凝视着对方的脸。后面的安保推搡了下我的胳膊，我知道，处决开始了。一名安保人员向我示意已经打开的内闸门的气闸室。

"哦。"我迈步进去，转身面向根纳季。内闸门在我们之间缓缓关闭。我们在观察窗口的两端，彼此凝视着对方。

根纳季看起来闷闷不乐，这意味着什么？他关心我了吗？他钦佩我的勇气？他为什么不提些更刁钻的问题？他会好奇我为什么无所畏惧吗？

他知道根本没有安泽尔·塔马冯这个人吗？

我仍然接收不到任何虚拟通信。我不知道在气闸室之外是否有人在等着救我。这本应该是我最关心的问题。可是现在，我却无法停止看向根纳季的眼睛，努力想要读懂他的心思。

时间一秒秒流逝，外闸门打开了。

根纳季冲我眨了眨眼。

我心想，啊哈！然后，我看到他似乎迅速飞离我远去。但事实上，是我掉入了飞船外无边的黑暗之中。

"央一！"美杜莎的虚拟声音激动得有些颤抖。

"嗯？"我大声说道。

"谢天谢地！你终于醒了！"

"是啊。"我睁开眼睛，看到漫天的繁星，"奥林匹亚号"广阔的船体表面，还有美杜莎的众多触手。"我昏过去了？"

"你被卷进了虚空。"美杜莎说，"我花了十一秒才抓住你，差一点儿就赶不上了。"

"幸好我当时不知道这些。我可是完全相信你。"

"从今往后，你可能没那么信心十足了。"

我滑进了"美杜莎"装置里，她的脸覆盖在我的脸上。我向她展示了根纳季眨眼时的模样，还有他看似离我飞去的画面。"这没我预想的那么糟。"我说道。

"你指的是暴露虚空而死，"美杜莎说，"还是指冒充管理者？"

"我喜欢根纳季。"我深吸了一口气，尽管口鼻和喉咙有些干燥疼痛，但是我很庆幸肺部依然正常。"我现在心里很矛盾。"

"我找到了一些线索，可能对我们大有帮助。"美杜莎如同一道闪电，迅速穿过"奥林匹亚号"的船体，身下的风景飞速掠过。上次见她如此极速地飞驰，还是在我们初次见面，她来拯救我的时候。"我们还有很长一段路要走。"她说。

"我们要去哪儿？"

"船尾区域。我们要去看个东西。"

"引擎吗？"我猜道。

"是也不是，"美杜莎说，"是示巴夫人建造的某样东西。"

我想起脑中幽灵对于示巴夫人日记的推测——那本日记绝对没有排泄记录那么简单。"真是始料未及！"我感叹道。

"屎尿未及？"美杜莎以为我是一语双关。她的众多触手驱动着我们飞速冲向"奥林匹亚号"巨大的引擎区域。那些引擎已有数百年无人问津，谁能想到，在那之中竟隐藏着天大的秘密，"奥林匹亚号"或"泰坦尼亚号"上从未有人敢透露一丝风声。

谁能想到，示巴夫人的日记并非记录排泄物那么简单，由它带来的风波，真是让人始料未及。

第四部

外星人与人类

22. 母亲的幽灵

177号气闸室内响起了刺耳的警鸣声，只不过这次，是我激活了开启功能。

我准备好了，准备得差不多了。至少我身穿着压力服，服装电量满格。

但我身受重伤、血流不止，无法联系美杜莎。一切岌岌可危，如果我不能及时阻止苏丹娜到达船尾区域，一旦她进入示巴夫人的"逃脱号"，那我所做的一切都将是徒劳。哪怕要以生命为代价，我也必须解决这个问题。

警报声戛然而止，门打开了，我把自己推向虚空。

就在177号气闸室冒险之旅的一年以前，我飘浮在另一种虚空之中。母亲的幽灵将我抱在怀里，"想想德彪西的《大海》，在脑海中播放这首曲子，眼前浮现的景象将会带你领略到自然的美丽。"

但说实话，我脑海中自动响起的却是努鲁丁数据库中另一首曲子——坦普·阿巴迪在电影《米兰达》中的配乐，这是一部讲述美人鱼故事的电影。但是如果母亲的幽灵想听德彪西，我有什么资格拒绝她？"好啊，"我说，"反正我现在也无事可做。"

我怀念根纳季，怀念谢珊的漂亮衣服，怀念画中那只忧心忡忡的老虎。我怀念巧克力，怀念每次赖安·查尔马恩看到我时气得发紫的脸。

我怀念拥有工作，怀念拥有生活。我甚至希望我没有发现示巴夫人在"奥林匹亚"众多引擎中建造和隐藏的东西。

"你死得很美。"母亲的幽灵说，"我为你感到骄傲。"

"是啊。"我发出一声叹息，"但我只能想到用自杀的方式阻止这件事，而这很可能会适得其反。"

我们一起飘浮着，我在路西法塔的观察气泡里飘浮，她在我的脑海里飘浮，德彪西的美妙乐曲，将我们的思绪引入一片无边的大海。

我自觉是个很有耐性的人，听到追杀我们上百年的敌人称自己为武器家族时，我没发火；知道我们"奥林匹亚号"飞船上的人并不完全是人类时，我也依旧保持理智。然而，当我发现示巴夫人暗中建造的东西时，事情就截然不同了。

我们花了很长的时间才来到"奥林匹亚号"的船尾末端。尽管我们是从飞船中间出发的，但是依然走了好几千公里。"我之前在走廊里看到的是你的触手吗？"我问道。

美杜莎带着我全速猛冲，我向下看时，发现风景都有些模糊了。"那是纳菲尔塔莉的触手，你的信号消失之后，我马上标记了定位器上你最后出现的位置。纳菲尔塔莉远远地跟在处决队伍后面，在得知他们可能会用的气闸室之后，她马上从零域出来，呼叫了我。"

"所以，那个时候你一定已经在外面了。"

"那时候我正好在外面忙别的任务，"她说，"很快你就知道了。"

暴露在虚无的宇宙之中，其实没有我想象的那么糟糕，尽管我能感觉到舌头上的水分在一点一点地蒸发，这让我觉得怪怪的。我很庆幸不用大声说话，更庆幸肺里的空气通过口腔跑了出来，而不是在我的肺里膨胀爆炸。

"所以示巴夫人秘密建造的东西就藏在某个火箭喷管里？"我口干舌燥地问美杜莎。

"引擎可是个藏东西的好地方。"她说，"我们航行刚开始时，这些引擎点火的场景一定非常壮观——但时过境迁，这些引擎早就冷却了，引擎喷管里足以藏下任何东西。等我们有时间的时候，一定得好好搜查一番。"

引擎的发射顺序是基础教育里的必修课，理论上来说，如果把燃烧炉方向调为和前进方向相对，在我们进入太阳系前往新家园的途中，飞行速度一定会逐渐减慢，然后，我们就不再需要启动这些大家伙了——至少不需要一次性全部启动。所以为什么不在这些引擎喷管里藏些东西呢？这里面完全大到可以建造一座城市。

我从来没有如此近距离地观察这些引擎，脑海里不由响起了沃恩·威廉姆斯的恢弘乐曲，这次演奏的是他为电影《南极的司考特》所作的插曲，随着音乐声渐强，我的脑海里浮现出司考特和他的探险队一行人攀登冰山的场景，这简直和我们探索引擎内未知领域的场景太相配了。我觉得美杜莎也受到了这音乐的鼓舞，因为她跟着曲子节奏蠕动着身后的触手，带我们冲上并越过了悬崖大小的轮辋边缘，当示巴夫人的秘密计划出现在我们眼前时，脑海中的音乐正好播放到管风琴奏响的摧枯拉朽、令人兴奋的高潮部分。

"哇！"我感觉头晕目眩，"示巴造了艘太空飞船！"

在船体侧面，刻着飞船的名字：逃脱号。

"她想逃去哪儿？"我在想。

"果然，"美杜莎带我绕飞船转了一圈，这艘飞船的体积几乎和管理者们往返"泰坦尼亚号"和"奥林匹亚号"所乘坐的高级飞船一样大。"幽灵说得没错，示巴日记里的数据其实是关于这艘飞船的，他们把你扔出气闸室后，我才想到这一点。"

"逃脱号"有一个可操纵的小型推进器,当我们走到飞船后方时,本以为会看到主引擎喷管,但却发现了更多的小型推进器。"这里有些古怪。"我说。

"确实,咱们凑近点看看。"美杜莎用触手推动着我们,找到一个合适的观察点,从那儿我们既可以清楚看到这部分结构,又可以看清飞船另一边与之相对的结构。和它正对的一边,是另外四个十分相似的结构。

"奇怪,"我说道,"从这个角度来看,这飞船像一种多刺的海洋生物,我在我母亲的自然生物数据库里看到过。但这种结构是做什么用的?"

"我想它们能移动飞船。"美杜莎说。

我唯一能理解的一种引擎的工作原理(而且我只能说出一些基本概念)是驱动我们世代飞船的化学引擎。它们的确十分令人称奇,可主要是因为它们的体积实在是非常庞大。世代飞船背后的理念是,你无法比光速更快;所以,即便想去离我们最近的恒星系也要花上很长时间,更不要说抵达我们的目的地了。我曾在教程中看过基本的恒星图表,以及可以计算前往新家园耗时的算法;但我从未接受过关于推进系统的教育,所以我不明白这些装饰"逃脱号"的精巧玩意儿究竟要如何驱动这艘飞船。

但从另一方面来看,美杜莎用的词是移动而非驱动,也许这是两个完全不同的概念。"它们会产生某种场吗?"我问道。

"也许吧,"美杜莎用触手轻轻地抚过这些机械结构,"这不禁让我想到了重力炸弹，它们用到的技术可比飞船的驱动引擎技术先进得多。看到这艘飞船藏在一个相对原始的引擎里，这样的反差让我联想到，为什么我们还要搭乘世代飞船呢？这艘名为'逃脱号'的飞船，也许有能力带着乘客以极快的速度逃到很远的地方。"

"好吧。"我说，"我不知道你的说法是不是示巴的真正意图，但我还是要先告诉你，我冒着风险假扮谢珊·科托时，发觉了两件怪事。"我把武器家族和我们被设计的事统统告诉了美杜莎。

"如果我们是被设计的，"美杜莎说，"那么是谁制造了我们？我猜根纳季没和你提过为什么……？"

"没有，据我观察，根纳季如果不是武器家族的一员，就是听命于武器家族。但他现在好像又在欺骗武器家族，或是欺骗查尔马恩家族。"

"他也很有可能是双面间谍。"美杜莎环绕着"逃脱号"的船体，"这艘可爱的飞船比我们的从概念上要高出几个量级，我真是爱死它了。"

"逃脱号"内部的空间足够宽敞，大约可容纳五十名乘客。我很好奇这里能储存多少的水和食物，又或者根本不需要它们，有深度睡眠装置就可以了。

有没有可能这艘飞船的速度足够快，以至于在到达目的地之前，乘客根本不需要任何补给？这样的话，飞船的乘客容量至少是我之前预估的两倍之多。

"毁灭'泰坦尼亚号'的重力炸弹在相对较小的区域里能产生很强的力场,"我说道,"努鲁丁恢复的电影里,有几部曾提到在时空中制造一个虫洞,类似于抄小道。"

"是的,因为奇点周围的空间可以折叠。"美杜莎说,"就像叠衣服一样,这种情况下,你可以从一面直接跳到另一面,不需要再绕远路。"

我们又爬到另一个结构上,俯视这艘非凡的飞船。"逃脱号"在星光之下泛着微妙的光芒,海拉主星和海拉副星散发出耀眼的光芒,仿佛一双眼睛,尽情地用目光扫视着船体。而她们遥远的伙伴卡戎星,则和飞船的船头连成一条直线。

"所以,"我最终说道,"示巴是想要逃到什么地方去。可是她完全不需要这么做啊,她是想逃离谁?"

一旦事情有变,你打算去哪儿?贝勒曾经这样问过根纳季。你乘这艘太空飞船可哪儿也去不了。

"答案就在'奥林匹亚号'上。"美杜莎回答说。

所以我还要去找这个答案?

真令人头疼。

一周之后,尽管我四处奔波,但依然没有一丝头绪。虽然美杜莎已经成功破解了日记的内容,能让我们伪造并传播示巴的信息,但我不确定我和美杜莎是否应该继续关于植入物的计划,因为我们还有更为紧急的问题要解决,比如"逃脱号",比如我们被设计，以及其他一些乱七八糟的事情。如果我们没有弄清这些问题的答案，那我们就会像无头苍蝇一样乱撞，而且很可能会招致恶果。

但如果我们不继续原本的计划，会不会错过时机，最后满盘皆输呢？"奥林匹亚号"飞船上暗流涌动，其他人可不会停下他们的计划，没人会等我们——所以，我需要当机立断。

美杜莎没有闲着，她整理出了一份示巴虚假通信的接收者以及时间表。最近从"泰坦尼亚号"残骸方向所传回的信息，会让管理者对这些碎片信息更加深信不疑。

纳菲尔塔莉搜寻着努鲁丁的电影数据库，查找所有关于虫洞穿越的线索，虽然她确实找到了一些内容，但大多数都很简略。电影其实更多是为了娱乐观众，并不具有科学教育意义。

久美子一直在追寻根纳季的行踪，她觉得这个人对泰瑞有潜在的威胁，这一点我没法反驳她。

而我——一直在漂浮。在我脑海中的海底幻境中，母亲的头发像海草一样卷曲，光线从我们的头顶上照下来，似乎在蓝色和绿色的波纹里也弯曲了。德彪西的乐曲在我脑海中奏响，一个光怪陆离的海底王国在我眼前徐徐展开。

我必须承认，这个幻境对我有足够的诱惑力。我在母亲的数据库里找到了很多这里的影像，有些是静态图像，有些是动态画面，但我从未有过如此沉浸式的体验。母亲的幽灵曾经为我编织过多次这样的幻象，如同美丽的梦境一般，不过想到她说自己正在沉睡,这也就合情合理了。

可是母亲之前从未选用德彪西的乐曲作为她的幻境音乐,现在的幻境是她真正的想法吗?仿佛和我一样,母亲也被这光影之下浮现的海底王国迷住了。这里的水域很浅,阳光照在一簇簇珊瑚礁上,让它们看上去像是具有生命的海底城堡,随着光线的变化,海星、章鱼、彩虹鱼还有海马穿梭于城堡台阶和塔楼之间。我和母亲手拉手飞过去,想要看得更加真切——这时,我们发现还有其他的生物在珊瑚中游来游去,玩着捉迷藏,那是一种有着人类的头和手,还长着脚蹼和鱼鳍的生物。

"美人鱼吗?"我问母亲的幽灵,"你为什么要给我看这个呢?"

"我没有,难道这不是你的幻境吗?"她的头发仿佛乌云一样分开了,中间露出了一轮明月。在月光下,我瞥见了幽灵真正的面庞。是一张非人的脸,比我的脸还要夸张,尽管这张面庞无比美丽。也许,这是那些制造这个幽灵的人的面孔,那些早已死去的人的面孔。幽灵的脸上波澜不惊,看不出任何表情,直到她看向我的身后;有什么东西让她的表情产生了变化,先是惊奇,随后又转变成了一种不可言喻的明亮表情。我不由得盯着她看,差点忘了回头,看看到底是什么事刺激了她。

一个生物微笑着向我们游过来,他水獭般的身体轻松地在水中游动,长着长长的蹼状手指和一张男孩的脸。

"这不是数据库信息,"母亲的声音穿过液体介质时变得很奇怪，"这是一个程序。"

海底的景象荡起一阵湍流，随后，水獭男孩穿过一片泡泡，轻轻在我脸颊上落下一个吻，"你好，央一，我是亚述。"

这是努鲁丁的儿子。

亚述调皮地笑了笑，又消失在了一阵泡泡中。

"他怎么做到的？"我向母亲的幽灵发问。

她没有回答，似乎也受到了惊吓，从我身边漂荡着离开了。她的头发再一次模糊了她的面容，留我一个人在原地，疑惑地想着刚才的一切是否只是场梦。我似乎能够读懂她刚才表情背后的真实内心，如果根纳季所言属实，我肯定继承了母亲某些特定的品质。

是爱吗？

母亲的幽灵消失之前，我瞥见了她那颗通常隐藏起来的眼睛，似乎在其中看到了星辰般的光芒。

然后，它眨了眨。这就好像我母亲的幽灵仿佛变成了屏幕上的图标，仅仅以符号的形式存在着。

我没有叫她。她选择离开，必然有自己的理由。

而我还有别的事情需要担心。

23. 美人鱼程序

"努鲁丁,"我小心翼翼地说,"我不想吓你——"

"你这样说,"他说,"更让我惶恐不安了。"

"你知道美人鱼程序吗?"

"啥?"从努鲁丁的反应里,我知道他并非同谋。看来,父母总是最后才知道孩子的所作所为。

"亚述通过一个程序——就是美人鱼程序,与我取得了联系,他似乎是受到德彪西《大海》的启发而设计的这一程序。"

他沉默了良久。"其实,"他最后说,"我对他的聪明才智并不惊讶,但是我觉得现在下结论还为时尚早。"

"他用了我们的秘密网络,努鲁丁。他应该无法进入这个网络才对——除非有我们的植入物。"

"可是他没有!那他是怎么做到的?"

虽然我想亲自找亚述一探究竟,但是我不想吓到他或者努鲁丁。"你去问问他吧。"我说。

"再过半小时,他就到家了,"努鲁丁说,"我会找他弄清楚的。"

不知为何,我对此深表怀疑。但是至少,我向努鲁丁挑明了此事。接下来，我会弄清事情真相。而最好的切入点，就是弄清亚述究竟是在哪儿给自己脑中安装植入物的。

美杜莎、纳菲尔塔莉和久美子在研究塔里搜寻，清点着我们的植入物储备。"虽然我不想让自己的先入之见扰乱我们的调查，"美杜莎说，"但我怀疑，除了我们，没有别人来过这里。"

她们清点了所有植入物。父亲那群人曾经制作了上千个植入物，"泰坦尼亚号"被毁时，我以为植入物都遗失了。但没想到，这些"美杜莎"装置在进行自我营救时，将这些植入物也转移到"奥林匹亚号"，藏进了研究塔内。在那之后，我们又制作了更多的植入物（好吧，其实是美杜莎做的），以便在散布示巴夫人的虚假信息之后，能够将父亲的音乐数据库和藏在数据库之下的界面推广开来。

但在过去几十年里，除了我们这些人，没有外人进入过研究塔。这引发了一系列令人不悦的猜忌。

"久美子，"我说，"在我亲自和泰瑞谈及此事之前，你必须对他守口如瓶。"

"泰瑞没偷植入物！"她说，"没我的帮助他不可能偷走植入物。"

"我相信你是对的。"我说，"首先，我就不能明白为什么他会把植入物送给一个孩子。但是我必须得锱铢必究。"

久美子的母性冲动让她苦恼不已，所以我第一时间便安排了与泰瑞的见面。我在房间里等着他，之前正是在这个房间里，我们为他安装了植入物。泰瑞很快来到了这里,我没有任何废话,直接切入正题:"是你把植入物给了努鲁丁的儿子吗?"

他露出一副费解的表情,"你说我做了什么?"

虽然美杜莎曾警告过,先入之见会在调查中令人盲目。但我怀疑,当我告诉泰瑞发生了什么事时,他表现出的疑惑甚至恐慌,都是装出来的。

"亚述多大?"他问。

"应该是九岁吧。"

"谁会把植入物给那么小的孩子?"

"其实,"我说,"等他长大些,我们最终会给他的。但是,有人却已经把植入物给了他,这可真是古怪。从亚述能够设计出美人鱼程序这点来看,他将植入物运用到了极致。这正是我们所有人应该做到的——找出使用界面的新方法,设计新型的'美杜莎'装置。"

从泰瑞空洞的表情中,我知道他正在脑海中和久美子对话。他再次看向我,"这么说,植入物对他很有帮助?"

"对,而且比我父亲预测的效果要好得多。但是我们没给过他植入物,是谁给他的呢?"

"除了我们,谁还有能力做到这点?"泰瑞说,"我们忽略了什么细节?"

"忽略了根纳季·米罗年科。"美杜莎对我们说道,"而且,我们还忽略了纸条上的信息,还有信使传递的消息,以及他和施内布利这些天的所作所为。此外，还有两台深度睡眠装置，有人刚从其中一台里醒来。我们想要寻求的答案，或许正和这些事情有关。"

刚见面时，泰瑞表现得十分好奇，继而又困惑不解；但是现在，他看起来胸有成竹，"没错，央一，虽然我不知道之后要怎么处理亚述，但是敌人有所行动时，我们绝不能坐以待毙，这个时候千万不能内讧。"

他说得对。但我怀疑，无论我们怎么做，都会引发内讧。

即便有内讧，我相信大家也都是为了最终能够胜利。

亚述可不是个害羞的孩子，实际上，他有点玩世不恭，而且自信十足。

可他是个信守承诺之人。"我们不应该讨论植入物。"他说。

在他家的小客厅里，我、亚述和努鲁丁相对而坐。乔恩还在工作，亚述的姐姐去参加数学俱乐部的活动，所以屋里只有我们三人。虽然我也想了许多重要的问题，但是努鲁丁一直在主导提问。他不是我的下属，而是我的同伴，所以我没有多说什么。

"亚述，"他说，"告诉你个小秘密。他们之所以让你承诺不说出关于植入物的事，是因为一旦大人们发现了这件事，就会制止你们。"

亚述的情绪变得激动起来，"没错！他们还会杀了我们！这件事危险重重，因为我们正在试图改变未来。"

好吧,就目前情况来看,他说得确实没错。"亚述,"我开口说道,"你爸爸刚才提到的大人们不会杀了你,因为他们现在就和你坐在同一间屋子里。可是在其他人得到植入物之前,我们也不会把它给你。"

亚述看起来一脸茫然。"可是——你一直都知道,是你说过不要和任何人讨论植入物的事。虽然我的团队和我一起开发程序,但是我们从来没有说过什么不该说的话。我们只讨论程序,就像你对苏丹娜和彻子所说的那样。"

努鲁丁皱起眉头,他从没听过苏丹娜和彻子的名字。但是我瞬间就反应了过来。贝勒想要杀死我和其他那些来自"泰坦尼亚号"的移民时,别人发给他的一则消息中出现了这两个名字:

"目前已定位三个目标。已铲除医疗技师苏丹娜·史密斯与彻子·芬尼根。正在处理仆从央一·安杰利斯,将启用113号气闸室进行处决。"

"我们在虚拟空间中,尝试共同做出一些新的设计。"亚述又打起了精神,"我们设计了那座水下城市。我们喜欢一起聆听音乐,从中获得灵感。"

努鲁丁看起来异常平静,"你们有多少人?"

"十三个。"亚述回答道,"多数与我同龄,不过沃特文只有八岁。虽然我们都住在'奥林匹亚号'上,但从来没有见过彼此,嗯……没有亲眼见过彼此。不上课或者空闲的时候,我们就会在虚拟空间里待上几个小时,大多数时间,我们都在讨论美人鱼程序。"

"你们在一起多久了？"我问。

"整整七十五个周期。不过，有一半时间我都在设计美人鱼程序——但这个程序只是我的副业，我设计它只是为了消遣，而不是为了什么实际用途。所以尽管我很开心，但我从没跟你说过美人鱼程序，爸爸，因为我想保证所有人的安全。"

"可是后来——"亚述看了我一眼，"两位美丽的女士游进了我们的美人鱼程序。我本来以为你肯定会很高兴，央——看到我们做出的成就，听到你父亲的音乐。而且我们遵守承诺，从来不谈论这事，所以我以为不会有什么事……"

"其实我很高兴能见到你，"我告诉他，"我很喜欢你的美人鱼程序。"

"我们这些蠕虫整日辛劳工作，从来没有进过宜居区域，也从没见过什么新奇的事，我以前从没游过泳，所以我做出了美人鱼程序，让我可以像鱼一样游来游去！"

"这种感觉太真实了，"我说，"我想再去你的美人鱼程序里好好畅游一番。不过，亚述，我有一些重要的问题想要问你，你最后一次与苏丹娜和彻子对话是什么时候？"

他皱起眉头，"嗯——就是不久前。我完成美人鱼程序后，曾试着呼叫她们，但是没人应答。她们有——真的有好久都没和我们联系了。我们获得植入物前后都和她们长谈过一次，但后来就没联系了。"

"她们对你说谎了。"我说。

亚述内心挣扎了好久，开口问道，"我要放弃美人鱼程序吗？"

"好孩子，当然不用！做好的东西岂能放弃？是你的就是你的，你想成为什么样就成为什么样。不过他们确实说对了一件事——如果你对别人说了植入物的事，可能会没命。我们也一样。但是现在的情况也并非完全不好。"

努鲁丁扬起眉毛，"是吗？你看到了什么好处？"

我叹了口气，"虽然这不在我们的计划之内，但这正是我们想要为'奥林匹亚号'的孩子们所做的事。所以，亚述——你一定要对这件事守口如瓶。就算别的孩子都拥有了植入物，你也要装作还没有的样子。"

"没问题！"看起来，亚述很乐于进行这场骗局，这孩子真让我打心眼里喜欢。

"努鲁丁，"我悄悄对他说，"咱们这群大人也要加把劲了，是时候要竭尽全力投入工作了。"

即使面对极端情况，仆从也很难流露真情实感。但我看到，努鲁丁脸上冷酷的神情渐渐变得柔和起来。

努鲁丁半跪在亚述身前，紧紧地握住他的双手，"亲爱的，我爱你和你的姐姐胜过世间一切，你明白吗？"

亚述吓了一跳，"我明白，爸爸。"

"如果你遭遇不幸，我觉得自己也活不下去了。"

亚述吞了口口水。

"我无法原谅她们，苏丹娜和彻子。她们的所作所为，可能会给我们带来惨痛的损失。我想让你好好思考，怎样继续走下去。我看过别人被处决，亚述，那场景恐怖又残忍。所以，不管你以前有多么小心谨慎，从今往后，要十倍百倍地小心。答应我。"

亚述挺直了腰杆，"我答应你，爸爸。我——很抱歉让你担心了。"

努鲁丁的声音有些颤抖，"你不必为眼下的困局自责，有人会为此付出代价的。"

"你要小心，爸爸！"

亚述没有跳出来维护苏丹娜和彻子，或许在他心里，已不再把她们当作朋友了。

"我会的，无时无刻。"努鲁丁说。

尽管我从未对努鲁丁尽过任何朋友的义务，但我承认，自己长期以来一直对努鲁丁心怀着友谊之情。

看着他以身教子，我的心里五味陈杂。那时候，我以为是因为努鲁丁令人如此钦佩。但是现在回想起那个时刻，我记忆中大都是亚述。现在我才明白，母亲的幽灵在美人鱼程序中向我们游来，见到亚述时，脸上流露的神情是何深意。亚述，你可真是聪明得无可挑剔。

我们已经得知了真相，但还未得知真相会带来哪些影响。

努鲁丁把营养餐袋递给亚述，然后让他去写作业了。

"先别跟你的朋友说这件事，"他警告亚述，"如果他们有谁看起来泄露了秘密，马上通知我们。"

"我们都会守口如瓶的，"亚述骄傲地说，"我们是个优秀的团队！"

我心里暗自猜测，或许他们这些孩子是经过了一定选拔才获得植入物的。这个想法令我毛骨悚然，这意味着有人曾谨慎地进行了评估，然后选出了这十三个孩子。

亚述一回到自己房间，我和努鲁丁就悄声商议起来。"两位美丽的女士。"努鲁丁说。

起初我没反应过来，后来我想起亚述刚刚说过的话。

"我母亲的幽灵。"我说。

努鲁丁挑起眉毛——他很少这样表达自己的感情，"她是沉睡巨人中的一员吗？"

美杜莎和她的姊妹装置之间从不隐藏什么巨大的秘密，而这些姊妹装置对自己的同伴也是如此。沉睡巨人，听这个名字，就感觉很巨大。

"我从没见过她们，"努鲁丁说，"但亚述竟然见过。"

"纯属偶然。亚述联系我时，她刚好与我在一起。在当时那种情况下，你应该也能见到她们。"

不知道我这样说是否能让他感到一丝宽慰。"我应该担心吗？"努鲁丁自言自语道，"我们对这些敌人了解得太少了。"

"她们从不轻易向别人开口，"我想起母亲见到亚述时的沉默不语，还有在查尔马恩家族派对上，示巴夫人的幽灵对根纳季的评价所做出的反应，"她们十分谨慎。"

"纳菲尔塔莉也这样说。但我会时刻注意着，以防亚述再见到她。"

我表示赞同，因为他只是一位担心孩子的父亲。而我对母亲幽灵的担忧却与他完全不同。

我担心的不是亚述见到了她，而是她见到了亚述。

在努鲁丁的妻子和女儿回家之前，我便离开了。然后，我在隧道里漫无目的地闲逛了一会儿。虽然我穿得像个维修技师，但我还是躲着在这里工作的其他技师们。我不想引起他们注意，给自己平添不必要的麻烦。

我不得不佩服亚述激起我抱负的手段。当前的问题不再是我们能否散播示巴夫人的虚假通信——我们不能再等下去了。尽管我对努鲁丁还未透露一字，但是我们应该为了保护孩子们而行动，而且必须要快。不过在采取行动之前，我还在等美杜莎调查植入物的结果。

我还没走多久，美杜莎就联系上了我，"央一——我们清点完了，所有植入物都在。"

"怎么可能？"

"我想还有一种可能。"她说，"这肯定和'泰坦尼亚号'的情况有关，我把所有装置转移到'奥林匹亚号'之前，'泰坦尼亚号'的情况已经非常不稳定了。"

如果美杜莎没有提到她在管理者眼皮底下把全部"美杜莎"装置转移到"奥林匹亚号"上这件事，我可能根本不明白她说的不稳定这个词是什么意思。"这些不同政见者根本不知道库存里究竟有些什么。"我说。

"就连我也不确定，"美杜莎说，"更别说其他姊妹装置了。我们把植入物存放在研究塔里之后，才开始清点数目，我也不知道'泰坦尼亚号'上原本有多少存货。孩子们拿到的植入物，很可能是你父亲的原始数据。"

"那又是谁把这些植入物带到'奥林匹亚号'的呢？"

"根纳季？"美杜莎猜道，"或者是苏丹娜和彻子在以医疗技师身份移民时带来的？她们将她们的深度睡眠装置偷运到了这儿，所以她们很可能把植入物也带了过来。"

我又回想起"泰坦尼亚号"被毁灭时那支离破碎的景象，还有毁灭来临之前，数据库中存储的飞船景象。之前，我曾在数据库中搜寻关于"美杜莎"装置的蛛丝马迹，搜寻父亲和母亲的踪迹，然而却一无所获。对父母的搜索，除了他们一些日常生活外也毫无进展。我不禁思索，我是不是需要换个全新的角度重新看待整件事情。

施内布利曾这样报告称（在我被甩出气闸室之后）："一切似乎都按计划进行，但我仍有顾虑。"

现在，我也是这种想法。

"目前为止，被清除的三个目标都诡计多端。他们被关到气闸室里的时候，并没有像大部分人那样惊慌失措，更像是训练有素的操作员。我很好奇是谁训练的他们，我猜想我们需要找的不是一些人，而是某个组织。"

"有一点，"我说，"如果苏丹娜和彻子刚从深度睡眠装置里出来，那施内布利六年前处决的那两个人就不可能是她们。"

"除非在他企图杀死她们之前，她们就藏进了深度睡眠装置里。"美杜莎说，"她们之所以又醒了过来，是因为她们以为已经安全了，或者是因为别的一些不为人知的新进展。如果她们在我们航行的大部分时间里一直沉睡在这些装置中，那她们很可能是第一世代的人。"

第一世代的人，她们不仅监视我们的孩子，还暗中给他们安装植入物——那是包含着父亲的音乐数据库和他亲自设计的界面的植入物。

但假如这些植入物并非来自美杜莎抢救下来的储备，那么这些植入物就有缺失，里面并没有我们最近增添进去的东西。

"我从没想过要问下亚述他有没有努鲁丁的电影数据库，"我说，"我原本以为他有，但是现在回想起来，我们询问他时，他似乎提到了这点。"

"我会让努鲁丁再和他谈谈，"美杜莎说，"这会明确我们对亚述植入物的来源的怀疑是否准确。"

"我正在返回路西法塔。我认为我们最好——"

"央一！"美杜莎的声音紧张起来，"米丽安·卡恩进入了

100-级气闸室。"她在我们的安保覆盖系统上重点标记了具体方位。

"不要让她打开气闸室的外闸门！"我说着，急忙冲向了运输机。

24. 一个周期, 天壤之别

米丽安在她所能找到的最为偏僻的地点, 选择了一扇气闸室。然而, 在我打开内闸门又疾跑了三十七分钟后, 她还没有尝试打开外闸门。

"米丽安, 快住手！"我说。

她回头看向我, 双拳紧握。在应急灯光中, 她的脸显得异常惨白。但是她没有露出一丝愤怒或是震惊的神情。她看起来一脸疑惑。

我走到灯光下, 让她能看清我的脸。

她瞬间认出了我。"谢珊？"她向我冲了过来, 站定之后, 试探性地将手伸向我的脸颊, "真的是你！你还活着！"

"嗯,"我说,"算是还活着吧。"

她含着泪水眨了眨眼。"我竭尽全力联系你, 却收到了'停止服务'的信息, 后来就音信全无了。我曾经见过这种情况发生

303

在其他同伴身上，这总是意味着……"

"意味着他们死了？"我接道，"虽然管理者处决了我，但是我死里逃生了。"

我期待她问一问我是怎么办到的，但是她的话出乎我的意料。"你为什么要冒充谢珊呢？"

看来，她至少掌握了一些真相。其实我也很想回答她的问题，可是解释起来真是太过复杂，我一时不知从何说起。不过，我还是简明扼要地回答了，"因为我就是个反叛统治的混蛋。"

这句话可能一时难以让人反应过来。米丽安呆呆地看了我一会儿，继而笑了起来，"我想我也是。"

"我希望你能明白，在以谢珊的身份联系你时，我试图建立起一个朋友之间互惠互利的网络。你和哈尔卡是我最先联系的两个人，但在我还没能进一步发展这个网络，管理者就逮捕了我。"

她皱起了眉，"如果你冒充了谢珊，那么——"

"她自杀了，就像你刚才要做的一样。或许和你是出于同样的原因？但是我从没机会问她了。"

她本可以不必强忍着眼中的泪水，向我哭诉她的生活有多么不幸。然而她并没有这么做，只是仔细观察了我的穿着和面孔，说道："你很擅长伪装。这就是为什么你能成功地把自己隐藏起来的原因吗？"

"部分是因为这个。"我答道。

"那么,现在我知道了你的秘密。所以,要么你必须杀了我,要么我必须消失,对吗?"

我冲她微微一笑(不是那种吓人的笑容,至少我希望不是),我实在太喜欢她身上那种独特的气质了。她是一名女性管理者,本可以抱怨我对她的身份不够尊重,或者至少在适应我的平等主义时会挣扎一番。她本可以皱眉,哭泣,叫喊,甚至求我饶她一命。

然而,她却说:"我也想消失掉,就像你一样。"

"听到你这样说我很高兴。"我当然不会杀掉米丽安,但我会把她锁在一座研究塔中,确保她安然无恙,直到外面安全后再把她放出来。在我思索如何能更好地推行计划时,也为自己反复思考过这条后路。革命结束后,我肯定还会在"奥林匹亚号"上居住,但我可不想最后被愤怒的死者亲属审讯。"我有很多方法可以帮你,但是最为有效的方法就是你对我加以信任。所以,首先我得告诉你点事儿,我要向介绍一个人,她正在气闸室外面等着你。"

米丽安看向外闸门,然后又看着我:"外面?"

"来吧,我们一起出去,然后启动气闸室。"我走入廊道,她毫不犹豫地跟了上来。我想看看她是否会跟上我,是否会信任我。

"这就是你从管理者的谋杀中死里逃生的方法吗?"她问。

啊,谋杀,我喜欢她这种说法,"对。一旦你见到她,就什么都明白了。"

米丽安咧嘴笑了起来,"她?我喜欢。我受够了男人主宰我的世界，而女人却让他们为所欲为。"

我们在紧闭的内闸门外等着，从窗口向里望去。气压平衡之后，外闸门打开了，一个长着触角的东西进入了其中。

"那是什么？"米丽安听上去并不害怕，只是有些困惑。

"一个朋友。"我向她保证。气闸室内的气压已经恢复，我打开内闸门，领着米丽安走了进去。

美杜莎走进光线中，她矮下身子，直到和米丽安脸对脸。"很高兴见到你，"美杜莎说，"我很喜欢你写的论文。"

"米丽安，"我说，"这是美杜莎。我们有个提议，我知道你想消失，但是比起让你消失，我还有个更好的办法。"

和泰瑞那时一样，我没有告诉米丽安在放入植入物时，美杜莎会帮我监测她的心跳。因为正如泰瑞一样，米丽安将会成为管理者中的间谍。她将取代谢珊，完成我之前未完成的任务，尽管她的身份没有谢珊那么高贵——

也没有那么危险。不过米丽安还是能够透露出许多的信息。

"我想见见其他人。"米丽安接受大脑植入时，心跳一直维持在正常频率范围。虽然她的头被固定住了，但是她的眼睛却始终看着旁边等待与她结合的"美杜莎"装置。

"我们通常都是两两见面"，我说，"其实只有一起讨论电影时，所有人才会聚在一起。"

"植入物激活了。"米丽安还没来得及问我电影是什么，美杜莎突然开口说道。进入脑海内的崭新世界后，米丽安的双眼开始失去焦点。

"电影。真不可思议。这是努鲁丁的项目吗？"

"没错。"

"等一切步入正轨后，他完全能够以此为主题写一篇论文。"

"希望会有那么一天。我敢保证论文肯定非常精彩。"

我承认我的话有些马屁之嫌。米丽安热爱艺术与音乐，也喜欢与人讨论这些。我想竭尽所能地凝聚我的团队，而电影讨论小组看起来是个欢迎米丽安加入的好方法。

由此看来，或许努鲁丁认为电影十分重要的看法是对的。毕竟，有人那么仔仔细细（不过还不够仔细）地把它们破坏得粉碎。

米丽安的心跳保持平稳，表情却十分茫然，考虑到她刚做完手术，并且最新接触到数据库，这也不足为奇。

我觉得在米丽安的事情上，我做了正确的决定。但是看着她与我十分相似的面孔，我也感到担忧。我希望我能向示巴夫人的幽灵请教，但是她和母亲的幽灵最近都对我退避三舍。我能感受到她们的关心，但这种关心就如同卡戎星的光芒一般，让人感觉遥不可及。"奥林匹亚号"要再飞行两年，才能与卡戎星擦肩而过，这颗星星将会在我们的视野里越来越大。而示巴夫人和母亲会再对我说话吗？

"米丽安——你为什么这么配合？"

她笑了，"我是中级女性管理者，配合是我们赖以生存的手段。我们很擅长配合，你不这样认为吗？"

"我十分认同。"

她的笑容转而变得悲凉，"是啊。我们不能惹任何麻烦，只能委曲求全。一旦不小心犯下错误，我们就会身陷困境，不得善终。"

"奥林匹亚号"上的死亡记录证实了她的话。但是——"米丽安，你这么努力求生，为什么还会想要自杀呢？"

我以为她会说是因为沮丧，因为想要追求毕生事业受到了挫败，又或是因为家族责任的重担，但都不是。

"贝勒·查尔马恩，"她的声音如梦似幻，"他想让我为他生孩子。他打算安排一场假婚礼，要我和某个害怕挑战他权威的人结婚。"

她的心跳依旧平稳，但我的内心却狂跳起来。我记得根纳季和贝勒与赖安的一些对话细节：如果我没记错的话，这对你亲爱的邦妮来说效果可不太好。

你亲爱的邦妮……

还有贝勒在派对晚宴上对谢珊温文尔雅的说辞：你做出了完美的示范，谢珊小姐。

我又想起那次和示巴夫人幽灵的对话，似乎理解了她对玛蒂尔达·查尔马恩的评价：看啊，这不是礼仪女王，浪费机会女王吗？我当时说，"我一直以为她是完美的女性管理者，"她纠正我，"管理者的妻子，这两者是有区别的。"

示巴夫人身为管理者，绝不会容忍丈夫在外有私生子，而贝勒的父亲可能还没戒掉拈花惹草的恶习。他早在我出生之前就去世了，我怀疑他是因为对婚姻不忠才被害死的。示巴夫人说不定把他当午餐生吞活剥了（然后记下了她的排便记录）。

所以，追求谢珊的真的是赖安·查尔马恩吗？还是说，赖安的追求只是为了让贝勒能有更多机会接近谢珊？

我们可以给她下药，我保证她不会拒绝赖安的求婚。一旦我们收获了她的卵子，手里就有了底牌，等到她有了孩子需要保护，自然就有了软肋。

在我脑海中，浮现出泰瑞·查尔马恩的脸，任谁都能看出他的血统。赖安·查尔马恩自以为自己非常英俊，而泰瑞才是真的英俊。我想起了邦妮，她曾苦苦乞求，可示巴·查尔马恩还是把她送进了气闸室。

"我吓到你了。"

我清醒了过来。

米丽安的眼神再次聚焦在我身上。"不好意思"，她说，"我不该说得那么随意，这不是我的本意。目前的情势还是很严峻的，我已经尽我所能在劝阻他。但是你明白吗，央一？我无权无势，也就没有自由意志，这就是为什么我走进了那扇气闸室。"

"但你没有打开外闸门。"我说。

"对，因为那也不是我自愿的。"她看着自己的"美杜莎"装置。"但是她——我觉得她有自由意志。"

我没有反驳她的说法。"呼唤她吧，"我说，"给她起个名字。"

她的眼里再次盈满了泪水，"我能叫她谢珊吗？"

她竟然也用我伪装过的角色为她的装置命名，真是让我感到惊奇，这简直是对我莫大的赞扬。我差点儿希望自己真是那些我曾假扮过的人，"我觉得很好。"

"谢珊……"米丽安喊道。她的装置动了一下，向她看了过来。

顺带一提，显然和"美杜莎"装置建立联结总是会动感情的。

"又一个人加入了我们的队伍。"美杜莎和我从"奥林匹亚号"船体之外前往路西法塔时，对我说道。不知道米丽安看到这样宏伟壮丽的景象时，心里会做何感想。自由让她感到激动还是恐惧？可能两者都有吧。

我们说服她暂且先回到自己家中。她可以让谢珊先藏在她住所附近的通风管道里——这样，在必要的时候，谢珊能够马上来到她的身边。

"她会保护你，以免你出现任何意外。"我说。

"我会的，米丽安！"谢珊向她承诺道。"我无聊的时候，可以读读你的论文。而且如果你愿意的话，我们可以随时联系。"

"贝勒·查尔马恩和他身边的其他管理者最近会忙得焦头烂额，"我说，"他绝对抽不出时间为你安排假结婚——或者委托别人完成这件事。不过如果他太得寸进尺的话，我会第一时间把你救出来，我向你保证。"

就这样,在我的再三保证下,米丽安和谢珊分头行动,前往卡恩家族住所。纳菲尔塔莉和久美子抹除了这里的安全日志,替换成不会引起任何人怀疑的虚假内容。美杜莎和我在"奥林匹亚号"外面自由地飞奔着,我又想起了米丽安向我坦白贝勒·查尔马恩对她有非分之想时,浮现在我脑海中的念头。

这是个危险的念头。我欣赏着银河系的美景,心里默默地掂量着。

海拉主星和海拉辅星,以及海拉星系的系外星——卡戎星,三颗星球的光芒让其他星体黯然失色。我们不会靠海拉星系太近,就像靠近家园的太阳一样——或者说地球的太阳(因为这个天空是虚假的)。我的思绪不在海拉星那里。就算是卡戎星我也不会关注得太久,因为那颗星星让我又一次想起了示巴夫人的幽灵,她已经与我疏远了。

"我必须要做一件草率的事情。"我说。

"必须?"

"我想让你加强一下我发给示巴夫人幽灵的信号。"

"其实不需要加强你的信号,你也能联系到她,"美杜莎说,"但我猜你应该是在打比方。"

"你比我更像她。"

"没错,"她说,"但是这样做会后患无穷。如果那些巨人觉醒了,我们所有的计划可能会付之一炬。"

虽然在更大的阴谋面前,我们这些计划也许无关紧要,但是对我们而言，这片狭小的天地已是我们的全部。如果贝勒非要强迫米丽安，谢珊会出面制止他——而且会置他于死地。

可我还不想让他死，留着他还有用途。米丽安也曾向我说过，在当下这个时候，与其杀了赖安，更为理智的做法应该是直接杀掉她。我觉得她说得没错，如果我杀掉每一个可能威胁到我革命的人，那还能有谁去享受我革命的成果呢？

截至目前，我的计划距离万无一失还相差甚远，牵扯进来的人越多，这个计划就越可能失败。我们已经把孩子们牵扯了进来，所以现在，我需要为他们提供更多的安全保障。

美杜莎似乎和我想到了一块儿，"等我们进入路西法塔后，再仔细商议。"

美杜莎伸展释放触手，助推着我们快速前行。我们翻过"奥林匹亚号"的前端，在众多高塔里找寻路西法塔。我们抓着横档，攀爬进塔楼。经过成排的沉睡的"美杜莎"装置时，她们似乎也感觉到了我们的存在，轻轻地摆动起触手——她们并非完全处于休眠状态。

我们飘浮在观察气泡之中，双眼凝视着卡戎星，那里看起来最有可能是墓地的所在之处。

"示巴夫人。"我们一起呼叫道。

"我在这儿，"她立刻回应道，"我知道你想要什么。"她的声音回荡在我的脑海里，然而听起来却依旧十分遥远。

"你说过，你想助我成功，"我说，"而且，你还让我结识了米丽安。"

"我明白你的想法,"示巴夫人的幽灵从黑暗里走了出来,"我会帮你的。我会与米丽安建立联系,给她提出建议。但是央一,你要知道,今时非同往日。第三方势力正蠢蠢欲动。"

"第三方?"

"第三方势力不与任何人联系。他们这么做,肯定事出有因。现在,后悔也无济于事,我们必须迎头应对。我会像之前对你一样,给米丽安提建议的。"

"你要让她了解这些事情的来龙去脉。"

"那你打算让她知道多少?"

我已经想过这个问题了,"与管理者持不同政见者的下场,'泰坦尼亚号'的摧毁,还有墓地——除了我的杀人行径,你可以对她知无不言。"

她挑起眉头,"如果她猜到了一些你的所作所为,前来向我询问呢?"

"如实相告,"我说,"但是不要揭露太多细节。"

"好。"她的神情让人捉摸不透,"指导一位中层女性管理者,应该挺有意思。希望我们两个都能有所收获。"

示巴夫人的幽灵转过身去,隐入黑暗当中。

我长吁了一口气,"这场对话比我想象中进展得更顺利。"

"是啊,"美杜莎说,"但不要高兴过早,别忘了,我们还不知道第三方势力是谁。"

我们一起凝视着卡戎星。在和示巴夫人的幽灵再次建立联系时，我脑海中的廊道也徐徐展开了。现在，幽灵虽然消失不见，但廊道依然还留在这里，只是似乎与之前的样子有了一些微妙的不同。它看起来比之前延伸得更长，一直延伸到未知的地点，隐没在黑暗之中。

黑暗之中，似乎有什么东西正在蠢蠢欲动，这是我的错觉吗？

25. 苏丹娜、彻子及其精彩绝伦的计划

即便美杜莎离开了，我也感觉自己非常安全。路西法塔是我的避难所，这里有成百上千的"美杜莎"装置陪在我身旁。如果有谁向避难所发起攻击，我们会竭尽全力打败敌人，所以我自认为这里十分安全。

但"泰坦尼亚号"上的人们也觉得自己很安全。

如果你周围长期没有坏事发生，感觉安全或许没什么不好；但这其实并不合理，尤其是当你生活在世代飞船中，穿梭于群星之间，就更加不合乎情理了。在所有人中，我本最应该铭记这点。

可是现在，我却飘浮在观察室中，一副悠闲自得的样子。美杜莎、纳菲尔塔利和久美子在事先商定好的地方播下示巴虚假通

信的种子。在这之前，我完全没有意识到，她们是多么明智！尽管如此，我依旧庆幸自己当时做出了这个决定。

在派遣示巴夫人的幽灵前去帮助米丽安后，美杜莎和我检查了虚拟拼接结构，每当我们的运行系统出现故障导致数据重新排列时，这种结构就会出现。在过去八十年间，"奥林匹亚号"从未发生过系统性通信故障，而我们要做的，就是要将那些隐藏了几个世代的数据存储公之于众。这些数据中，大部分都是真实可靠的，但也有一些内容是我和美杜莎杜撰的。在这些内容里，我们虚构了位高权重的示巴夫人生前想要推动的一项议程。

这项议程当然不是示巴夫人的真实想法。尽管我很欣赏示巴夫人的幽灵，但我绝不会将她与真实的示巴混为一谈。那个女人简直是铁石心肠，她偷偷建造了一艘先进的宇宙飞船，准备着在面临危机之际，随时载着她和家族精英以及盟友脱离险境。除非有利可图，否则她才不会关心"奥林匹亚号"上孩子们的安危。

但是，示巴的公众形象却与真实的她大相径庭。在公共场合，她的言论总是深得民心，让人感觉尽管她身居高堂，却依然忧国忧民。我们所伪造的议程，迎合的正是这种公众形象，二者契合得非常完美。

"一旦示巴的音乐教育计划通过家族议院的审核，第一阶段很快就会完成。"美杜莎说道，"但是第二阶段，我们要更加谨慎才行，特别是现在亚述和他的朋友也卷入了此事。"

第二阶段就是让"美杜莎"装置出现在公众视线当中。我们的计划是，在家族议院达成共识，立志建造一些类似装置之后，让泰瑞偶然发现她们。当然，这只是我们的初步想法，事态究竟会怎样发展，谁也无法预料。

但不管怎么说，第一阶段启动！这感觉真好！我从私人数据库中，找出一些自己最喜爱的父亲的照片，凝望着他慈祥的面容。

很多关于你的事我永远也不会知道了，我想，但我知道，你不会完全反对我做的决定。

当然，他可能也不会完全认同。但是至少我可以安慰自己，我从来没有擅自做主。与"美杜莎"装置合作是我们应该做的事情之一，不是吗？我们确实也这样做了。

"这个计划可行，"在执行任务之前，美杜莎向我保证道，"我们留下了实物证据和虚拟证据，用以支撑我们之后的行动。如果一切顺利，整个管理者阶层都会为之而动。一旦他们有所行动，我们就后发制人，确保计划顺利进行。"

我望着她远去的身影，心里想着"后发制人"的含义，这很有可能意味着谋杀。但是现在，我暂时把这个想法抛诸脑后，尽情欣赏着漫天的星光，等待着美杜莎她们完成计划。

时间一分一秒地流逝，我担心她们会不会遇到什么困难。但我的心跳仍旧缓慢而稳定，我知道她们一定会成功——至少这次行动会成功。接下来要做的事，才更具挑战。

"距离系统故障还有五分钟，"美杜莎向我发出警告，"我们将中断通信一个小时。"

我相信自己可以忍受长达一小时的静默。五分钟后，通信系统瘫痪了，我甚至感到有些兴奋。计划正在变成现实！通信中断后，随之而来的并非万籁俱寂，我仍然可以感受到母亲的幽灵的存在。还有，虽然我让示巴夫人前去协助米丽安，但我也能感受到她的存在。我有些担心，贝勒可能会在米丽安无法求救的情况下采取行动，不过这听起来不像他的风格。

我似乎感受到阴影中有第三人的存在，他正蠢蠢欲动。

"央一！"母亲的幽灵向我发出警告。

我回过神，发现在观察室的另一端，有人正透过一套增压服的面板，偷偷地看向我。那人冲我笑了一笑，转身逃走了。

搞什么鬼？我紧贴着观察室向外看去，没有发现对方的身影。

忽然，我听到塔底有什么动静——有人穿着磁力鞋走出了塔底。那人在思兼塔的旁边停了下来，回头看着我，向我招手示意。

她想让我跟着她。

我不能像之前那样，穿上"美杜莎"装置前去冒险。我不能借用这里其他处于休眠状态的"美杜莎"装置，她们将来会被"奥林匹亚号"上别的人唤醒，与之结合。我可不想只为了出去追一个人，就让以后我们的关系变得复杂。

储物柜中有许多增压服，我会定期对它们进行检查，确保它们可以正常使用。我可以穿上一套增压服，用这种古老的方法追赶着那个神秘的女人。她看到了我的真实身份，知道了路西法塔里有人，甚至很有可能看到了这些"美杜莎"装置，可不能这么轻易就将她放走。

她就在外面等着我。她之前为什么没有示意要进来呢？如果她只是好奇，她本可以请我让她进来。不过通信中断了，所以她可能没办法呼叫我。

这难道不是一个有趣的巧合吗？我现在无法联系任何可以帮到我的人。而且就连监控录像也停止运作了，如果我遭遇不测，美杜莎永远也不会知道发生了什么。

她还在等着。我不能让她离开，那对我们来说太危险了。如果这里暴露了，那我们要把这些"美杜莎"装置重新藏到哪里？我该怎么处理这件事呢？

母亲的幽灵已经消失了，如果我做了一些她觉得愚蠢的事，她会再次警告我吗，还是会继续保持沉默呢？

我走到储物柜前，以最快速度穿上一套增压服，进入气闸室当中，打开外闸门前去找她。她还在那里等着我。

我没有试图从梯子上下来，而是使用了喷气助推器。毕竟，她就是这么做的。但是，当我踩到金属表面时，我停了很长时间，让我的磁力鞋接触了一会儿，同时看看她是否还在那儿等我。

她似乎扎根在了那个地方。但我知道，一旦我靠近，她就会有所行动。果然，看到我追了过来，她迅速跑走了。我别无选择，只能以同样的方式紧紧跟着她。

那个陌生人在另一座塔附近消失了。我小心翼翼地跟在后面，以她消耗燃料的速度来看，如果没有更多燃料补给，她根本走不远。我看到她远远的在我前方，但是只要她回头看到我还跟在后面，就会接着逃下去。

噢，真不错，我心想，你可真是在逗我。但我抑制住心中的怒火，继续追踪着她。我知道再这样下去，很可能会落入对方的陷阱，所以我保持着高度的警惕。根据以往经验，我的燃料储备和空气供应足以让我抵达安全地带，但我需要通信系统打开气闸室，而通信系统现在还没有恢复。美杜莎说只需要一个小时，通信系统就会恢复正常，但是万一她错了呢？要是那个陌生人做了什么事情，阻碍了我们的计划呢？毕竟，她身穿着一套高级增压服，出现在了不该出现的地方。

我又看见她了，她正在洛诺塔底座附近。如果沿着现在的路线，她会把我从"奥林匹亚号"的前端带到船头区域的气闸室那里。比起在众多研究塔附近兜着圈子，进行毫无意义的追逐，我倒宁愿她那么做。

她的行进路线很快印证了我的猜想，她正朝着船头区域前行。我依然跟在她身后穷追不舍，但我知道，增压服的空气供应变得越来越少了。一个小时过去，通信依然没有恢复，在我看来，这是最糟糕的情况了——但我下定决心要追上她，除此之外，我现在没有更好的选择；如果我停下追赶，试图手动开启通往气闸室的通道，她很可能就会在这段时间内不见踪影，那我之前的追逐将徒劳无功。

身穿"美杜莎"装置疾驶过"奥林匹亚号"的表面，这种体验非常有趣。但是，身穿燃料储备和空气供应都很有限的增压服去做这种事，简直令人乏味。而用这种老掉牙的装置去追赶一个可能会将你带入陷阱的陌生人，则可怕透顶。

到达"奥林匹亚号"的旋转主体后，她的路径更加明显了：她正朝着200-级气闸室前进。她走到旋转主体上，正对着200-级气闸室，200-级气闸室随着旋转越来越近，其中一扇气闸室的门忽然打开了。现在通信系统仍然处于中断状态，所以肯定是有人在飞船内部手动打开了气闸室。

那个陌生人抓住气闸室口的横档，消失在里面。

我花了几分钟时间，才到达那扇气闸室。我抓住同一根横档，趴在门边向里望去，看见她正紧紧抓着内闸门的栏杆。我把自己拖了进去，但只是站在门边，和她隔着气闸室四目相对。

外闸门一直开着，好像在等着我关上。不过我可不打算贸然靠近她。

正当我们陷入僵局之际，外闸门突然关上了。

我们一起等着气闸室完成增压循环。

房间增压完成后，她摘下头盔，她的双眼同秀发一般乌黑，不过很可能是人造的。我还没来得及看清她的真面目，她就已经转过身去。她有一头乌黑顺滑的秀发，肤色和我差不多。

内闸门打开了，一个又瘦又高的男人出现在门口。他的眼睛几乎可以肯定是人造的，因为它们竟然是紫色的；头发则像墨水形成的河流一样披在肩上。他朝气闸室走了过来，但停在了门口的位置。

我摘下头盔，把它夹在腋下。那个男人靠在远处的墙上，双臂交叉，摆出一副满不在乎的架势。那个女人背对着我脱下增压服，把衣服随手扔进了储物箱中，丝毫不在乎增压服的储存规范。"我不会把它放在这儿，"她似乎看穿了我的心思，对我说道，"一会儿你离开之后，我们会把它藏起来。如果你想把它一起带回去，我们会杀了你。"

我听明白了她的威胁，但是她的声音特别没有教养，音调也太高了。

"我可没有觊觎你的增压服。"我模仿着谢珊·科托的语气说道。

她转过身，久久地注视着我。虽然她对我没有蔑视之情，但她站在门槛上，有些挑逗地对我说："我就知道你不会无视我的威胁。"

"你有什么威胁？"我问道。

"我是苏丹娜，他是彻子。"

现在，没有了头盔的阻挡，我可以清楚地看到苏丹娜的脸，她看起来不像我的母亲，彻子倒是很像。不过他能不能别像现在这样露出一副傻笑，说真的，这傻笑真是太让我厌烦了。

"你应该脱下增压服，"他对我说，"我敢打赌你身材肯定很好。"

我盯着他，惊讶于他竟然说出这番话来。我确实身材尚可，别人说出恭维之词时，我会假装受宠若惊。但他的反应着实夸张，好像几百年没有见过活人，已经忘记如何礼貌待人一样。

"你们为什么会在这儿？"我问。

苏丹娜也露出一副傻笑，"好吧——倒挺开门见山！但你不知道我们也很正常。"她话里话外似乎不是在表明自己身份，更像是在挑明自己的地位。"我们是第一世代，"她说，"我们帮忙建造了这艘飞船，是最早登船的人之一。"

我想起了我和美杜莎之前发现的深度睡眠装置，"你们休眠了多长时间？"

"将近一百年了。"苏丹娜说道。

"看来，施内布利是想杀了你们。"

"他想得美。"

我很好奇，她是否知道自己的声音有多么令人讨厌。第一世代的人都是这种声音吗？一百多年来，我们这些人已经习惯了彼此柔声细语，谦恭有礼。如果管理者见到他们，他们的无礼会将自己的傲慢自大和愚昧无知暴露无遗。

不过，这种无礼确实像是无意之举，至少部分是无意之举。

"你们的任务是什么？"我说。

"任务？这可不是你和努鲁丁爱看的电影，哪有什么任务。"

我露出一副略带怀疑的表情。

她的态度软了下来。"是有任务，但这不关你的事。不过，我可以向你简要概述。还记得敌对家族吗？我们从他们那里偷走了'美杜莎'装置，这也是为什么我们要逃跑躲避他们。我们建造了这些世代飞船，将我们送入太空，希望在他们追上我们之前，能够学会如何使用这些装置。"

美杜莎曾对我说，你父亲提到过那些他称之为建造者的人。他假设建造者们创造了"美杜莎"装置和世代飞船。不过，他们应该只是个假想概念而已。

现在，这两个假想概念活蹦乱跳地出现在了我的面前。他们并没有声称建造了"美杜莎"装置，但却声称建造了我们的世代飞船，真是令人印象深刻。

或者说，这本应让我印象深刻，但通过那种讨厌的声音得知这一消息，就不怎么深刻了。所以，我觉得有必要用谢珊·科托充满教养的语气给他们做一次示范，"真令人震惊，所以，你和彻子有自己的'美杜莎'装置？"

"没有。她们不能和我们连接。"

正是如此！"因为你们没有我们的 DNA，"我猜测道，"你们和根纳季很像。也许这就解释了为什么你们丝毫不关心孩子们的安全。你们给了他们植入物，如果别人发现这点，他们会被处以死刑。

至少，这让彻子的傻笑有所收敛。只是，他脸上新的表情仍是那么令人厌恶。

苏丹娜扬起下巴，"你什么时候有的植入物，央一，你会选择等到成年时再植入吗？"

有意思。她是心里知道答案，才问我这个问题的吗？还是她其实不知道答案？

"这要由那些孩子的父母来决定。"我说。

"正是因为我们敢于为他们做这件事，"苏丹娜说，"现在你才有了一批优秀的合作者。他们被选中是有原因的，央一。几年后，当他们和'美杜莎'装置连接时，就会很安全。现在，你最好继续躲起来，别再干扰我们。"

我像历史博物馆中的宇航员雕像一样，一动不动站在原地，"是你在干扰我。"

苏丹娜对我笑了笑，好像我是个早熟的孩子。"如果不是因为我们，你们所有人都不会存在。"

"所以，我们就该任由你们摆布——你是想表达这个意思吗？"

她皱起眉头，"如果你能照看好那些孩子，我们就不会有机会给他们安装植入物。是你不够负责，别再因为一些鸡毛蒜皮的小事分散自己的注意力，也别再铤而走险。第一世代从一开始就在照看'奥林匹亚号'，央一。我们不需要你告诉我们如何做好自己的工作。"

"你们一直在照看'奥林匹亚号'，"我说，"但却没有照看'泰坦尼亚号'。否则,它就不会毁灭了。"

她眼睛里闪过一丝怒火,"我们也失去了'泰坦尼亚号'上的朋友和同事——不要这么咄咄逼人,你根本不理解我们的损失。"

我差点大发雷霆,能让我怒火中烧的事情并不多,但苏丹娜成功触及了其中一个令我深恶痛绝的话题。虽然我想说,凭借我钢铁般的意志,我才控制住了自己的怒火。但是实际上,是另外两件事缓解了我的怒火:一个是我母亲的幽灵,当苏丹娜提到她在"泰坦尼亚号"上的朋友和同事时,母亲的幽灵忽然变得精神起来。

另一个则是,"奥林匹亚号"的通信系统终于恢复正常了。

彻子也注意到了这点,他和苏丹娜互换了下眼色。

"我们得走了,"苏丹娜说,"你会在通信录中发现一个新的联系人,如果你想和我们说话,就点那里。但是不要经常使用,央一。我们希望你能少管闲事,你真的帮不了我们什么忙。"

她和彻子转身走到外面的廊道。我蹑手蹑脚地走到内闸门那里,向外张望。我看到他们乘上一架运输机,然后,机门关闭了。

我长舒一口气。

我在通信录中寻找到了一条名为苏丹娜和彻子的新通信链接,那是一个符号,看起来像是一条蛇在吞食自己的尾巴。

"央一,"美杜莎呼叫我,"你在 201 气闸室里做什么?"

"我刚刚在跟苏丹娜和彻子谈话。"

"需要我过来吗？我离你非常近。"

"他们已经逃跑了，但是这里有一件增压服，我想让你检查一下。"我走到储物柜前，把增压服拿了出来。我没有打算拿走它；相反，美杜莎和我把增压服放回柜子里，而且把它整齐地挂好。

几乎很少有人会来200-级气闸室，更不会有人看到这套增压服，我猜正是因为如此，苏丹娜和彻子才会放心大胆地把它留在那里。从现在起，"美杜莎"装置会严密监视这里，他们绝不会冒着被她们发现的危险再回到此地。而他们刚才威胁我，如果拿走它就会杀了我的话，完全是虚张声势。

如果他们真想杀我，就不会费尽心思地威胁我了。

我还活着，这与他们的同情毫无关系。出于某种原因，我对他们还有些用处。

但我可以选择按照自己的意愿成为有用的人。当我得知亚述和他的朋友们已经安装了植入物时，我心中就想好了计划，现在，是时候要将计划付诸行动了。

是时候用我所知的最佳方式来保护他们了。

26. 狐狸娶亲

努鲁丁所挽救的诸多电影中，有一部日本导演黑泽明所执导的电影, 名为《梦》。这部电影讲述了八个形色各异的奇幻梦境。其中一场梦境, 讲述了一个小男孩偷看了狐狸娶亲的场景。他看到了不该看到的东西, 而且还被狐狸发现了此事。那个男孩最后被赶出家门, 他的生活也就此发生改变。

这和发生在亚述身上的事情何其相似, 只是与黑泽明电影中的男孩不同, 亚述对自己身上发生的改变感到非常开心, 他丝毫不想回到之前的样子。所以, 当我们将他放上手术台上时, 他一脸严肃, 但我知道, 他并非是感到害怕或者恐惧。

"我会失去我的能力吗?"他问美杜莎。

美杜莎表情中流露出前所未有的温柔, 她弯下腰来, 如同母亲看着自己的孩子一样, 用触手轻轻抚摸着他的脑袋。"我们不会破坏你原有的植入物。"她说, "你脑中的植入物与央一的结构相同, 我们不会把它取出来, 而是向你的数据库添加更多数据, 你现在正在接收你父亲的电影数据库。"

她并没有告诉亚述全部真相。除了添加数据之外, 她还在检查确认苏丹娜和彻子是否在通过植入物监视他。一旦数据传输完成, 亚述就可以通过他的装置获得他父亲的数据库。

"一切正常。"美杜莎秘密地向我发送消息, "里面没有安插监视系统。"她用触手拿着器具, 密封上亚述的头骨, 将他的头皮拉回原位, 然后仔细地粘在一起, 让人看不出任何手术的痕迹。努鲁丁静静地站在旁边, 紧紧地握着他儿子的手。在感受到父亲用力地紧握之后, 亚述应当会将这件事当作成长仪式。

"我现在是个大男孩了，"他说，"我身上肩负着很多责任。"

"现在你还有一件事情要做。"我说道。

亚述坐起身来，看着正在一旁静静等待的"美杜莎"装置。

"你要怎么称呼她？"努鲁丁问。

"章科帕希！"亚述说。

真不知道其余的孩子是不是也会为他们的装置起一些稀奇古怪的名字。

亚述带着他的朋友来见我们，这些孩子的父母对他们身上发生的改变一无所知，而亚述俨然代替了这一角色，出席了他们的配对环节。也许，这侵犯了他们父母的权利，但在我看来，这是目前保护他们免受苏丹娜和彻子影响的最佳方法。我告诉努鲁丁自己这一想法时，他也表示理解和赞同。

不过，这件事也有一些负面影响需要考虑。我们看着亚述与章科帕希进行连接时，努鲁丁向我发来信息：

央一，这件事公之于众时，乔恩和我的关系可能会就此结束。

我一时语塞，不知如何去安慰他。

努鲁丁接着说："这不怪你，从我决定挽救那些电影时起，我就已经打开了潘多拉的魔盒。"

我本可以指出，当他发现我的真实身份时，是我把他拉入浑水的。不过，话又说回来，要是他当时没有加入我，即便相信他会守口如瓶，我也会杀了他。所以，我只能一言不发，默默祝福着他。

亚述和章科帕希合而为一,她的面孔覆盖上他的脸庞。亚述即将看到、并且做到我和努鲁丁在他这个年纪想都不敢想的事情。我又想起了黑泽明电影中的那个男孩,他躲在一棵大树之后,偷偷看着狐狸们隆重盛大的婚礼游行队伍,那些狐狸伪装成人的模样,却一脸冷漠。发现有人正在偷看他们时,他们所有人都转过头来,盯着那个入侵者。男孩因为犯了禁忌,不得不自食其果。

这事绝对不能发生在亚述身上。

"章科帕希会保护他的,"我说,"所有'美杜莎'装置都会把孩子们放在第一位。"

"是的。"努鲁丁笑了,但脸上还是挂着一丝担忧,"但是乔恩也是他的父亲,归根结底,没有人征求了他的意见。"

我们彼此沉默地相视而立,沉浸在内疚和后悔——还有希望当中。短暂沉默过后,我说道:"努鲁丁,'奥林匹亚号'上的人民一直处于危险当中,但我们不该遭受这种待遇。面对这一威胁,我们选择了最佳方式进行应对。苏丹娜说过,亚述和他的朋友都很优秀,他们是我们所能找到的最好的合作者。我希望我们可以给他们一个机会证明这点。"

"他们会证明自己的,"努鲁丁说,"我的孩子们无时无刻不在向我证明这点。"

我以为自己明白了他的意思。但是其实并没有,因为那时我还没有见识到这群孩子的过人之处。亚述与章科帕希之间的连接，也将他与我连接在了一起，而通过我，他也和那些巨人连接了起来，而那些巨人很可能会为这个孩子的出现而惊讶不已。

"我们已经行动，"我说，"让我看看第一世代的朋友们对此会有何反应。"

我打开通信录，查找苏丹娜和彻子的联系图标。

它不见了。

"他们不会高兴的，"从我之前和苏丹娜及彻子的短暂交谈中，我已经预料到了这点，"他们说过，再过几年，再把孩子与'美杜莎'装置进行连接是安全的。他们会把我的行动视为是肆意干涉。"

"那我们就更应该自己探索出一条新的道路。"美杜莎仔细检查了苏丹娜的增压服，"你之前说得没错，这套增压服的技术确实非常先进，它让我想起了我们最近看到的某样东西。"

美杜莎比苏丹娜还要更加小心地将增压套装放回储物柜内。虽然这套增压服与柜子里的固定架不太配套，但比起之前被随意地扔在这里，已经看起来好多了。

"我有一种直觉。"她说。

"什么直觉？"

"'逃脱号'，我想去看看'逃脱号'的储物柜里到底有什么。"

"更多像这样的增压服？"

"可能吧。"

"我们能进去吗？"

"试试看不就知道了。"

我们从一间较小的气闸室里飞了出去。"奥林匹亚号"之外，我们的行进速度绝对让苏丹娜望尘莫及，不过我们还有很长的路要走。

我脑海中响起了与我五味杂陈的内心十分相符的乐曲：动画电影《幻想曲》中，斯特拉文斯基重新改编的《春之祭》。我们距离目的地有很长距离，脑海中播放完《春之祭》的整首曲子后，又播放起普罗科菲耶夫为爱森斯坦执导的电影《伊凡雷帝》所谱写的乐章。到我们隐约看清前方发动机的轮廓时，乐章已经进入了高潮部分。

美杜莎从"奥林匹亚号"的旋转主体跳跃到拼接而成的巨大驱动板上。零重力情况下，你不用担心会掉进自旋臂和压力板之间的缝隙深渊之中，所以也没那么可怕。

但这缝隙看起来确实十分令人恐惧，我凝视着那个深渊，显露在外的机器部件宏伟壮观、引人遐思。

然后，引擎的轮辋出现在我的视野当中，我放眼远望，甚至不能看到引擎的全貌。美杜莎用触手敲击轮辋，引擎竟然将冲击完全吸收，没有发出一丝震动，着实令我震惊不已。

美杜莎向着前方的目的地冲去时，我产生了一阵焦虑。如果"逃脱号"不见了怎么办？如果有人把它移走了怎么办？

但是它依然原封不动地停在我们上次看到它的地方。

"我们怎么才能进去？"我这是铁了心要让自己焦虑。

"我试一下能否在不惊动监控人员的情况下，和'逃脱号'沟通。"美杜莎说。

我记得上次来这里时，看到了一扇入口闸门。美杜莎爬到闸门附近，通过她的链接，我可以看到闸门的虚拟控制面板，不过她与飞船的安全系统进行交流时的代码内容滚动得太快，我根本来不及看懂其中的含义。我静静地看着，不知道要在闸门附近待上多久。

"搞定。"美杜莎话音刚落，外侧舱门便打开了。美杜莎扭动着柔软的身躯，如同章鱼钻进贝壳一般，钻进了门内。闸门关闭后，我们静静地等待着气闸室完成增压循环。可以在这里自由呼吸之后，我们彼此分离开来。

我的脚踩着地板。"这是重力场！虽然非常微弱，但是这里有重力。"

"重力炸弹技术的另一种应用。"美杜莎听起来十分恼火，她喜欢零重力下自由行动的感觉。不过，她很快就适应了这里的环境。她抓住舱壁的突起物，向前推动着自己，这样就可以在不接触地板的情况下，穿越飞船内部。我紧随其后，在重力作用下，小心翼翼地走着。这里的重力十分微弱，如果我动作太快，很容易失去平衡。

增压服的存放位置位于气闸室内闸门附近。我们打开众多储物柜，搜查起增压服。这里的增压服和"奥林匹亚号"上别的储物柜中的增压服没有任何区别。美杜莎疑惑地低声嘟囔了一句。

"发现了什么让你这么惊讶？"我说道。

"如果这些增压服和苏丹娜的那套一样的话，那会方便很多。我觉得技术应该是一样的，但这也只是我的猜测。不管怎么说，这两件事都很反常，所以我很好奇，他们是否属于同一阵营。"

"示巴建造了这艘飞船，"我说道，"她有什么理由与第一世代的人打交道？"

"你还记得他们之前说的吗？他们从深度睡眠装置中醒来不久之后，示巴就遇难了。但是，如果他们帮助建造了'奥林匹亚号'，那他们应该会知道，既然现在飞船的引擎群已经冷却，里面可以隐藏的东西是很多的。所以我很好奇，他们的增压服是不是就是从这儿拿来的，但是现在看来，那些增压服应该藏在别的地方。"

不过，随着对"逃脱号"内部的继续检查，许多反常之处确实浮出了水面。虽然飞船外部看起来光鲜亮丽，但内部却非常简陋，就像是临时赶工建造而成。身处其中，就连"奥林匹亚号"的增压服都显得异常笨重。

如果你不了解媒介，媒介就无法成为信息，我心想。

仔细观察"逃脱号"内部之后，我们发现，这里的空间十分狭窄，根本没有足够的空间存放补给物资，也没有地方放置深度睡眠装置。所以，示巴要么根本没有打算逃得远远的，要么"逃脱号"的速度快到超乎我们的想象。

我们从气闸室一直搜索到船头区域。一般的航天飞机有驾驶员和副驾驶的座位和控制器，但是"逃脱号"却只有一排排的监控器，除此之外，底板上用螺栓固定了好几把椅子，不过这些椅子看起来像是后期添加的。

美杜莎检查了监视器，"这些监视器是'奥林匹亚号'上的产物，如果它们和这些引擎采用同一种技术制造而成，那它们会是什么样子？他们真的需要这些显示屏吗？还是说这一切会发生在我们脑子里？"

我刚思考了半秒钟，中央的屏幕忽然亮了起来。

上面显示：任务进展？

我之前从未见过美杜莎如此狼狈，她像只不知所措的章鱼一样，不知道是要扑过去破坏一切，还是要迅速逃走，只在身后留下一团墨汁。

"他们怎么知道我们在这里？"我说。

我们回顾了自从进入"逃脱号"以来做过的所有事情。从我们的安保覆盖系统上，我们没有发现这里有任何监控摄像、监听设备或者传感装置。但是我们自从进入这里之后，都碰过什么东西呢？

"我的触手可以自动探测到任何反馈机制。"美杜莎用触手仔细扫描了四周的舱壁，然后，她注意到了我的靴子，伸出触手指着它们，"是你脚踩在地板上产生的压力，对方通过这个，可以判断有人在这艘飞船上四处走动。"

任务进展？屏幕开始忽明忽暗，似乎变得有些不太耐烦。

如果让我如实作答，我肯定会说：进展有些出乎意料。

忽然，屏幕上又出现了第二行字：再不回复我们，你会后悔莫及。

啊哈！我们。看来，发送这条信息的不是根纳季，听这语气更像是苏丹娜。

但是任务进展这个问题听起来太过宽泛了。任务一词说明这不是短期指令，而是一系列活动。如果根纳季看到苏丹娜和彻子之前使用的那两台深度睡眠装置后，心情非常不悦，那他似乎不会给那些第一世代的内应们提供现状报告。他之所以知道"逃脱号"，是因为示巴建造了它。但是苏丹娜和彻子是否知道这艘飞船的存在呢？

"我觉得应该是敌对家族发送的这个信息。"美杜莎说，"武器家族。如果他们制造了重力炸弹，那么这艘船应该也是他们的技术。"

"我应该回复他们，"深思熟虑之后，我说，"我有个主意。"

我寻找着虚拟键盘，但是根本没有这种东西。

好在我在学校里用过手动键盘，我触摸了屏幕下方的平坦表面，那片区域亮了起来，按键出现了。我迅速敲出一条消息：资源完整无缺。

希望他们不会要求我把细节也给讲清楚。

为何迟迟才回复？他们质问。

这个问题太好回答了。因为事情并不像看起来的那样。

不足为奇。对方回答道，然后屏幕变成了一片空白。

"这就完了？"我疑惑了，"他们可不太健谈，对吗？"

"谢天谢地，"美杜莎说，"你觉得我们骗过他们了吗？"

"希望如此。"但是下次我们应该不会这么幸运了，"我们得离开这里。"

我跟着美杜莎，小心翼翼地回到气闸室中。让孩子们和"美杜莎"装置进行配对的决定，每分每秒都在让一切变得更好。和亚述一样，通过看到自己不该看的东西，我改变了自己的观点。我也和他一样，不可能永远被蒙在鼓里。

这些狐狸需要多久，才会发现我们偷窥了他们的娶亲呢？

27. 圈套装备是什么？

根纳季曾对查尔马恩说，在你们看来，谁拥有投票权、谁没有投票权似乎至关重要。那两年之内，武器家族过来索要他们的资源时，你们以为自己对这件事还会有投票权吗？

我在"逃脱号"上，通过屏幕回复对方发来的信息时，脑子里一直在回想这段话。我知道，不管对方究竟是谁，使用资源这个词都不会出错。但是，尽管我与未知者的联系可能风险重重，我仍然有其他重要的事情需要继续处理。

善有善报，恶有恶报。一旦通信网络重新启动，我们伪造的示巴的信息就会发送到对应目标的收件箱中。以示巴的尊贵身份，这些伪造的信息会在众多收件箱中都处于顶头位置。

这件事即将变得沸沸扬扬起来。

你可能大致知道，在"奥林匹亚号"上，我们近乎病态地各司其职。"奥林匹亚号"的隧道之中，蠕虫必须四处奔波，辛苦劳作；中级管理者们则负责管理人事、检查报告；仆从们要严守规约、招待晚宴。你会发现，"奥林匹亚号"上人们所处的阶级地位越高，面对新消息时，他们就越古板和保守。

美杜莎和我看了一眼通信树，他们上次如此疯狂地互相通信，还是在"泰坦尼亚号"爆炸的时候。

我查看了贝勒·查尔马恩的留言和回复。"我母亲非常喜欢音乐，"他告诉张氏家族，"所以听到她在考虑一个音乐教育项目时，我一点儿也不感到惊讶。"

虽然他的通信内容完全在我预料之中，但我知道，在现在这个阶段，没有什么是理所当然的。我在监视贝勒时，泰瑞·查尔马恩也在特别关注安保系统的情况。

最初几天，一切风平浪静。

"他们丝毫没有对这次通信中断导致的数据库出现问题起疑心。"泰瑞说。他最近一直在和美杜莎、久美子负责中断飞船通信的事情。虽然飞船上的许多技术人员在多年之前已经预测得出数据即将过度压缩，也知道应该对储存系统仔细检修，但是因为大部分数据信息都是些陈年旧事相关的内容，所以没人考虑去优先处理这一问题——直到整件事情变得一团糟。

但他们很快就解决了这个问题。安保专家宣称，我们非常幸运，虽然通信中断了好几个小时，但是所有丢失的信息已经完全恢复；这次小小的问题，可能避免了之后出现更大的灾难（这话在一定程度上没错）。

通信中断十天以后，努鲁丁在贝勒·查尔马恩的一场派对中服侍。"使人人遭殃的风才是恶风，"努鲁丁斟满贝勒的酒杯之后，贝勒说道，"现在既然问题已经得到解决，我选择将母亲失而复得的信息视为一个宝库。"

也就是说，他会在下次家族议院上提出此事。

"虽然那些老顽固们都微笑着点头赞同，"努鲁丁说，"但是一些年轻新贵们却对这个想法嗤之以鼻。最大的老顽固，正是赖安·查尔马恩。"

我研究着努鲁丁给那次晚宴录的像。确实，赖安的确非常顽固，贝勒也看出了这点，对他提出严厉的批评。这足以看出贝勒的决心，如果贝勒不能帮示巴实现这一遗愿，谁还能呢？

我反复看了好几遍录像，专注于观察赖安的那些密友，他们中大多数都在努力隐藏自己对长辈的蔑视之情。音乐教育？这种东西有什么用？唯一一个持中立态度的人是珀西·奥莱利，而这似乎惹恼了赖安——他最好的朋友以及最大的竞争对手。

亚述的脸突然从我的收件箱里跳了出来。"扎普乐迪与艾尔法完成结合。"他说。果然如我所料,这些孩子给"美杜莎"装置起的名字真是极具创意。

"扎普乐迪和艾尔法,"我确认道,"非常好。"

"十个孩子完成结合,还剩三个。"

"我相信你。"

他向我展示了他标志性的水獭男孩的微笑,然后消失在一片虚拟气泡中。

亚述平均每天为那些孩子们完成一次配对。但他除了这个话题之外,还会经常和我聊些别的。不知怎的,我给他的印象好像是我了解一切知识一样。

"央一,我一直在想我们的革命,"在和章科帕希匹配后不久,他对我说道,"我在电影数据库中,经常听到'马基雅维利亚'这个词与共谋有关,从前真的有一个叫马基雅维利亚的阴谋家吗?"

因此,我开始传授亚述知识。这时我才发现,亚述是有多么聪明,他总是会问出一些我回答不出的问题。

"数据库中没有关于她的记录,"我说道,"我认为这个词已成了一种约定俗成的说法。即使我们不知道这个词的起源,也会使用它。"

值得赞扬的是,当我不知道问题的答案时,亚述会重新组织思路，提出更好的问题；在他询问的间隙，我则继续做着手头的事。我对他的问题来者不拒，如果我很忙，就暂时不会回复他，而他也会礼貌地等待我的回答。我们俩继续致力于效法马基雅维利亚夫人。

想到那些伟大的阴谋家，我就想起了根纳季·米罗年科，他至今仍藏身于暗处。我自以为是地以为，也许他是因为我才不再抛头露面，也许他猜到我和他一样危险；也许他知道，我被甩出气闸室之后，并没有死。也许他把我当成象棋里的皇后，而非卒子。

但我不能如此自以为是。你越想要相信什么，就越应该怀疑它。

"我以前经常在莲花厅看到根纳季，"米丽安说，她在美食家中的地位可比她在贵宾中的地位要高得多，"他要么改变了自己的日程安排，要么是再也不会去那里了。"

莲花厅里再也找不到根纳季，查尔马恩派对上再也找不到根纳季，常规通信网络里再也找不到根纳季发出的信息。泰瑞在监控里找不到他的身影，美杜莎和她的姊妹们在安保覆盖范围里也找不到他的踪迹。他似乎又变回了那个在过去百年间不问世事的神秘幽灵。

通信中断事件后第十一个周期里，苏丹娜的衣服从储物柜里消失了，我们没有看到她拿走它。所以我的另一个假设也不成立。

"她花了十一个周期才拿走，"美杜莎话里带有一些安慰，"她肯定费了很大劲，才绕过了我们的监视。"

我没有把苏丹娜和彻子太过放在心上，一旦所有孩子们与"美杜莎"装置配对，我会更加松一口气。

"特雷克萨和皮瑞卡已完成结合。"亚述说。

特雷克萨！"非常好。"我照着镜子，化上妆、戴上假发，将自己伪装成米丽安的样子。她（我）和哈尔卡·查韦斯有一个晚餐约会，哈尔卡最近收到了某个男人的委婉提议，那人想和她发展一段婚外情，还想让她为他生下孩子，而哈尔卡已经开始感到绝望了。

我想向她提出一个与众不同的提议，我确信她会更喜欢我的提议。

通信中断后的第十三个周期，亚述将最后一个孩子与"美杜莎"装置完成了配对。

"奇奇莫拉与松岛已经完成连接。"

"新的世代就在这里。"美杜莎说。她立即召集孩子参加虚拟会议，为他们分配了一个项目。

"你们将是第一批，"她告诉他们，"想想你们的家人和朋友。有一天，他们也会有自己的'美杜莎'装置。但是现在，我们没有足够的装置提供给所有人，而且，有些人可能会因为我们的外表受到惊吓。什么类型的装置会更好地为他们工作，他们最需要什么样的装置？我们将共同努力，创造出十三个新的装置，我会为你们提供你们在这个任务中所需的一切用品。"

他们在那里尽情讨论之时，我将自己伪装成了三级维修工拉加莎·欧耶米。五年以前，我就开始塑造这一伪装角色，我穿上工作服，将自己的脸和头发打扮得尽可能平淡无奇，不引人注意。

拉加莎的主管检查了她的记录之后，没有多看我一眼。除非我搞砸了什么，否则我不值得她注意。

"医疗制冷单元 1713 消耗了太多的能量。"她的呼吸在我们之间的空气中凝结。像"奥林匹亚号"深处这样的地方，能量根本不会被浪费在舒适上，更不用说被供给失灵的制冷单元了。"可能有人把冰柜塞得太满了，我们得检查一下。一旦你检查了机器，他们就会进行正式的盘存，我们也就可以继续别的事情了。"

"收到。"我拍了拍工具包，转身向漆黑的无尽隧道深处走去。

不到十个小时之前，我和哈尔卡·查韦斯也一起走过漆黑的隧道，来到一个永久改变她生活的秘密地方。安装植入物后，她看着我父亲庞大的音乐数据库，眼泪簌簌地掉了下来。音乐就是哈尔卡的生命，即便她只安装植入物，不与"美杜莎"装置进行结合，也已经心满意足、死而无憾了。

伊莫金，她如此称呼她的"美杜莎"装置。这是古斯塔夫·霍尔斯特女儿的名字。

前方的隧道蜿蜒曲折，独自一人踱步时，我想起了示巴夫人最为喜爱的乐曲之一，巴赫的《耶稣，人类渴求的欢乐》。这首乐曲在我脑海中缓缓播放，似乎让我眼前的黑暗明亮了起来。我敞开心扉沉浸在乐曲之中，知道自己并非孤单一人，示巴的幽灵在一旁陪着我。

"我知道贝勒为什么将米丽安和哈尔卡视为目标了，"她说，"她们太过善良，就像邦妮·查尔马恩一样。"

想一想邦妮的结局，这可不算是一句赞美。我们进入一台升降机，输入了前往医务室的代码。"我想，贝勒肯定觉得，她们这样的人能够照顾好他的私生子。"

"如果她们认为这些孩子可能处于危险之中，那就更容易操纵了。"示巴的专横随着忧虑变得柔和，"我已经将她们两个从他的魔掌中解脱出来了。他现在已经将注意力转移到了新的受害者身上。"

升降机的门打开，示巴的幽灵穿过升降机，迅速消失了。她现在身负双重职责，要为两名中级管理者提供咨询。我独自一人走进廊道，将注意力集中在手头任务上：1713 号医疗冰柜。

在大厅尽头一间鲜有人用的房间里，冰柜轰轰地响着。我打开冰柜门，看了下里面的温度指数，冷冻温度正常，没有任何问题。

正如我的主管所说那样，冰柜里面填得太满了。我检查过后，撰写了一份简短的报告，发回给主管，我将报告标为高优先级。

我在报告中写道，发现一些带有管理者身份标示的生物包装，包装上的名字是示巴·查尔马恩夫人。

拉加莎·欧耶米刚刚发现了示巴夫人为她的音乐教育计划所准备的植入物，拉加莎的主管会将这一发现上报，然后，某些负责安保的中级管理者会抢走这一功劳。而贝勒很快就会获得他以为是其母亲所设计的一百个植入物，并准备复制这些植入物，将它们植入到"奥林匹亚号"上每个孩子的大脑中。

我们不知道，贝勒发现植入物中包含的电影数据库时会有什么反应。我们甚至不确定当他看到植入物上母亲的身份标示时，会不会研究得那么深入。但是很快，收到植入物的孩子就会提起那些音乐还有电影。这些电影在几十年前就被粉碎了，那个时候，现在生活在"奥林匹亚号"上的所有人应该都还没有出生。

除了根纳季，除了苏丹娜和彻子。

但是示巴肯定也批准了电影——因为这些电影是她所设计的植入物的一部分。那些植入物冠以她的名字之后，没人敢去细查那些乐曲背后隐藏的代码。贝勒会解决掉任何质疑示巴判断的人。

我离开了 17 级医务室，前往拉加莎·欧耶米的下一个任务。

亚述的图标出现了，他想向我提出一个问题，我允许了。

"央一，圈套装备是什么？"

终于！这是我知道的问题！"是全套装备。"我说。然后，我用几分钟的时间，向他解释了什么是行军囊，并且通过努鲁丁的电影数据,向他展示了士兵打包和背负行军囊的画面。忽然,我似乎听到后方隧道远处传来细微的脚步声。我没有回头去看身后,而是继续和亚述说话。

有人正在跟踪我。

28. 我的莫里亚蒂

"章科帕希和我一直在研究章鱼,"亚述说,"我们发现,章鱼的手臂不应该被称为触手。触手是鱿鱼捕食用的手臂,它们用触手进行狩猎。准确地说,章科帕希并没有触手。"

我本可以告诉他,如果他对触手定义是基于这些手臂是否能够狩猎食物,他就大错特错了。"章鱼只有八个手臂,"我说,"而我们的'美杜莎'装置可不止有八个。"

"但她们是很棒的生物!"他说,"她们就像章鱼一样。"然后,他又退出了通信。努鲁丁曾提醒过他,让他不要过多地打扰我,而亚述的解决方案就是快速找我说几句话,然后快速退出通信。我很喜欢亚述这个孩子,不过,我可不会喜欢后面那个试图要杀死我的人。

我乘上一台运输机,想要快速甩掉跟在我身后的那个尾巴。

为什么有人会跟踪拉加莎·欧耶米?除非是因为我的身份

暴露了。我最好找出到底是谁在跟踪我。

这是最好的方法，但却不是安全的做法。

我下了运输机，表现得好像在专心致志地工作，什么也没有注意到。但是我偷偷打开了安保监控，看到在我身后约十米的地方有个瘦高的男人身影。

施内布利？还是彻子？我好奇着。

我们一起深入到"奥林匹亚号"的肠道。（除了居住区之外的任何地方都能称为深入肠道——都这么多隧道了，你还能管它叫什么？）我的下一项任务是检查和报告某个通风进气管出现轻微堵塞的问题。

我心中逐渐明确了自己的怀疑方向。如果我想得没错，那他可不得不令我钦佩。这么多年了，他竟然还在锲而不舍地追踪着我，这让我想起了之前看过的一个电影系列，电影的主角名叫夏洛克·福尔摩斯。

但他的追踪也有掠夺性的一面。如果他拥有像美杜莎那样的手臂，那就完全可以称为触手。所以我不光想到了夏洛克·福尔摩斯，还想到了他的死对头，名为莫里亚蒂的男人。

那个邪恶的天才想尽一切办法，让夏洛克受尽苦头。而我的莫里亚蒂将如何对待我？

我继续表现得像个心无旁骛的维修工人。我到达报告中提到的堵塞部位，拿笔形电筒向其中照去——然后，我发现了堵住通风口的东西。

在那里的,是一张纸条,比之前埃德娜用来警告谢珊的纸条还要大。

纸条上写着:你好,央一。

我将纸条塞进修理工具包,然后发送了一条快报。阻挡 12-0097 号进气口的异物已被清除,通风功能已恢复正常。

我停下脚步时,后面跟踪我的那人也停了下来,我们之间保持了十米左右的距离。我又打开笔形电筒,假装检查起附近其他的通风口,然后趁机移动到隧道交界处,在拐角处来回走动。

趁他看不到我的一瞬间,我飞也似的向远处跑去。等他跑到拐角时,我早就藏匿得无影无踪了。

他走到交界处中心,然后停在那里。应急灯琥珀色的光芒照亮了施内布利的脸。"我知道你还活着。"他说。

如果我再年轻一点,可能会悄悄离开,不让他有机会证实他的怀疑。

如果我回答他的话,那我会可能面临很大风险,但我也能从中了解到一些信息。

"这条信息算我送你的,"我用伪造的声音大声说道,"但是如果你想要从我身上获得信息,那你必须要先给我一些信息。"

他没有给出任何明显的反应。我很好奇——如果我和美杜莎连接在一起的话,会不会听到他的心跳发生变化?

"你从根纳季那儿了解到了什么?"他说。

"你从他那儿了解到了什么?"

"我了解到有人称自己为安泽尔·塔马冯，将自己伪装成谢珊·科托，渗透到了查尔马恩家族的宾客住所内。"

看来，施内布利知道安泽尔是个伪造身份。

所以我决定扔下一颗重磅炸弹，看看他是否有所反应，"我了解到根纳季属于敌对家族，他们称自己为武器家族。"

尽管他脸上相比多数人没有太多表情变化，但我的话还是让他感到惊讶。"如果这是真的，为什么查尔马恩曾如此公开地与他往来？"

曾，这个词的意思是说，施内布利最近没见过根纳季。

"虽然没人向我透露过这些信息，"我说，"但我猜他们之间有些不可告人的勾当。"

这个回答并没有让他感到惊讶。

"别再躲躲藏藏了，"他说，"我们应该面对面谈谈。"

"如果你要侮辱我的智商，我觉得我们没有进一步沟通的必要了。"

他笑了，虽然不是幸福而美好的微笑，但我可以看出，这笑容中似乎带着一些戏谑甚至欣赏。

"我会免你一死，"他说，"我还可以保护你——"

我任凭他在那儿自说自话。虽然我还想待在这儿探听更多信息，但当我暴露自己的存在时，已经变得不再安全，我必须马上离开。

拉加莎·欧耶米永远不会再去执行任何维护任务了。

尽管如此，施内布利还是在刚才的对话中占据了上风，因为通过这场对话，我发现自己竟然有些喜欢他了。我不得不怀疑——施内布利难道真的是我的莫里亚蒂？

还是说，我是他的莫里亚蒂？

29. 龙内特

在我一生中，从来没有，可能也永远不会再遇到像珀西·奥莱利那样如此不懂爱、不会爱的人。

我见过很多人出于一些现实原因，和别人组成了生活伙伴，再和另外的人追求浪漫。我也见过许多人坠入爱河、成为伴侣，互相厌倦、一刀两断，再和别人周而复始这一过程。

有些人宁愿保持单身，只去简单地培养友谊，也不愿意结婚。还有些人其实并不想要婚姻，只是想要孩子罢了。

珀西对这一切保持冷漠，他不会去爱，也不需要被爱，他的心从不会感觉到悸动。除非与他所追求的政治或地位有所关联，否则他不会对别的任何领域产生兴趣。

赖安·查尔马恩也对政治与地位热情十足，所以他们两个才是盟友，并以他们自己独有的方式成了朋友。但真正的友谊，就如同幸福的婚姻一样，需要以忠诚为基石。要是赖安身上还能挤出一丝半点忠诚的话，那珀西就连这一丁点儿也挤不出。

我研究着努鲁丁在贝勒派对上的录像，以期对珀西有更多的了解。但其实，我最先关注的并不是珀西，而是贝勒。他内心所渴望的幻想太过于美好，甚至有些不合实际。他是真的在支持自己已经入土的母亲的想法吗？

我定格录像画面，贝勒脸上呈现出一种鲜有的扭曲表情，我搜索着录像记录，发现他上次露出这种表情，还是在"泰坦尼亚号"被摧毁之后，他在通信中提到母亲时出现的样子。

我如同生物学家寻找新的微生物一样，细致入微地查看着录像，不知不觉自己就这么看了几天。

"我偷偷带些巧克力给你吧？"亚述忽然向我问道。

我凝视着观察穹顶之外的繁星，"乖孩子——你从哪里搞到的巧克力？"

"从米丽安和哈尔卡那儿，她们巧克力很多，多到吃不完，所以就会偷偷送给我们一些。然后，我们会把这些证据都吃掉。"

我已经放弃教导他不要做这些危险的事情了。事实证明，亚述和他的朋友们（以及他们的"美杜莎"装置）足智多谋，会想尽办法获得自己所需的资源。而对我来说，我们之所以愿意发动一场美杜莎级别的战争，就是为了让孩子们之后能尽情享受这些资源。

"不要巧克力，"我说，"它只会让我分心。"

他退出通信，我又回到了对贝勒的沉思当中。最后，虽然我有了结论,但有些事情还是感觉不对劲。

贝勒几乎已经将他母亲的初步设想撰写成了法案,提交给了家族议院,并已经通过了初步审核。所以我相信贝勒是真心实意想要通过这一法案,他还下令让高级技术人员开始复制1713号医学冷冻库中的植入物。负责这项工作的技术人员向他发来通信:

植入物的数据库中有大量的艺术和音乐储存。

他们似乎将电影数据库归到了艺术的类别。

非常好,贝勒回答道,他这句话的实际意思是,管它呢。

所以他们正在有条不紊地推动法案向前进,但我脑子里还是不能完全不去想贝勒——我感觉自己还没有完全看透他的想法。但是现在,我需要随机应变调整自己的计划了。因为赖安·查尔马恩似乎并不乐意接受他父亲这次的提案。根据管理者们在会议结束后的通信,我发现赖安没有和他父亲一样对法案投出支持票,家族议院中大多数年轻人都投了反对票。而珀西·奥莱利则选择弃权,这意味着他愿意被其中一方说服。

格洛丽亚·康斯坦丁夫人积极反对这项法案,让人感觉她和赖安似乎是同伴一样(如果这是真的,那可真是幅可怕的画面)。但她对贝勒所提出任何建议的标准反应都是反对,也就是说,她还可以被人说服、做出让步;也许,今后投票中,她会投出弃权票。我在想如果她无法再通过逼迫谢珊·科托嫁给家族的年轻族人而获得影响力,那她还有别的什么手段。

谢珊被宣布死亡后，一个名叫亚当·科托的年轻人成了科托家族的首领。在他升职以后，我研究了他的相关记录，虽然他之前也说不上无忧无虑，但是在他升职之后，他看起来充满了忧郁。

而此刻，他看起来一脸严肃。

然而，亚当·科托并不畏惧其他的管理者们。他也参加了贝勒之前举行的那场派对，从努鲁丁提供的录像中我可以看出，尽管亚当年纪轻轻，但行为举止却优雅十足。"我们祖先所创造的美妙音乐，不可能对我们造成任何伤害，"他在自己的祝酒词中说道，"我毫无保留地支持这个法案。"

我定格了赖安的影像，他应该对亚当的话露出一副嗤之以鼻的样子才对，但他的表情却没有发生什么变化。我一帧一帧地移动画面，发现赖安依然几乎没有变化脸色，这中间发生了什么变化？

贝勒举起酒杯，发表了一番说辞，赖安露出一副假笑，然后将目光投向了他的盟友兼朋友——珀西·奥莱利，珀西对法案持中立态度，这可不是赖安想要的结果。

赖安想要挑战他的父亲，他已经厌倦被当成孩子对待，他想坐在成年人的餐桌上。贝勒深知这点，因为他母亲在世时，他也经常会有这种感觉。但赖安已经冲昏了大脑，让他不能理智地思考——

一缕蓝绿色的光芒引起了我的注意，有什么东西跑到了观察穹顶之外。

我心生疑惑,但却没有看到外面有任何人。我离近观察,发现穹顶之外似乎有什么东西贴在上面,然后,我发现了一个六厘米左右长的小生物。

她是一匹海马。

"你好!"她说,"我叫龙内特,亚述制造了我。"

龙内特将她的尾巴缠绕在内闸门旁边的绳子上,并在等待锁定循环时紧紧抓住它。她的尾巴比身体的其他部分长得多,但是她可以将它卷起来使自己变小,或将它包裹在东西周围,其具有与美杜莎的触角相同的灵活性和强度。

她看起来很可爱——但也有些不切实际。她是如何在压力环境中四处走动的?通过反弹她的尾巴?

锁定加压后,龙内特放开了梯子。内闸门打开,她用喷气助推器进入路西法塔。她飘浮在我鼻子下半米处。

"你好啊!"她说。

我差点忍不住大笑起来,"很高兴见到你,龙内特。"

"亚述说,你可能会给我安排任务。"她的尾巴盘绕然后又展开,似乎感觉有些愉快。

刚好——我确实有项任务可以用到她。"龙内特,你能不引起别人注意吗?你可以在别人看不到你的情况下录像吗?"

她笑了,"事实上,别人很难注意到我。一旦我找到了合适的落脚点,就会一动不动。我可以让皮肤与周围环境融为一体。"

"那我给你一项考验。去中央区域的居住区那里。"

她的尾巴极富表现力地动着，"我应该监视谁呢？"

"还没有特别的人选。我希望你进去熟悉这个地方，不要被任何人发现，观察熟悉这个地方，等待进一步的指令。"

"那是个有趣的地方吗？"她问道。

"那就要你自己判断了。你熟悉环境后就联系我。我需要你在花园派对上，帮我监视几个人。"

我需要监视贝勒，还有可能会破坏音乐教育计划的赖安和珀西。如果他们从中作梗，那我就不得不主动出击。

龙内特从气闸室离开后，很快就看不见了。"她很聪明。"我告诉美杜莎。

"孩子们叫他们迷你莎。"她回答说。

迷你美杜莎——迷你莎，这就是亚述的革命雏形。

我的革命可野蛮多了。我检查了珀西·奥莱利通信树的形状。虽然我不能乔装成管理者渗透进他的小圈子，但我还有其他办法。我搜索了下珀西是否收到了赖安其他公开竞争对手发来的信息。

果然，我发现了维林·泰德向他发来的信息。

我发现了大量的证据，事实证明，珀西·奥莱利现在是棵墙头草，在投票支持抑或反对法案的主意上摇摆不定。他有许多错综复杂的秘密通信路径。我选择了其中一条路径，向珀西发了一条信息。

我写道，你说得对——赖安蔑视着他父亲这个失败的决定。你有什么计划，能最后站在胜利的一方？

然后我在下方署名：

——信使

我很想知道，珀西会不会回复那条消息，或者会怎样回复那条消息。但他怎么回复已经无关紧要了，因为我已经把信息原封不动地转发给了温林·泰德，然后又转发给了格洛丽亚·康斯坦丁。

半个小时不到，格洛丽亚就把信息转发给了赖安。

她写道，似乎那次通信故障并没有技术人员认为的那么简单，谁知道后面还会出现什么不该出现的事？

所以现在，赖安应该知道他并没有像自己所期望的那样，得到那么多的支持。如果他足够聪明的话，应该会重新考虑他的立场。

但我之前已经告诉了你们赖安的死因和死法。

所以，不，他并不聪明。

30. 欢迎来到魔术世界

我是一名怎样的杀手呢，我想应该很干练和高效吧。但没有人能将所有细节都面面俱到。

"你觉得他能从门口看到血迹吗？"我问美杜莎。

"我们把珀西翻过身来吧。"她建议道。

我们把珀西翻了过来，让他背部朝上，然后，测量了一下尸体到 212 号门闸的距离。

"要不我们再把他拖过去十厘米？"美杜莎说，"不然他就把血迹盖住了。"

我们小心地拖动他，以免弄出污迹。他鼻子中又流出了一些血，流进地上的一个小坑里。

"看起来不错，"美杜莎说，"你觉得呢？"

完美至极。

现在这样，赖安·查尔马恩就可以从门口看到珀西的尸体，就会知道珀西已经死了。而如果他足够聪明的话，就该径直转身，迅速离开那里。

我们都知道他最后怎么选的。

不管我变成什么样子，我都是个蠕虫。

经过改造，我变得半聋，半哑，半盲。管理者觉得他们掌控了我的所见所闻，觉得自己能选择我的声音。

而事实是，我才是自己的主宰。

尽管我可以向贝勒灌输一些想法，但我主宰不了各大家族的行为，即便贝勒也做不到这点。虽然我不能随心所欲控制他们，但我至少可以想办法左右结果。而我渐渐发现，杀死赖安·查尔马恩是左右结果的必要之举。

《音乐教育法案》第二次提出投票表决时，赖安差点将它彻底扼杀在摇篮之中。要是他真的成功了，我就不得不去杀死半数投票成员，才能让他们进行第三次投票。

我透过龙内特的视线看着投票的进展。家族议院的内部富丽堂皇，她可以轻而易举地隐于其中，与装饰融为一体。

她找到隐蔽处后，对我悄声说道："看来，我不是唯一监视这里的人。"

"其他人都是这里的安保人员吗？"我问。

"有些是，有些不是。"

果然不出我所料。然而，我料到了这个，却没能料到家族议院的法案投票情况。

各大家族的投票成员鱼贯进入大厅时，我看到他们各个衣着正式，虽然服装造型有些老套，但无论是面料质量还是制作工艺都非比寻常。那时，我自信地认为一切都在预料之中。

贝勒发表一番演讲，谈到自己母亲对"奥林匹亚号"上的儿童教育是多么关心，她的标准是多么要求严格，以及我们应该对我们的孩子感到多么自豪。谈到孩子时，他甚至还表现出了前所未有的激动。"他们拥有我们无法想象的潜力，"他最后说道，"让我们助他们一臂之力，发掘他们的潜力。"

阿戴姆·科托的演讲更为精彩。"这是送给'奥林匹亚号'

上所有孩子的馈赠，"他说，"这对于他们而言，百利而无一害。"

我真是越来越喜欢那家伙了。但我忽略了法案中一些本应该引起我注意的内容，这些内容颇具颠覆性，贝勒在法案中添加了一条内容，成年人也有权选择安装植入物。如果这条法案通过，我相信很多人都会选择植入，他们会想要知道自己的孩子听到了什么、看到了什么。一旦有一群朋友在谈论音乐和电影，其他朋友就会想知道他们在谈论什么。真是聪明透顶对吧？反正我这么觉得。

投票开始了，我停止胡思乱想。

那个时候我并没有期望法案能够顺利通过。（要想通过法案，其余投票必须超过反对票十票，它们不一定非得是赞成票，也可以是弃权票；但赞成票必须至少要比反对票多一票。）而如果赞成票和弃权票的总数不及反对票数目，法案就会被否决。

我很确定谁会投反对票，谁会投弃权票。然而，令我意想不到的是，张夫人站了起来，大声说道："张夫人弃权。"

什么?! 我看向贝勒的反应，但他依旧是一副正襟危坐的样子，所以我不知道张夫人的投票是否让他感到意外。另外两位拥有投票权的张氏家族的人也站了起来。他们也和张夫人一样，投出了弃权票。

除他们以外，许多我原本以为会投票支持这项法案的人，都不愿迈出这一步。但所有我认为会投反对票的人都欣然投出了反对票。赖安·查尔马恩甚至火上浇油，"那个妄想统治我们的老太婆已经死啦, 是时候站起来对她说不了!"他说道,"赖安·查尔马恩投反对票。"

尽管如此, 贝勒·查尔马恩丝毫没有表现出一丝慌乱之色。我们要输了! 我在心里冲他呐喊, 别呆坐着了, 去威胁他们!

议院的每一位议员都站起来参与了投票或者弃权。珀西·奥莱利宣布弃权的那一刻, 我稍微感到了欣慰, 这让赖安震惊不已, 人人都能看出他眼神里的痛苦。但当泰德家族的一个年轻人起身投了反对票后, 赖安的脸色才平复了些许。

除去一人, 所有人都参与了投票。反对票总数与赞成票和弃权票的总数相同。最后一票将会决定教育法案是当场废止, 还是会进入下一轮投票。

不幸的是, 最后一票的投票权在格洛丽亚·康斯坦丁夫人手上。

看看她脸上的表情啊! 如果海妖会笑, 那它们享用猎物前的那番洋洋得意, 一定就是她现在的样子。

但她并不是"奥林匹亚号"上唯一的海妖。眼看自己的计划化为泡影, 我心中动起了大屠杀的念头。

"格洛丽亚女士,"她说道,"弃权。"

呼! 格洛丽亚挽救了法案。真没想到, 最为重要的一票, 竟然是她投出的。

但这也没什么值得庆祝的。通常能在家族议院通过的法案,每次投票结果都不会太差。而注定要失败的法案，每次投票结果只会更糟，并最终以惨败告终，再无人提及。

而我们刚出师就已一败涂地。我查看着赖安与密友们的互动消息，心中暗自发誓，总有一天会让他们脸上的光彩彻底消失。我必须跳出这些通信的具体内容，看看相比于平时，此刻的他正在和哪些人对话。比起他的密友圈子，他的熟人圈子要大得多。

而这就是珀西·奥莱利发挥作用的地方。在我看来，肯定是他说服了泰德族人投出了反对票，然后珀西就可以弃权，将一切玩弄于股掌之中。

但是珀西的弃权激怒了赖安，"你从现在开始，是不是该和姓张的坐在一起了？"他质问珀西。

珀西镇定自若。"我的家族比我的友谊更重要，"他答道，"但我相信，我们肯定能找到两全其美的办法。"

我也相信，所以我向珀西发送了一条信息：

我很欣赏你的投票策略，但你并没有将利益最大化。我们应该见面聊聊，今晚七点，我会在212号气闸室等你。如果你恰好也在附近，进来聊一会儿吧。

——信使

这一次，我不用将消息转发给任何中间人——我直接使用了格洛丽亚·康斯坦丁曾用过的那条通信路径，将消息发送给了赖安。我保留了珀西的名字，还有支离破碎的部分信息，包括利益最大化，212 号气闸室，以及今晚七点的字样。让这看起来像通信系统故障而泄露的信息碎片。

"贝勒在做什么？"我问龙内特。

"在和他的夫人喝茶，"她说道，"他脸色非常平静。"

原本，我还觉得平静这个描述有些奇怪，但是她向我展示了她想要表达的意思。我看到贝勒正坐在自己的私人花园里，手持一盏古董茶杯，啜饮着香茗。贝勒脸上很少露出平和之色，但现在却一脸平静，用这个词来形容他当时的样子再合适不过了。

我有理由感到内心平静——因为我心中早就有了计划，也知道为了计划能够顺利进行，自己必须要做些什么。我势在必得，所以心中没有任何焦虑可言。

但我不明白贝勒为什么如此平静。他的法案似乎注定要失败，如果他对示巴夫人忠心耿耿，想要帮她实现遗愿，那以现在的情形来看，他应该感到心烦意乱才对。

也许他觉得只要尽心尽力就好。如果失败了，那也不是他的过错。

但这并不符合他的性格，贝勒会暗自牢记每一个反对意见，然后耐心等待报复；即便历经数年，他也会最终完成复仇。

也许他并不想对赖安复仇，只想简单教训他一下？先让赖安有所松懈，然后打他个措手不及。

这可能会让贝勒心满意足，但我才不会就此满足。

所以，美杜莎和我在 212 号气闸室守株待兔，静静地等着珀西·奥莱利。我们不确定他是否会来，也不确定赖安是否会来，更不确定他们两人是否会同时出现。不过，即便两人碰巧同时出现，我们也能应对得过来。

但是珀西独自来了——而且提前了一个小时。也许他想先看看信使是谁，再决定是否要留下听听消息。他打开内闸门，从安保系统来看，他以为这里除他以外根本没有别人。他悠闲而自信地走了进来，没有将门关上。

美杜莎和我悬在天花板上的电缆之间，珀西从始至终没有朝我们的方向瞥过一眼。他走到我们正下方时，我们垂了下来，站在他的背后。我回想起努鲁丁曾挽救的一部电影，在其中，一个掠食外星人也在和 212 号气闸室十分相似的一个场景中偷偷靠近一个男人。但我们不会像电影里的外星人对待那个男人般残忍地对待珀西，我们会更仁慈些。

他从始至终都没有看到我们。我们拧断了他的脖子，尸体倒在地上，血从鼻腔里喷了出来。

也许你会好奇，珀西为什么一定要死。如果没有赖安从中作梗，我敢肯定珀西会被贝勒说服，最终投赞成票。

珀西必须要死的唯一理由就是——引诱赖安进入了气闸室。就是这样。

美杜莎和我将他的尸体移到了最完美的位置。

"注意。"美杜莎警告道。我眼前浮现出赖安·查尔马恩穿过蠕虫隧道的样子，他正朝这里走来，走向他的死期。

美杜莎和我爬到隐蔽的地方,等着赖安上钩。

31. 神秘人

"他脸色非常平静……"

龙内特就是这么描述贝勒·查尔马恩的。示巴夫人的法案在宗族议院惨遭失败之后,贝勒面色平静地和妻子坐在一起,品尝着香茗。

我原本期盼赖安的失踪能立即打破他的这份平静。然而,这份平静非但没有被打破,反而变得更深了。

但是我必须承认,在这平静之中,似乎有种异样的情绪。贝勒平静的脸上显现出来的并非与世无争的淡然,更像是早已料到一切的平静。这平静中带着些许悲伤,还有一丝对于贝勒来说习以为常的残酷。我飘浮在观察气泡之中,仔细品嚼着每一点细微之处。

"除我之外,还有人在行动。"

我抬起头,看到另一个迷你莎正用爪子紧紧贴在泡泡外面。她的名字叫凯顿。

"我是二号!"她向我自我介绍道,"我是最新版!我是改进版!或者,我只是更大体型版。"

如果不算尾巴和身子的弹性伸缩（她可以用身体把东西盘起来），凯顿长约三十厘米。虽然她身上装有许多喷气装置（其中一个安在奇怪的地方），但她也有四只脚，每只脚上的可伸缩爪子都可以用来紧抓物品，而且脚上的磁性肉垫能让她随意吸附在其他物体上。这让她在"奥林匹亚号"飞船内外来去自如。

"这真是全宇宙最美妙的地方！"她兴高采烈地在广阔的"奥林匹亚号"外壳上跳跃着。凯顿不仅仅是喜欢，简直是热爱这一切——她热爱探索峡谷一样的气闸室入口，热爱攀登研究塔并往里面窥探。她可以不唤醒沉睡的众多"美杜莎"装置，就能与她们进行交流。她还经常和我交流她的想法，"贝勒遇上事儿了，龙内特也这么认为。"

"没错。"龙内特突然插话。

我拉升自己，来到凯顿攀爬着的那个观察穹顶。"是贝勒自己出事了吗？"我问道，"还是别人出事了，贝勒正在处理？"

凯顿的耳朵抖动了一下。她的耳朵就像龙内特的尾巴一样灵活。"我敢打赌肯定是贝勒自己。我看过努鲁丁的所有电影。贝勒表现得就像一个孤注一掷赌上自己身家性命、最后成王败寇的日本封建领主一样。"

我透过龙内特的眼睛凝望贝勒的脸，凯顿说得没错，"就算教育音乐法案失败了，他也不会一无所有。"

"没错，"凯顿说，"法案开始实施后，他才会一无所有。"

"但他又不知道这个。"我说。

凯顿抬起头，好像从另一个角度审视我，她对政治的看法就会有所改观一样。"我同意。我刚才只是为了争论而争论。"

"我是不是应该加强对贝勒的监视？"龙内特问道。

"美杜莎"紧跟着说："不，龙内特。在我们控制不了局面时，太多监视反而会打草惊蛇"。

迷你莎对"美杜莎"言听计从，她们尊敬"美杜莎"，将其视为最终权威，而我在她们眼里充其量不过是"美杜莎"的一个合作者。但是，我却觉得她们可爱又有趣，所以我通常不会打击她们的热情。

龙内特和我一样充满好奇；而凯顿生性俏皮，这让我回想起自己不曾好好享受过的童年。所以，即便与任务毫无关联，但当龙内特想跟着蜜蜂看它们采集花粉时，我依旧对此十分鼓励。而凯顿喜欢用唱歌的方式来娱乐消遣，对我来说也无害处——至少目前为止是这样。但我也知道，不合时宜地唱歌也是会毁掉任务的。好在有"美杜莎"从中调和，我和迷你莎们的合作倒也十分顺利。

"美杜莎"说："我想知道奥莱利家族是不是比查尔马恩家族消息更为灵通，对于下次议会将要发生的事情，他们是不是知道得多一些。"

奥莱利家族的人之前坚持要对他们的族人之死展开彻底调查。通过定位器，他们发现珀西的尸体飘浮在"奥林匹亚号"之外，而赖安也被定位在他附近。

虽然两大家族互相猜疑，但谁都没有确凿证据。虽然这两人或多或少算是死在了一起，但是根据 212 号气闸室的监控显示，珀西先打开了内闸门，随后赖安也走进了气闸室。然后，系统出现了故障，导致内闸门忽然关闭，并且在气闸室内部没有适时减压之前，外闸门便打开了。一切只是一场意外。

但是，检查过代码之后，任何人都会知道，通过篡改代码就可以轻而易举地引发故障。管理者们过去总用这种伎俩（这就是我和"美杜莎"也效仿的原因）。无论是赖安还是珀西，他们都可能是那个改写了代码的人，然后在试图杀死对方的同时，也一不小心落入了自己的陷阱，从而意外身亡。

管理者们个个悲痛不已而又心神不宁。但仔细想想，他们才是这次悲剧的始作俑者，不觉得有些滑稽吗？确实，如果我真想从复仇中获得些许满足感，就眼前这点儿成效，我怕是早就觉得索然无味了。贝勒仍在以自己一贯的节奏进行着计划，没有表现出之前自己母亲在"泰坦尼亚号"遇害时那种悲痛之情。

赖安已经不在了，我转而观察着泰瑞，想知道贝勒是否会对他更加关注。到目前为止，还没有这种迹象，这再好不过了。如果贝勒开始像对待儿子一样对待泰瑞，我很害怕泰瑞会因此而变得动摇，尤其是他现在还拥有"美杜莎"装置。"美杜莎"总会与强者结盟。

那十三个人已经得到了十足的教训。我们的孩子也提出了一些要求，希望他们在和"美杜莎"装置进行连接时，能够享有一定的个体独立性。这些要求让我们难以接受。他们想要彼此之间亲自见面，想要一座属于自己的塔楼，想在其中观察迷你莎的建造过程，为他们与迷你莎建立的连接而庆祝。

奇怪的是，努鲁丁对待这件事态度最为豁达。"他们才是未来的塑造者，"他说，"我们这些人只能尽量适应未来罢了。我们永远会落后他们一步。"

这点我承认。真正让我担忧的是，要如何掩盖他们的行踪。

然而，章科帕希和她的姊妹们并没有对答应这些要求而感到为难。"我们被设计出来的目的就是这个，""美杜莎"向我保证，"有我们在，不用担心。"

我挪动步子，好看到孩子们所在的塔"巴巴亚加"。"美杜莎"从塔的通道气闸室处爬了出来，朝着路西法塔喷射行进，同时播放起亚述最喜欢的音乐——德彪西的《大海》。她就像一只在珊瑚礁之间游动的海洋生物。

"嗨，大姐大！"凯顿说。

"嗨，小凯顿。""美杜莎"停在路西法塔的入口门闸之外，等着迷你莎的加入，然后一同进入了门闸。

气闸室完成压强循环之后，内闸门打开了，凯顿突然出现在我眼前，迅速地移动到爪子可以碰到的位置，动作十分审慎。她看着我，在得到我的准许之后，将自己缠绕在我的腰间。"你不觉得我这条皮带很漂亮吗？"她问道。

"非常漂亮。"我回答道。

"美杜莎"走了进来，她看起来则威严得多。看到她，我的心开始剧烈跳动。上次我们见面时，氛围并不融洽。我不愿以后每次见面都不愉悦。

"美杜莎"向来无事不登三宝殿。"我一直在搜索一些少数人才会使用的罕见密码，""美杜莎"说，"有很多罕见关键词在'奥林匹亚号'上使用，但是，其中一个非常醒目。"

"马基雅弗利？"凯顿猜测道。

"不是。"

"基顿卡布多？"

"那是其中一个，""美杜莎"说道，"但不是我说的那个。我说的那个关键词是'猪猡'，而且只会在特定情况下才会出现。"

"只在贝勒和示巴的交流中出现，"我说，"但自从示巴死后，贝勒就再也没有用过这个词，对吗？"

"正常通信中没再用过。"

我冷静了下自己在过去几天过度偏执的大脑，"你是说，他很有可能对在他通信录以外的人用过这个词？或者说和任何通信录都查不到的人用过？"

"有个办法能查明白。你我应该返回'逃脱号'，编辑一条包含'猪猡'的信息发送出去。这样，我们就能知道那个神秘人 X 是否身在'奥林匹亚号'了。"

"我觉得根纳季就是那个 X。"

"美杜莎"的触手懒洋洋地移动着，就像龙内特的尾巴一样。

"可能是，也可能不是。"

很有可能上次我们离开时，武器家族就已经对我们的恶作剧有所警惕。他们也许正等着我们回去故伎重演呢。

但"美杜莎"不仅仅是我的合作伙伴，她也是一个撒手锏。只要我和她相互连接，这世上就没有我不敢去的地方。

我原本一直这么认为，但我发现，事实并非如此。

虽然凯顿没有要求前往，但她也想自己能够派上用场，"美杜莎"也为她制订了计划。"看好我们的侧翼，"她对凯顿说，"施内布利很聪明，虽然他没有接入'美杜莎'装置，但也算是把监视的好手。如果我是他，我不但会监视'奥林匹亚号'的内部，还会仔细监视'奥林匹亚号'的外部。"

"没错，"凯顿说，"毕竟，他把央一从气闸室里推了出来，而且她没有死。"

我们离开了"奥林匹亚号"的前缘，来到飞船的旋转主体。凯顿也跟在我们后面，她很快便适应了"美杜莎"任务至上的行事风格，一下子从一个爱嬉笑打闹的孩子变成了冷静沉着的助手，真是太厉害了！我暂且不去想她，专心思考起自己应该对"逃脱号"的传输系统另一端说些什么。

忽然，凯顿发来一则报告，令我大吃一惊：说到气闸室，119号气闸室外面的大厅里正站着一支行刑队。

这完全不合情理，因为我在管理者之间的往来通信中根本没有发现任何执行处决的相关信息。"要处死谁？"我问。

"卡利亚尼·阿克苏。"

"不！"我心头一沉。我从来没从监控中留意过我在安全部门的老同事。一直以来我都以为她相当懂事明理，绝对不会和管理者们发生冲突。

"美杜莎"改变了方向，朝着119号气闸室前进。我惊奇地发现，她竟然还可以行进得更快。

"气闸室大门将在30秒后打开。""美杜莎"向我发来一个倒计时读秒器。我们加速冲去的时候，时间似乎也加快了速度，无情地盗取着卡利亚尼宝贵的生存时间。

闸门打开之前，"美杜莎"语气平静地说："理论上讲，卡利亚尼暴露在虚空之中的最长时间是60秒，超过60秒就会造成不可逆转的损伤。我会努力在减压后20秒内抓住她。"

"我能在10秒内抓住她！"凯顿冲到我们前面。我早该明白她所说的抓住她是什么意思，但是我太过专注于盯着卡利亚尼的厄运倒计时了。

10，9，8——

我面前的倒计时影像忽然切换为凯顿的视角，透过她的眼睛，我看到了119号气闸室的外闸门。

7，6，5，4，3，2，1，0……

闸门打开了，一个人影从那里一闪而出，紧随着卡利亚尼旋转翻腾的身体，凯顿迅速从"奥林匹亚号"上将自己发射了出去。

那时我才感到了真正的恐惧，不是因为担心卡利亚尼和凯顿，而是因为"美杜莎"和我也在她们之后直接喷射着向虚空冲去——我的本能似乎在尖叫着要我调头回去，我鼓起所有的勇气，才强忍住自己不去恳求"美杜莎"转身。我双眼看不到凯顿或者卡利亚尼的身影，凯顿的视角更令我恐惧不已，感觉自己就像坠入了深不可测的恒星海洋。即便我努力将它们当作我脑海中的虚拟图像，也没能消除我的恐惧。我看到我们距离"奥林匹亚号"越来越远。

已经过去了七秒钟，卡利亚尼的身影在凯顿的视线里越来越大。凯顿伸出双脚，用爪子抓住了卡利亚尼的衣角。"我正在给她裹保护膜。"凯顿说。

"凯顿有保护膜？"我问"美杜莎"。

"还有一个小的氧气罩。如果卡利亚尼呼吸平稳，大约能支撑她 20 分钟。"

"她才不会呼吸平稳。"

突然间，我用自己的眼睛看到了她们。卡利亚尼看起来很小，身体在不停翻滚。而凯顿则小到已经看不到了，但我想卡利亚尼的手脚在不停乱动，凯顿的保护膜增压速度有多快呢？

"她有意识，"凯顿说，"她在反抗我……"

"卡利亚尼！"我冲她喊道，"冷静下来！"

她没有回答。

"大姐大，"凯顿呼叫"美杜莎"，"我需要帮助！"

"我们看到你了。""美杜莎"说。

我们已经近到可以看清她们两个了。卡利亚尼试图将她甩开，但凯顿抓着不放。

我向卡利亚尼伸出双手。她睁大眼睛，张开嘴巴，似乎在无声地尖叫着。我也不禁想要叫出声来。

"美杜莎"伸展开她的保护膜包裹住卡利亚尼和凯顿。"保持清醒。"她提醒凯顿。凯顿松开手，收回了她的保护膜，将自己缠绕在我的腰间。"美杜莎"用两根触手缠绕在卡利亚尼身上，绑住她的双臂和双腿。卡利亚尼浑身抽搐，一双眼睛紧紧注视着我们。

她再次张开嘴巴，想要发出尖叫，却发现声音已经完全嘶哑。

"卡利亚尼，停下来！"我用安泽尔的声音说道，"你刚才被抛入虚空之中，但我们很快就抓到你。你看，我们就要回到'奥林匹亚号'上了！"

"美杜莎"带着我们，朝着世代飞船喷射而归。

"我们离得太远了！"卡利亚尼挣扎着，好像认为自己可以游回去一样。

"'美杜莎'有喷气装置。"我向她安慰道。

过了好几分钟，当"奥林匹亚号"在我们眼前变得越来越大，她才相信。卡利亚尼的大眼睛还是晶莹剔透，丝毫没有受到减压的影响，所以我猜它们一定是人造的。"美杜莎"一直把她留在保护膜内，直到确定她不会受减压病困扰，才把她放了出来。她的呼吸似乎正常了，我一颗悬着的心也终于放了下来。

"我做到了！"凯顿说，"基本上。"

"你非常勇敢，小妹妹。""美杜莎"对她予以肯定。

"看到你有保护膜，我很开心。"我摸了摸凯顿，她的金属生物体几乎和我的一样温暖，"我第一次知道你还有这个。"

"龙内特也有一个，"她说，"她的保护膜小到只能护到你的鼻子和嘴巴，但在紧要关头也足以救命了。"

随着时间流逝，卡利亚尼逐渐平静了下来。"安泽尔，是你吗？"她终于开口了，"我听说你因为冒充管理者而被处决了。我一直不相信，虽然他们给我看了录像，但我还是不相信。"

"我不怪你，"我说，"冒充管理者这件事可谓前无古人，我估计也后无来者。"

"你为什么要这么做？我们现在是在什么东西里面啊？"

"这可不是什么东西，而是个生物。这个问题一时半会儿还和你解释不清楚。"

"美杜莎"的触手紧紧贴住船体时，我顿时松了一口气。随即，她便在"奥林匹亚号"的表面开始疾驰。

"我们现在要去哪里？"卡利亚尼问道。

"路西法塔，"我告诉她，"那里将是你暂时的新家。"

"我去那儿干什么？"

"你将用你身为安保人员的所有专业知识，帮我分析下，他们处死你是不是为了让我现身。"我说。

我以为她会对此产生更多疑问，但是她沉默了。我能理解她的心情——依据官方的说法，她已经正式死亡了。她刚失去了工作和家人，并且被一个本应是死人的人救了出来，任何人都会觉得有点接受不了。

事实证明——这并非问题所在。

32. 详细说说，我有多蠢

也许你会觉得，卡利亚尼见到我或其他人时，肯定会更加开心。但是她的情绪却并没有明显好转。尽管她的精神好像已经恢复了，但是她仍然紧闭嘴唇，保持缄默。她很快就明白了我们的处境。

"基本上，我现在被困在这儿了。"她飘浮在观察穹顶之中，瞭望着外面的繁星，心中无比失落。即便她看到凯顿正缠在我腰间玩耍，也没能让她高兴。

我拍了拍腰上的凯顿，她表现出了十分罕见的克制状态。"是啊，你被困在这儿了。除非你想接入一个'美杜莎'装置，一起去做内鬼。"

卡利亚尼瞥了一眼"美杜莎"，脸色瞬间变得苍白起来。"美杜莎"正努力缩起自己的触手，好让自己看起来更小巧一些。我觉得"美杜莎"已经尽力了，但卡利亚尼似乎并不放心，她怒视着我："你所谓的革命，要多久才能实现？几年？甚至几十年？"

"我不知道。"我相当坦诚。

"那我是囚犯吗？"

"是的。"

她的脸色沉了下来，正如她之前将要受到处决之际，痛苦快要将她吞噬的表情一样。

"我不会逼你为我工作的，"我说，"但是如果你想获取信息，就需要询问'美杜莎'装置才行，她们肯定不会让你直接访问数据库。我希望你能保持充分的好奇心，这样你才会想要知道这里究竟发生了什么。还有，即使你不想接入'美杜莎'装置，我也希望你能接受植入物。我还可以帮你介绍给其他安装了植入物的人。卡利亚尼，这是目前我可以提供给你的最佳选择了。"

我必须对她坦诚相待，才能让她明白什么可以做，什么不能做。但我从她眼中看到的伤痛，立刻刺痛了我的心。

"这才是你在乎的，"她说，"你总是这样，你只会这样。"

"我希望终有一天，你也会为此而感到高兴。但就算你不高兴，我也承认，我的使命是、也永远会是我生命的动力。"

她点了点头，我能感受到，她已经慢慢开始接受这一切。我希望我所说的这些能够让她内心平和下来，而非陷入更多的苦恼。

我专注于说服卡利亚尼加入我的事业，丝毫没有考虑为什么她会问这样一个私人问题，为什么答案对她那么重要；我当时也没能想起在遇见卡利亚尼的那个晚上，她唱了一首名为《伤痛破碎的心》的歌。直到后来我才明白她为何会选择这首歌。我刚刚说的话让卡利亚尼意识到，我是个多么糟糕的人生伴侣。

卡利亚尼点了点头，似乎暗暗下定了什么决心。她又回到了原来的职业人员的状态："他们逮捕我的时候，我正在调查一对镜像，他们在酿造室里留下了电子足迹。"

我皱了皱眉头。在"奥林匹亚号"上，酿造室对蠕虫的生存至关重要。这就是非植物蛋白的生长地。

"你刚才说，一对？"

"没错，确实是两个，我有证据。"卡利亚尼说。

我不知道那两个镜像是不是叫苏丹娜和彻子。

"听起来你只是在正常执行公务。"我说。

"当然了，"卡利亚尼说，"而且我和我们大多数人的做法一样——不去向上汇报这两个镜像，因为我担心他们可能是某些管理者。或者至少有一个是你我上次看到的查尔马恩家族的高级管理者。也许还真可能是，因为我的上司从来没有质疑过我是否有违协议规定，他们总是向我询问一些关于你的问题，准确地说，是询问关于你所伪装的安泽尔的问题。他们想知道为什么我从来没有汇报过你违反了协议规定的事。"

"他们是怎么知道的？"

"我也奇怪。还有，我一开始追踪那两个镜像，就引起了他们的注意。我前往酿造室进行调查，结果在去那里的路上被抓了。在我看来，这其中必然有什么因果联系。"

我也这么觉得，但是究竟是谁在保护苏丹娜和彻子？应该不会是贝勒·查尔马恩，他可是想过要杀死他们。

"施内布利里有没有询问过你？"我问道。

"调查部门的那个人？没有。我以前从没见过这些人。不过他们经常在这附近出没，他们应该是通用池的人。"

一般通用池的人都是些怪人。他们不是低层或中层管理者，因而没有繁杂的家族关系干扰他们的客观决断。他们直接听命于飞船操作部门，那些负责修理维护"奥林匹亚号"，保持飞船处于前往新家园航线上的人。但无论如何，我也不明白为什么飞船操作部门会因为卡利亚尼前往酿造室进行调查，就决定处死她。

我说："看来，除非你和'美杜莎'装置进行连接，否则根本不能前去搜查酿造室了。不过我们可以派遣'美杜莎'装置替你前去调查。"

"你没有安装植入物，""美杜莎"说，"所以只能有限使用我们的界面，但这也足以让你拥有比之前更为优越的信息获取能力了。"

"我也想帮忙，"卡利亚尼还没有做出回应，凯顿就插嘴说道，"我想成为你的私人助理。我可以为你朗读所有的信息和数据条目，我可以帮你跑腿办事，收集情报，拿到你需要的东西。"

我第一次在卡利亚尼眼中看到了一丝感激之情。"我觉得可以，"她看了一眼"美杜莎"，然后又看了我一眼，"如果你俩不介意的话"。

"这就是当初设计凯顿的目的。""美杜莎"说。

"继续进行调查吧，"我说，"你现在依然是位安保专家，可以尽情向我们报告那些高级管理者的情况，不用担心受到报复。你在调查的时候，'美杜莎'和我还有其他任务要做。"

卡利亚尼没有过问我们要执行什么任务，她看着我们合二为一，打开了气闸室的内闸门。"我们会为你带晚餐回来。"我向她说道，"当然，可能凯顿会先把晚餐带回来"。

就在门关上之前，我听到凯顿说："你喜欢流行乐吗？最近我迷上了《南太平洋》这首歌。"

"我打赌，泰瑞可以说服卡利亚尼安装植入物。"我说。

我和"美杜莎"爬上了隐藏"逃脱号"的引擎边缘，从前方边缘一路走来，我们商量着如何为稍后的信息措辞，或多或少讨论出了一些结果。"凯顿是个很好的合作者，"我说，"但是我猜，如果一直让卡利亚尼通过迷你莎才能做事的话，她会感到非常沮丧。"

"你说得没错，""美杜莎"说，"我会通知久美子这件事。"

我们来到"逃脱号"之前的所在位置，它依然原封不动地躺在那里。

"它看起来好无辜，"我说，"好像根本不知道我们是谁。"

"严格地说，这不是无辜，而是无知。"

"它不会来加害我们，不是很无辜吗？你觉得它会加害我们吗？"

"不好说，但我们也不是什么无辜的人。"

确实如此。于是我们冒险进入"逃脱号"的气闸室。不过这一次，我们并没有分离。在人造重力作用下，我的脚步传导的重量还必须加上"美杜莎"带来的重量。这样的话，我就不会有和上次来时那种相同的识别特征了。

气闸室完成循环，内闸门打开了，我和"美杜莎"走了进去。

这次我已经适应了人造重力。我们径直走向机头区域的空白屏幕那里。透过"美杜莎"的眼睛，我看到了键盘，所以我不必触碰激活它。我在屏幕上键入一条信息：

"42小时内，宗族议院将投票表决示巴的《音乐教育法案》。我想这次，那些猪猡们会通过法案。"

我们按下发送键，等待回复。

很快我们就收到了回复："你确定这是你想要的吗？"

当然，但是贝勒会想要这样吗？"这是我母亲想要的，"我打了几个字，"我尊重她的判断。"

如果"猪猡"不是密码，那"我母亲"这几个字也能起到了欺骗他们的作用。我刚才还有点希望他们会问，"你是谁？你是怎么进来的？"

他们回复道："示巴夫人是个精明的女人，我很难想象她会关心音乐或教育。"

"她喜欢音乐，"我打字道，"教育可以占用蠕虫的时间，防止他们做恶。"

他们没有思索太久，便发来了回复。

"教育是我所能想到的对专制主义的最大威胁。"

我已经猜到他们会这么回复了，所以我早就提前备好了答案。"他们会沉浸在那些虚无的梦想之中，只顾忙于关心他们自己内部的事情，这样就没有时间关心我们管理者处理的'无聊之事'了。"

"好吧。"他们回答，"干得好。那么——"

我等了一分钟，看看他们是否还有话要说。看来，对话应该结束了。忽然，显示器顶部的红点忽然闪了一下。

"不好，""美杜莎"说，"我想他们刚刚拍了我们的照片。"

屏幕再次亮了起来。

上面出现一行文字：央一，你真是令人惊讶。

然后，屏幕关闭了。

33. 章宾客名单

我刚才向他们谎报了法案投票的时间，我和"美杜莎"冒险进入"逃脱号"时，示巴的《音乐教育法案》已经通过。不然的话，我才不会冒险和对方取得联系，万一他们不同意这一做法，向我回复——"嘿，贝勒，不能通过这个法案！"那我毕生心血岂不功亏一篑？

我承认，让他们拍到我和"美杜莎"合体的样子并非最佳结果，但正如我之前审慎冒险与施内布利取得联系一样，我们这次也有所收获。武器家族也给了我一些有用信息。贝勒也许不是"奥林匹亚号"上唯一与武器家族交谈的人，但他肯定是其中之一。而且他们之间的交谈肯定持续甚久，久到能让对方了解到示巴的性格。

更重要的是，他们知道我的名字，还知道我和"美杜莎"有所联系。他们是否曾告知过贝勒这点，目前还有待观察。

显然，苏丹娜和彻子都知道"美杜莎"，那根纳季知道吗？（最后这个念头，让我那颗愚蠢的心怦怦直跳。）

我们离开"逃脱号"时，我心中有种预感，自己再也不会回到这里了。"美杜莎"也向后面投出不舍的一瞥，但很快便将注意力放在了未来，"我们已经搅乱了局面。"

"我不后悔这一切，"我已经下定了决心，"我们最好商量下之后的战术，你觉得我们有必要杀了贝勒吗？"

"别着急，再等等看他下一步的行动"她说，"如果他从中作梗，影响到我们推广植入物的计划，我们再考虑把他吹出气闸室。现在，他还大有用途。"

"也许我们对敌人也大有用途，"我说，"只是我们现在还没有意识到罢了。"

那是我所说过最有见地的话。只是跟往常一样，那时，我没有想到自己竟然真会一语成谶。

贝勒还大有用途。不管怎么说，如果他不再和武器家族的人保持联系，武器家族很可能会就此发动进攻。

不过，我们和他们进行了联系后，他们也许也会因此发动进攻。起身反抗一群自称武器家族的人，足以让人畏缩不已。

但是我们并非毫无防卫能力，我们有"美杜莎"装置作为后盾。

虽然目前只有少数"美杜莎"觉醒过来。

确切来说，有十八个。我们曾经想过，先为这些孩子和他们父母安装植入物，然后再逐渐扩大规模。虽然这一过程可能起步有些缓慢，但是一旦我除掉贝勒·查尔马恩、张氏家族，也许再除掉格洛丽亚夫人和其他关键的管理者，计划推进的速度将会突飞猛进。

我心里已经有三十七位候选人。施内布利试图追捕他们时，我已经抹除了其中五人的历史记录。他们和我一样，也是来自"泰坦尼亚号"的移民。

努鲁丁认识这些异见分子，我一直没有问过他是否还认识其他目标人群，但目前来看似乎时机已到。

"你想去哪里？""美杜莎"问。我也不清楚我想去哪里。我们正以闪电般的速度朝着最前端前行，也许我们应该选择一个目的地。

我们不应该返回路西法塔。现在，那里暂时是卡利亚尼的栖身之地，我不想在她困惑不安之时，再去侵犯她的领域。但我确实担心她是否饿了，我问凯顿："卡利亚尼想吃点什么？或是想喝点什么？"

"我给卡利亚尼带了些巧克力，"凯顿说，"还有腰果、花生和营养肉汤。"

"她觉得巧克力怎么样？"

"卡利亚尼说，管理者们经常会送巧克力给他们这些安保人员，这算是他们的工作福利。"

是啊。然后如果你太多管闲事，就会把你从气闸室里吹出来。

"你们弄明白零重力咖啡机怎么用了吗？"

"我们最新研究的就是这个。"凯顿答道。

"那么说你们相处挺愉快的喽？"

"嗯。"凯顿不假思索地答道。

那就引出了下一个问题，"我要再找另一座塔去住吗？"我问"美杜莎"。

"如果我们做些出人意料的事呢？""美杜莎"向我展示出"奥林匹亚号"的地图，标亮了居住区下面的隧道网络，并说道，"我们可以对这些隧道做些改造，修建出一座贯穿中央区域的隧道迷宫。"

"虽然不清楚你的用意，但是似乎很有意思。你想好迷宫入口了吗？"我问。

"还记得我们之前去过的咖啡温室吗？我想把那附近的隧道当作入口。"

真是这样的话，那感觉就像是我们的家一样。我们可以检查席克勒家族和罗塔家族种植的咖啡果的产量，我也可以开始审查想要接入"美杜莎"装置的那 37 个人。

但是除了这 37 人，再没有其他合适人选了吗？在我看来，卡利亚尼也是个很好的选择，而且她对持不同政见者一无所知。

如果一切可以重来，我肯定不会眼睁睁地看着谢珊自杀，而是会把她拉入我的队伍，就像现在干得很出色的米丽安和哈尔卡一样。

想到这里，另一位候选人的身影不禁一直闪现在我眼前：埃德娜·查尔马恩。

就算埃德娜现在变得成熟稳重,但我赋予她那么大的能力,脑子是不是坏掉了?

也许是吧。但自从埃德娜嫁入豪门以来,她已经改弦易辙。在示巴夫人幽灵的帮助下,米丽安和哈尔卡也成功引起了她的注意,尽管她们没有任何交集,但埃德娜看起来似乎成了她们的盟友。所以,我有充分理由将埃德娜列为候选人。

然而,我脑海中又播放起她那些不幸的录像。如果我能看到那些录像,埃德娜肯定也能看到它们。我怕她一有机会,就会想要杀掉格洛丽亚夫人。

现在,我需要参考别人的建议。我查看着安保覆盖系统,寻找我的盟友,目前独自一人的只有米丽安,所以我向她发送了消息。

"米丽安,你有什么值得信任的人,可以托付给她一个'美杜莎'装置吗?记住,如果你选错了人,我们有可能会被杀掉。"

她立刻给我回话。"不要给我压力!"她笑着说道,"我一直都在考虑自己认识的人,我会把谁作为托付'美杜莎'装置的首选人员呢?我会好好深思熟虑的,慎重再慎重。"

我叹了口气,说道:"我也是,记住我刚才说的话。"

"谢珊告诉了我武器家族和你的对话内容了。他们竟然知道你的名字!你觉得他们下一步会如何行动?"

"我不知道。"我坦诚说道,我还以为她会为此而指责我。

但她心里在想着别的事情:"你看到今年飞越派对的宾客名

单了吗？"

她指的是在派对航天飞机上举办的晚会。"还是往年那些人？"我猜道。

"大部分都是，但也有一些名单着实令人诧异，比如马尔科·查尔马恩和格洛里亚·康斯坦丁夫人。"

格洛丽亚夫人！她没有对示巴夫人的法案投出反对票，而是投了弃权票，这就是对她的奖励。这是她第一次受邀参加派对，只不过在这场派对中，她可不会一边在贝勒的圆形大厅里跳起华尔兹，一边四处散播着粗俗的言论，而是会身系安全带静坐在座位上。但不管怎么说，这是她第一次受邀。

"派对邀请了马尔科，但是没有邀请埃德娜吗？"我问。

"是的，"米丽安的语气有些悲伤，"我觉得埃德娜为此很不高兴。她还太年轻了，还没有意识到要在社会中获得更高地位，需要付出多大代价。"

"示巴夫人的幽灵对这整件事有何看法？"

"你这个问题问得好。她对贝勒为什么会邀请格洛里亚夫人百思不得其解，觉得这未免有些离谱。"

我想起凯顿说的话，"有些事不对劲"，贝勒表现得就像一个赌上自己身家性命孤注一掷、最后成王败寇的日本封建领主一样。

"请将我们刚才的谈话内容转告给哈尔卡，"我说，"包括稍有不慎，我们会面临死亡的警告。"

"好的，"米丽安答应我，"我希望卡利亚尼喜欢那些巧克力和坚果。"

说真的，在我们这个小圈子，几乎每个人都知晓着彼此的行动。泰瑞·查尔马恩向我发起呼叫，问道："你还在外面吗？"

"还在外面，不过我们马上就要回去了。"

"我想我应该去拜访下卡利亚尼。毕竟，我和她共事多年。"

"好主意，我会向她转达你要来的消息。"

"我一小时内到那儿。"

我把这一消息转达给凯顿。

"我正在筛选候选名单。"我告诉泰瑞，"名单定好之后，我会告诉你结果。"

"许多事情正在发生，"泰瑞说，"但这正是我们想要的，对吗？"

"没错。"我说道。但在我脑海中，我看到了《怪谈》中的平氏遗孀，她怀抱着孙子，正准备纵身跳入大海。我比以往任何时候都更能理解她的心情。

34. 三十七个候选人

母亲的幽灵已经在亚述的美人鱼程序中定居了。

好几天里，德彪西的组曲总是时不时在我脑海中萦绕。我原本以为是因为自己手头太过忙碌，脑海才会不由得响起乐曲。大部分时间里，我和"美杜莎"都在调整隧道，修建我们的新家。就算空闲下来一个人的时候，我也总是在思索着候选人名单的事情。

我认为自己已经想好了应该先去接近哪位，但是有些事情一直在困扰着我，我需要一些特别的建议。

示巴夫人的幽灵仍在忙着米丽安和哈尔卡的事情，我不想分散她的注意力。不过话说回来，她对我心中的疑问应该也不会有太大帮助，因为这三十七位候选人都是蠕虫，他们中大多数人都在与我母亲生前工作领域类似的地方工作。

自从母亲见过亚述之后，就几乎没再和我说过话。但是最近，我能感觉到她远远地看着我和"美杜莎"一起修整我们的新家，聆听着我们讨论要去接近哪位候选人，以及如何接近这些候选人。她出现时，总会伴随着乐曲的声音，这也是我决定向她寻求建议时，知道去哪里能够找到她的原因。

母亲的幽灵居住在亚述的海底城堡的院子里。她的众多长袍都是蓝色、绿色以及蓝绿色的。有的是海泡和破浪的颜色，有的是泻湖和环礁的颜色。但是不管怎样，这些服装在恰到好处的地方都有绑系和折叠，依然可以看出是日本贵妇的长袍式样。

"我们三个居住的地方曾是一片内陆海，"她说，"虽然海岸线涨涨落落，但是海水从来不会很深，光线可以照耀到海洋底部。"

她说话的时候，我瞥见了她真实所在的世界——一个风景非常不同的峡谷。

"那里曾有众多珊瑚，"她说，"他们建造了城堡，生机盎然，而后被一次又一次地埋葬。海水干涸了，沙丘覆盖了盐滩，然后沿着风的方向，一点点蔓延开来。"

"你说得好像亲眼所见一样。"我说。

"我见到过，就在我眼前呢。"她打了个手势，我看到沙丘来回移动，大陆与岛链相撞，挤压形成了西南偏南的山脉。融雪侵蚀了河流和溪流的侧翼，冲洗下新的沉积物，淹没了沙地。然后，地面上的裂缝和断层逐渐延伸，形成了众多峡谷。它成了我们三人的家，也成了其他所有来历不明的人的家。

"你知道我的计划，"我说，"你之前听到过我们的争论。"

她点了点头："我不否认。但在你着手做其他事情之前，记得先去听下他们的心跳。你要确认他们是像你一样，还是像苏丹娜和彻子一样。"

天啊！我怎么没想到这么明显的事情！我真想一头撞在墙上，这正是我内心所有疑虑的关键所在。

"央一，"母亲的幽灵说，"你的成功对我们而言至关重要。我们很想助你一臂之力，但是我们不能。至于为什么不能帮你，我们不记得了，但我们记得——我们不应该记得这些。"

她的头发随着潮水前后摇摆，露出了她大部分的面孔，但却从来没有完全露出她一直隐藏着的眼睛。

"我们能感觉到你离墓地越来越近了。"她说，"你越来越接近真相时，我们的记忆也会逐渐恢复。所以，你没有多少时间去准备了，你现在就得行动。"

她的头发像若隐若现的海草一样在她身边飘荡，随后凝视着我的那一只眼睛也变得模糊不清，母亲的幽灵渐渐消失了。

我的思绪浮出水面，重新看到了眼前的隧道，心中已经定好了计划。"美杜莎"正在一旁耐心等待着我。"你看起来很自信。"她说。

我告诉了她母亲的幽灵说的关于心跳的事情。

"好吧，""美杜莎"说，"我想我们之后也会慢慢想到这一点，不过这确实让我们明确了行动的重点。我们现在开始行动吗？"

一个计划，还有最后期限。不管你要做什么事情，都必须要具备这两点。

"央一，如果你看到并听到这个，那么我已经死了。"父亲在录音中曾对我说过，"这些是'美杜莎'装置，她们是为我们所造，但当管理者们意识到'美杜莎'对我们的巨大作用时，他们感觉受到了威胁。所以他们不断寻找各种借口推迟引进'美杜莎'。"

他和其他四名持不同政见者与我在各种数据库中发现的三十七个人都有一定联系。

贝勒曾经下令：除掉与来自"泰坦尼亚号"上的不同政见者有关联的目标，然后从目录中删除他们的名字。所以，为了保护那些移民，我从记录中清除了相关记录。

努鲁丁就是其中之一，他认识我父亲，也知道一些持不同政见者的抱负。但名单上的其他人是否和努鲁丁一样清楚很多事情？还是他们更像我一样，不知道"美杜莎"装置的存在？

他们之中有多少是人类，就像苏丹娜和彻子一样？

我和"美杜莎"开始了我们的探索之旅。我们选了一位移民，她和我母亲一样，是名高级技术员。她的名字叫克里斯汀·卡赫勒，目前分配到了一个新的小组，负责复制那些留待贝勒发现的植入物。

克里斯汀今年四十八岁，手下领导着一大批技术人员。那天工作结束后，她就独自一人回到了住处——她独自居住的地方。"泰坦尼亚号"爆炸时，克里斯汀失去了丈夫和两个孩子。她没有再婚，也没有孩子。从她的记录中可以看出，工作已成了她生活的中心。

我和"美杜莎"原本计划在她房间之内与她相见。但在半路上，克里斯汀似乎感觉到了什么。

她站住脚步，慢慢转过身来，盯着隧道拐弯处我们藏匿的地方。

"你活下来了。"她温柔地说。如果不是通过"美杜莎"的耳朵，我估计根本都听不到她这句话。

我不确定她是在对我说，还是在对"美杜莎"装置说，或者对我们两个说。我走到应急灯光之下，这样她就能清楚地看到我们。我们接下来会做什么，完全取决于她的行动。

幸运的是，她向我们走了过来。她步子走得并不快，还有点跌跌撞撞的。但她脸上流露出的是惊奇而非恐惧之情。她在距离我们八步之远的地方停下了脚步，"你活下来了，"她大声说道，"我们还以为你们和'泰坦尼亚号'一起被摧毁了。"

"美杜莎"回答她说："贝勒·查尔马恩开始将大量资源从'泰坦尼亚号'转移到'奥林匹亚号'上时，我们就觉得不对劲了，所以我们也偷偷转移到了'奥林匹亚号'上。"

她长舒了一口气，似乎有点笑了出来，"所以他的贪婪毁了他的计划。我真希望能在他毁了'泰坦尼亚号'之前，将我的家人也转移到这儿来。"

这次是我开口回答："我也是。"

"你是谁？"

"我是央一·安吉利斯。"

听到我的名字，她的心跳加速了，"泰吉和美沙子的女儿！我和你母亲一起共事过。她是那么优雅！既然你和'美杜莎'连接在一起，我猜泰吉肯定给你安装了他完善之后的植入物。"

"是的，"我说，"而且我们还有更多植入物。"

她的心跳平静了下来。就算我听不到她心跳的声音，从她脸上露出的宽慰，我已经知道了自己所需知道的一切。"这是我许久以来听到的最好的消息了。"她说。

克里斯汀·卡赫勒简直是我们最先取得联系的最佳人选，她认识其他的三十六人，也很乐意分享他们的信息。她主动向其他三十六个人介绍我们,而且她也非常渴望与"美杜莎"装置进行连接。"我们的记录被人清除时,我就知道肯定发生了什么事情",她说,"但我想了很久,也没想通是谁在保护我们。"

一个接一个,三十七位候选人陆续加入了我们的队伍。他们都没有像苏丹娜和彻子那样的心跳。当他们全部与"美杜莎"装置进行连接后,我变得更具信心,就算武器家族决定攻击我们,我们也能有效应战。

我本该更小心一点才对。为了对抗苏丹娜和彻子,我已经做了很多事情,以确保在对抗来临之时,自己不会再被吹到气闸室的外面,保全自己性命。但是那时,他们还未引起我的注意,我有更为熟悉的敌人需要应对——我原本以为自己十分熟知的人。

但是在那一点上,我也错了。

第五部

无能的央一

35. 末日派对

　　每当我想到一列大人物排队进入气闸室，登上太空梭参加贝勒的派对时，脑海里就会响起艾灵顿公爵的爵士乐《流浪者》。这一音乐结束，那些管理者还排着长长的队伍，我还有时间再听一曲凯伯·凯洛威的《圣詹姆斯医院》。这两首曲子的拍子刚好完美契合着这些自视甚高的管理者们的步伐，单簧管和小号的乐声，也和他们互相吹捧的声音完美融合在了一起。

　　如果示巴夫人在场，肯定不会认同我的看法。在她看来，派对上的所有事情，都得按照《大调卡农》的节奏进行才对。不过这群人可不会在乎这个。

　　管理者们已经从晚宴装扮换成类似军装的装束，他们仅仅佩戴了家族徽章——没人佩戴肩章或是奖章。格洛丽亚夫人走在前面，脸上始终挂着一副得意的笑容。她周围的人都装作没看见或没注意她的表情，但她心里知道，那些人有多么关注她的一举一动。这个时刻可算是格洛丽亚夫人人生的巅峰了。

拥挤的人群中，马尔科·查尔马恩和格洛丽亚夫人站得很近，这让他感到有些不舒服，但他脸上没有什么不悦之情。虽然马尔科对在座各大家族的历史和恩怨有所了解，但他并不像他叔叔一样，陷入家族之间的宿怨中不能自拔。也许他希望下次埃德娜能够站在他旁边。毕竟，她只是在做自己应该做的事。

张氏家族和查尔马恩家族到场成员众多，其他家族的成员也为数不少，我数了数，有六十个家族到场。在家族议院中每个具有投票权的成员都到了现场，带着他们的至亲，其中还有小孩子。只有一个投票成员在最后一刻因病请辞，亚当·科托到达集合区域时，就已经浑身不适，脸色苍白，站都站不稳了，所以他最后不得不告知安保人员自己身体不适。

亚当本来想要强忍住自己的不适，但最后还是失败了。没人想在零重力的太空梭里和呕吐物或是其他别的什么体液来个亲密接触，所以大家似乎都不反对他离场。

我本来应该多注意一下亚当的，但龙内特一眼看到了刚入场的根纳季·米罗年科。他在人群之间随意地走动，并不关心自己的位置在哪里。他看上去还是一如既往地沉着而自信，一双淡色的眼睛在人群中从容地扫视着，随后和其他人一起登上了太空梭。

"我要不要跟在他们后面溜进去？"龙内特问道。

门还开着，几秒之后就要关了。

龙内特还在等待"美杜莎"的指示。

飞越派对开始的前一晚，努鲁丁和亚述来到隧道中与我相见。"我们现在有 55 个人了，"努鲁丁瞥了一眼他儿子急切的表情，私下向我发送消息道，"55 个人都在努力保守一个秘密——他们其中 13 个是孩子。"

"他们也是'美杜莎'的孩子。"我说道，"耐心点吧，我的朋友。"

"央一，没有人比你更有耐心了吧？"

"当然有。'美杜莎'就比我有耐心得多。"

我们三个人潜伏在居住区下方的隧道里，等待去见最新型的迷你莎。

我和努鲁丁等在一旁，看着亚述将最新的迷你莎彻底检查了一遍。亚述还想让我们看个特殊功能，"准备好了吗？"他问。

"好了。"我俩异口同声。

"好嘞，特里，"亚述说，"开始表演吧！"

亚述选了一段相当长的隧道，我们三个人站在一个隧道的拐弯处，用肉眼望向隧道的尽头（严格来说，我们三个人中两个有人造眼），发现隧道沿线有一些黑点。虽然并不能看得非常真切，但是在目光所能及的最远端，我们发现有什么东西在动。

"那是个球吗？"我问。

"现在是个球。"亚述高兴地回答说。

球滚上了墙，滚过了天花板，又再次滚回地面，以螺旋路线向前滚动着。我们以为它会从我们身边滚走，没想到它直直地停在了我们面前，伸出手脚，站了起来，摇摇晃晃地走了过来。

"你们好！"它开口说话了，"我是特里，负责隧道侦查。"

特里的声音有些中性，但听起来无疑是个男性。

努鲁丁跪下身来，看着最新型迷你莎的眼睛，"特里，**为什么**你来负责隧道呢？"

"我是一只潜行小熊，"迷你莎回答说，"我之后会和卡利亚尼·阿克苏一起工作，负责搜寻入侵蛋白酿造室的'幽灵'，他们很有可能借助隧道在这些房间内潜行。"

"如果你发现了他们，会怎么做呢？"我表示担心。

"我会变成一台自动清洁机的样子。"特里回答道，然后他马上变形成了一台像模像样的自动清洁机。"我尽量不和他们交手。"他保证说。

我用肩膀碰了下亚述，"变形功能，干得漂亮！"

他咧嘴笑了笑，"所有装置都可以在某种程度上变形，甚至'美杜莎'装置也行。只是特里在这点上比其他人做得都好。"

听到他说"甚至'美杜莎'装置"时，我庆幸没人能听到我们的对话。"美杜莎"竟然被一个十岁小男孩归为老旧过时的装置，这可不能让她知道。

"特里也不会依靠安保覆盖系统，"亚述说道，"既然我们能够多次骗过这一系统，那么这一系统也就不值得信赖了，不能靠它进行某些高度敏感的工作。同样的道理，特里也不会寻找异常现象。"

特里变形回了小熊形态（或者说是玩具熊状态，如果你非要较真的话）。"我能看到的波长范围比'奥林匹亚号'上的人看到的大多了。我能看到热成像，能分析空气样本，说出里面都有什么成分，还能听到心跳声。"

"那你也能听到根纳季·米罗年科的心跳了？"我说。

"噢，"特里说，"我已经看到他了，他直接就出来露面了。我想他是受邀参加'飞越'派对的。"

特里看到的确实是根纳季·米罗年科，其他管理者们都想要和根纳季就飞越的话题搭上两句话。但是在飞越开始之前，贝勒·查尔马恩会在自己最喜爱的地方设立晚宴，宴席上尽是美酒佳肴，而根纳季没有出现在这场晚宴上。

努鲁丁报告说前往贝勒的花园进行服务。那里的长桌已经布置好了，足以迎接一百位宾客，但根纳季也没有在宾客名单上。

努鲁丁向贝勒的玻璃杯中斟满美酒，贝勒举起酒杯说道："让我们为了新国会举杯。寻找新家园的旅途已过半，这很值得自豪。"

新国会这种说法并不准确，因为这些管理者还未被选为议员。他们是各大家族的领导者，票是一定会投给自己家族的继承人的。为了争权夺利，他们一生都在钩心斗角，除非同利共谋，他们总会趁对方不备向他们捅上几刀。不过现在，他们互相举杯，彼此虚情假意地彼此祝酒。

努鲁丁和其他九十九个仆从站在管理者们的身后，而龙内特则躲在一个可以清晰监视贝勒一举一动的地方，向我们实时转播画面。

我一直努力想要伪装成仆从混进去。自从我被正式认定死亡之后，大多数管理者就未再见过我的真正样子。尽管宾客名单上没有根纳季的名字，但我也不敢肯定他今晚就不会出现，他的行事风格向来如此。

"也敬示巴·查尔马恩夫人一杯。"贝勒补充道，"虽然她是个固执的老家伙，但仍然会为孩子们谋求福祉。感谢她，孩子们的世界永远有了音乐。"

为表示他们对于贝勒《音乐教育法案》的支持——至少不是反对，管理者们纷纷举杯，脸上露出了真诚的笑容。他们发现，一旦自己孩子被植入音乐和图像数据库（很多人真的相信这数据库是示巴夫人亲自设计的）后，这些孩子立马成了音乐专家，能够熟知和欣赏人类有史以来创作的所有美妙音乐。孩子们在数学和其他领域的能力也有了明显提升。即便之前最为顽固的反对者，也在为这位我母亲曾称之为"铁拳"的女人衷心鼓掌。

从某种层面来说，我不由自主地为示巴夫人的儿子感到惋惜，尽管这份胜利也属于他，但他看着别人脸上洋溢的幸福，自己却完全没有这种感受。

"怀着崇高的敬意，我再次在此发言，"贝勒不伦不类地吟诵道，"能够邀请各位莅临我们的年度飞越派对，是我莫大的荣幸。我们将一同看到'奥林匹亚号'飞船之外的世界。我们的亲友正在太空梭内等候，让我们共饮此杯，随后就出发吧。"

嘉宾纷纷微笑致意。飞越派对，是一个人能参加的最高等级的活动了，这个派对的等级之高，甚至连服务的仆从都没有。嘉宾们吞下杯中美酒，步伐平稳地走了出去。想要让他们醉酒出洋相，得再多灌他们几杯酒才行。

随着管理者的离开，仆从也开始有序退场；他们穿过出口隧道，向气闸室走去。这时，努鲁丁向我发来消息：有问题。

"我们出问题？还是其他人出问题了？"

"不知道。"

虽然我的第一反应是努力消除努鲁丁心头的不安，但我明白，他的直觉一向很准。我努力回想着贝勒向他的同党发出飞越邀请的致辞，难道我错过了他话语中暗藏的关键信息？

努鲁丁像以前一样，径直回家去找家人了，我和"美杜莎"留守在花园下面的隧道里，按照龙内特给出的位置信息，追踪着管理者们。同时，她也把管理者的位置共享给了其他五十四个盟友、"美杜莎"装置，以及其他的迷你莎。

龙内特一直谨慎地和管理者们保持安全距离，通过她的眼睛，我们能看到他们排队进入更衣室。然而，除了这次的嘉宾数量有些多之外，我看不出其他一点反常之处。就以往的情况来看，贝勒一般是不会邀请这么多宾客的。

但这一次，他需要拉拢更多盟友，也需要安抚敌人，所以就连格洛丽亚夫人这种无论走到哪里，散发的强大人格魅力都让人避之不及的人，竟然也受邀前来参加派对。我不嫉妒那些可以和格洛丽亚夫人同处于太空梭中的人，也不嫉妒那些可以和她同处于宗族议院的人。

……

亚当·科托来了，但却在最后一刻离场。他这一举动，还有努鲁丁心里的怀疑，似乎是某种不祥之兆。随后，根纳季出现了，我的心抽动了一下。

"你迷上那个家伙了吧。""美杜莎"说。

"我知道。但是我真的很激动。这是他处决我之后，第一次在公开场合出现，不知道他以后会不会经常这样出现。"

和以往一样，管理者对于根纳季的出现并不感到惊讶，这再次引起了我们的疑虑：我们所观察到的是否是事情真相呢？

黑暗之下，暗流汹涌……

我们看着他们鱼贯走进门闸，再过几秒，门就要关上了。"我要不要跟在他们后面溜进去？"龙内特问道。

"美杜莎"犹豫着没回答。我们从未去过飞越派对，这一次要不要抓住机会进去监视管理者呢？

"龙内特别去！"示巴夫人的幽灵突然出现在门前。龙内特本来已经快要来到闸门前面，却在最后一秒被一股强大的力量拉了回去。

闸门关闭了，示巴夫人的幽灵也消失了。龙内特迅速离开了大家的视线，然后仔细查看是否引起了安保人员的注意，庆幸的是，没有人看向她的方向，甚至都没有人看向门闸。

"那是示巴夫人的幽灵吗？"龙内特问，"我以为她跟米丽安和哈尔卡在一起呢。"

哈尔卡插话说道："示巴夫人不会毫无理由地做一件事的。"

"没错，"我表示认同，"我跟'美杜莎'最好去外面看看。"

"凯顿，""美杜莎"警告道，"守在卡利亚尼旁边。"

"她和我都在路西法塔呢。"卡利亚尼说。

"泰瑞，你有何感想？"我向他问道。我和"美杜莎"坐在"奥林匹亚号"的中部，当派对太空梭飞过我们头顶时，我们可以看到太空梭上灯光闪烁，但它的航行轨迹却不同以往，往更远的方向去了。

"太空梭上载着全体有权投票的成员，"他说，"我是说指定幸存者。"[①]

[①] 编注：所谓"指定幸存者"是指所有领导人聚集在同一处时故意安排一名缺席成员，旨在确保所有人员丧生后仍有一名幸存者可以行使权力。

"但是贝勒也登上太空梭了啊！"努鲁丁说，"他会拿自己的性命来冒险吗？"

示巴夫人在毁掉"泰坦尼亚号"时，也拿自己的性命在冒险，可能贝勒觉得，他能赢得这场赌注。

我们捕获到了飞越派对上的广播信号。

"过去的日子里，我们面临重重挑战。"贝勒·查尔马恩庄严的声音从中传了出来，他的讲话是预先录制的，"但奥林匹亚仍然屹立不倒。现在，我们的旅途半程已过，我们的子孙将会看到一个崭新的世界，那时，他们将感激我们的审慎决策以及我们对于资源的保护。"

贝勒在向"奥林匹亚"居民进行一番勤俭节约美德的演讲时，显示器上播放起了之前飞越派对的影像，假装是此次派对的实时转播。画面之中，他和其他管理者正稳坐在太空梭的指挥室中。而在影像之外，下层甲板的位置上，这些管理者的九百多名亲朋好友系好了安全带，毫无疑心地大笑、谈天，那些人肆意挥霍，从不知什么是节约。

"现在我们来到了旅途的后半程，"贝勒继续说道，"我们仍旧不会向困难——"

他的讲话突然变成了断断续续的片段，难以辨认，持续好几分钟后，广播中忽然传来警告声："——拿灭火器！只有不到五分钟的时间了——"随后声音再次失真，又突然传出："请求支援！请求支援！起火点在——"

信号中断，没有声音了。

虽然我很想亲眼看看飞机上到底发生了什么，但是目前，我们只能进入加密安保覆盖系统的日志，查看记录下来的监控画面。

"系统故障。"上面显示。

"什么?!"泰瑞喊道，马上开始检查监控系统是什么时候下线的。等他调试好后，系统重新开始显示监控画面了。

原来，监控系统在太空梭飞离"奥林匹亚号"飞船之前就已经故障了。而且，泰瑞在一个机密的数据库中发现了一份事先写好的事故报告，还有一份记录了贝勒·查尔马恩是如何在他议会同仁的密谋暗杀行动中幸存的相关报告。

报告是这样开头的：

经调查后判定，监控系统的失灵是由第一次爆炸产生的电脉冲引起的。

我读完了整篇报告。

我和"美杜莎"再次看到了太空梭外的信号灯，它们不知发生了什么事情，依旧持续闪烁着。

然后，我们目睹到了一些不同寻常的现象。

太空中并没有出现火球，不过太空梭爆炸导致的空气外泄在太空中产生了一些炫彩。我最喜欢重力泡产生的蓝色闪电，它吞噬了整个太空梭，把残余的机体都炸得粉碎，这样的话，就不会留下任何证据让他人调查了。毁灭"泰坦尼亚号"就是用的这样的手段。

我和"美杜莎"坐在 207 号气闸室之外的观察点目睹了这一切。看到太空梭现在面目全非的样子，惊叹于这种病态的美感，我在脑海中不禁播放起普罗科菲耶夫为《伊凡雷帝》所作的配乐。我不禁想到了父母，流下了眼泪。

"美杜莎，"我对她说，"我没料到这事会发生，这让我很担心。"

"是啊。"她表示同意。

"贝勒一直在努力达到他的终极目标。他不断地消灭自己的敌人，但这却始终没能解决他的问题，这不禁让我怀疑，终究，我不停地杀戮真的有用吗？"

"我觉得你'杀人'仅仅是'自卫'而已，"她说，"但我也会把自己的杀人定义为'自卫'，也许我并不客观吧。"

我们在等着观察到一些特别的现象。不到四十五分钟，我们看到了远处的闪闪光点，那是贝勒·查尔马恩的增压服上的信号灯所发出的。根据那份事先写好的官方报告，他从炸毁的太空梭中回来，需要花费的时间刚好为 73 分钟。

但我们也有许多无法从报告中获取到的信息。首先，我们并不清楚他会从几号气闸室进来，甚至也不确定增压服里是否是贝勒——毕竟，根纳季也登上了太空梭；而且，别忘了根纳季曾告诉贝勒和赖安的话，他可是在几百年来的阴谋诡计中存活下来的人。

终于，穿着贝勒增压服的那个人来到 212 号气闸室之外，开始输入手动控制代码。

这个巧合简直是太神奇了。

"美杜莎"不停蠕动着触手，带着我们穿过"奥林匹亚号"飞船的船体，赶往 212 号气闸室。那人正紧抓着闸门，他的增压服虽然不像苏丹娜穿得那么高级，但也是亮眼的管理者装备——配备 12 小时续航的供氧设备和喷射器，足以让他轻而易举地从毁灭的太空梭中逃脱出来，回到 200 系列气闸室之内。想到这个人如此大费周章，我不禁摇了摇头。他把自己置身于危险境地，只为了表现得像个英雄，一个从敌人的密谋暗杀中幸存活下来的英雄。换作是我，我会安全地待在"奥林匹亚号"飞船上，只需修改监控录像就可以实现目的。但是话说回来，我有"美杜莎"可以帮我伪造录像，也不用向死去的母亲证明什么。

我们慢慢接近他，却还是看不清他的脸，但是可以看出，因为戴了手套，他的手指显得有些笨拙，他一次又一次地尝试键入代码，但门闸却一直没有任何反应，他已经有些泄气了。没有我们帮忙，他可能根本进不来气闸室，我和"美杜莎"早就掌握了"奥林匹亚号"飞船数据库中的每条指令。

我们一下把他从闸门横档上拽开，在他启动喷射器之前，把喷射器从增压服上剥了下来。

尽管我的判断一向不会有错，我还是希望增压服里的人是根纳季。我时常回忆起我们一起坐在莲花厅中，他教我如何品味佳肴的时光。

但这人不是他，是贝勒，他透过面罩，目瞪口呆地看着我们。不像赖安，他很清楚"美杜莎"是什么。即便他现在看到自己已经去世的母亲，也不会比现在更为感到惊讶。

"你是谁?!"他通过增压服上的通信器问道。

对他我是绝对不会留情的。"叫我'美杜莎'吧。"我用"美杜莎"的声音回答道。

"我当然知道你是'美杜莎'，蠢货！但谁在驾驶它？不管你是谁，你被它们玩弄于股掌之中了！"

"美杜莎"开口向他回答："我们只有触手，可没有股掌。正如你一直所害怕的事情，我们正在合作。"

"天啊！"贝勒声音里流露出极度的厌恶，即使身处现在的情况之下，他依然没有明白，自己早已不再是高高在上的掌权者了。"你们这些禽兽知道什么？愚蠢的，该死的——"

"我们已经知道'逃脱号'飞船了，"我说道，"我们去过那里，还发送了信息给——"

"他们会毁了你们，"贝勒打断我说道，但是他指的并不是武器家族，"'美杜莎'装置会毁了一切，毁了所有我们在乎的东西。"

"是你所在乎的东西吧，"我回答说，"难道你没有毁灭一切吗，贝勒？你为了掌控信息，让多少人在'泰坦尼亚号'上丢了性命？"

我知道贝勒对管理者们做了什么，在这一刻，我想起了之前无意听到的贝勒与他母亲的对话，"我们怎么才能在他们弄清我们意图之前，先下手杀掉他们？"最开始，我以为他们指的是像我一样的仆从，之后又以为他在说"美杜莎"装置。但现在，我亲眼见证了他又一次的大屠杀之后，才想起了自己之前忽略了一个细节——"泰坦尼亚号"发生灾难后，那艘飞船上没有一个管理者幸免于难。一旦他们都死了，查尔马恩家族的势力就翻了一倍。没错，查尔马恩家族确实是想毁掉"美杜莎"装置，但是，赖安·查尔马恩还说过，"我想我知道如何一石二鸟……"

"你知道我们是怎么来到'奥林匹亚号'飞船的吗？""美杜莎"说，"是你的贪心救了我们。"

他眼中闪过一丝诡谲的亮光，我不得不称赞他这点，他立刻就理解了"美杜莎"想说什么。

"你来'泰坦尼亚号'掠夺资源，""美杜莎"继续说着，"非要把这艘飞船压榨得一干二净你才满意。为了掠取所有你想要的资源，众多补给飞船需要多次往返其间，每次往返时，几个'美杜莎'装置都会偷偷地登上这些补给飞船，等我们所有人都安全抵达后，就派人破坏了你母亲的逃生船，否则，留着这样聪明的一个人，早晚会发现我们做了什么。"

听罢，他脸上露出了无比的愤怒与悲痛。长久以来，在贝勒的认知里，他是个好儿子，母亲的去世责任并不在他，而他也依旧思念着母亲；他相信自己所做的一切都出于正义，并且认为我们这些人所要求的平等是不合情理且大错特错。现在不用跟他废话了。"这些议员之中，没有一个人阻止你逃离太空梭。"我说道，"没有一个人穿上增压服逃生；你之前和他们在花园里喝了同样的酒，但你肯定提前吃过解药了吧。也许他们喝下那杯酒后，在第一颗炸弹引爆之前就已经处于昏迷状态，甚至已经死了；但他们的家人还困在下层的休息区域，完全清醒地体验着绝望和痛苦，不是吗？贝勒，为达目的，你甚至不惜牺牲你自己家族的人。"

他没有回答，唯一的反应是他瞪大的双眼。

"我猜你一旦重回'奥林匹亚号'飞船，第一件事就是要宣布戒严，直到你抓到这场大屠杀的罪魁祸首为止。当然，'抓捕'的这段时间可以无限延长，顺理成章地，查尔马恩家族就获得了飞船的永久控制权，对吗？"

"你不明白吗？"他说，"本来就是应该这样。"

从他左肩看去，我可以看到太空梭的残骸，重力气泡正在塌陷，太空梭的残骸，在繁星之间飘荡。根纳季就在这一堆金属废墟当中，马尔科也在其中，我还似乎看到了一两个抱着婴儿的女人。

我触摸了贝勒脑内只有他和管理者有权使用的链接，"如果你能看到我所看到的东西，你就不会想要杀死'美杜莎'了。"

"你的孩子！"他回传信息，"如果你的孩子生命危在旦夕，你还会在这里嚣张吗？"

那是当时他所能说出的最为恶毒的话，因为在我的脑海里，浮现出了那些刚刚被他夺去生命的孩子的模样，然后，我想到了亚述。

我用"美杜莎"的触手紧紧缠住了贝勒的身体，将他狠狠地向"奥林匹亚号"的船体砸去，一下又一下，直到他的头盔被撞破。我本想告诉他，他的儿子赖安，就是在212号气闸室中被我亲手杀死的——那是我唯一一场精心谋划的复仇。但是这样做对他实在有些残忍。所以，我把他拉向自己。

"我在这里，"我安慰他，"你并非独自一人。"

终于，他眼睛里的最后一点光亮消失了，我们将他推向远处，让他和"奥林匹亚号"后面那一列长长的"队伍"作伴。

我打开212号气闸室的内闸门，又是独自一人了。大厅里昏暗异常，光影交错。在阴影之中，有个人站在那里。在确认我意识到了他的存在之后，他走到了光亮处。

"泰瑞，"我开口说道，"现在你是查尔马恩家族首领了。"

他之前一直在流泪，不过现在心情已经平复了下来。"是他干的，是他杀了所有人。母亲明明警告过我，他早晚有一天会这么做——不是他就是示巴。直到示巴将母亲抓了起来，把她从气闸室吹出飞船之外后，我才相信母亲说的话。"泰瑞用眼神指了下212号气闸室，那个气闸室比这间小一点，还有一扇观察窗，"示巴故意选了那个气闸室，好让我亲眼看见母亲的下场，让十四岁的我明白，反抗行径不可宽恕。"

我一边听他讲，一边搜索着公共广播记录，看有没有关于这次暗杀的相关报道。目前为止，还没有出现关于这场事故的起因的详细报道。"我们得编个故事了，"我说道，"我觉得故事里的坏人应该让武器家族来当。"

泰瑞并不是特别喜欢这个想法，"贝勒是个杀人狂。"

"我也是，"我本想这样回答他，但是现在，还不是提起此事的时候，"泰瑞，你和一群低级管理者现在就是查尔马恩家族了，你想要说出贝勒的真相，让你自己失去在宗族议院的投票权吗？"

"不，我可不想丢了投票权。"说出这话之后他不由得挺直了腰杆，虽然我不确定他自己有没有意识到这个动作。

我向他走近，但也和他保持着礼貌的距离，"'美杜莎'正在起草一份关于这次事件的公开声明。而你作为查尔马恩家族的上层，你有权召开紧急会议的。现在，时机已经成熟，你可以借此打造自己的权力架构。"

泰瑞看上去非常疲惫，但我相信，等其他家族的大佬坐上新的位置之后，泰勒这样的举动能让他们安下心来。只是现在，我还有一件事需要向他问清楚：

"泰瑞，你知道自己是贝勒的儿子吗？"

他点点头："几年前他告诉我了。赖安消失后，他一度不敢让我知道这件事，他说一旦我的身份暴露，就会有生命危险。就目前来看，我觉得他说得没错。"

我很想知道，如果贝勒有机会看到泰瑞成了一个比赖安所期望的还要出色的人，他会怎么想。然后我意识到，现在，贝勒对什么事情怎么想并不重要。重要的是，我们怎么想。

泰瑞似乎在等着我开口说话，看来我现在必须要做一些自己不太擅长的事情了：我得判断现在是否应该与泰瑞进行肢体接触，他看起来似乎需要一些能让他安心的举动，但我不知道，他是否能够接受除了言语之外的其他安慰形式。

我不再多想，向泰瑞伸出双手，他立刻握紧了我的手。我对他说："泰瑞，你也是'美杜莎'家族的人，我们会照顾好自己人的。"

他挤出了一丝笑容："久美子也一直这么对我说，谢谢你。"泰勒再次用力紧握了下我的双手，然后松开手，向后站了一步，"如果我们实施计划，就得按照章程来。接下来几个小时，我们会重建新的宗族议院。贝勒把那些强硬派都除掉了，如果我们行动迅速果断，就可以确保船上人员拥有投票位置。在这种新情况之下，这样做并不违反法律。"

奇怪。难道贝勒原本的计划就是要为人们争取更多的自由，更多的阶级流动？

还是说他仅仅想要一群可以被他随意操纵的人来获得投票权？

我再次扫描了一遍众多的对外公报，看能否从中找到公众对这次事故的反应。"似乎没有人对这起'事故'感到惊讶。"我得出结论。

"不，"泰瑞说，"我倒觉得他们像是松了口气。不如我们现在就向公众公开引进'美杜莎'装置的计划，虽然为时过早，但它确实是个可行的方案。我也已经和心目中的候选人谈过了，他们已经做好了与'美杜莎'连接的准备。"

努鲁丁曾说过，我们有 55 个人了，55 个人都在努力保守一个秘密——他们其中 13 个是孩子。

现在，这个数字要变成一万人了。

泰瑞深吸一口气，长叹一声，"我知道查尔马恩家族是怎样抚养孩子的，说出来你都不会相信。"他望着气闸室出了神，好像那些事重新在他面前上演。

然后他晃了晃脑袋，回过神来。他的眼睛有些发红，但眼神中已经不再满怀悲痛，"你现在累不累，之前是一直在帮'美杜莎'起草官方声明吗？"

"'美杜莎'是主要负责人，我只是给她提了一些建议。但我现在确实有件想做的事。现在居住区还开放着吗？"我问他。

"还开放着，"泰瑞回答，"我掌权后的第一件事，就是开放居住区。私人住宅现在已经没人了，所以禁止入内，但是所有花园对所有人开放。"说完之后，他笑了笑。我知道，他是想起了我们第一次见面的时候了，"你要去闻一闻花香吗？"

"我要去挤压脚趾间的泥土，"我回答说，"就像我答应过父亲的一样。"

36. 两岸绿柳

我在隧道之间穿行，前往居住区时，这些隧道似乎没有记忆中那么冰冷和昏暗了。虽然居住区的安全门闸都处于关闭状态，但却没有上锁。我直奔自己之前身为仆从时最为熟悉的那个入口，打开那扇门，来到"奥林匹亚号"飞船上绿意盎然、生机勃勃的中心。我看到亚述站在道路的另一端，赤着双脚，踩在一片三叶草草地上。我也脱下鞋子，加入他。

他抬起头看着我说："'美杜莎'告诉我，你应该赤着双脚，感受一下泥土的感觉。她还说，你一直都想这么做。"

"你经常和她说话吗？"

"对呀。你能陪我走走吗？"

亚述拉过我的手，我们两个人在这里一起四处探索起来。机器人园丁不声不响地避开我们，就像之前它们尽量回避管理者们一样。我忽然想到，亚述之前从来没有在居住区四处游荡过，更别提是在没有章科帕希的情况下了。随后我想到，自己也没这样做过，这样无拘无束、无所畏惧地，以一个拥有权利的公民的身份，这样自由地游荡。

"你在听什么？"我问亚述。

"《两岸绿柳》，"他沉浸在脑海中播放的美妙旋律当中，表情逐渐变得迷离，这是英国作曲家乔治·巴特沃斯所作的著名乐章，"我刚才在数据库中寻找那些以前没听过的曲子时，偶然发现了这首曲子，真是太动听了。"

我们漫步穿过花丛时，我也同步播放起这首曲子。我之所以知道这首曲子，是因为其作者巴特沃斯与我最为欣赏的大师拉尔夫·沃恩·威廉姆斯属于同一时代。两位都是田园派作曲家，他们的音乐能让听众沉浸在自然风光的美妙之处：徐徐吹拂的微风，四处飞溅的水花，蜿蜒连绵的山丘，还有巍峨雄伟的远山。

但《两岸绿柳》不仅仅是关于自然之美，更是关于那些生活在自然之中的人，还有那些我们无法言喻的感情。

龙内特突然出现，加入了我们愉快的田园生活。"欢迎来到我的世界！"她落在亚述的肩上，然后转身向我说，"你见过火箭了吗？"

还没等我回答，一个影子闪入了我的视线——是一只四条腿的迷你莎，它的身体和四肢之间有蹼相连着，这些蹼由易于延展的生物金属薄片制造而成，这种设计可以让它随意滑翔。然后，它轻轻地停在了我的肩上。

"长官，火箭前来报道！"火箭微微向我敬了个礼。

"稍息，火箭。"我笑着对它说。

"长官,我很乐意带您参观一下这里。"这个小家伙一本正经地说。

"那太好了。"我说。

我们四个开始一起闲逛,脑海中一边同步播放着那曲《两岸绿柳》,一起欣赏着眼前的美景。亚述不时地停下来,抬起头往上看:"看着上面,我总是感觉有些头晕。虽然那一边离我们这么遥远,可我却一直担心它会塌下来,砸在我们身上。"

"我也是。"我注视着头顶一片片田野和一座座房子的缩影。一阵薄雾飘来,挡在上下两个世界中间,可薄雾并没有让一切变得模糊,反而在提醒着我们,这里究竟有多么庞大。

我们闻到了香豌豆的气息,又将注意力转移到了地面。我和亚述将脸埋进盛开的香豌豆花瓣中,深吸了一口气。"这简直是全宇宙最幸福的味道了。"亚述说道。

"再闻一次!"龙内特说。我忽然意识到,她正在使用我和亚述之间的通信系统链接来感应亚述的嗅觉,这正是"美杜莎"装置的又一项重大改进。所以,我和亚述嗅到香豌豆的花香时,龙内特和火箭也连连惊呼。

我们找了两个形似巨型乌龟的长凳,坐在上面休息,身旁的喷泉流水发出汩汩的声音,我试着想象赖安和贝勒两个人坐在这里欣赏美景的画面,可是却怎么也想象不出。

从我们现在所在的位置,我可以看到对面有一栋漂亮的房子,透过房子窗户,可以看到里面装修十分精美。曾经,那些管理者理所当然地享受着这里的一切，但是现在，这里已经人去楼空。房间大门还开着，一扇窗帘轻轻摆动了一下，可是现在没有一丝微风。

彻子忽然出现在窗户之后的黑暗之中，向外看着我们。

他冲着我咧嘴而笑，似乎看穿了我的心思——如果他现在发起攻击，"美杜莎"是赶不及过来保护我和亚述的，他似乎清楚我在害怕什么。

我也冲他笑了笑，他脸上得意的笑容渐渐消失了，然后，他转身离开窗户，瞬间不见了。我有种预感，短期之内，我应该不会再见到他了。我们下次见面之时——如果还会再见，气氛应该不会非常和睦。

尽管这么多年，我一直以阴谋和杀戮为伴，却没能算到贝勒会做出如此行径，对于彻子，除非他主动出现在我面前，否则我也掌握不了他的行踪。

但我和"美杜莎"手中也掌握着王牌，是我不会向任何人透露的绝对机密。必要时刻，我一定毫不犹豫地打出这张牌。

"央一，"亚述说，"你杀过多少人？"

我盯着那扇窗子，"我没数过。"

"杀了他们会让你感觉好一点吗？"

"并不会。"

他认真地在思考我说的话。亚述才只有十岁，前途一片大好。但是父亲曾告诉过我，《两岸绿柳》的作曲家本来也前途一片光明，可他却英年早逝，在一战的战场上葬送了生命。再年轻的生命，再多的才华，也抵挡不住炸弹的摧残。这是事实，可我却不忍心这样告诉亚述。

"我觉得'美杜莎'装置比我们好多了，"亚述说，"她们没有恶意。"

"但是我们创造了她们，"我提醒他说，"我们也创造了音乐。"

"那倒是。"他看起来不再那么愧疚。

我们朝着远离那栋房子的方向走去。我想告诉亚述，一切都会好起来的，但是也许，一切并不会好起来，也许，我们只能期望我们目前所做的事情，可以让一切都好起来。

很快，我会和泰瑞·查尔马恩会让更多的人了解"美杜莎"装置，开始进行更为广泛的通信联系。但是像亚述这般年纪的孩子们才是未来的主人，他们拥有我们所看不到的无限可能性。他们的世界已经有了音乐，他们也有能力将内心世界变成自己梦想中的样子。即便那个藏在窗户后面的敌人，也想象不到他们未来会成为怎样的人。

"央一，你说花园里会有蛇吗？"亚述问道。我猜他并不仅仅是在指蛇。

"会有。亚述，你可以尽情享受花园的美景，但是也要小心暗处的毒蛇。"

我们向静谧的花园深处走去，空气中变得更加潮湿。在我们头顶之上，世界整个颠倒了过来，上面生长着各种植物，天空也因而变成了绿色。迷你莎们在花园中来回飞舞，一会儿让我们看看这边，一会儿带我们看看那边。

"我们要耐心等待，""美杜莎"说，"如果想要了解花丛的神秘，你可以走近它们仔细观瞧。但是漫天星空告诉我们另一个道理，你越是近距离探索它们，它们所蕴含的神秘就会变得愈加深邃。"

即便如此，我们也会继续探索下去。没有人告诉我们，如果想要维持和平，就必须要对某些事情视而不见。

"亚述，一切都会好起来的。"我向他保证道。然后，我们一起走回了"奥林匹亚号"的隧道之中，去努力让一切都好起来。

这是一个圆满结局，不是吗？我们打败了坏人，好吧，尽管是他们自己炸死自己的。我们自认为赢得了最终的胜利也无可厚非。

但是，事情远没有我们想象得那么简单。

37. 这并非我的复仇

泰瑞任命我为他的首席顾问。如果他像贝勒一样拥有巨大的权力，那我简直可以在"奥林匹亚号"上呼风唤雨，这个职位之前是由精通飞船运营的中层管理者担任的。之前那些首席顾问很多现在都在宗族议院中拥有投票权。

然而，管理者的权力也随着贝勒和他那些管理者们的遇难而一并削弱了。就算我想四处施加影响，也只能凭借自己的三寸不烂之舌。

不过，和"美杜莎"进行连接之后，我的影响力有了明显的提升。现在，即便是在公开场合，我们也可以自由进行连接了。遇难事件之后，宗族议院中拥有投票权的成员进行了第一次会议，在那之后不久，他们全部都开始接收植入物，并开始与他们自己的"美杜莎"装置相连。

"你并没有完全跟我们交代清楚这个东西吧。"奥格登·席克勒完成他和"美杜莎"装置的连接之后，冲我晃动手指，"你没有告诉我们她的副作用。"

"哪种副作用？"虽然我马上就想到了几种可能的副作用，但我现在还不想让他们知道。

"团结，"他说道，"虽然这些'美杜莎'装置是我们坚定的盟友，但是她们内部非常团结。我们想要付诸武力斗争时，她们很有可能说服我们避免斗争，想办法让我们与对手进行谈判，最后签订一些协议了事。"

"你真是个魔鬼！"我说道。奥格登笑了，我想起了他和拉克什米·罗塔聊起的关于采摘咖啡果的话题，我和"美杜莎"当时是多么羡慕他们无比惬意的生活啊。我又想起了父亲，他曾经非常享受自己在"泰坦尼亚号"居住区的工作，可以呼吸着湿润的空气，培育着自己喜欢的花草。"奥格登，我很期待和与你共事。"
我对他说，"欢迎加入'美杜莎'家族。"

奥格登欣然接受了他除席克勒家族身份之外，还属于第二
个家族的现实。我和"美杜莎"让他带着达蓓芭走了（他以掌管
农业的女神的名字为自己的"美杜莎"装置命名），然后我们决定
去给自己找点乐子。

我和"美杜莎"出现在莲花厅门口时，喧闹的交谈声陡然安
静了下来。我们既然已经下定决心要来，无论遇到什么情况，都
不能转身离开——不然我可就树立了一个坏榜样。这里的主人
好像被吓到了，丝毫不敢靠近我们，我迅速调出他的资料，找到
了他的名字，然后用谢珊·科托的声音开口说道："弗雷德里克，
我是央一·安杰利斯，我正穿着'美杜莎'，她是'美杜莎'装置
之主。她无法自己品味美食，但是我和她连接之后，她可以通过
我的味觉进行品尝。所以，我有一个特别之请，请帮我为'美杜
莎'端上莲花厅最为美味的菜肴。"

"美杜莎"笑了笑，用她自己的声音对他说道："我听过很多对
你的夸赞之词。"

弗雷德里克瞪圆了眼睛，他已经认出这就是"美杜莎"本人，
正是因为她，所有其他装置才被统称为"美杜莎"装置。

"美杜莎"的语气美妙动人，于是他鼓起勇气，清了清嗓子说
道："正好有位置，请——"他示意我们跟着他走。

我们穿过莲花厅时，一双双眼睛紧紧注视着我们，"'美杜莎'

之主!'"美杜莎"故作得意地问我,"你说之后大家是不是也会一直这么称呼我?"

"也许在这里会。"我回答。幸亏"美杜莎"的面具挡住我的脸,把我吃吃笑的样子藏了起来,否则我持重得体的样子就端不住了。

虽然身为泰瑞首席副手,我手中没有多大权力,但这并不意味着我一点福利也没有。

"我把你伪装成谢珊·科托时居住过的房间分给你,"泰瑞对我说,"就在之前查尔马恩家族的宾客区。不过我要提前告诉你,那里已经不再是宾客区了,而是会被分成一块块小型的居住区,不过我觉得你还是会满意自己的这个住处。"

我和"美杜莎"还沉浸在刚刚的那场味觉盛宴里——弗雷德里克为我的味蕾带来了前所未有的愉悦体验,所以我们现在心情大好,什么话都能听得进去。"可我在我的隧道住习惯了啊。"我还是表示了反对。

"你可以不去这些房间居住,"他说,"但是只要你想去,随时都可以过去。"

我其实根本不用多加思索。卡利亚尼早就把路西法塔当成自己的私人空间了。我住在其他塔楼里时,总会有很多小孩过来找我,无论什么事情都和我絮絮不休长篇大论。虽然我喜欢和他们聊天,但这正是问题所在,尽管他们很有意思,可我还有许多工作要处理。谢珊之前居住的地方有看门人，这正好完美地帮我解决了这个问题。

我们进入房间后，那幅老虎屏风首先映入我的眼帘，我一下子愣在了原地。根纳季答应过我，要把这幅画卷归还给科托家族，看来他食言了。我对此感到无比失望。

然后，我发现象棋桌上有一张留言。

留言写在一张纸条之上，特别像是埃德娜的行事风格，上面写着：我觉得你会喜欢这些，下面署名：亚当·科托。

"这些，"我说，"这句话的意思是说，还有许多别的东西？"

"我想是的，""美杜莎"说，"看来，我们要好好搜索下这几个房间。"

我们仔细搜索着，没有看到任何能够配上科托家族之名的稀罕物件。然后，我们走进更衣室，发现里面放满了谢珊的衣服，她所有的衣服，还有她的全部化妆品和假发。

回到客厅，我们盯着老虎——我的老虎——屏风看了良久。然后我们去拜访了亚当。

我们到达时，这位科托家族的首领就坐在一堆奇珍异宝之中，手中端着一盏茶杯。对于我们未经许可直接进入，亚当没有表现出一丝惊讶，甚至没有看我们一眼。"你的确很像她，"亚当开口说道，"如果我站得远一些，根本看不出你不是谢珊。"

我除去"美杜莎"的面具，好让他看清我的脸，这张和他妹妹无比相似的脸。为了不让他感到威胁，我们站在离他稍远但又不至于让他看不清我们的地方。"你还好吗,亚当?"我向他问候道。

他耸了耸肩:"我不知道,应该不太好。"

我等着他后面的进一步解释,但他似乎并没有要继续说下去的意思。"谢谢你,"我对他说,"我很喜欢这些礼物。"

他啜饮了一口手中的茶,"不客气,这曾是我的荣幸!"不知为何,他用了"曾"这个字。

"亚当,登上太空梭时,你在最后一刻离开了,你是知道贝勒·查尔马恩打算杀死宗族议院中所有拥有投票权的成员吗?"

我们聆听着他的心跳声。"我知道,却也不知道。"他回答说。

我本来期待他会否认或是承认,可他的回答却是一个有趣的折中。

亚当抬起头望向我,说道:"贝勒·查尔马恩并没有向我吐露秘密,我也不是他的共谋。但我几乎一生的时间里都在看着管理者们,作为跟这个圈子若即若离的旁观者,我太了解他们了。他邀请格洛丽亚·康斯坦丁参加'飞越'派对时,我就知道他肯定有什么不可告人的目的。当我看到她在人群中时,我明白自己无论如何也不能登上那艘太空梭。我那时确实感觉很不舒服,因为我知道,他们所有人都将会死。"

我没追问他为什么那时不去警告大家不要登船。贝勒作为整个阴谋的策划者,怎么会允许告发他的人活下来,而且,除了我之外,又有谁会相信亚当的话呢,即便是我,也无法阻止这一切发生。

亚当依旧看着我的眼睛，"我替那些孩子感到难过，可是，我看过太多次管理者们杀死自己亲生孩子的行径了。"

也许我应该顺着他的话继续问下去，但是他一开始说的话让我更加好奇，"我在假扮你妹妹的时候，你早就看出来了？"

"没错，"亚当回答说，"你表现得过于自信了，可能谢珊要再过几年，才能表现得像你一样自信。"

"但你并没有揭发我。"

他隐隐地露出了一丝笑容——我也不知道自己是如何看出他这么微妙的表情的，也许是因为他和他妹妹长得太过相像，所以他和我也很相像吧。他继续向我说道："如果我揭发了你，他们一定会杀了你。我宁愿有一个冒充我妹妹的人，也不想永远失去这个妹妹。现在，我有机会重新认识一下作为央一·安杰利斯的你。我见过你的人马了，我大概能猜到你们的一些想法，我很欣赏你。"

亚当放下了手中的茶，向我微微倾身，"泰瑞·查尔马恩只是中层管理者，你的队伍中还没有过上层管理者吧——现在你有了。我可以帮你们预测其他管理者们的决策。剩下的那些管理者现在依然很难对付——我能帮你解决这个问题。"

他的心跳保持平缓，这是他真心实意想要加入其中的证据。

但是其实，我的心跳大多数情况下也能保持平缓跳动，我就是靠这个来骗人的啊。如果我非要有个哥哥，那他一定跟眼前这个男人一样口是心非。

"亚当,""美杜莎"提醒他,"你要知道,作为宗族议院的投票成员之一,你会和'美杜莎'装置进行连接。"

"我知道。"亚当说。

"一旦你和'美杜莎'装置完成连接,你就是我们中的一员了。"

亚当重新端起了茶杯,似乎一时不知该如何回应。

如果他像我一样是个蠕虫,我可以坐到他的旁边,陪伴他,安慰他。但他是名管理者,而管理者向来不知道如何接受对方的善意。

"阿尔坦从'泰坦尼亚号'传来的消息已被证实无误,"我继续说道,"他确实把自己的投票权转给了谢珊,他也说过,如果谢珊死了,投票权应该转交给另一位家族成员。"

听到这个消息,亚当表现得并不惊讶,但他接下去说的话,却几乎让我有些吃惊,"你觉得'泰坦尼亚号'上还有人活着吗?"

"有可能,但我不知道这个可能性有多大。"

他点了点头:"我会承担起自己的责任,在宗族议院中担任投票代表。"

我,一个曾经的蠕虫,授予了他投票权。对此,亚当并没有表现出一丝反感,好像他把我当成管理者一样看待。

"我担心你会孤立无援。"我对他说。

"讲实话,我也担心。"他说,"但其实,科托家族的人一直都是如此孤立无援——自从'泰坦尼亚号'上发生灾难以来,我们家族就再无相聚。你想喝点茶吗？"

我笑了笑："先不喝了，下次有机会再相聚品茶吧。亚当，我知道你已经接受了最新的植入物。"

他也笑了，表情有些委屈而又坚定，"我喜欢听音乐，也觉得电影特别有意思，它们能让我保持清醒。"

"现在，我需要你和'美杜莎'装置进行连接，这种连接建立得越早，你会越感到高兴。"

亚当放下了手里的茶，站起来说："好啊，正好我今晚没有别的安排。"

我和"美杜莎"让开位置，好方便他关上房间的灯。"我还是没有设置警报。"他说。

"你以后不需要再设置了。""美杜莎"说。

是因为大多数坏人都死在飞越派对上了？还是因为没人敢再去招惹和"美杜莎"装置建立连接的人？没有人说得清楚。

我们从亚当那个繁华而孤单的房间，一路向运输机走去。我忽然想到，"泰坦尼亚号"毁灭之后，科托家族中这些珍稀摆设所传达出的信息，对他们而言有更为深远的意义。对我而言，这些奇珍异宝让人赏心悦目，流连忘返；但对他们而言，却是自己家族逐渐走向没落的象征。

亚当走在我们前面，我们悄然向他接近，没有发出一点声音。然后，我们瞅准时机，从后面迅速折断了他的脖子，轻轻把他放躺在地上。

我们下手很快,快到他脸上的表情都没来得及发生任何变化。让他没有痛苦的死去,是我们所能给他的最大仁慈。因为——他撒谎了。

"那杯茶。""美杜莎"说道。

我们回到了亚当的住所,在茶壶和亚当的茶杯旁,找到了他刚才想让我喝下的那杯茶。我刚才拒绝了他递来的茶后,他似乎马上就把那杯茶倒掉了,但是杯中还有些茶水残留。"美杜莎"将触手伸进茶杯中,几分钟后,她说道:"'奥林匹亚号'上的秘密花园里,种植着一些有毒植物,这里面就是其中一种,是龙葵。"

"他真的很会伪装,"我说道,"和我一样。"

虽然亚当骗我们说他没有和贝勒勾结时,心跳和瞳孔都没有发生明显变化,但是从它们细微的变化当中,我足以察觉到一丝异常。他刚才竟然主动提出要帮我分析其他管理者的行为模式,这让他露了马脚。还有,他之前也和贝勒·查尔马恩进行过通信,关心他妹妹是否是赖安新娘的合适人选。亚当之所以对我伪装成谢珊的秘密守口如瓶,并不是因为他思念妹妹,就算有个假妹妹也足以宽慰自己,而是因为他不想丢掉自己手中的筹码。

在我身份暴露之后,他转而支持《音乐教育法案》,这让他有了新的筹码,他也因而成了贝勒掌权之路上的最佳盟友。可是,贝勒还是低估了亚当,我可不能犯下和贝勒一样的错误。

"我们需要伪装他的自杀,"我说,"他那断掉的脖子还是挺显眼的。"

　　"其实，""美杜莎"说，"大家都知道，他因为那些死在太空梭上的孩子而伤心欲绝，所以，他选择和妹妹一样的方式死去，也在情理之中。"

　　想起谢珊沦为亚当取悦贝勒的工具，我不禁叹了口气，"我跟亚当比起来还差远了，这次可真是险境环生，没有你，我估计早就撑不下去了。"

　　"没错，"她说，"可没有你，我和别的姊妹根本就不会觉醒，甚至都不会存在于这个世上。"

　　我们锁上科托家族的居住区，用触手缠绕着亚当的尸体，把他搬到运输机中。但我们还不知道，尽管我们现在可能占有优势，却有人在暗中悄悄跟踪着我们。

38. 不完美的杀手

　　如果你要成为一个大混蛋，就不能拥有心爱之人。否则，迟早会有人为了报复你而杀死他们。

　　若非必要，我不会轻易复仇。对我而言，我长远的使命才最为重要，复仇只能排在后面。但在有些人眼中，复仇重于一切。比如那些和你争权夺势的小混蛋们，一旦这些人有了合理的复仇动机，即便他们再微不足道，也会对你造成无法挽救的伤害。

贝勒·查尔马恩谋杀掉他口中所谓的那些"猪猡"时,这对他会有多少触动呢?他和他母亲是否已经酝酿多年这一计划?我多希望在杀死他之前,能问下他这个问题。现在一切尘埃落定,我才意识到自己当时有多么草率。虽然我是个杀手,但我不是什么大混蛋,我担心我心爱之人,而在我看来,这让我变得愈发危险。贝勒的死足以证明这点。

亚当也不是什么大混蛋。虽然他撒了很多谎,而且将妹妹拱手献给贝勒,但谢珊的死也让他悲痛不已。他本来是可以挺身而出,扛起自己风雨飘摇的家族,但我怀疑他是否会成为一位出色的族长。也许他能做得很出色,但他永远都不会从他的悲痛当中走出来。

但这并不代表他不会为别人制造出更多的悲痛,他的私人花园里可有不少致命有毒植物。

令我意外的是,埃德娜·查尔马恩竟然是最快摆脱悲伤的人。亚当"自杀"之后,我拜访了埃德娜,想请她在宗族议院中代表康斯坦丁家族。我独自一个去和埃德娜见面,因为我想让她知道,我之前就是那个谢珊,那个她心有好感的女人,那个她曾好心发出警告的人。

我进入她办公室时,一下就想起了她的祖母,她正坐在写字台前,忙着回复通信。

看到我进来,她脸上流露出真挚的笑容,"米丽安和哈尔卡告诉我你还活着,不管怎么说,真是太好了。我现在该怎么称呼你呢？"

"叫我央一吧。"我向她解释了此行的目的，虽然我不知道自己的提议是否让她感到意外，但我可以看出，她至少没有为此而心烦意乱。

"没问题，"她说，"事实上，我从迈卡·康斯坦丁那里获得了很多信息。你可能不记得见过他，但我祖母曾想逼迫谢珊嫁给他。"

"我记得他，这个人并不坏。"

"是啊，一点儿也不坏。身为康斯坦丁家族的首领，我可以将他置于自己的保护之下，确保他和自己喜欢的人结婚。"

"你和自己喜欢的人结婚了吗？"我想问她，她看起来并没有因为马尔科的死而伤心欲绝，"作为一个有投票权的成员，你必须要和'美杜莎'装置进行配对，我说，你可以接受这点吗？"

"可以。"她手上拿着尖笔和平板，"这会让很多事情变得容易多了。"她盯着我看了很长时间，"央一，你有没有想过让我加入你的起义？"

"有过，但我觉得你有选择自己追求目标的自由，我不想让你陷入危险当中。"

她笑了："是啊，因为只要一有机会，我肯定会把我祖母从这个世上除掉"。

我说什么来着？果然不出我所料。

埃德娜再次冷静下来，"马尔科希望我能从这一切中走出来。

至少,我会激发出他在我身上看到的所有潜能,以此慰藉他的在天之灵。央一,我接受你的提议,算我一个。"

我呼叫米丽安和哈尔卡一起来参加埃德娜与"美杜莎"装置的匹配过程,还请来"美杜莎"为她亲自进行手术,我向埃德娜解释了"美杜莎"的崇高地位,好让她明白我们对她有多么重视。

手术完成后,埃德娜给自己的"美杜莎"装置起名为伊丽莎白(以一位古代女王的名字命名)。"我们会陪你一起度过这个夜晚,"米丽安对她说,"我们要举行一个小型仪式。"

埃德娜朝她们笑了笑,她现在看起来跟她的祖母一模一样。

我任由她们举行庆祝活动。埃德娜是我计划中的最后一环,也是与我有私人关联的最后一个人。我没有让"美杜莎"陪着我,独自一人漫无目地走在隧道中。身为"美杜莎"装置之主,"美杜莎"手头有许多事情要做,而那些孩子们还没有完成他们创造迷你莎的计划,自从人们见过凯顿和特里之后,迷你莎简直大受欢迎。

"他们还需要我吗?"我心里琢磨着。我知道自己有些放纵,但我现在只想好好享受这种放纵的感觉。可怜的我,这么多年来,我一直苦心经营着自己的计划,现在,我似乎成了一个可有可无之人。这不再是属于我的革命,我最好还是退隐江湖,听听自己喜欢的音乐,看完所有努鲁丁的电影,这样,下次电影讨论见面会的时候,我至少能有些话题可说。

漫无目地四处闲逛,丝毫不去考虑自己要去哪里,这种感觉真是太奇怪了。也许我最终会选择一个目的地，但是现在，我还没有感觉到孤单，也还没想出目的地。也许不久之后，拥有植入物的人就能自由地与他人、与"美杜莎"装置、与迷你莎尽情聊天。人们也将在"奥林匹亚号"的内部和外部四处探索，一想到这里，我刚才还有些自怨自怜的情绪，瞬间就被我脑海里这幅热闹景象驱散得无影无踪。

忽然，一个声音打断了我的遐思。"央一？"

我认出了这令人反感的声音，"苏丹娜……"

"如果你想让网络恢复正常，就到贝勒的大宴会厅来见我们，要自己一个人来，我可不想让我们之间的谈话变成你对我的测谎行动。如果我看到任何人或者物跟你一起来，我会把整个飞船范围内的零域变成永久状态。"

"零域？"我疑惑地问她。然后，她向我展示了她所说的意思，为一切画上了终结。

一切。

"奥林匹亚号"上的所有网络都瘫痪了。那些正在飞船之外进行探索的人如今都困在了外面。虽然他们身穿"美杜莎"装置，但是我不确定通信异常是否也会导致气闸室密码失效。在零域关闭之前，所有人都只能待在原地。如果时间耽搁太久，我们很可能会彻底失去他们。

我立即跑向最近的运输机那里。

前往居住区的路上，我对于苏丹娜为何让我独自前往一清二楚。没有"美杜莎"，我就不能飞速移动，也不再是个致命的武器，我充其量不过是个不完美的杀手。

但我必须承认，我心中非常好奇，他们想趁"美杜莎"不在我身边的时候，对我说些什么。这就是我踏入危险之中的原因——我十分关心"美杜莎"家族的安危，当然，还有我那病态的好奇心。

你也许还记得贝勒的大宴会厅，就是根纳季带我前去参加派对时，我们所在的那个地方。大宴会厅由一条宽大的入口通道和圆形大厅组成，客人来到入口通道时，主人一眼就能看到他们。新的客人又来到时，先来的客人可以聚在圆形大厅之中，为后来者提供更多空间。我走进其中，在这恢宏的建筑之中，感觉自己十分渺小，这里似乎只有我一个人。

在远处的宴会厅尽头，圆形大厅后面，那些通向花园的华丽大门戛然关闭。贝勒上次举办派对时推来的餐车依旧停放在圆形大厅两侧，看到这个，我不禁打了个寒战。

我走进圆形大厅，虽然这里没有多少可以藏人的地方，但我还是前去检查了一两个可疑之处。没人藏在那里。"你们就打算这么放我鸽子？"我用谢珊·科托的声音大声喊道。

"我们在这里。"苏丹娜站在入口区域，对我说道。我转过身，看到她正和彻子站在一起。在他们身后，所有入口大门全部旋转关闭了。他们各自站在我的两旁，朝我走了过来。

我站在原地一动不动，我可没有兴趣再陪他们玩猫捉老鼠的游戏。"有些人正被困在'奥林匹亚号'之外，"我说，"你应该先让他们进来。"

"他们可以进来，除非万不得已，我们可不想浪费任何资产。"苏丹娜脸上露出得意的笑容。

彻子脸上却没有一丝笑意，他狠狠地盯着我，就像看着一只想要一掌拍死的虫子。

我向后退了一步，朝着餐具推车的方向挪动，心里暗想：如果能用一个推车将他们与我隔开，我也许能多活一会儿。

"我还以为'美杜莎'装置才是你们的资产。"我说。

苏丹娜的笑声逐渐变得像她说话的声音一样刺耳："其实，在我看来，'美杜莎'确实是很重要的资产，但是武器家族却不这么认为。"

"所以他们并非在追杀你们。"我说，"他们是你们的幕后主使。"

苏丹娜耸了耸肩："我们不过是各取所需罢了。把你交给那些制造你们的人之后，我们会获得一大笔丰厚的回报。搞定你之后，我们会把亚述和他的朋友们抓捕起来，他们是'奥林匹亚号'上最有价值的资产。"

"你的孩子！"贝勒曾经说过，"如果你的孩子生命危在旦夕，你还会在这里嚣张吗？"

正是他这句话，让我勃然大怒，忍不住杀死了他。但是我当时实在太过草率了。父亲曾教导我，要三思而后行，但我却将他的话抛在了脑后，让情绪完全控制了自己。我当时并没有理解贝勒所说内容的真正含义。

不过，贝勒也应该负起部分责任。如果他能简单明了地告诉我，武器家族想要奴役我们！他们要把我们的孩子都当作人质！如果他这么说，肯定就能引起我的注意，他可能也不必就此丧命。

但是贝勒的说话习惯受到了他母亲的影响，他们永远不会把话说清楚。我和他最后那次对话，真是要人命。

"终于想明白了，央一？"苏丹娜一步步地向我走近，"说实话，你似乎没有继承那些天才外星人的聪明基因。"

我偷偷向后挪动着，再次计算着我能用餐具推车争取多长时间，但是彻子终于向我证明了他的实力，他一拳狠狠打在我的肚子上，我一口气没喘上来，差点吐了出来。

在我看来，他们打我的时候，似乎玩得非常开心。他们用手打我耳光，用拳头捶我肚子，用脚将我从房间的一头踢到另外一头。我发现，如果要想不被打死，一定要记住，不要让血流到眼里，还要保持方向感。

"我忽然有种感觉，"我喘着粗气说，"肯定是因为我破坏了你们的计划或者别的什么，你们才会这么生气。"

"你什么也没破坏，"苏丹娜冲着躺在地板上的我轻蔑地说道，"你正中我们下怀。"

"那你不应该亲我一口才对吗？"

"好主意。"苏丹娜看起来似乎在考虑这个主意。然后，她又狠狠地踢了我一脚。

我到不了门口，也站不起身来，甚至也没办法求救，我只能尽量保持清醒。

"你不应该是个很厉害的杀手吗？"苏丹娜一脚冲着我的牙踢了过来，我勉强用胳膊挡住了她的攻击，感觉整个胳膊都麻了。

"没有'美杜莎'装置，你什么也不是。"彻子冷笑道。

"来啊，央一，站起来，"苏丹娜说，"你应该像个战士一样站着死去，或者我可以把你像只虫子一样打扁。"

我没有被她的侮辱击垮，踉跄地站了起来。但我心里知道，如果她再朝我的牙齿踢过来，我肯定招架不住，我甚至都不确定自己还能否再站起来，但不管怎么说，我要为自己争取时间。

我用力眨了眨眼，挤出眼中的汗水，"我一直在跟墓地里的那些老旧飞船说话。你知道吗？"

我迅速瞥了一眼他们脸上的表情，看来他们并不知道这事。

"如果你们杀了我，"我说，"他们会大发雷霆，他们不会原谅你们的。"

彻子咧嘴一笑："你知道吗？我才不在乎这个。为了这个破计划，我们浪费了一百年的时间，结果却让米罗年科那家伙从背后捅了我们一刀。为了摆脱我们，他还炸毁了'泰坦尼亚号'。他还自信地以为贝勒·查尔马恩不会出卖他——他是有多愚。"

"愚蠢至极。"我不得不承认。

"让武器家族看看他的所作所为产生的后果吧，"彻子说，"这会毁了米罗年科家族，而且与此同时，我们依旧会得到报酬。"

我本来打算指出，武器家族不会将此后果归咎到根纳季身上，而是会归咎于彻子。但从苏丹娜的表情中，我知道她和我在想着同样的事情。刹那间，我明白了自己并非是唯一在这次见面中要死的人。

"彻子，她要——"我刚一开口，苏丹娜便狠狠踢了我一脚，让我差点喘不过气来。我撞向一辆餐具推车，跟着倒了下去，一同打翻的餐具纷纷掉在了我的身上。

彻子蹲下身子，紧紧地抓住我的头发，用力将我的头向后扯去，直视着我的脸。"你是我们获得丰厚报酬路上的唯一障碍，央一。这可不是什么私人恩怨。"

"我知道。"我说。我举起刚才餐具掉落时，我偷偷藏在手中的餐刀，一把划开了他的脖子，他趔趄着向后倒下，双手想要捂住流出的鲜血，但我刚才已经割开了他的动脉。

我甚至懒得回头去看他倒在什么地方。我收回腿脚，手持餐刀蹲伏在地上，双眼紧盯着苏丹娜。

她的两眼睁得通圆，但并没有流露出害怕之情。"看看你，"

她说，"趁我们掉以轻心之际，表现得像个职业杀手一样。一直以来，你都在想办法弄到那把餐刀，对吧？"

我没有作答。

"我可以从你手里拿走那把刀。"她说。

我一言不发，做好准备迎接她的攻击。

忽然，她掉头跑了。

我用尽全身力气向她追去，但我的速度并不是很快，与其说我在跑，倒不如说我在跟跟跄跄地走着。我的视线模糊了，但我还是一直盯着她的身影。很快，我就知道她要去往哪里。我还没来得及追上她，她便搭上了一台升降机，我别无选择，只好迅速登上了另一台，去往我认为她可能会去的地方。我很确定，她肯定会去船尾区域的某个气闸室。

你可能会认为，我要描绘一场身穿太空服通过喷射器进行追逐的史诗级画面，但事实上，从一个区域前往另一个区域最简单迅速的方法，就是从"奥林匹亚号"内部穿过。使用运输机和升降机进行追赶，可能也不会让电影观众感到兴奋——在电影《法国贩毒网》的追逐场景更加精彩，《疯狂大赛车》中也有一场追逐戏，最后以一个蛋糕爆炸作为结尾。

不过，唯一让我们这场追逐显得不那么戏剧化的，是头顶上大喇叭里播放的《依帕内玛女孩》这首歌。我的心跳得很快。苏丹娜说想要绑架我们的孩子时，一点也不像开玩笑的样子。如果她要去我认为她会去的地方，她肯定会瞅准时机对孩子们下手，而我们永远无法预料她何时会动手。

最后一道升降机的门开了，我跌跌撞撞地走进大厅。在大厅尽头，我看到了一丝光亮，看来有人正在179号气闸室之中。气闸室已经在进行减压循环，我无法停止这一进程。

177号气闸室距离发动机组稍远一些，但我没法等着179号气闸室完成减压循环，然后看着苏丹娜打开气闸室的外闸门；即便我覆写了气闸室的代码，我想要使用那个气闸室，也要花更长的工夫。

所以我跑进177号气闸室，穿上增压服。服装还没有完全穿好，我便用力按下了强制开启外闸门的指令，刺耳的警鸣声响了起来，不过，在门闸开启之前，我的增压服已经完成了增压。

我将自己发射向虚空之中。

在喷射器的帮助下，我远远地飞出门闸之外，清晰地看到了发动机组的轮辋。没有"美杜莎"保护，脱离了与"奥林匹亚号"的实际接触时，我感觉口干舌燥。虽然如此，但至少我有事情可以做。我搜索"奥林匹亚号"船尾附近的地平线，寻找显示苏丹娜位置的闪光亮点。

我看见它了，那亮点微小而遥远，逐渐消失在一台引擎的轮辋顶部。

她远远地在我前面，我也没有"美杜莎"帮忙破解入口密码。零域仍然还在起着作用，我也无法向别人寻求建议。

然而，看到那微弱的亮光后，我全力发动喷射器飞了过去，我可不想在犹豫之际，这样错过了追逐她的最佳时机。我向着轮辋急速飞去，到达那里之后，我知道自己必须竭尽全力向"逃脱号"冲去。我必须要在苏丹娜使用它之前达到那里，然后……

然后呢？撞向它的船体？抓住一艘一旦发动就可能扭曲空间的飞船？在这种情况下，如果一个人死命抓着"逃脱号"的外壳，会发生什么呢？

引擎的轮辋隐约出现在我的前面。我的脑海里没有播放起任何庄严的音乐；相反，我不停地重放着自己曾听到的那些对话，我早就应该想到，那些对话已经为我提供了充分的线索。

"贝勒，把你那该死的靴子踩在他们的脖子上，一直踩着。"

"如果我们想要摧毁他们，他们就不能看起来像是我们的主要目标。"

"他们的通路不在已知网络当中……"

"除非你们甘愿成为你们被设计的样子，否则你们对传统的热衷，将让你们陷入永恒的黑暗。"

"两年之内，等武器家族过来索要他们的资源时，你们以为自己对这件事会有投票权吗？"

各种声音在我的脑海中不停地喧嚷着，忽然，纳菲尔塔莉的话淹没了之前的声音，让我豁然开朗：

"我们检查了我们的现实感和记忆感，我们必须承认，它是有缺陷的。"

贝勒和示巴炸毁"泰坦尼亚号",是为了销毁"美杜莎"装置,因为"美杜莎"可以为蠕虫提供更多自治权,但是同时他们也是为了摆脱武器家族的操控,因为在武器家族眼里,他们也不过是蠕虫而已。示巴依靠一项隐秘的技术建造了一艘逃生舱,好在那群想要索取资源的饿狼到来之际,将我们剩下的人弃之不顾。苏丹娜和彻子,还有,对了——还有根纳季! 他们把我们当作棋盘上的卒子一样随意操纵,牺牲我们再多人也毫不在乎。

我发誓道,我一定会阻止你们,我会彻底打败你们。你们的如意算盘就要落空了。这个资源会让你们吃不了兜着走。

我听到增压服的通信设备发出一丝静电干扰的声音。"'美杜莎',"我呼叫道,"有人吗? "但是网络没有任何反应。

忽然,又是一阵静电干扰然后,"——央一,不——"

我看不到有人在我前面。我停在通道入口的梯子上,转身看向身后,有个人也身穿增压服,一直跟在我的后面。"等着——"通信设备发出断断续续的声音。

"你是谁? "我问。

"——内布利——"那声音说。

是施内布利,他正向我逐渐逼近。

他本可以拒绝回答,直到距离我足够近时,一把把我抓住,但他坦诚地向我揭示了自己的身份。"—无线—围—有限—"我猜他应该在说头盔的无线电范围有限或者类似的话。随着他逐渐靠近,信号果然变得越来越强。

"别再追苏丹娜了。"他距离我只有几米远时，对我说道。

"施内布利，你是他们内部的人，你不能让我们的孩子——"

"央一，听我说。"

"她正朝示巴夫人的飞船过去！"

"让她走。"他也抓住我旁边的梯子，"让她开走那艘飞船吧。只要她不在'奥林匹亚号'上，就不能宣称我们是她的资产，武器家族也不会接受她的说法。"

"她不会放过我们的孩子！我可不确定我们能一直保护好他们！"

"事实上，"他说，"我们有两颗重力炸弹可以用来保护它们。我想它们迟早会派上用场，所以提前把它们绑在了'逃脱号'上。一旦她启动驱动器——来吧，我们到轮辋顶部，你亲眼看到就会明白了。"

施内布利没有试图抓住我，也没有对我施以暴力，他可能是想哄骗我，让我产生一种虚假的安全感，但这不是他一贯的行事风格。"休战？"我说。

"我们在同一阵营，央一。来，我证明给你看。"

我们朝着"奥林匹亚号"巨大发动机组喷射飞去。这次越过空隙并向轮辋边缘俯冲而下时，我没有感觉到一丝晕眩。然后，我们来到边缘，站在那里向着"逃脱号"藏身的峡谷望去。

"你觉得她要离开这里了吗？"我说，"你觉得她的轨迹会是怎样？"

"我敢打赌，"施内布利说，"在启动发动机之前，她会让'逃脱号'和'奥林匹亚号'之间保持一定距离，她可不想伤害她的资产——"

在我目光所及的尽头，闪烁出一道道电光，我伸长脖子，看见一个蓝色球体迅速膨胀，然后塌陷了下去。

"'逃脱号'，"施内布利说，"逃脱失败了。"

"哇。"我看着远处的爆炸，说道："'美杜莎'肯定会很失望，她非常喜欢那艘飞船。"

39. 尼莫船长

自从我见过亚当以来，施内布利一直在悄悄跟踪着我。但是，他说："他们在全船范围内发动零域时，我就跟丢了你。但我大致猜到了你可能的去处。幸好我在根纳季·米罗年科失踪后，发现了'逃脱号'的踪迹。"

我们俩从 177 号气闸室里爬了出来的。"米罗年科在处决你之前，经常出现在公众视线当中，"施内布利说，"可是现在，我到处都找不到他。"

我一边漫不经心地听着他说的话，一边将消毒软膏涂在身上所有流血的地方，我身上简直千疮百孔，有太多需要涂软膏的地方了，我甚至把软膏全部都挤完了。我忽然打断他，问道："你是在四处寻找根纳季的时候，找到了这艘飞船？"

"没错，"他递给我一条绷带，"在这期间，我还恰巧发现了重力炸弹。虽然只有两枚炸弹，但是它们都安在'奥林匹亚号'的重要命门上。我猜，一旦贝勒和他那些亲信成功逃脱，就会远程引爆它们。"

"等等——"我放下手中的绷带，"贝勒也要摧毁'奥林匹亚号'？"

"不是摧毁，而是破坏它，好让我们在武器家族前来时，毫无还击之力。"

他的话让我想起一个残酷的事实："他们终究还是会来。"

施内布利笑了，笑得有点阴森，"是啊，以我的了解，他们绝不会就此善罢甘休。但是他们一直计划着和'泰坦尼亚号'和'奥林匹亚号'上的内应里应外合。现在，整艘飞船都无法传递任何信号，谁知道他们会做出什么举动？他们也可能会想和我们谈判？"

他递给我另一条绷带，耐心地等我把它包扎好。刚才追逐苏丹娜时，我体内飙升起来的肾上腺素迅速消退了。我踉跄地晃着身子，这个曾一心想置我于死地的人迅速搀扶起我的身体。我盯着他毫无表情的脸看了良久，"施内布利，你是他们内部的人。我还以为贝勒会为你在'逃脱号'上留个位子。"

施内布利露出一副惊讶的表情。天哪，他竟然也有感情！"他没有邀请我。对他来说，我不过是个可以随时丢弃的棋子罢了。但我也不应该配合他的计划。他给不了我任何比我现状更加诱人的条件。"

"你是说你的调查工作？"我问。

"它让我保持忙碌，让我可以将自己的能力发挥到极致。"他从药箱里取出更多绷带。

我包扎着自己身上的伤口，感觉像是在修补一座漏水的大坝，不过，目前修补工作似乎取得了一定进展。"既然贝勒已经死了，那你又在为谁工作？"

他又递给我一条绷带，"我在为泰瑞·查尔马恩工作，央一，也就是说，我其实是在为你工作，我已经为你工作好一段时间了。"

我接过绷带，"听到你这么说，我很高兴。我想你会发现，我给出的待遇更好。"

"不过还有个问题，"施内布利说，"你有一个连你自己都不知道的老板。"

我停下手中的包扎："你说什么？"

"尼莫船长，是时候让你见见他了。"

我们叫来泰瑞·查尔马恩，一起前去和尼莫船长见面。虽然我们在大致朝着船头区域走去，但施内布利并没有告诉我们将要前往何处，也没有试图向我们解释尼莫船长是谁。"你在你的安保覆盖系统上也能发现这个区域，"施内布利说，"但它并不像系统上显示出来的那么简单。"

从地图上来看，这里可以说是藏在众目睽睽之下，不过飞船操作的中枢系统确实隐藏得很好，这片区域通常是壳内指挥中心或者管理者居住区所在的地方，但是它的维修通道却不与其他任何地方相通，这里的舱壁四周之外，理论上应该放满了储存罐。

我们来到 ·扇维护舱口，这个舱口可能从未有维护人员前来访问。

"测试，测试。""美杜莎"的声音在我脑海中响起。

"通了！"我向她回话。但她一直是在公用广播网络上在进行测试呼叫，所以每个人都听到了她的声音，很多人都像我一样，几乎同时给她发送了回复，所以发送出去的信息更像是，"通听太好！"

一阵短暂沉默之后，凯顿说道："通听太好！我觉得这应该是个值得纪念的词。"

零域已经关闭。"信使们肯定非常开心，"泰瑞说，"他们不用再像之前那样一直加班了。"

我向"美杜莎"发送了一条私密信息：发生了一些事情，我想让你偷听下我们将要进行的会面内容。

"我在这。""美杜莎"说。

施内布利打开了舱门，舱门后面，有两个身材魁梧的守卫分立两侧，手持着"奥林匹亚号"上大多数普通人从未见过的武器。

我想,就算这两个守卫来不及射杀入侵者,他们也能用自己庞大的身躯把入口堵上。

两位守卫显然知道我们要来,直接让开道路让我们走了进去,我们进来之后,他们立即又重新将舱门关闭。

隧道里灯火通明。虽然这里确实是一条维修隧道,但在这其中的电缆和相关设备比我以前见到的任何东西都要大得多。我向泰瑞和"美杜莎"发了个信息:我觉得我们再也回不去了。

我们在另一个舱门前停了下来,这扇门只有从内部才能打开。光线涌进了我们的隧道里,但这种光亮既不像我们平时所见的灯光,也不像居住区里的模拟阳光,更像是你在一个大型安保中心可以看到的那种五彩斑斓的光亮,只不过比那还要亮上十倍。

我们走出隧道,来到了我平生见过的"奥林匹亚号"内的最大空间,这里甚至比 212 号气闸室还要大。里面摆满了监控"奥林匹亚号"飞船各个角落区域的战术显示器,也摆放着代表我们的世代飞船航行经过的众多不同星系,甚至我们银河系的模型。我在与示巴和母亲的幽灵取得联系之后,脑海中形成的虚拟空间与这里如出一辙。我看得眼花缭乱,丝毫没有注意到有人正朝我们走来。

他四十来岁,中等个头、中等身材,头发剪得很短,眼睛差不多是黑色。事实上,包括肤色在内,他整个人的长相都是中等水平。尽管如此,他的举止和权威却丝毫也不中庸。

"央一，"他说，"很高兴见到你，我是尼莫船长。"

我在努鲁丁的数据库中看过好几部主角是尼莫船长的电影。"无名船长？"我问道。

他点了点头："'奥林匹亚号'飞船上的历代船长都用这个名字。我们过去叫什么名字并不重要，在我们舍弃名字的同时，也舍弃了我们的亲友，还有我们的私人生活。"

我的目光游离到那些显示各种图像信息的显示器上。这就是为什么卡丽亚妮·阿克苏被带往气闸室处决的原因，她的调查区域距离你的秘密区域太过靠近了。

"是的。"尼莫船长说，"但容我解释一下，你前去营救她的时候，我们并没有干预。我们迅速调整了那些地方，所以等到特里到的时候，那里已经没什么可看的了。"

我看到显示器上显示着飞船前缘研究塔的图像，图像下面有一行文字，上面写着："美杜莎"装置，后面还标有每座塔中仍然未经分配的装置数量。我的心猛地一沉，"你为武器家族工作？"

"最初一百年里，我们在为他们工作，"尼莫说，"然后，贝勒·查尔马恩炸毁了'泰坦尼亚号'。"他的声音中带着一丝愤怒，听起来深邃而宽广，如同我们周围的星辰大海。

"贝勒确实这样做了，"我说，"我无法想象这会让武器家族开心。"

"武器家族并不开心，"尼莫说，"米罗年科没有告诉贝勒，武器家族一直在他们自己的飞船上跟踪着我们。虽然'泰坦尼亚号'

的毁灭差点让他们想要杀了贝勒,但是米罗年科说服他们让查尔马恩家族继续掌权,在他看来,查尔马恩家族是最为合适的政治家人选。"

"直至贝勒杀死了他。"我说,"那你呢,船长你现在会把我们交给武器家族吗?"

他仔细端详着我,然后回答我道:"你和我有很多共同点,央一,我们不得不打持久战。"

我皱起眉头,"但你让我处于下风,你一直都知道我的存在,可我却不知道你。"

尼莫摇了摇头,"我们都知道很多事情,但我们不会把他告诉别人。举个例子,自从你父亲给你安装植入物之后,武器家族就注意到了你。但是他们从未向查尔马恩或者米罗年科或者其他任何内应提起过你,也从来没有告诉他们,你曾在'逃脱号'上与他们取得了联系。他们并不想要杀你。"

虽然这让我感觉自己与众不同,但这完全不合情理,"我一直想要破坏武器家族的所有计划,为什么他们不想我死?"

"因为他们觉得你在助他们一臂之力。他们认为你正在为一个称之为'三巨人'的界面接触做准备。但是他们不知道,其实你已经有这个界面了。"

我就像个笨拙的孩子在演算一道简单的数学题,但我竭尽全力不让自己表现出来,没有如梦初醒地说出那句"原来如此"。

"我们这些操作室里的人对许多事情都缄口不言,"尼莫说,

"但是现在，我要告诉你们两件事情。"

尼莫向那间巨大房间的深处走去，我们跟在他后面走着。四周的技术人员站在显示器之下，似乎丝毫没有注意到我们。这些显示器比我们在查尔马恩壳内指挥中心所见的更为巨大繁杂。尼莫向其中一个女人说了什么后，她用戴着手套的双手在其中一台显示器上操作着，如同乐队指挥一般，快速切换了显示器上的画面，之前画面上显示的星系（可能是卡戎星系）图像变成了一个直径约有几千米的神秘物体。它呈现圆形，似乎主要由一个通信阵列组成。

"这是什么？"我问道。

"一则警告信息。"尼莫船长冲那女人点了点头，"我们现在为你们重播这则信息。"

"注意，旅行者们，"这声音听起来非男非女，"你们正在进入卡戎星系。这一星系受到古代种族联盟的保护。如果你们飞船上携有大规模杀伤性武器，我们将会摧毁飞船。你们必须要先得到墓地中世界权威的准许，才能进入星系。非法闯入者必将受到摧毁，这是最后一次警告。"然后，这则警告开始用另一种语言重复起来。

"我们得到准许了吗？"泰瑞问道。

"是的。"尼莫船长说，"而武器家族没有。所以，他们不能再追踪我们了。"

泰瑞和我盯着他，然后又回头盯向那个警告航标。虽然那个女人将信息声音调小了，但我们依然能模糊听到信息的声音："如果他们不再追踪我们，我说，那他们会干什么？"

"稍等一下。"尼莫冲那个女人点头示意，她又在显示器上操作起来，我们在显示器上看到了一块块巨大残骸的影像，"这是一艘曾隶属于武器家族的破旧飞船残骸。我们能够从它的数据库中获取一些数据碎片。它已经有两百多年的历史了。"

我和泰瑞面面相觑，彼此交换了惊讶的眼神。泰瑞说："幸好我们得到了访问许可。"

"是的，"尼莫说，"我们正向墓地进发，这是靠近卡戎星的第三颗行星。它位于宜居带，而且与地球相似，有大气层和水，它的质量大约是我们传说中的家园的 89 倍——"

"我们那个根本不存在的家园。"我忍不住说道。

尼莫耸了耸肩，"除非我们的家园就是地球。我们的祖先就是从那里来的，或者说，我们的人类祖先。"

在那个女人的再次操纵下，显示器上的飞船残骸消失了，取而代之的是一颗蓝色的小点，在它远处的地方，卡戎星闪烁着明亮的光。"我会交由你来决定，我们何时告诉大家，其实我们距离抵达目的地还有两年时间，而非一百多年。"尼莫说，"我们很快就要开始刹车了。然后，飞船会驶入围绕墓地旋转的轨道。我想我们应该待在那里。"

我望眼欲穿地盯着那个蓝点，惊讶地发现，自己的内心竟然在渴望着那种既危险又令人失望的地方。"武器家族会在卡戎星系之外，他们就这么继续干等着吗？他们为了什么呢？"

"我猜他们想要与我们谈判，"尼莫说，"虽然这并非他们的最初计划，但是他们就像你我一样，耐心十足。"

尼莫又转向我，深深地吸了口气，吐出这口气时，他看起来似乎老了好几岁。"我在'泰坦尼亚号'上的同事是个好船长，我就是他培训出来的。"

我想，他在尼莫心中，应该就像是父亲一样吧。所以，我们都失去了自己的至亲。

尼莫船长看了看我，又看了看泰瑞，说道："这个指挥中心有一处区域一直无人使用。那本是我们为了联系'三巨人'而做的准备。现在时机已到，你们准备好了吗？"

泰瑞看起来确实准备好了，可我却感觉自己随时都要呕吐出来，我身上的伤口又开始流血，我的脑袋疼痛欲裂，我感觉头晕目眩，不能自已。

"当然，"我强撑着自己说道，"我们开始吧。"

在尼莫船长的带领下，我们一行三人，穿过那个巨大的房间，经过一排排的显示器，它们对"奥林匹亚号"的平稳运行进行监控。我们也从众多技术人员身旁走过，他们是"奥林匹亚号"第一批操作人员的后代。尼莫走到平台的边缘，平台之外的众多显示屏都还黑着，让房间那一头看起来像是一片没有繁星的漆黑太空。尼莫停了下来，用手指了指，示意我们要登上那个平台，"继续向前走，"他对我们说，"直到显示屏亮起来。"

我们向平台迈步走去。我的双腿在身下不停地颤抖，不得不停下来喘口气。

"你还好吗？"泰瑞向我伸出手。

我抓住他的手，回头看了一眼施内布利和尼莫。他们脸上都写着同样的表情，对我充满信心。我挺起胸膛，在泰瑞的帮助下，走进了那片虚空。

我们周围忽然出现了耀眼的金黄色阳光，阳光穿过湛蓝的天空中高耸的云彩，照耀在我们身上。这强烈的光线让我感觉有些目眩，然后，在那光线之中，我看到了三个身影。

我听到泰瑞深深地吸了口气——我母亲和示巴夫人出现在我们面前。但令他感到惊讶的，不仅仅是她们的现身，或者她们的意志带来的巨大影像。他能够看到她们，能够听到她们，也能听到我对站在她们身边另外一个人的提问。

"根纳季……"我说。

根纳季的幽灵身穿他在查尔马恩家族派对上时的华丽衣服。"我是第三人，"他说，"轮到我开口说话了。"

"你醒来了吗？"我说。

"没有，还没有完全醒过来。"

三个幽灵并肩站着，但他们已经不再局限于我脑海中的虚拟空间之中。在他们身后，我看到了一幅辉煌壮丽的景象。那是一座峡谷，峡谷之中怪石嶙峋，崎岖峭壁。在那之上，还有其他一些高耸而立的东西，看起来似乎与周围的岩石融为一体，他们的年龄，似乎不比这些岩石年轻多少。

我一直盯着根纳季的幽灵，他眨也不眨地回看着我，他的眼睛和我记忆中的一样冷静、湛蓝。他等着我向他发问。

"为什么是根纳季？"我问，"为什么不化作贝勒·查尔马恩的模样或者我父亲的模样？"

"因为根纳季是那个创造了你的人。"第三人说。

我脑海中又涌出了好几个问题，但我害怕知道答案。

"他偷了我的DNA，"第三人说，"严格来讲，你可以说我是你们种族的母亲，而他则是父亲。不过，叫他工程师可能更加准确。"

此刻，我不禁越过他，望向远处峡谷之中那三位巨人，他们在这里等待已久，久到已经与周围的景色融为一体。我想起了母亲的幽灵曾说过的"美杜莎"大脑的事情，于是试探性地问了一句："你们的大脑有一部分是有机的。"

"是的。数千年来，许多人试图侵犯我们内部，但很少有人能躲过我们的哨兵获得成功，更不要说活着把我们的秘密带出墓地了。事实上，根纳季·米罗年科派来的那个特工也没有活着出去，但他还算没有白送性命，临死之前将我们的DNA交给了别人。而现在，你们是我们活着的遗产，你们将回到我们身边。"

如果我之前还残留一丝对前往新家园的幻想，在他说出真相之后，那些幻想也全都破灭了。兜兜转转，我们没有前往新的家园，而是又回到了起点。那我们想让子孙后代过上更为美好生活的希望又该何去何从呢？

"我们为什么必须要回到这里？"我问。

"因为武器家族想占有墓地，他们想要从我们这里获取技术，从而制造出最新武器，让他们所向无敌。但是他们自己做不到这点，他们需要一个界面。"

"他们会把我们的孩子当作人质，强迫我们为他们工作。"

"我们就是界面。"我说。

"首先，"第三人说，"'美杜莎'装置是一项实验，武器家族想要借此看看这个界面究竟有多好用，他们希望你们能从墓地中获取更多的技术——而且能活着回去。"

"我们能吗？"

根纳季的幽灵对我微笑着说："能！"

"这是个好主意吗？"

他沉思了片刻，"如果你为了他们而这么做，肯定不是。但是如果你是为了你们自己这么做，那就有可能是个好主意，也有可能不是。"

"那些制造他的人早已死去，而我们的细胞中拥有那些制造者的基因。考虑到'奥林匹亚号'和'泰坦尼亚号'上所发生的一切，不难想象是这些制造者自己将自己引向了毁灭。"

"但是，"第三人说，"这不只是由你们决定，我们三个也会做出决定，我们必须决定是否要苏醒过来。"

"根纳季，你真的还没有醒来吗？"

"没有，"他说，"央一，两年之后，你会到达这里。我们在做出决定之前，不会再和你们对话。"

我本该就此打住我的提问，毕竟，他已经透露了太多内容，足以让我消化很久。但是第三人看起来不仅在外表上，就连举止上也很像根纳季。如果根纳季侵入了墓地，他一定在这里留下了一些自己的东西。我不由想起，他在将我推出气闸室之前向我眨了眨眼，想起我们共进的晚餐，想起他教我如何充分调动感官品尝美食。想到他已经丧生于贝勒的末日派对，我心中不由得顿生一阵伤感。"根纳季制造了我们，好把我们卖作佣人，"我说，"在你看来，他有没有为此感到内疚过呢？"

第三人毫不犹豫地说："是的。"

我深呼了一口气："即便如此，他还是会卖掉我们？"

"是的。"

奇怪的是，这让我心中感觉舒服多了。我知道自己不该再胡思乱想，不该再纠结根纳季是否曾关心过我，或者是否曾试图帮助过我，所有这些都不重要了。他帮助我，其实就是在帮助自己。他原本也许会钦佩、关心我，甚至成为我的爱人，但是最后，他还是会把我们卖给武器家族。

"如果我们成功击败了武器家族，根纳季应该会试图与我们谈判。"我说。

"当然。"第三人说。

"所以理所当然的，武器家族也会试图与我们谈判。"

"和你们谈判，是的，"他说，"但不会和我们谈判。我们已经定下底线，绝不会和他们谈判。你要牢记这点。"

然后，他消失不见了，连同一起消失的，还有示巴夫人和母亲的幽灵。看着她们的离去，我感到一阵悲痛，随后又感到一种解脱。

但无论悲痛还是解脱，这两种反应似乎都不明智。虽然"三巨人"不会再与我直接进行交流，但墓地那里的影像依然显示在显示器上。现在，我才明白，墓地并非存放尸体的地方，至少不完全是。

"真是不可思议，"泰瑞站在我身旁，看着那幅虚拟的风景，"宇宙飞船的墓地……"

我听到身后传来一阵脚步声。"三巨人"都消失后，尼莫和施内布利走上平台跟我们会合。尼莫站到我身旁时，我问："我们能看出来那些飞船有多大吗？"

"和'奥林匹亚号'或者'泰坦尼亚号'飞船一样大。"尼莫说。

我们对这景象惊叹不已。"三巨人"站在一个几乎与他们身高一样深的峡谷之中。峡谷朝我们的方向扩展，分生出众多支干。"三巨人"屹立在众多峡谷之间，形成一副绝丽壮观的景象。

但他们并不孤单，成千上万艘飞船也都停泊在那里，默默地陪着他们。其中一些飞船依稀可以看出与这些巨人同根同源，但其他很多飞船则似乎是由与我们的思维和身体相差巨大的生物制造而成，我们甚至完全无法理解它们。它们都屹立在这片巨大的峡谷系统之中，我怀疑其中一些飞船甚至已有一百多万年的历史了。

也许远不止一百多万年。

"这就是我们要去的地方，"我说，"一个充满外星科技的地方。它们并非一堆冰冷的机器。某种程度而言，每艘飞船都具有意识。"

"你知道吗，"泰瑞说，"听起来似乎非常美妙。"

我真想冲他翻个白眼，不过，我其实也和他怀有同样的心情。我望着那个巨大峡谷系统中散发出的亮白色和金黄色光芒，还有耀眼的蓝天，以及峡谷之中那些神秘而危险的飞船，内心对孩子们的担忧顿时一扫而空。

"我们不能开拓新世界了。"我说。

"我们已经开拓了。"泰瑞回头看向身后巨大的屏幕，屏幕之中，我们的世代飞船显得光彩夺目，"我们有'奥林匹亚号'。"

我咧嘴笑了。随着卡戎星逐渐落入墓地的地平线，峡谷西侧的岩石开始泛起红光，我倚在泰瑞身上，望着眼前的一切变换着色彩。

"看，如此景色，"我说，"才配得上恢宏的音乐。"

尾 声

正如病态诗人们坚信的那样，我们蠕虫胜利了。尼莫船长继续负责飞船运行。孩子们也完成了为"美杜莎"制订的计划，制造出了十三个供不应求的迷你莎。然后他们又开始制造下一代的"美杜莎"装置，以满足"奥林匹亚号"上的人对植入物的需求。

两年之后，"美杜莎"装置将遍地开花，而随着管理者阶级内部分崩离析，我们所有人将共同管理"奥林匹亚号"。此时此刻，虽然管理者们难以绝地反击，但我也不得不提防他们会蓄意破坏。不过，如果这些古老家族的残党余众认定这是他们家族伟大先驱者的毕生所求，这些先驱者宁愿牺牲自己，也要保护我们免受武器家族的侵害，那将最好不过。事到如今，我已谋杀了太多性命，决不能接受失败的结局。

什么？你觉得谋杀一词不够贴切？或许"暗杀""猎杀""合理杀人"，甚至"正当防卫"的说法更为合适？听完我迄今所讲述的故事，你心中应该已经得出结论。然而，如果你想追求事情的真相，可不能仅听一个杀手的一面之词。

她所未言表之事，才更为重要。

回想我们这场穿越时空的旅行，仔细思索这一问题吧。如果你猜出了我们的用武之地，如果你碰巧在太阳系外某个停泊着众多飞船的古老墓地外等待我们，请不要忘记我的存在。即便我恰巧对你心生好感，也不要从我身上期许一丝善意。即便你不知道我是哪种杀手，我自己早已心知肚明。

我料想"三巨人"也深谙此事，他们究竟对此会如何应对，我们还将拭目以待。